本书为国家社科基金资助项目"奥古斯丁文艺神性论研究"成果（批准号13BWW058，结项证书号20193495）

奥古斯丁
文艺神性论研究

赵怀俊 著

中国社会科学出版社

图书在版编目(CIP)数据

奥古斯丁文艺神性论研究/赵怀俊著. —北京:中国社会科学出版社,
2021.12

ISBN 978-7-5203-9377-5

Ⅰ.①奥… Ⅱ.①赵… Ⅲ.①奥古斯丁(Augustine,Aurelius 354-
430)—文艺理论—研究 Ⅳ.①I0

中国版本图书馆 CIP 数据核字(2021)第 250354 号

出 版 人	赵剑英
责任编辑	郭晓鸿
特约编辑	杜若佳
责任校对	师敏革
责任印制	戴 宽

出 版	中国社会科学出版社
社 址	北京鼓楼西大街甲 158 号
邮 编	100720
网 址	http://www.csspw.cn
发 行 部	010-84083685
门 市 部	010-84029450
经 销	新华书店及其他书店

印 刷	北京明恒达印务有限公司
装 订	廊坊市广阳区广增装订厂
版 次	2021 年 12 月第 1 版
印 次	2021 年 12 月第 1 次印刷

开 本	710×1000 1/16
印 张	18.5
插 页	2
字 数	233 千字
定 价	99.00 元

目 录

导　论

西方文论从古希腊到中世纪，经历了自人性到神性的转向。不少学者都曾注意、论及这一现象。孙津自形而上与形而下关系的角度谈道："希腊哲学基本是尘世的，幸福和美都是人的理性和力量可以达到的，尽管也有神秘主义；但是在基督教美学文论中，这一切都只有指靠上帝的恩赐了。"① 张秉真、章安祺、杨慧林自模仿论的角度指出古罗马文艺理论是"从人学向神学过渡的桥梁"②。王一川自知识型的视角出发，认为西方文论经历了五次"转向"，其中，第一次转向为希腊时代的人学转向，第二次转向为中世纪的神学转向。"随着基督教入主欧洲，人学中心被神学中心取代，整个'知识型'都奠基于唯一的上帝，任何知识系统都被认为由此发源，这导致了以基督教神学为支撑的视上帝为知识本原的中世纪文论的产生及其霸权地位。"③ 卫姆塞特（W. K. Wimsatt，1907—1975 年）、布鲁克斯（Jr. Cleanth Brooks，1906—1994 年）认为，自普罗提诺（Plotinus，公元 204 或 205—270 年）的新柏拉图主义而始，一直到中古的文论

---

① 孙津：《西方文艺理论简史》，陕西人民出版社 1986 年版，第 93 页。
② 张秉真、章安祺、杨慧林：《西方文艺理论史》，中国人民大学出版社 1994 年版，第 59 页。
③ 王一川：《西方文论的知识型及其转向——兼谈中国文论的现代性转向》，《当代文坛》2007 年第 6 期。

属于神性,"奥古斯丁的美学探讨以神性为本,不以人类经验为本,而后上升于神"①。这与"古时散步学派的文学定义,类型,与技巧——最宜应用于喜剧的与讽刺的日常人生反映——及在亚里斯多德写实主义里它们的根源"② 形成鲜明对照。塔塔科维兹(Wladyslaw Tatarkiewicz,1886—1980 年)也指出:"古代美学思想的发展历程以形而上学的宗教概念为终结。"③ 赵林自文化转型的角度也指出了西方文化由希腊多神教向基督教的转化,④ 自然也暗含了西方古代文论由人性到神性的转向。张荣自人类学的角度认为,古希腊的人类学是肯定的人类学,奥古斯丁(Aurelius Augustinus,354—430 年)的人类学是否定的人类学,"他的人类学之所以为否定的,关键在于他否定人本,肯定神本"⑤。

换言之,古希腊的人类学是积极乐观的人类学,奥古斯丁的人类学是消极悲观的人类学,古希腊人类学是人本人类学,奥古斯丁人类学是神本人类学。人类学由古希腊到奥古斯丁经历了从人本到神本、自人性而神性的转向。这自一个侧面也映射出了西方文论由人性朝神性的转向。夏洞奇仿照恩格斯评论但丁承先启后地位的话语,自社会政治思想的角度指出,奥古斯丁是由古希腊罗马到中世纪的承前启后者:"作为古典文明与中世纪文明之间的重要桥梁,奥古斯丁的社会政治思想既接续和更新了希腊罗马的政治哲学,又是

---

① [美] 卫姆塞特、布鲁克斯:《西洋文学批评史》,颜元叔译,(台湾)志文出版社 1978 年版,第 110 页。

② [美] 卫姆塞特、布鲁克斯:《西洋文学批评史》,颜元叔译,(台湾)志文出版社 1978 年版,第 98 页。

③ [波] 沃拉德斯拉维·塔塔科维兹:《古代美学》,杨力等译,中国社会科学出版社 1990 年版,第 427 页。

④ 赵林:《论西方古代文化从希腊多神教向基督教的转化》,《求是学刊》1997 年第 3 期。

⑤ 张荣:《神圣的呼唤:奥古斯丁的宗教人类学研究》,河北教育出版社 1999 年版,第 275 页。

中世纪以降的基督教政治观的先声。"① 这实际上指出了社会政治思想由古希腊人学到奥古斯丁神学的转向，自然也旁证了西方文论由古希腊人性向中世纪神性的转换。伊诺斯（Richard Leo Enos）、汤普逊（Roger Thompson）自修辞学转型的角度探析了古希腊修辞学经由奥古斯丁改造与圣化，走向基督教修辞学的历程："奥古斯丁改造希腊罗马修辞学的目的，以用于将大众的灵魂引向基督真理，并通过神圣化希腊罗马修辞学的异教因素，开创了基督宗教修辞学。"② 梅谦立、汪聂才也做过类似的探析："奥氏的修辞学乃是一种灵魂治疗，这延续了始自苏格拉底的古典修辞学传统，并且以信仰真理'圣化'它而开启了基督宗教的修辞学传统。"③ 这些论断指出了修辞学由古希腊人学到中世纪神学的转向，同时也自一个侧面旁证了西方古典文论由人性到神性的转向。

文艺神性论或神性文论是西方文论史上特有的现象，指西方学人自神性④的视角对文学艺术的探讨与论述，它的鲜明特征是彰显神或上帝之文艺特性、艺术才能，所有文学艺术都以神或上帝为皈依：伟大艺术家上帝，不只创制了天地万物，还缔造了各种艺术，是艺术的造就者；天上艺术是地上艺术的渊源；人们由此及彼，当鉴赏神的大作天地万物之际，不禁心悦诚服神的匠心安排，讴歌上帝的至高至大、全知全能；彼岸美是此岸美的源泉，领略天国美是美中览胜。文艺神性论有一定贡献，在拓展文艺视野、丰富审美范畴方

---

① 夏洞奇：《尘世的权威：奥古斯丁的社会政治思想》，上海三联书店 2007 年版，导言第 3 页。

② Richard Leo Enos, Roger Thompson, etc., *The Rhetoric of Saint Augustine of Hippo*, Baylor University Press, 2008, pp. 4, 315.

③ 梅谦立、汪聂才：《奥古斯丁的修辞学：灵魂治疗与基督宗教修辞》，《中山大学学报》（社会科学版）2013 年第 4 期。

④ 关于"神性"概念的探析和界定，可参看赵怀俊《走向神坛之路：古希腊至中世纪的西方文论转向探》导论第一节"二、'神性'探析"，中国社会科学出版社 2010 年版，第12—23 页。

面，自有其无可替代的意义和价值。

西方文艺神性论的形成经历了一个由不成熟到成熟，再由成熟到衰亡的过程。文艺神性论首先萌芽在古希腊，柏拉图（Plato，前427—前347年）为核心代表；① 在古罗马得以发展，斐洛（Philo Judaeus of Alexandria，约公元前20—公元40年）和普罗提诺是其关键人物；② 在中世纪达至高峰，奥古斯丁、阿奎那（Thomas Aquinas，1225—1274年）是其核心人物；在文艺复兴时期走向衰亡。③ 斐洛、普罗提诺在西方文论转向途中，扮演了非常关键而重要的角色，他们层层推进，步步进逼，先后将西方文论逐渐推向神性。

最终将西方文论推至神性巅峰者，乃奥古斯丁。

说到奥古斯丁，自然会联想到中世纪另一位伟大的神学家、宗教家托马斯·阿奎那。此二君都是西方文艺神性论的完成者和典型代表人物，都在西方文论走向神性的途中做出了各自的贡献，扮演了重要的角色，占据显耀的地位。同时，笔者认为，将西方文论推

---

① 关于古希腊文论人性与神性的关系，可参看赵怀俊《柏拉图之前的古希腊文（艺）学形式观》（《晋中学院学报》2007年第1期）、《苏格拉底之前古希腊文论中的人性与神性》（《晋中学院学报》2008年第5期）、《亚里士多德的人性文论》（《名作欣赏》2009年第8期）、《苏格拉底文论中的人性与神性》［《延安大学学报》（社会科学版）2009年第6期］、《亚里士多德的神性思想及文论》（《晋中学院学报》2010年第1期），赵怀俊《走向神坛之路：古希腊至中世纪的西方文论转向探》第一章，中国社会科学出版社2010年版，第52—112页。

② 关于斐洛的文艺神性论，可参看赵怀俊《斐洛神性思想及其文艺鉴赏功用神性论》（《延安大学学报》2010年第4期）、《斐洛文艺神性论体系构建》（《中国比较文学》2012年第1期）、《斐洛神性思想及其文艺神性论体系》（《当代比较文学与方法论建构》，杨乃乔、刘耘华、宋炳辉主编，复旦大学出版社2014年版），赵怀俊《走向神坛之路：古希腊至中世纪的西方文论转向探》第四章到第七章，中国社会科学出版社2010年版，第191—295页；关于普罗提诺的文艺神性论，可参看赵怀俊《走向神坛之路：古希腊至中世纪的西方文论转向探》第四章到第七章，中国社会科学出版社2010年版，第191—295页。

③ 关于古希腊到中世纪西方文论自人性到神性的转向理路，可参看赵怀俊《古希腊至中世纪的西方文论转向理路初探》（《文艺美学研究》2012年第1期），赵怀俊《走向神坛之路：古希腊至中世纪的西方文论转向探》第二章第三节、结语，中国社会科学出版社2010年版，第126—131、296—306页。

向神性巅峰者，首推奥古斯丁。奥古斯丁是西方文艺神性论的奠基者和实现者，阿奎那则是西方文艺神性论的完善者和巩固者。缘由如下。

首先，奥古斯丁在神学领域做出了特有的贡献。其一，奥古斯丁确立了大公教的至高地位与至尊权威。奥古斯丁生活的时代正值信仰多元、教派纷争的多事之秋。当时的罗马帝国境内既存在着原古希腊罗马传统神话宗教信仰等奥古斯丁所谓的"异教"，也活跃着摩尼教（Manicheism）、多纳徒派（Donatist）、伯拉纠派（Pelagianism）及半伯拉纠派（Semi Pelagianism）、亚流派（Arminianism）等奥古斯丁所谓的"异端"。这些"异教""异端"的存在与流行，对基督教大公教的地位和传播构成了很大的影响和威胁，对大公教而言无疑是不小的挑战。在这信仰芜杂、教派林立的艰难时局中，奥古斯丁应时而生，挺身而出，坚决站在大公教立场，著书立说，奔走呼告，坚定地捍卫了大公教的至高地位和至尊权威。诚如其门徒波斯迪乌斯（Possidius，370—437 年）所言，"他使教会逐渐地发展成为规范的正统派宗教"①。其二，奥古斯丁不遗余力地传播基督教。在古罗马帝国境内，奥古斯丁著万卷书，行万里路，不放过任何机会，传播基督教真谛。除了向平民传布上帝的福音，还通过结交、劝说一些权贵、有资源的人皈依基督教来扩大教会影响。基督教能够成为古罗马的国教，奥古斯丁功不可没："他花费了毕生经历用笔和语言捍卫这个帝国，40 年来，他坚持不懈地努力，终于使罗马帝国皈依基督教。"② 其三，奥古斯丁的神性学说超绝而典范。尤其是奥古斯丁所论述的上帝，作为最高神性，至真、至善、至美、万能、永恒，其神性意蕴极具典范性和权威性。"应当说，奥古斯丁确实非

---

① ［法］弗朗西斯·费里埃：《圣奥古斯丁》，户思社译，商务印书馆 1998 年版，第 6 页。
② ［法］弗朗西斯·费里埃：《圣奥古斯丁》，户思社译，商务印书馆 1998 年版，第 4 页。

常典型地体现了基督教虔诚信徒的思维方式。"① 其四，奥古斯丁身
体力行彰显上帝博爱。奥古斯丁是一位虔诚的基督教博爱圣师，关
怀同人，提携后进，对年轻的教士循循善诱，指点他们宣教的艺术
与方法。不仅如此，对普通的教徒、教民也能一视同仁，真诚以待。
晚年当汪达尔人（Vandal）进犯北非，攻入家乡，不少主教离开教
会，外逃避难之际，奥古斯丁毫不犹豫留了下来，勇敢地守护着自
己的教徒，守护着自己的教民，坚守着自己的教区。可谓上帝博爱
精神的践行者和弘扬者。一言以蔽之，奥古斯丁于西方基督教文化、
基督教文明、基督教思想、基督教神学劳苦功高，成就斐然，地位
显赫。"可以说，如欲深入了解西方的基督教文明，则奥古斯丁不可
不读。"② 其"《上帝之城》堪称《圣经》之外最重要的著作"③。

其次，奥古斯丁对后世西方思想文化产生了深远而广泛的影响。
奥古斯丁对后世西方思想文化的影响几乎从未中断过，从中世纪，
到近代、现代乃至当代，都能听到其于不同时代精神领域的轰鸣与
反响。

其中，最为突出者是奥古斯丁对后世西方基督教文化产生了直
接而深远的影响。"他的影响，无论是看得见的或者是看不见的，都
波及了整个中世纪的神学家。"④ 明谷的圣伯尔纳（St. Bernard of
Clairvaux，1098—1193 年）延续了奥古斯丁的神秘主义与禁欲主义
传统。⑤ 这种影响在中世纪前期尤为突出。"在十三世纪之前的西欧，

---

① 夏洞奇：《尘世的权威：奥古斯丁的社会政治思想》，上海三联书店 2007 年版，第
348 页。
② 夏洞奇：《尘世的权威：奥古斯丁的社会政治思想》，上海三联书店 2007 年版，导言
第 1 页。
③ 夏洞奇：《尘世的权威：奥古斯丁的社会政治思想》，上海三联书店 2007 年版，导言
第 28 页。
④ ［法］弗朗西斯·费里埃：《圣奥古斯丁》，户思社译，商务印书馆 1998 年版，第 108 页。
⑤ 陆扬：《中世纪文艺复兴美学》，蒋孔阳、朱立元主编：《西方美学通史》第二卷，上
海文艺出版社 1999 年版，第 134 页。

奥古斯丁主义在思想领域中长期独尊。"① 即便中世纪后期阿伯拉尔经院哲学占据统治地位之际，奥古斯丁的宗教神学依然势头不减："奥古斯丁的那些主要论述，他那些有关上帝的观点，那些神圣的想法，三位一体，恩典和赎罪说在人们的头脑中始终保留着它们的王国。"② 圣波拿文都拉（St. Bonaventure，1221—1274 年）将神秘主义置于其思想体系中心，把数视为上帝在物质世界中的典范印证，不乏奥古斯丁宗教神学因子。③ 约翰·邓斯·司各脱（John Dusn Scotus，1270？—1308 年）稳稳当当承续了奥古斯丁主义的实在论。④ 甚至当阿奎那代表的经院哲学于 14 世纪走向衰落之际，奥古斯丁主义再度活跃。⑤ 在宗教改革运动时期，路德（Martin Luther，1483—1546 年）和加尔文（Jean Calvin，1509—1564 年）"要比其他人更多地利用了圣奥古斯丁的名声"。⑥ 在随后的几个世纪内，"神学家们关于仁慈和自由问题的思考都会求助于奥古斯丁"。⑦ 马勒伯朗士（Malebranche，Nicolas de，1638—1715 年）对奥古斯丁多所借鉴："马勒伯朗士对次要因素的漠不关心，以及在论述上帝至高无上的作用时所使用的方式，均受奥古斯丁的影响。"⑧ 到了 19 世纪，"所有

---

① 夏洞奇：《尘世的权威：奥古斯丁的社会政治思想》，上海三联书店 2007 年版，导言第 2 页。

② ［法］弗朗西斯·费里埃：《圣奥古斯丁》，户思社译，商务印书馆 1998 年版，第 104 页。

③ 陆扬：《中世纪文艺复兴美学》，蒋孔阳、朱立元主编：《西方美学通史》第二卷，上海文艺出版社 1999 年版，第 160—161 页。

④ 陆扬：《中世纪文艺复兴美学》，蒋孔阳、朱立元主编：《西方美学通史》第二卷，上海文艺出版社 1999 年版，第 191 页。

⑤ 陆扬：《中世纪文艺复兴美学》，蒋孔阳、朱立元主编：《西方美学通史》第二卷，上海文艺出版社 1999 年版，第 173—174 页。

⑥ ［法］弗朗西斯·费里埃：《圣奥古斯丁》，户思社译，商务印书馆 1998 年版，第 106 页。

⑦ ［法］弗朗西斯·费里埃：《圣奥古斯丁》，户思社译，商务印书馆 1998 年版，第 112 页。

⑧ ［法］弗朗西斯·费里埃：《圣奥古斯丁》，户思社译，商务印书馆 1998 年版，第 119—120 页。

基督教的复活都从奥古斯丁学说那里吸收了营养。"① 圣母升天节学院的奥古斯丁会会员促成的 1930 年、1954 年奥古斯丁年会的召开，奥古斯丁研究中心在巴黎的创建，说明奥古斯丁对西方基督教文化的影响仍在路上。确实，奥古斯丁对西方基督教文化产生了说不完道不尽的深远影响。"他的思想却早已渗入了西方基督教传统的深处。"②

同时，奥古斯丁对西方文化的影响绝不止于宗教神学领域，他还对西方非基督教文化领域产生了深远影响。"除了对基督教传统本身的影响，在哲学、历史学、文学、政治学、社会学理论等学科的视野中，奥古斯丁亦具有相当重要的地位。自中世纪以降，奥古斯丁传统一直都在西方的思想与学术中占有重要位置。"③ 12 世纪整个欧洲的教育为奥古斯丁模式所主宰。④ 文艺复兴时期，随着印刷术的兴起，像埃拉斯穆斯（Desiderius Erasmus，1466—1536 年）等诸多名人争着出版奥古斯丁的著作全集，人文主义先驱彼特拉克是奥古斯丁的忠实追随者，身边经常携带着《忏悔录》。⑤ 17 世纪奥古斯丁学说渗入文学领域，拉辛等所有大作家都拜读过《忏悔录》。哲学方面，帕斯卡尔（Blaise Pascal，1623—1662）如饥似渴地阅读奥古斯丁的作品，其思想打上了奥古斯丁烙印。笛卡尔（René Descartes，1596—1650 年）承认自己的"我思，故我在"名言受到了奥古斯丁《上帝之城》第十一卷第 26 章的启发。⑥ 18 世纪，康德（Immanuel Kant，1724—1804 年）的主观时间论可溯源于奥古斯丁的自我意识

---

① ［法］弗朗西斯·费里埃：《圣奥古斯丁》，户思社译，商务印书馆 1998 年版，第 122 页。
② 夏洞奇：《尘世的权威：奥古斯丁的社会政治思想》，上海三联书店 2007 年版，导言第 1 页。
③ 夏洞奇：《尘世的权威：奥古斯丁的社会政治思想》，上海三联书店 2007 年版，导言第 2 页。
④ ［法］弗朗西斯·费里埃：《圣奥古斯丁》，户思社译，商务印书馆 1998 年版，第 102 页。
⑤ ［法］弗朗西斯·费里埃：《圣奥古斯丁》，户思社译，商务印书馆 1998 年版，第 106 页。
⑥ ［法］弗朗西斯·费里埃：《圣奥古斯丁》，户思社译，商务印书馆 1998 年版，第 116—117 页。

的主观性哲学。① 19 世纪，浪漫主义作家热捧奥古斯丁，引为知音。20 世纪，罗素（Bertrand Russell，1872—1970 年）对奥古斯丁卓越的哲学禀赋心悦诚服。② 奥古斯丁在心理方面的洞察与感悟无疑叩响了当代心理学的大门："他对普通心理的观察及所感甚至赢得了当代心理学专家的敬慕。"③

不难看出，奥古斯丁对西方文化的影响、渗透是广泛而深远的。对此，学界也达成了一定的共识。于海指出："他无疑对历史产生过一流思想家所造成的那种深广而复杂的影响。"④ 夏洞奇认为："如何高估奥古斯丁的著作和影响的重要性都不为过，无论是对于他自己的时代而言，还是对于之后的西方哲学史而言。"并断定："直到13 世纪，奥古斯丁无疑都是中世纪时期最为重要的哲学家，只有这时出现的托马斯·阿奎那才可能与之匹敌。"⑤

自然，像许多神学家一样，身为中世纪欧洲最伟大的经院神学家与哲学家，阿奎那也从奥古斯丁那里获益良多。翻开阿奎那的著述，如《神学大全》，其中直接称引奥古斯丁的地方比比皆是，不一而足。不难理解，阿奎那自奥古斯丁神学中受到的启发、汲取的思想、借鉴的智慧，也是相当广泛、相当普遍的。"托马斯·阿奎那绝不会忘记他首先是神学家，有关严格意义上的神学问题，他紧紧追随圣奥古斯丁。……从某种程度上来讲，特别是在有关恩典的问题

---

① ［英］W. 蒙哥马利（W. Montgomery）：《奥古斯丁》，于海、王晓平译，中国社会科学出版社 1992 年版，代译序第 12 页。

② ［英］W. 蒙哥马利（W. Montgomery）：《奥古斯丁》，于海、王晓平译，中国社会科学出版社 1992 年版，代译序第 5 页。

③ ［英］W. 蒙哥马利（W. Montgomery）：《奥古斯丁》，于海、王晓平译，中国社会科学出版社 1992 年版，代译序第 24 页。

④ ［英］W. 蒙哥马利（W. Montgomery）：《奥古斯丁》，于海、王晓平译，中国社会科学出版社 1992 年版，代译序第 5 页。

⑤ 夏洞奇：《尘世的权威：奥古斯丁的社会政治思想》，上海三联书店 2007 年版，序言第 1 页。

上，托马斯学说吞并了奥古斯丁学说。"① 其《反异教大全》与奥古斯丁世俗之城与上帝之城的理论遥相呼应。② 不仅如此，在神性文论方面，如上帝是最伟大的艺术家，文艺须讴歌上帝之功，阿奎那也从奥古斯丁那里一脉相承。关于美的观点，"托马斯·阿奎那则在《神学大全》中几乎照抄了奥古斯丁的美的定义"。③ 可以说，阿奎那是站在奥古斯丁这一古代巨人肩上成长起来的中古巨人，奥古斯丁成就了阿奎那这一神学大家。没有奥古斯丁，就很难想象会有阿奎那的存在。"只有托马斯本人亲历到：没有圣·奥古斯丁的托马斯是无法想像的，托马斯从他的伟大先驱者那里继承下来的是什么，也只有托马斯本人才清楚。"④

再次，不少学人的相关论述也道出了奥古斯丁是文艺神性论的奠基者和实现者。"尽管奥古斯丁的美学具有独立的基础，但通过引入神性美的观点，他却使之具有了以神学为中心的特点。"⑤ "奥古斯丁成为基督教美学的永恒奠基人。"⑥ 奥古斯丁在继承前人——特别是普罗提诺文艺神性论的基础上，实现了西方文论的神性转向。"神性美概念的确立应归于奥古斯丁和伪第俄尼修，首先应归于奥古斯丁。柏拉图和普罗提诺曾提出一种比可感美更完善的、绝对的、超验的美的概念。他们确信可感美来自超验美。奥古斯丁却通过把

---

① ［法］弗朗西斯·费里埃：《圣奥古斯丁》，户思社译，商务印书馆1998年版，第104页。

② 陆扬：《中世纪文艺复兴美学》，蒋孔阳、朱立元主编：《西方美学通史》第二卷，上海文艺出版社1999年版，第205页。

③ 张秉真、章安琪、杨慧琳：《西方文艺理论史》，中国人民大学出版社1994年版，第122页。

④ 张荣：《神圣的呼唤：奥古斯丁的宗教人类学研究》，河北教育出版社1999年版，第267页。

⑤ ［波］沃拉德斯拉维·塔塔科维兹：《中世纪美学》，褚朔维、李国武、聂建国、赵国运译，中国社会科学出版社1990年版，第67—68页。

⑥ ［瑞士］巴尔塔萨：《神学美学导论》，刘小枫选编，曹卫东、刁承俊译，生活·读书·新知三联书店2002年版，第8页。

美学和神学需要集合在一起，赋予这些观点以新的含义。而他这些深奥、微妙而又充满疑问的观点，成为整个中世纪美学的基础。"① "奥古斯丁的美学探讨以神性为本，不以人类经验为本，而后上升于神。"② 以上诸位论者虽然大多谈论的是奥古斯丁在神性美学方面的奠基作用、落实功绩，放之于文艺的神性论方面，也完全适用。

总之，奥古斯丁作为欧洲中世纪之前古罗马时期最伟大的拉丁教父，与阿奎那作为欧洲中世纪后期最伟大的经院哲学家，"教会史上他与阿奎那同居中心地位"。③ 奥古斯丁在文艺本质论、文艺创作论、文艺鉴赏论、文艺功用论、美的论述方面，首先将欧洲古代文论全面推向神性，实现了西方文论由古希腊人性到中世纪神性的真正转向，为阿奎那推进西方文艺神性论铺就了坚实的路基，开辟了广阔的前景。阿奎那则在继承、借鉴奥古斯丁文艺神性论的基础上，进一步巩固和完善了西方文艺神性论。

一　国内外研究现状

奥古斯丁文艺神性论，从笔者所掌握的情况来看，不管是在国内学界，还是在国际学界，以之立论的直接学术研究成果凤毛麟角。然而这并不意味着学人从未触及这一问题，他们只是在各自立论中间接地提到，未成为他们关注的核心，未构成他们论述的主旨与主题。

学界有关著作自各种视角旁涉了这一课题。一些学人从历史唯

---

① ［波］沃拉德斯拉维·塔塔科维兹：《中世纪美学》，褚朔维、李国武、聂建国、赵国运译，中国社会科学出版社1991年版，第68页。

② ［美］卫姆塞特、布鲁克斯：《西洋文学批评史》，颜元叔译，（台湾）志文出版社1978年版，第109—110页。

③ ［英］W. 蒙哥马利（W. Montgomery）：《奥古斯丁》，于海、王晓平译，中国社会科学出版社1992年版，代译序第6页。

物主义和辩证唯物主义的角度对奥古斯丁文艺神性论有所涉及，如缪朗山的《西方文艺理论史纲》（中国人民大学出版社1985年版）、伍蠡甫的《欧洲文论简史》（人民文学出版社1991年第2版）、朱光潜的《西方美学史》（人民文学出版社1979年第2版）等；有的论家在形而上与形而下的相互关系立论中对奥古斯丁文艺神性论有所涉及，如孙津的《西方文艺理论简史》（陕西人民出版社1986年版）；有的论家自文学本质论的角度对奥古斯丁文艺神性论有所涉及，如张秉真、章安祺、杨慧林的《西方文艺理论史》（中国人民大学出版社1994年版）；有的论家依据理性主义与经验主义的标准对奥古斯丁文艺神性论有所涉及，如蒋孔阳、朱立元主编的《西方美学通史》（上海文艺出版社1999年版）；有的论家以形式为切入点对奥古斯丁文艺神性论有所涉及，如赵宪章主编的《西方形式美学》（上海人民出版社1996年版）；有的论家从和谐论出发对奥古斯丁文艺神性论有所涉及，如袁鼎生的《西方古代美学主潮》（广西师范大学出版社1995年版）；有的论家从崇高论入手对奥古斯丁文艺神性论有所涉及，如阎国忠的《古希腊罗马美学》（北京大学出版社1983年版）；有的论家从诗论着眼对奥古斯丁文艺神性论有所涉及，如陆扬的《欧洲中世纪诗学》（上海社会科学院出版社2000年版）；有的论家在探讨文学内部关系时对奥古斯丁文艺神性论有所涉及，如温姆塞特、布鲁克斯的《西洋文学批评史》（台湾志文出版社1978年版）；有的论家在阐释文学虚构模式时对奥古斯丁文艺神性论有所涉及，如诺思洛普·弗莱（Northrop Frye，1912—1991年）的《批评的剖析》（百花文艺出版社2002年版）；有的论家在客观的历史主义评述中对奥古斯丁文艺神性论有所涉及，如塔塔科维兹的《古代美学》（中国社会科学出版社1990年版）、《中世纪美学》（中国社会科学出版社1991年版）；有的论家自审美与救赎的关系出发，探讨奥古斯丁的美学思想，如刘春阳的《审美与救赎：奥古斯丁美学思想研究》（安徽教育出版社 2016 年版）触及了奥古斯丁美的神性论："在他看来，作为美之本体，上帝是智慧、仁爱和最高的美，……人所能做的就是要通过尘世之美，通过美的艺术的象征意义，来唤醒对'终极实在'和'神圣之美'的期待。"①

另外，一些专著虽然无关奥古斯丁文论，但在其各自的立论中也旁证了奥古斯丁的文艺神性论。如前所说，张荣在《神圣的呼唤：奥古斯丁的宗教人类学研究》（河北教育出版社 1999 年版）中将奥古斯丁的人类学称为神本人类学，夏洞奇在《尘世的权威：奥古斯丁的社会政治思想》（上海三联书店 2007 年版）里称奥古斯丁的政治观为基督教政治观、基督教政治神学，分别从人类学、政治学的角度间接印证了奥古斯丁文论的神性指向、神性特质。

学界有关期刊论文也涉及了这一问题。在国内学界已发表的 30 余篇论文中，直接谈论奥古斯丁文艺思想的只有寥寥数篇，余下的论文大多谈论奥古斯丁的美学。

直接谈论奥古斯丁文艺思想的论文有王在衡的《奥古斯丁的反文艺理论》（《昆明师专学报》1990 年第 1 期），李群英的《简述奥古斯丁的文艺思想》（《电影评介》2007 年第 14 期），杨晓莲的《论圣·奥古斯丁的艺术观》（《四川外语学院学报》2007 年第 4 期），蒋春生的《从〈忏悔录〉看奥古斯丁的艺术观》（《内蒙古电大学刊》2011 年第 3 期）。这几篇论文发表的刊物级别都不甚高，权威性有限。尽管如此，它们不同程度地触及了奥古斯丁文艺神性论，如王在衡的《奥古斯丁的反文艺理论》在阐述奥古斯丁反世俗文艺立场的同时指出："奥古斯丁则认为……上帝有无上能力，无限的智

---

① 刘春阳：《审美与救赎：奥古斯丁美学思想研究》，安徽教育出版社 2016 年版，第 3 页。

慧，有至善至美的品德，所以艺术家的作品，来源于至美的上帝，艺术家创造或追求外在的美，应当从天主那里取得审美的法则。因此，一切艺术的源泉都在天主那里，也要一切艺术都必须为天主服务。文艺必须赞美上帝，必须成为神学的奴婢，为教会服务。"① 这里触及了奥古斯丁文艺本质神性论、文艺创作神性论、文艺功用神性论。杨晓莲在论及奥古斯丁的艺术使命时谈道："奥古斯丁认为艺术的使命在于歌颂上帝和为教会服务。这主要是因为奥古斯丁主张文学艺术必须为宗教神学服务，所以他认为艺术的使命就在于通过自然美和形式美来实现对真善美的统一体——上帝的歌颂。"② 这实际上触及了奥古斯丁文艺功用神性论。

　　为数众多谈论奥古斯丁美学的论文自不同角度、不同层面触及了奥古斯丁美的神性论。郭玉生、薛永武的《美是有神性的——奥古斯丁美学思想新论》（《齐鲁学刊》2004 年第 2 期），郑莉的《论奥古斯丁美学：神性的与理性的美》［《湖北经济学院学报》（人文社会科学版）2016 年第 8 期］正面论及奥古斯丁美的神性论；李卫华的《奥古斯丁的基督教美学思想》（《中国宗教》2011 年第 4 期），张能、李坤的《奥古斯丁基督教美学思想内蕴疏论》（《曲靖师范学院学报》2013 年第 5 期），柏峻霄的《万物的美是他们赞美上帝的声音——奥古斯丁的音乐美学思想》（《外国美学》2012 年第 20 期），刘春阳的《艺术作为救赎的阶梯——奥古斯丁的音乐美学思想新探》（《基督教文化学刊》2015 年第 1 期），朱朝辉的《理性与信仰的交汇——浅析奥古斯丁的美学思想》（《理论学刊》1997 年第 2 期），崇秀全的《美在秩序·适宜·上帝——奥古斯丁和谐美学的三个向度》（《艺术学研究》2011 年增刊），自基督教的角度

---

① 王在衡：《奥古斯丁的反文艺理论》，《昆明师专学报》1990 年第 1 期。
② 杨晓莲：《论圣·奥古斯丁的艺术观》，《四川外语学院学报》2007 年第 4 期。

触及了奥古斯丁美的神性论；王博的《奥古斯丁神学美学中的灵魂论》（《湖北成人教育学院学报》2011年第4期），乔焕江的《奥古斯丁神学美学思想刍议》（《北方论丛》2006年第5期），刘阿斯的《奥古斯丁的神学美学思想》（《中国社会科学报》2015年5月6日），宋旭红的《自传体写作与神学之美——论奥古斯丁〈忏悔录〉之文体风格的神学美学意义》（《比较文学与世界文学》2012年第1期），自神学的角度论及奥古斯丁美的神性论；杨晓莲的《论圣·奥古斯丁的美学思想》［《西南师范大学学报》（人文社会科学版）2005年第2期］，张旭的《试析奥古斯丁美学思想》（《安徽大学学报》1999年第2期），谢大卫、张思齐的《论奥古斯丁（不完整的）圣经美学》（《圣经文学研究》2014年第2期），一定程度触及了奥古斯丁美的神性论。

以上研究成果均给笔者从事奥古斯丁文艺神性论研究提供了不少启发与帮助，在此深表敬意谢意。与此同时，这些研究成果也存在着明显的不足，很少有直接从人性与神性的角度来探索和阐释奥古斯丁文艺神性论及其在西方文论转向中的地位和作用的。究其原因，恐怕与各家着眼点、兴趣点所限有关，同时也与学界，尤其是我国学界对中世纪欧洲文化学术重视不够有关，与目前奥古斯丁著述译介相对滞后有关。还有，上述研究成果偏重于对奥古斯丁美学的研究，而对奥古斯丁文艺思想的研究存在严重缺陷，至于以神性视角来探究奥古斯丁文艺思想者，更是少之又少。

二　研究价值和意义

随着对欧洲中世纪文化学术及《圣经》在西方文论发展中地位和作用之逐渐认识和日益重视，随着奥古斯丁著述的大量译介，随着国外奥古斯丁研究成果的不断译介，奥古斯丁文艺神性论，会引起学界同人越来越多的兴趣、关注和探索，将会成为西方文论中一个值得探究、很有意义的新的生长点、热点和亮点。

第一，奥古斯丁文艺神性论研究对国内外学界这方面研究严重不足的现状可以起到一定充实作用。如上所述，国内学界对奥古斯丁的研究主要集中在奥古斯丁的宗教、神学、哲学、思想方面的研究，对奥古斯丁美学的研究虽也取得一些成果，但与奥古斯丁在美学方面取得的巨大成就仍有不小的差距；对奥古斯丁文艺思想的研究极为有限，直接探析奥古斯丁文艺神性论的成果几近于零。本课题拟从文艺本质、文艺创作、文艺鉴赏、文艺功用、美学五个方面较全面、系统地探讨奥古斯丁文艺神性论，希望能对国内此方面研究的薄弱环节起到弥补作用。

第二，奥古斯丁文艺神性论研究能够推动和丰富奥古斯丁研究。奥古斯丁研究是一个综合体系，关涉奥古斯丁的宗教、神学、哲学、思想、美学、文艺思想等方面，文艺神性论是其中重要一环，与奥古斯丁其他方面存在着直接、重要的联系。认真、深刻地探究其文艺神性论，对奥古斯丁其他方面的研究应该能够提供重要参照。

第三，奥古斯丁文艺神性论研究以人性和神性立论，能为西方文论研究提供一个新视角，推动西方文论的研究和建设。如上所述，学界对西方文论的解读和研究有各种各样的视角，如历史唯物主义与辩证唯物主义、形而上与形而下的相互关系、文学本质论、理性主义与经验主义的标准、形式论、和谐论、崇高论、诗论、文学内部关系、文学虚构模式、客观的历史主义、审美与救赎的关系等，鲜有自人性与神性互动关系，尤其是自神性的角度审视、探讨、解读。事实上，西方文论人性与神性此消彼长、相互较量、相互转化是不争的事实："西方文学批评史上，由古希腊到文艺复兴时期，经历了两次明显的转向：一是由古希腊人性到中世纪神性的转向，西方文论被沦为了神学的奴婢；二是由中世纪神性到文艺复兴时期人性的转向，即重又开始回到人学的文论并开始了现代化历程。"① 笔者从博士阶段师从孙景尧教授，在导师指点下潜心于西方文艺神性论研究之始，至今已近 18 年，发表论文 10 篇，出版专著 1 部，省级立项 2 项，国家社科基金立项 1 项，获奖 2 项，在国内学术会议上拿来交流，受到学界前辈、同人的肯定、认同、好评与赞赏。2015年 11 月 6—8 日在河南许昌举行的"欧洲中世纪文学"全国学术研讨会上，担任大会主持人、点评人，做了主题发言《奥古斯丁与西方文论转向规律探》，引发了不少与会学者的兴趣、共鸣、热议。由中不难看出，自神性视角审视、解读、研究西方文论，对西方文论的研究与建设是一个有益的尝试和积极的拓展。

第四，奥古斯丁文艺神性论研究有助于文论与宗教、神学、哲学的关系的探讨。奥古斯丁研究是一个系统综合工程，涵盖宗教、神学、哲学、政治、伦理、婚姻、家庭、友谊、教育、文学、艺术、美学、修辞学、语言学、人类学等方方面面。研究奥古斯丁的文艺神性论离不开奥古斯丁其他方面的研究，反过来，奥古斯丁文艺神性论研究也有助于奥古斯丁其他方面的研究。推而广之，奥古斯丁文艺神性论研究也可以为研究文论与宗教、神学、哲学之间的关系提供有意义的参照。

第五，奥古斯丁文艺神性论研究为中西文论文化的互证、互识、互惠、互补、交流与会通，铺就坚实的路基。文艺神性论是西方文论独有的现象。"这是中国古代文学批评史所无，而西方文学批评史所特有的过程和特点。其中有不少问题值得拷问和探究，尤其从中西文学批评的比较研究角度审视其学理逻辑，对当下反思与认知多

---

① 孙景尧：《一部多年刻苦磨就的精心力作》，见赵怀俊《走向神坛之路：古希腊至中世纪的西方文论转向探》序，中国社会科学出版社 2010 年版，第 1 页。

元文化文学及其诗学，是富有启迪和参考意义的。"①

第六，奥古斯丁文艺神性论研究，作为专题研究，面向大学本科生、研究生教学，引发他们对欧洲中世纪文化学术的学习兴趣，促进他们对《圣经》文化的接触和了解，加强中文专业教学中欧洲中世纪文学文化教学力度，弥补这方面教学与科研的明显不足和薄弱环节。本人自从致力于西方文艺神性论研究以来，为研究生开设了"西方文艺神性论研究"课程，为本科生开设的外国文学、西方文论、比较文学中不时植入西方文论、文学、文化神性视野，均收到了良好的教学效果。笔者所指导的硕士研究生，学位论文选题不乏西方文艺神性论及相关研究，受到了学界同人的肯定、认可与好评。

第七，奥古斯丁文艺神性论研究有助于欧美文学的教学和研究，将本课题的研究成果应用于外国文学教学与研究中，以人性与神性互动置换的视角，审视、解读中世纪欧洲文学，乃至扩展到之前的古希腊罗马文学和之后的近现代欧美文学，为欧美文学的教学和研究提供一个新的切入点、着眼点、生长点。为研究生开设的"世界文学经典名著重读"就是以神性为切入点展开教学的，引导研究生自神性视野来审视、研读西方文学经典名著，自会有新的感受、新的启发、新的解读、新的立论、新的收获、新的结论。如"荷马史诗"以往给同学们的印象是一部英雄史诗，经过课程学习培训后，同学们觉得，"荷马史诗"又是一部神性意蕴丰富、神性色彩鲜明、神性氛围浓郁的神性史诗。还有，《神曲》是一部神性浓郁、人性鲜明的名著。即便文艺复兴时期莎士比亚的《哈姆莱特》在倡明人性的同时，也不乏神性。19 世纪雨果（Victor Hugo，1802—1885）的《巴黎圣母院》仍旧表现了神性与人性的矛盾、博弈、对抗。直到

---

① 孙景尧：《一部多年刻苦磨就的精心力作》，见赵怀俊《走向神坛之路：古希腊至中世纪的西方文论转向探》序，中国社会科学出版社 2010 年版，第 1 页。

20世纪，神性的幽灵远未从文坛中消失，远未从名著中隐退，如艾略特（Thomas Stearns Eliot，1888—1965年）的《荒原》在演绎西方信仰危机、精神荒原之际，呼吁着神性的降临与救赎。可以说，多了一只眼睛看世界文学名著。

第八，课题研究有些内容直接取自洛布古典丛书（the Loeb Classical Library）《奥古斯丁文集》等一手资料，在资料的积累和装备方面具有一定的借鉴、参照和补漏价值。

第九，作为文化读本，有助于我国读者对西方文化，特别是中世纪欧洲宗教文化的了解。整体而言，我国对中世纪欧洲学术、文化的了解颇显薄弱，这与学界对中世纪欧洲学术、文化的引进、译介、研究严重不足不无关系。奥古斯丁文艺神性论研究无疑会对我国读者了解、熟悉、认识中世纪欧洲学术、文化提供一定参照。

三 研究的主要内容、基本观点、创新之处

拙著自神性视角审视和探究奥古斯丁的文艺理论及其在西方古代文论由人性至神性转向历程中的地位和作用。奥古斯丁在继承前人，即古希腊以来文艺神性学说的基础上，完成了西方文论的神性转向。

本书研究的内容主要包括八个部分。

导论介绍西方文艺神性论，评述课题学术史，交代研究价值和意义，说明研究内容与基本观点，指出研究方法和创新之处。

第一章阐述奥古斯丁的神性思想，包括两个部分：上帝是至高神性；异教神没有神性。第一部分从真善美、万能（创造一切，主宰一切，随意显灵）、永恒、唯一四个方面论述上帝是至高神性；第二部分从异教神无德无耻、无能无用、必被唾弃三个方面论述异教神没有神性。

　　第二章阐述奥古斯丁的文艺本质神性论，包括三部分：上帝是伟大的艺术家；上帝是艺术之源；上帝艺术优于人间艺术。第一部分从上帝的鸿篇巨制是宇宙世界、上帝青睐的作品是人、苍穹是上帝的天上圣经、《圣经》是上帝之言四个方面论述上帝是伟大的艺术家；第二部分从上帝创造一切艺术、上帝赐予人类艺术、上帝管理艺术作品三个方面论述上帝是艺术之源；第三部分从伟大艺术家上帝优于人间艺术家、上帝艺术方式优于凡人艺术方式、上帝艺术作品优于人间艺术作品三个方面论述上帝艺术优于人间艺术。

　　第三章阐述奥古斯丁的文艺创作神性论，包括两部分：上帝作为伟大艺术家创造其鸿篇巨制——世界；人奉上帝旨意而创作。第一部分从上帝创世的内容、上帝创世的方式、上帝创世的效能三个方面论述上帝作为伟大艺术家创造其鸿篇巨制——世界；第二部分从《圣经》作者在上帝之灵指挥下创作、人间作者在上帝指挥下创作、人仰仗上帝恩典才能创作三个方面，论述人奉上帝旨意而创作。

　　第四章阐述奥古斯丁的文艺鉴赏神性论，包括两部分：由可见事物理解不可见神的永能和神性；自神性解读上帝的作品。第一部分从由可见作品推知不可见伟大艺术家上帝、赞美上帝艺术之卓绝两个方面，论述由可见事物理解不可见神的永能和神性；第二部分从神性解读上帝作品的原则、神性解读上帝作品的具体表现两个方面，论述自神性解读上帝的作品。

　　第五章阐述奥古斯丁的文艺功用神性论，包括两部分：文艺应该赞美上帝；文艺绝不可亵渎神圣。第一部分从文艺理应赞美上帝功德、文艺应以各种方式赞美上帝两个方面，论述文艺应该赞美上帝；第二部分从文艺不可丑化神祇、文艺不可毒化心灵两个方面，论述文艺绝不可亵渎神圣。

　　第六章阐述奥古斯丁美的神性论，包括两部分：美在上帝；美在理性。第一部分从上帝是美之源、万物美源于上帝美两个方面，论述美在上帝；第二部分从理性美优于感性美、审美重在理性美（理性审美的必要性，理性审美的标准）两个方面，论述美在理性。

结语从文艺本质论、文艺创作论、文艺鉴赏论、文艺功用论和美论五个方面，具体揭示了奥古斯丁文艺神性论在西方古代文论自人性到神性转向过程中的地位和作用。

本书的基本观点：

奥古斯丁在西方古代文论由人性至神性转向历程中扮演着非常重要而关键的角色。奥古斯丁在继承前人，即古希腊以来文艺神性学说，即古希腊毕达哥拉斯"数"的学说、柏拉图的"理式"论、古罗马斐洛的上帝观及逻各斯学说、普罗提诺的"太一"说等人的神性思想及其文艺神性论的基础上，将西方文艺神性论推向高潮。

奥古斯丁受其神性思想影响，构建了文艺神性论体系：文艺本质神性论；文艺创作神性论；文艺鉴赏神性论；文艺功用神性论；美的神性论。

奥古斯丁的文艺神性论主要有：艺术大师上帝自虚无中创造天地万象，上帝缔造了人间艺术；神的艺术指挥着艺术家创作；依据受造之物之美、善、实在可以知上帝、造物主的美、善、实在；文艺应该赞美上帝，文艺绝不可亵渎神圣；美在天主，天主赐予万物美，事物的美来自绝对存在，天国美高于尘世美，地上的美次于天上的美，美在天国，观照天国美是审美至福。

人性在奥古斯丁这里至卑至微、至轻至贱，完全匍匐于至高至大、至美至善、至纯至真的神性脚下。至此，西方文艺神性论达于巅峰。

本书的创新之处：

首先，针对目前国内学界不少人士追"新"跟"风"，热衷于译介、研究、炒作西方现当代文论，对欧洲中世纪文化学术关注甚为不够，对于《圣经》、基督教长期以来在西方文学、文论发展中应有的地位和所起的作用，缺乏必要的认识和探讨的现状，特别是对于奥古斯丁文艺神性论鲜有人问津，更没做认真探讨的情况下，本课题愿做一次完整、具体、系统、彻底的探讨和研究，对国内外这方面研究甚为不足的现状有一个明显的、较大的突破。

其次，厘清奥古斯丁文艺神性论的来龙去脉，弄通相关的哲学、宗教、神学以及历史如何渗透、影响、制约奥古斯丁的文论的。

最后，揭示了奥古斯丁在西方文论由人性到神性的转向中的地位和作用。

第一章 奥古斯丁的神性思想

奥古斯丁的文艺神性论是奥古斯丁自神性的角度审视、论述文艺的产物与结果，是奥古斯丁神性思想在文艺领域的折射与反映。奥古斯丁的神性思想是奥古斯丁文艺神性论的思想基础和理论前提。奥古斯丁文艺神性论是奥古斯丁神性思想体系的有机组成部分。要想探析奥古斯丁的文艺神性论，首先需要探析、梳理奥古斯丁的神性思想。

奥古斯丁的神性思想以上帝为首、为核心，形成了一个完整的神性思想体系。第一，上帝是至高神性，是神性之源、神性之父。其他一切神性莫不源于或分有上帝至高神性。第二，天堂、来世、彼岸、上帝之城由于是上帝所居之处，故有强烈的神性。第三，天使由于与上帝保持密切的关系也具有浓郁的神性。第四，理性由于与上帝保持着亲近的关系，也具有鲜明的神性。第五，灵魂由于与上帝有着较亲近的关系，因而也具有明显的神性。第六，数字由于与上帝的关系也很近，同样具有不小的神性。如此，就构成了奥古斯丁神性思想的主要组成部分：上帝的神性、天堂（天国）的神性、天使的神性、理性的神性、灵魂的神性、数字的神性。

全面、系统、具体、详尽地探讨一下奥古斯丁神性思想体系，自有其价值和意义，于己于学界，皆为好事。不过，那不是本书研究的主旨。同时，真想探究奥古斯丁神性思想，需要足够的知识装备方可奏效，头绪繁多，涵盖面广，非一时能够谈好。于是，笔者在此主要谈谈与本书主旨关系密切的神性思想——上帝的神性思想。至于天堂（天国）的神性、天使的神性、理性的神性、灵魂的神性、数字的神性，等来日有暇，条件成熟时再谈。

众所周知，奥古斯丁为了维护上帝的权威，为了维护大公教的正统地位，先后与古希腊罗马神话宗教、摩尼教徒、多纳徒派、伯拉纠派等奥古斯丁所谓的异教、异端发生论战。同样，为了维护上帝的神性，奥古斯丁也全面驳斥了异教神的荒谬无理。奥古斯丁批判异教神的邪恶是站在基督教上帝神性立场立论的，宣扬基督教上帝的神性伟大是为了戳穿异教神的荒淫邪恶。宣扬基督教上帝的至高神性与批驳异教神的邪恶是相辅相成的，构成了奥古斯丁神性学说的重要组成部分。故本章分两节来探析奥古斯丁的神性思想：上帝是至高神性与异教神没有神性。

第一节　上帝是至高神性

如上所述，奥古斯丁的神性思想自成体系，由上帝的神性思想、天堂（天国）的神性、天使的神性、理性的神性、灵魂的神性、数字的神性诸多层面组成。其中，上帝鹤立鸡群，是最高神性、神性之源。那么，谁是上帝，或上帝是谁？当有人这样发问的时候，奥古斯丁毫不客气地回答：

　　问上帝是谁的人一定非常瞎。上帝就是对我们看到已经完成了的那些事情做出预言的先知们的上帝。上帝就是亚伯拉罕从他那里得到"地上万国都必因你的后裔得福"这个应许的上

帝。这个应许已经在基督那里应验，按照肉身基督是亚伯拉罕
的后裔。连那些对基督之名保持敌对态度的人也承认这一点，
不管他们想不想这样做。上帝就是他的圣灵通过这些人发预言的
上帝……上帝就是最博学的罗马人瓦罗以为是朱庇特的上帝。瓦
罗不明白他自己在说些什么，但我认为值得注意的是，这位博学
者并不认为这位上帝不存在或微不足道，而是相信他是至高神。
最后，上帝是最博学的哲学家波斐利——基督徒的死敌——按照
所谓神谕也承认是大神的上帝。①

由这段有关上帝的阐述，不难看出，奥古斯丁认为，任何怀疑
上帝的念头都是非常愚蠢而错谬的。在奥古斯丁看来，上帝的存在
是不言自明的事实，上帝是做出预言并且预言能够应验的精神实
体。上帝的存在可由先知印证，即便异教人士也无法否认上帝之存
在，如瓦罗（Marcus Terentius Varro，约公元前 116—前 27 年）视
上帝为如朱庇特一样的至高神，甚至对基督教持敌视态度的异教
徒也无法否认上帝的存在，如基督徒的死对头波斐利（Porphyry，
公元 232—304 年）视上帝如大神。同时，奥古斯丁认为，上帝是
人的幸福，是人的心灵财富："只有上帝才能使我们幸福，他是我
们心灵的真正财富。"② 还认为，上帝是至高智慧："你是智慧，在
你、靠你、由你，一切智慧才为智慧。"③ 哲学家就是热爱上帝的人：
"如果创造一切事物的上帝就是智慧，如神圣的权威和真理证明了的
那样，那么真正的哲学家就是热爱上帝的人。"④ 自然，上帝的恩典

---

① ［古罗马］奥古斯丁：《上帝之城》，王晓朝译，人民出版社 2006 年版，第 938 页。
② ［古罗马］奥古斯丁：《上帝之城》，王晓朝译，人民出版社 2006 年版，第 214 页。
③ ［古罗马］奥古斯丁：《论自由意志：奥古斯丁对话录二篇》，成官泯译，上海世纪出
版集团 2010 年版，第 5 页。
④ ［古罗马］奥古斯丁：《上帝之城》，王晓朝译，人民出版社 2006 年版，第 306 页。

就是真正的哲学："上帝的恩典是必要的，这种恩典不是任何一种哲学，而是真正的哲学。"①

可以说，奥古斯丁认为，上帝不仅是不言自明的精神存在，而且是唯一真神，至高至大，至真至善至美，既创造了天地万物，又掌控着宇宙万象，全知全能，永恒纯一。上帝的神性，内涵丰富，根据奥古斯丁有关著述，可做如下解读。

一　上帝的真善美

在奥古斯丁看来，作为圣父、圣子、圣灵"三位一体"的唯一至高神上帝，又是至真、至善、至美融为一体的精神实体："上帝啊，你是真理，在你、靠你、由你，一切真实的事物才为真实；……你是善、是美，在你、靠你、由你，一切善和美才成为善和美。"② 上帝既是至真，又是至善，同时还是至美。至真、至善、至美集于上帝一身，彰显了上帝的至高神性。虽然奥古斯丁视上帝为真善美之最，但在具体论述中，较详尽地突出了上帝的善。相对而言，对上帝之真、美论述不及对上帝之善详细。关于上帝之美，将在"第六章上帝是至高美"进行探析，这里不再赘述。在此先简单探讨一下奥古斯丁对上帝至真的看法，然后主要探析一下奥古斯丁对上帝至善的看法。

（一）上帝的至真

在奥古斯丁看来，上帝是至真，是最高存在："真正的是（Esse vere），唯独上帝有。"上帝是最高存在、最高真理、最高真实、最高本性，可做三点透视：其一，上帝作为最高存在是纯一不变的："他是真正的是（有），因为他是不变的。每种变化都产生不再

---

① ［古罗马］奥古斯丁：《上帝之城》，王晓朝译，人民出版社2006年版，第1135页。
② ［古罗马］奥古斯丁：《论自由意志：奥古斯丁对话录二篇》，成官泯译，上海人民出版社2010年版，第4—5页。

'是'（有）的东西。因此不变的就是真正是（有）的。……他是至高者，不可能有与其他相对的东西，除非是'非是'。"① 其二，上帝是存在之源，其他存在莫不来自上帝："他把存在赋予他从无中创造的事物，……对有些事物，上帝赋予的存在比较充分，但对另一些事物，上帝以一种比较有限的方式赋予它们存在，就这样，上帝按照事物的存在程度，安排了天然的实在。……上帝是一切种类的存在的创造者。"不过，其他存在远不能与至高存在上帝相比，"这些事物的存在并不是像上帝自己的存在一样的存在"。② 与上帝的存在相比，其他事物的存在要低级、逊色得多。其三，上帝作为最高存在、最高本性又是善的。源于上帝的本性也是善的："这种一切善的事物无不从他获得'是'，同样，凡因本性存在的事物，也无不源于他，因为一切因本性存在的事物都是善的。每个本性都是善的，每一个善的事物都源于上帝，因此一切本性都源于上帝。"③

（二）上帝的至善

同时，奥古斯丁又认为，上帝是至善。关于上帝至善，可从三点透视。

其一，上帝之善是至高至大、超凡脱俗的："神是至高无上的善，在某种意义上是无可比拟的。"④ "啊，你的善是多么奇妙非凡！"⑤ 还有，上帝的善又是纯一不变的："只有一个善是单纯的，

---

① ［古罗马］奥古斯丁：《论秩序：奥古斯丁早期作品选》，石敏敏译，中国社会科学出版社 2017 年版，第 293 页。

② ［古罗马］奥古斯丁：《上帝之城》，王晓朝译，人民出版社 2006 年版，第 495 页。

③ ［古罗马］奥古斯丁：《论秩序：奥古斯丁早期作品选》，石敏敏译，中国社会科学出版社 2017 年版，第 293 页。

④ ［古罗马］奥古斯丁：《道德论集》，石敏敏译，生活·读书·新知三联书店 2009 年版，第 17 页。

⑤ ［古罗马］奥古斯丁：《论自由意志：奥古斯丁对话录二篇》，成官泯译，上海世纪出版集团 2010 年版，第 8 页。

因此也只有一个善是不变的，这就是上帝。"①

其二，上帝是善之源，赐予万物以善。"一切善都从上帝而来。"② "甚至最低之善也是从众善之源，即从上帝得其存在的。"③ 上帝是至高善，众善是低级善，上帝善是善之本，万物善是善之末，上帝善高于万物善，万物善低于上帝善，上帝善纯一不变，万物善杂乱变动。不过万物善以上帝善为皈依："这些可变的生灵可以倾向于不变的善，从而得到赐福。"④

其三，上帝关爱人类，救护人类。此可谓上帝的博爱、大爱、仁爱，或上帝的恩典。这是上帝至善的突出体现，可从六个层面解读。第一层面是上帝出于至善，从虚无创造万有，赋予虚无以存在："上帝是使我们领有开始的创作者，……因他的慈爱，非因我们自己的力量，我们才有生存。"⑤ 人类能够存在，完全是上帝善心使然，上帝出于善心自虚无中创造了人类，使人类转虚为实、化无为有。第二个层面是上帝通过造物教导人："通过奉他为主的造物，以许多方式说话。他召回那背弃他的人，教导相信他的人。他抚慰希望者，鼓励辛勤者，帮助奋斗者，垂听呼求他的人的祈祷。"⑥ 上帝出于善心鼓励、提携虔诚、向善向上的人。同时，出于善心，"基督教导赐予生命的真理，禁止我们崇拜伪神、骗人的神，他用他神圣的权柄禁止和谴责人们的邪恶的、害人的淫欲，逐渐地把他自己的子民撤

① ［古罗马］奥古斯丁：《上帝之城》，王晓朝译，人民出版社 2006 年版，第 456 页。
② ［古罗马］奥古斯丁：《论自由意志：奥古斯丁对话录二篇》，成官泯译，上海世纪出版集团 2010 年版，第 100 页。
③ ［古罗马］奥古斯丁：《论自由意志：奥古斯丁对话录二篇》，成官泯译，上海世纪出版集团 2010 年版，第 135 页。
④ ［古罗马］奥古斯丁：《上帝之城》，王晓朝译，人民出版社 2006 年版，第 493 页。
⑤ ［古罗马］奥古斯丁：《论自由意志：奥古斯丁对话录二篇》，成官泯译，上海世纪出版集团 2010 年版，第 181 页。
⑥ ［古罗马］奥古斯丁：《论自由意志：奥古斯丁对话录二篇》，成官泯译，上海世纪出版集团 2010 年版，第 173 页。

离这个被这些邪恶败坏了的、陷入毁灭的世界，用他们组成一个永恒之城，不是建立在空洞的言辞之上，而是建立在真理的判断上"。①上帝劝导人鄙弃邪恶，追求真善，远离世俗之城，向往上帝之城。上帝教导人，在奥古斯丁看来，不是为了自己，而是为了人类，上帝并不需要人，而人则需要上帝的恩典与保佑："上帝不为自己的利益命令任何事情，但却为了被赐予命令的人的利益吩咐一切。因此上帝是真正的主，因为他并不需要他的仆人们，但他的仆人们却需要他。"② 第三个层面是上帝赐福于人。"上帝是幸福的创造者和恩赐者，因为只有他才是真正的神，尘世间的王国无论是好是坏都是他赐予的。……他把幸福只赐给好人，有些仆人会得到幸福，有些仆人则没有，有些国王会得到幸福，有些国王则没有，完全的幸福则只存于没有人再是仆人的时候。"③ 上帝出于善心赐予尘世，将幸福赐予好人与好的王国。第四个层面是上帝出于善心，还能救人于危难之中："你们现在还活着，这要归功于上帝，是他宽恕了你们，使你们可以得到警告，改悔和重建你们的生活。是他允许你们这些不感恩的人避开敌人的刀剑，称自己为上帝的仆人，或者在殉道士的圣地找到避难之处。"④ 这是罗马城在沦陷中上帝仁慈的表现，使一些人转危为安、化险为夷。第五个层面是上帝转恶为善。"神的大能和善良是如此之大，就是邪恶，他也能使其成为善良。有的赦免，有的治疗，有的使其转而对虔敬之人有益，有的甚至给予最为公正

---

① ［古罗马］奥古斯丁：《上帝之城》，王晓朝译，人民出版社 2006 年版，第 71—72 页。

② St. Augustine, *The Letters of Saint Augustine*, *Bishop of Hippo Volume Ⅱ*, translated by the Rev. J. G. Cunningham, *The Works of Aurelius Augustine*, *Bishop of Hippo Volume ⅩⅢ*, printed by Murray and Gibb for T. & T. Clark, Edingburgh, 1875, p. 198.

③ ［古罗马］奥古斯丁：《上帝之城》，王晓朝译，人民出版社 2006 年版，第 180—181 页。

④ ［古罗马］奥古斯丁：《上帝之城》，王晓朝译，人民出版社 2006 年版，第 46 页。

的报应。"① 上帝这样做的缘由是利用邪恶助力、反推善良："上帝
常常凭借严厉的惩罚来纠正堕落的人性。"② 正是出于如此缜密的考
虑，上帝才创造了魔鬼："上帝利用魔鬼的诱惑把善带给那些魔鬼想
要伤害的圣人。由于创造了魔鬼的上帝肯定不会对魔鬼将来的邪恶
一无所知，并且预见到从魔鬼的恶中能够带来什么善。"在上帝善性
的设计下，邪恶的魔鬼变成了积德行善的助跑器，考验真诚的信徒
的灵魂是否坚强，自反面激发他们向往真善美的意志，砥砺虔诚的
教徒的心志，愈加坚定地追求那至善至真至美上帝。从这个意义上
说，"正如上帝是自然之善的最高创造者，所以他也是邪恶意愿的最
正义的统治者。"③ 上帝一方面严惩罪恶，另一方面也利用邪恶。无
论严惩还是利用邪恶，都显示了上帝善性对邪恶力量的掌控和驾驭。
上帝如此创造的魔鬼，很容易让我们联想到 18 世纪德国伟大诗人歌
德（Johann Wolfgang von Goethe，1749—1832 年）在其巨著《浮士
德》中刻画的魔鬼靡菲斯特形象，既作恶又造善，特别是在浮士德
追求真善美的伟业中扮演了重要的角色。有可能歌德从奥古斯丁身
上受到了启发，创造了做恶造善为一体的魔鬼靡菲斯特形象。关于
奥古斯丁笔下的魔鬼与歌德笔下的魔鬼靡菲斯特之间到底存在怎样
的关系，这是一个饶有兴味、值得探究的话题，有待来日有暇探讨，
这里不再赘述。第六个层面是上帝道成肉身，拯救人类：

　　　当我们背负深重的罪恶，回避他的光明，热衷于黑暗，以
　　至于盲目亦即邪恶的时候，上帝决不会抛弃我们，而是把他自

① ［古罗马］奥古斯丁：《道德论集》，石敏敏译，生活·读书·新知三联书店 2009 年
版，第 18 页。
② ［古罗马］奥古斯丁：《上帝之城》，王晓朝译，人民出版社 2006 年版，第 3 页。
③ ［古罗马］奥古斯丁：《上帝之城》，王晓朝译，人民出版社 2006 年版，第 466 页。

己的道，他的独生子，派到我们中间来。他为我们道成肉身而降生为人，为我们受苦。凭借他，我们可以知道上帝珍视人，凭借这种独一无二的祭献，我们可以涤清一切罪恶，凭借圣灵爱的浇灌，我们可以克服一切艰难险阻，抵达永恒的栖息地，品尝到默祷上帝的无比的甜蜜。①

上帝的博爱、恩典在道成肉身中得以突出的体现：上帝在人类违背上帝禁令，处于黑暗中时，不仅没有抛弃人类，而是派他的独生子来到人间拯救人类；为了拯救人类，上帝化身为人的肉身，降格为人，"神性将自己贬得不能再低，穿上了人的本性和人肉体的软弱"②；为了拯救人类，上帝饱经磨难，受尽屈辱，无怨无悔；为了救赎人类，上帝被活活钉死在十字架上，直至临死之际还宽恕行刑的人。可以说，为了人类委屈牺牲自己，彰显了上帝的大善大爱："基督降世的原因是向世人彰显上帝的爱。"③ 自然，上帝的大善大爱也收获了累累硕果："因着基督的牺牲，万物得以复兴，天地之间也有了和平。"④

在奥古斯丁心目中，上帝的至善充满宇内，上帝的博爱覆盖大地。对此不仅奥古斯丁本人深信不疑，而且将上帝的慈善大爱传递于他人。他每每以上帝之善、上帝之爱勉励亲友，祝福同行。他曾勉励菲利克斯（Felix）和西拉瑞纳斯（Hilarinus），说上帝永远爱你们，与你们永远在一起："主（Lord）我们的上帝（God）的仁慈从

① ［古罗马］奥古斯丁：《上帝之城》，王晓朝译，人民出版社 2006 年版，第 301 页。

② ［古罗马］奥古斯丁：《论原罪与恩典》，周伟驰译，商务印书馆 2012 年版，第458 页。

③ ［古罗马］奥古斯丁：《论信望爱》，许一新译，生活·读书·新知三联书店 2009 年版，第 127 页。

④ ［古罗马］奥古斯丁：《论信望爱》，许一新译，生活·读书·新知三联书店 2009 年版，第 72 页。

未放弃你们，我最亲爱的主人们，最尊贵的兄弟们。"① 还祝福希波
教会的同人上帝保佑你们平安顺遂："我们主（Lord）的慈悲保佑
你在他的（His）平安中，远离所有敌人的陷阱，我深爱的弟
兄。"② 于此奥古斯丁担当起了上帝至善的传播者，上帝博爱的祝
福者。

二　上帝的万能

奥古斯丁认为，上帝是真善美，同时又认为，上帝是万能的：
"虔诚生活的最真实的开端是尽可能地把上帝想象得至高无上，而这
样做意味着必须相信：上帝是全能的。"③ 这可从奥古斯丁对上帝的
由衷赞美和多种称谓中见出："你是真理之父、智慧之父，是至真的
至上生命的父，你是幸福之父、善和美之父，是理智之光的父，是
我们醒来并启蒙我们的父，是那盟约，警示我们归向你的盟约的
父。"④ 在奥古斯丁心目中，上帝是他的主、他的王、他的父、他的
事业、他的希望、他的财富、他的荣耀、他的家园、他的故土、他
的拯救、他的光、他的生命⑤，等等。一句话，上帝无所不能，无所
不会，"上帝是至高的完满和真正的尺度"。⑥ 依据奥古斯丁有关著

---

① St. Augustine, *The Letters of Saint Augustine*, *Bishop of Hippo Volume Ⅰ*, translated by the Rev. J. G. Cunningham, *The Works of Aurelius Augustine*, *Bishop of Hippo Volume Ⅵ*, printed by Murray and Gibb for T. & T. Clark, Edingburgh, 1872, p. 306.

② St. Augustine, *The Letters of Saint Augustine*, *Bishop of Hippo Volume Ⅰ*, translated by the Rev. J. G. Cunningham, *The Works of Aurelius Augustine*, *Bishop of Hippo Volume Ⅵ*, printed by Murray and Gibb for T. & T. Clark, Edingburgh, 1872, p. 314.

③ ［古罗马］奥古斯丁：《论自由意志：奥古斯丁对话录二篇》，成官泯译，上海世纪出版集团 2010 年版，第 74 页。

④ ［古罗马］奥古斯丁：《论自由意志：奥古斯丁对话录二篇》，成官泯译，上海世纪出版集团 2010 年版，第 4 页。

⑤ ［古罗马］奥古斯丁：《论自由意志：奥古斯丁对话录二篇》，成官泯译，上海世纪出版集团 2010 年版，第 7 页。

⑥ ［古罗马］奥古斯丁：《论秩序：奥古斯丁早期作品选》，石敏敏译，中国社会科学出版社 2017 年版，第 45 页。

述，上帝的万能可解读如下。

（一）上帝创造一切

在奥古斯丁看来，上帝作为"宇宙的缔造者"①，创造了世间的万事万物："他是最初也是最高的本质，一切存在的事物都从他获得存在。"② 具体而言，表现如次。其一，上帝创造了自然万物，"上帝创造了每一种自然，不仅有那些将保守德行和公义的，也有那些将犯罪的。但他造它们不是叫它们犯罪，而是让它们给宇宙增添美，不论它们是否意欲犯罪"。③ 自然包括天空、大地、河海中的一切。在上帝创造的自然万物中，奥古斯丁对大地有着明显的好感："上帝毕竟创造了一个充满无数奇迹的世界，在天上、地下和水中，而大地本身无疑是一个更大的奇迹，胜过充满大地的所有奇迹。"④ 其二，上帝创造了一切生命："没有哪个生命不是源于上帝，因为上帝是最高的生命，是生命的源泉。"⑤ 生命包括植物的生命与动物的生命。其三，上帝创造了所有灵魂："上帝创造了一切灵魂，而无论它的生命状态如何，或者是拥有无感觉和理性的生命，或者是有感觉的生命，或者是既有感觉又有理性的生命。"⑥ 其中，"有一些灵魂，它们居于所造的秩序的顶端，它们若意欲犯罪便会削弱乃至毁灭宇宙。若没有它们的存在，上帝的创造就少了一大善，因那缺少的，是造

---

① 〔古罗马〕奥古斯丁：《论自由意志：奥古斯丁对话录二篇》，成官泯译，上海世纪出版集团2010年版，第4页。
② 〔古罗马〕奥古斯丁：《论秩序：奥古斯丁早期作品选》，石敏敏译，中国社会科学出版社2017年版，第218页。
③ 〔古罗马〕奥古斯丁：《论自由意志：奥古斯丁对话录二篇》，成官泯译，上海世纪出版集团2010年版，第160页。
④ 〔古罗马〕奥古斯丁：《上帝之城》，王晓朝译，人民出版社2006年版，第1039—1040页。
⑤ 〔古罗马〕奥古斯丁：《论秩序：奥古斯丁早期作品选》，石敏敏译，中国社会科学出版社2017年版，第217页。
⑥ 〔古罗马〕奥古斯丁：《上帝之城》，王晓朝译，人民出版社2006年版，第299页。

物的稳定与勾连若缺少了它便陷于混乱的东西。哲学灵魂是最好的受造者，它们圣洁崇高，权力在天上乃至超乎天上，唯独听命于上帝，而整个世界都服从它们。没有它们公义完美的行动，宇宙不可能存在"。① 这是位于秩序顶端的高级灵魂，即哲学灵魂。其四，上帝创造了人类："他创造了人类，作为一切属土事物中最伟大的装饰，他把某些与今生相适应的善赋予人。这些善包括与短暂的今生相应的短暂的和平、身体的健康和完善、所属的某种社会，以及保持和恢复这种和平所必需的所有事物。"② 不过，上帝造人最初只是人类始祖亚当，后又创造了女人夏娃，上帝这样做有上帝的深刻用意："上帝乐意把他单独创造出来，而一切人都是从这个人那里衍生出来，人们由此得到告诫，要在众多的人群中保持团结。还有，女人是用男人的肋骨造出来的这一事实，十分清楚地象征着夫妻之间应当具有何等骨肉之亲。"③ 可以说，从天上到地上，从植物到动物，从动物到人，从肉体到灵魂，没有哪一个不是由上帝创造的。万物源自上帝，上帝创造了万物。不存在上帝创造不了的东西，也无法想象哪些东西不由上帝创造。一切皆由上帝所造，上帝创造了一切。这昭示了上帝创造的全知全能。

同时，在奥古斯丁看来，上帝是从虚无中创造万物的。"他不借任何存在进行创造（好像他自己没有充分的全能似的），而是从无中创造万有。……通过他，上帝成全了那从无中创造出的万有。"④ 这有三层意思：一层是，万物原本不存在，是上帝自虚无中创造了万

---

① ［古罗马］奥古斯丁：《论自由意志：奥古斯丁对话录二篇》，成官泯译，上海世纪出版集团2010年版，第160页。

② ［古罗马］奥古斯丁：《上帝之城》，王晓朝译，人民出版社2006年版，第925—926页。

③ ［古罗马］奥古斯丁：《上帝之城》，王晓朝译，人民出版社2006年版，第535页。

④ ［古罗马］奥古斯丁：《论自由意志：奥古斯丁对话录二篇》，成官泯译，上海世纪出版集团2010年版，第74页。

物："除了你三位一体、一体三位的天主外，没有一物可以供你创造天地。因此，你只能从空无所有之中创造天地，一大一小的天地。"①二层是，万物也不是上帝从自身中创造，而是从虚无中创造："这些生灵并不是他生的，而是由他从无中创造出来的。"② 三层是，万物是上帝凭借自己的道自虚无中创造的："上帝不是从自己生育（genuit）万物，而是藉着他的道创造万物。"③ 也可以表述为，万物是凭借上帝的全能全善创造的："由于你的全能和全善，你创造了一切美好：庞大的天和渺小的地。"④ 还可以表述为"凭着他常驻的永恒"⑤创造了万物。可以说，上帝凭借自己的道、全能全善、永恒自虚无中创造了万物。"他创造的万物，不是从已经存在的事物创造，而是从根本不存在的事物，即从无创造的。"⑥ 化虚为实、转无为有、变无形为有形、化缺席为出席、变缺场为在场，想创造什么就创造什么，没有材料的限制，全随神意安排，自一个角度更加突出了上帝创造的万能神奇。

（二）上帝主宰一切

奥古斯丁认为，上帝不仅创造了宇宙万象，而且主宰着万事万物："上帝是一切事物最聪明的创造主和最公正的规范者。"⑦ 奥古斯丁有一段话比较集中地指出了上帝对一切事物的主宰、掌控、驾驭、制导：

---

① ［古罗马］奥古斯丁：《忏悔录》，周士良译，商务印书馆1963年版，第280页。
② ［古罗马］奥古斯丁：《上帝之城》，王晓朝译，人民出版社2006年版，第518页。
③ ［古罗马］奥古斯丁：《论秩序：奥古斯丁早期作品选》，石敏敏译，中国社会科学出版社2017年版，第298页。
④ ［古罗马］奥古斯丁：《忏悔录》，周士良译，商务印书馆1963年版，第280页。
⑤ ［古罗马］奥古斯丁：《上帝之城》，王晓朝译，人民出版社2006年版，第518页。
⑥ ［古罗马］奥古斯丁：《论秩序：奥古斯丁早期作品选》，石敏敏译，中国社会科学出版社2017年版，第298页。
⑦ ［古罗马］奥古斯丁：《上帝之城》，王晓朝译，人民出版社2006年版，第925页。

我们崇拜上帝，他确定了由他创造的事物的性质，规定了它们的起始与终结，规定了它们的存在与运动，他明白、知道、配置了事物的原因，他设置了种子的力量，他赋予生灵以理性的灵魂，亦即心灵（mind），他赐予语言的能力和使用，他赐予一切在他看来为好的灵（spirits）以预见未来的能力，他自身亦通过他喜欢的人预见未来，他还通过他中意的人消除疾病。当人类受到战争的矫正和严惩时，他主宰着战争的起始、进程和终结，他创造和支配着最可怕、最凶猛的烈火，火是他统治的巨大世界的一部分，他是一切水的创造者和统治者。

所有这些事情都是由唯一真正的上帝创造和实施的。上帝无处不在，不被任何空间包围，不受任何约束，不能被划分成部分，不会有任何部分发生变化，他用无所不在的力量充满天地，他的本性中没有匮乏。上帝以某种方式指引着他所创造的一切事物，让它们能够进行专门的运动。尽管万物没有上帝就可以是无，但是万物决不是上帝。①

不难看出，上帝对宇宙万象的主宰与驾驭无所不在，无时不有。虽然上帝也派遣天使到人间传达神意，但赐福者只能是上帝，原因是天使的赐福归根结底也来源于上帝。很难想象有上帝不能决定的事务，也很难相信没有上帝处理事务的时候。宇宙万象时时处处都处于上帝的管控规定中。"他是所造万物的至上公义的主宰。"② 细言之，上帝的主宰，可从他对自然、社会、人事、天堂的管理方面

---

① ［古罗马］奥古斯丁：《上帝之城》，王晓朝译，人民出版社 2006 年版，第 299—300 页。

② ［古罗马］奥古斯丁：《论自由意志：奥古斯丁对话录二篇》，成官泯译，上海世纪出版集团 2010 年版，第 74 页。

来解读。

第一，上帝主宰着自然万物。在奥古斯丁看来，时光的变动，时序的更替，是由上帝制定的法律决定的："根据你的法律，斗转星移，月辉日耀。光去暗来，乃是一天，月盈月亏，乃是一月，四时更迭，乃是一年，太阳周行，乃成周年，恒星复始，乃成大时代，整个感官所及的世界保持着令人惊奇的稳定。"① 不仅如此，上帝还可以随自己意志改变天体运行的轨道："天空和大地的创造者严格规定了星辰的有序运行，建立了稳定不变的运行法则。然而，只要上帝愿意——他统治着他用最高权威和力量创造出来的东西——星辰就会改变现有的大小、亮度和形状，更加神奇的则是改变它的运行轨道。"② 还有，身体服侍灵魂以维持生命，也是上帝为自然规定的法则，不可逃避："没有任何事物可以逃避自然法则，而这条法则是由指导着宇宙和平的最高的造物主和规范者制定的。……这条法则适用于整个宇宙，维持着各种生灵，通过使相宜者相聚而带来和平。"③ 小动物出生于大动物的尸体，身体虽小，仍有灵魂，依然遵照上帝制定的律令，以其微小的形体服从服务于其微小的灵魂。

第二，上帝主宰着社会政治。在奥古斯丁看来，社会政治领域的事务，决定于上帝的意志。其一，上帝随自己的意志将政权赐予于人："他凭自己秘而不宣的意图分配权力。……他有时容许，有时直接赐予人们世上暂时的国度，他愿意将国度赐给谁就赐给谁，愿意赐给他多久就赐给他多久，完全依照他事先命定的时代顺序。"④

---

① ［古罗马］奥古斯丁：《论自由意志：奥古斯丁对话录二篇》，成官泯译，上海世纪出版集团 2010 年版，第6—7 页。

② ［古罗马］奥古斯丁：《上帝之城》，王晓朝译，人民出版社 2006 年版，第 1043 页。

③ ［古罗马］奥古斯丁：《上帝之城》，王晓朝译，人民出版社 2006 年版，第 923 页。

④ ［古罗马］奥古斯丁：《论四福音的和谐》，S. D. F. 萨蒙德英译，许一新译，生活·读书·新知三联书店 2010 年版，第 29—30 页。

其二，上帝将种种世俗福利、益处赐予人："所有今生的福益，世界本身、光、空气、土地、水、果实、人的灵魂、人的身体、感觉、心灵、生命，上帝既赐给好人也赐给坏人。在这些福益中也可以加上拥有一个帝国，上帝按照他的神圣统治在各个不同时期的需要规定了这个帝国的扩展。"① 其三，战争的延续和结果取决于上帝的意志："战争持续时间的长短也是由上帝按照他公正的意志和判断来决定的，或是让战争继续伤害人类，或者让战争停止，对人类进行安慰。这就是为什么有些战争持续了多年，有些战争很快就结束的原因。"② 其四，上帝还能感化蛮族人，使蛮族人由野蛮变得文雅，由凶残变得温和。罗马遭受劫难时，他们受到上帝感化，没有一味烧杀抢掠，而是找了几座大教堂，让难民进去躲避战乱之苦，有的还当场释放避难的灾民。"他们凶猛嗜血的心灵产生了敬畏，受到了约束，奇迹般地被上帝变得温和了。"③

第三，上帝主宰着一切人事。在奥古斯丁看来，一切人事关系、问题皆可见出上帝的力量，皆可显出上帝的主宰和决定作用。其一，上帝的恩典普泛地赐予人类。人不管是否能够得到救赎，上帝仍将恩典赐予人。"这种善不是他应得的，而是无价地赐予的。"④ 恩典是上帝遴选人类的依据和方式。周伟驰先生将奥古斯丁所言上帝恩典归结为两类，外在的恩典与内在的恩典："外在的方式，是通过律法、福音的宣传，使人听道；内在的方式，是通过将一些好的意念提供给人的心灵，让人沉浸在善的环境里，使之有信道的可能。"⑤ 这符合奥古斯丁上帝恩典的原意。

---

① ［古罗马］奥古斯丁：《上帝之城》，王晓朝译，人民出版社 2006 年版，第 231 页。
② ［古罗马］奥古斯丁：《上帝之城》，王晓朝译，人民出版社 2006 年版，第 224 页。
③ ［古罗马］奥古斯丁：《上帝之城》，王晓朝译，人民出版社 2006 年版，第 10 页。
④ ［古罗马］奥古斯丁：《上帝之城》，王晓朝译，人民出版社 2006 年版，第 629 页。
⑤ 周伟驰：《奥古斯丁的基督教思想》，中国社会科学出版社 2005 年版，第 242 页。

其二，上帝的意志决定着人的意志："存在于上帝的最高意志中的力量对一切被造的灵的意志起作用，帮助善者，审判恶者，支配一切……一切意志也都要服从上帝的意志，因为若无上帝的恩赐，它们就没有力量。"① 人的意志必须服从上帝的意志。不过，在奥古斯丁看来，上帝不是所有意志的赋予者，恶人的意志就不是来源于上帝，只有同本性对应的意志源于上帝。上帝意志掌控着人的意志。即便坏人犯罪也不能逃脱上帝的意志："恶人犯罪是出于自己的能力；但他们凭着邪恶犯罪之时做这做那却非出于他们自己的能力，而是出于上帝能力，上帝驱除黑暗，对它巧加安排；所以即使是他们所做的违反上帝意志的事，若非出于上帝的意志，也是不能成就的。"② 其三，上帝规定着人间各种伦理关系：

> 是您，使得妻子服从她们的丈夫……并且是出于贞洁和忠诚的顺服；您立丈夫在他们的妻子之上；您通过一种自由授予的隶属关系，将儿子与他们的父亲联系在一起，并使父亲以虔敬神的支配方式，居于儿子之上。您以宗教的纽带使弟兄们彼此相交，甚至比那些相较于血缘的人更为牢固和紧密。您教导奴隶，要忠于他们的主人……主人要更倾向于劝诫奴隶，而非惩罚。您使市民和市民、民族和民族彼此联系。事实上，您不仅仅通过社会纽带，而且还通过他们对共同亲属关系的一些感觉，来将所有人在对他们原初父母的回忆中联系在一起。您教导国王们，要以人民的福祉为标准来进行统治。而且也正是您，

---

① ［古罗马］奥古斯丁：《上帝之城》，王晓朝译，人民出版社 2006 年版，第 198 页。
② ［古罗马］奥古斯丁：《论原罪与恩典》，周伟驰译，商务印书馆 2012 年版，第 460 页。

告诫人们，要服从自己的国王。①

妻子顺服丈夫及丈夫统辖妻子、儿子孝顺父亲及父亲支配儿子、兄弟相敬如宾、奴隶忠于主人、市民相互亲和、民族睦邻友好、国王爱民如子及人民服从国王，都是上帝的神圣旨意。其四，上帝还能突破自然局限，创造人间奇迹。最典型的例子是上帝赐予亚伯拉罕年迈不能生育的妻子撒拉生子的功能："撒拉实际上不能生育，并由于不育而绝望，她想要通过她的使女来为她得子，所以她将使女给了丈夫为妾，让使女怀孕得子，她自己想为丈夫生子，但却做不到。……但当上帝希望表明他所赐予的恩典并非人的功德所该得的时候，他就恩赐一个不按自然过程出生的儿子。因为像亚伯拉罕和撒拉这样年纪的人按照自然过程的结合是不可能生子的。在各种情况下，哪怕是能生育的妇女也会由于年迈而不能生育，更何况撒拉在到了不能生育的年纪之前还没有生育过。"② 使不孕妇女顺利生育，彰显了上帝的神性万能。由于神力而发生的人间奇迹，如人由失明而重见光明，由瘫痪恢复健康，等等，"甚至到了现在，奇迹仍在产生，要么是奉基督之名，要么依靠基督的圣体，要么依靠他的圣徒的祈祷或遗物，然而这些都比不上以往那些广为传扬的荣耀的奇迹。由教会确定的圣经正典使以往的奇迹到处传扬，在所有民众心中留下了深刻的印象"。③ 上帝创造了万物，但却丝毫不受造物的影响，更不会为造物所左右，却能够超越受造物的不足、局限，创造意料不到的种种奇迹。

---

① ［美］彼得·布朗（Peter Brown）：《希波的奥古斯丁》，钱金飞、沈小龙译，中国社会科学出版社 2013 年版，第 256—257 页。
② ［古罗马］奥古斯丁：《上帝之城》，王晓朝译，人民出版社 2006 年版，第 636 页。
③ ［古罗马］奥古斯丁：《上帝之城》，王晓朝译，人民出版社 2006 年版，第 1100 页。

第四，上帝主宰着天上之城。在奥古斯丁看来，上帝不仅主宰着尘世事务，规定着自然、社会、政治、人事运行的法则，掌控着属地之城的盛衰、兴亡，同时还主宰着天上之城的一切事务。像人间雕刻师一样，上帝在天上之城能使人的形体修复完整如初。在奥古斯丁心目中，上帝是一位无与伦比的杰出陶匠，在天国中能够用构成人类的原材料，神速地复原人的身体。至于制造某个部位或器官的材料能否回到原部位或原器官，都丝毫不影响复活的形体的完整。"伟大的艺术家上帝会留意让那身体的各部分搭配得当。"不限于此，上帝不仅在上帝之城能使人的形体复活如初，保留各自原来的体貌特征不相混淆，还能调整身体材料，修补缺陷，完善、美化人的形体，突出身体的优长之处，使之变得优美、和谐，适合天堂美妙的仙境，"因为上帝甚至能随己意从无变有。……那里将不存在丝毫不协调之处，凡在那里的都会是优美和谐，现在的不合宜之处，到时就不会是这样了"①。

可以说，奥古斯丁认为，上帝是一个全能全知的主宰者、掌控者，既驾驭着宇宙的秩序，"依据他的原则整个宇宙，精神的和物质的，适应不同时空安排得井然有致"，又掌握着操控宇宙秩序的秘诀，"他拥有关于应该做什么，任何事物何时何地在宇宙中布置和安排的完美智慧和知识"②。

（三）上帝随意显灵

奥古斯丁认为，上帝不仅创造了宇宙万有，而且主宰着天地万物。同时认为，上帝可任凭自己意志随时随地显灵于人间，指导人

---

① ［古罗马］奥古斯丁：《论信望爱》，许一新译，生活·读书·新知三联书店 2009 年版，第 91—92 页。

② St. Augustine, *The Letters of Saint Augustine*, *Bishop of Hippo Volume Ⅱ*, translated by the Rev. J. G. Cunningham, *The Works of Aurelius Augustine*, *Bishop of Hippo Volume ⅩⅢ*, printed by Murray and Gibb for T. & T. Clark, Edingburgh, 1875, p. 39.

生，拯救人类。"因为上帝的本性，或实体，或本质，不论你用什么名称指他的实在，都是绝不能被人的感官看见的，但我们必须相信，藉着受他控制的受造者，不仅子或圣灵，而且父都是可以用一种形象来向世人的感官展现自己的。"① 上帝的本质可通过受造者形象显现于人的感官。对奥古斯丁认为上帝显灵于人间，彼德·布朗（Peter Brown）也曾论及："奥古斯丁按其一贯特点接受了政策的转变，并认为其间这一相关的敕令出于神意。……神通过超出人类所能掌控的事件来'说话'。"②《圣经》就是记录神的话语、神的指示、神的旨意的圣书。"这部神圣的书不仅包含着预言，也不仅包括用来教导人们恪守道德和虔诚的关于公义生活的诫命，而且还包括用来侍奉上帝的仪式、祭司、圣幕、神殿、祭坛、祭祀、礼仪，等等。"③ 这实际上是借人语传达神意，借人性昭示神性，人性是手段，神性是目的，人性是方式，神性是宗旨。人性服从和服务于神性，神性主宰与统率人性。神性为主，人性为仆。因为，神性是高级的，人性是低级的；神性是纯一的，人性是杂多的；神性充满真善美，人性染有假恶丑；神性是纯真的，人性是不洁的。在奥古斯丁那里，神性与人性既不对等，也似很难通融。

但是，在奥古斯丁看来，这一难题遇到万能的上帝便不攻自破。上帝的降世为人、道成肉身打通了人性与神性之间的深沟壁垒，填平了横亘在人性与神性之间难以逾越的巨大鸿沟，真正实现了人性与神性的共通共融。一方面，上帝取了人形，来到属地之城，具有了人性；另一方面，上帝的神性并不因由天上之城来到地上之城而

---

① ［古罗马］奥古斯丁：《论三位一体》，周伟驰译，上海人民出版社2005年版，第96页。

② ［美］彼得·布朗（Peter Brown）：《希波的奥古斯丁》，钱金飞、沈小龙译，中国社会科学出版社2013年版，第274页。

③ ［古罗马］奥古斯丁：《上帝之城》，王晓朝译，人民出版社2006年版，第301页。

有丝毫改变、减少，而是仍旧完好无损。"这并不是说他改变了自己的神性，而是说他取了我们的可变性。"① 尽管上帝披有人形，带着人性，但上帝身上的人性是纯洁完好的，就如始祖犯罪前的淳朴状态。"他在道成肉身中有了人的性质，但他是公义的、无罪的。"② 因为圣子来到尘世，不是靠肉体结合而生，而是上帝恩典圣母玛利亚受孕而生，没有肉体结合带来的罪性。圣子不是靠血气而生，而是靠上帝恩典而生，所以耶稣的人性不是属地的，而是属灵的，是纯洁无瑕的。有人性而无属地人性的杂多、罪性，唯有上帝的完满方可实现。有人性而不失神性，也唯有上帝的完满方可成全。人性与神性同居于一身，并行不悖，和谐一致，唯有上帝的完满方可达致。人性与神性合于一体，相安无事，和衷共济，自一个角度彰显了上帝的神性万能。

上帝集人性与神性于一身，或作为人性与神性的"中保"，在奥古斯丁看来，目的是救赎人类。"为了使心灵能够更加自信地走向真理，真理本身、上帝、上帝之子取了人性而又没有失去他的神性，建立了这种信仰，使人可以找到一条道路，通过一位神—人走向人的上帝。"因为人性已经堕落，染有罪恶，变得不洁，远离神性。人性与神性之间横亘着一条深堑壕沟，人性无法直接通向神性。"由于心灵本身，尽管生来具有理性和理智，但被黑暗和根深蒂固的错误笼罩，变得不仅无法亲近上帝和获得喜乐，甚至不能忍受上帝不变的光。"③ 因此，人性只有仰仗兼具人性与神性、打通人性与神性深沟壁垒的上帝摆渡到神性彼岸："因为一切相对的事物唯有经某种中

---

① ［古罗马］奥古斯丁：《论三位一体》，周伟驰译，上海人民出版社2005年版，第201页。

② ［古罗马］奥古斯丁：《上帝之城》，王晓朝译，人民出版社2006年版，第421页。

③ ［古罗马］奥古斯丁：《上帝之城》，王晓朝译，人民出版社2006年版，第445页。

间因素才能融合，又因现世的不义使我们与永恒的公义隔绝，两者之间就必须有具备某种现世属性的公义作中保；这中间因素既要能代表最卑下者成为现世的，又能代表至高者而是公义的，这中保将自己调整到前者的状态而不与后者分离，目的是将最卑下者领回到至高者面前。基督就被称为上帝与人之间的中保，身处永恒的上帝与必死的人类之间，他既是上帝也是人，使人与上帝和解；他保持了（先前的）身份，但同时获得了（先前）没有的身份。"① 先前的身份是神性，先前没有的身份是无罪、公义的人性，因而，"这个上帝是我们的目标，这个人是我们的道路"②。可以说，没有神性人性共处、神人同体的上帝，人性就不能飞往神性，人也就无法自属地之城升华至上帝之城："若不是藉着我们的主耶稣基督，他是上帝与人类之间的中保，依靠信心，就没有人能正直地生活。"③ 这是上帝显灵于人间最辉煌、最动人心魄、最让人感念不已的神圣壮举和博爱大行。"本属血气的人竟成为上帝的儿女，为了他们的缘故，上帝的独生子本是道，却披戴了肉身，这是何等的奇妙！"④

总之，在奥古斯丁心目中，上帝是万能的："我肯定上帝是所有眼睛、所有手、所有足；上帝是所有眼睛，是因为上帝看见一切事物；上帝是所有手，是因为上帝管理一切事物；上帝是所有足，是因为上帝处处存在。"⑤ 上帝无所不见，宇宙中任何事物都在上帝的

① [古罗马] 奥古斯丁：《论四福音的和谐》，S. D. F. 萨蒙德英译，许一新译，生活·读书·新知三联书店 2010 年版，第 66—67 页。

② [古罗马] 奥古斯丁：《上帝之城》，王晓朝译，人民出版社 2006 年版，第 445—446 页。

③ [古罗马] 奥古斯丁：《驳朱利安》，石敏敏译，中国社会科学出版社 2010 年版，第 161 页。

④ [古罗马] 奥古斯丁：《论四福音的和谐》，S. D. F. 萨蒙德英译，许一新译，生活·读书·新知三联书店 2010 年版，第 74 页。

⑤ St. Augustine, *The Letters of Saint Augustine*, *Bishop of Hippo Volume II*, translated by the Rev. J. G. Cunningham, *The Works of Aurelius Augustine*, *Bishop of Hippo Volume XIII*, printed by Murray and Gibb for T. & T. Clark, Edingburgh, 1875, p. 246.

视野里；上帝无所不管，宇宙中任何事物都在他掌控中；上帝无所不在，宇宙中任何地方都有他的足迹。没有什么东西可以回避上帝的法眼，没有什么事物能够逃脱上帝的巨手，也没有什么处所能够漏掉上帝的大足。

三　上帝的永恒

奥古斯丁认为，上帝不仅创造了一切，主宰着一切，而且认为，上帝是永恒不变的："唯一的上帝啊，你是唯一、永恒、真实的实体，……那里没有不足也无盈余，那里生产的和出生的乃是同一。"①关于上帝的永恒，根据奥古斯丁有关著述，可解读如次。

首先，上帝的本质是永恒不变的："上帝的本体或性质无论如何都是恒久不变的，不是组合或塑造而成的。"② 上帝的本质是纯一不变、整一恒久的，无论何时，无论何处，都持存如一。上帝纯一不变的本质也决定了上帝的真理、上帝的意志、上帝的爱等都是真实永恒的，"因为上帝的本质，上帝由以是其所是的，无论是在永恒上，真理上，还是在意志上，都是绝对没有变化的"③。上帝是爱，上帝又是真实、真理，上帝还是永恒，上帝的爱是永恒的，上帝的真实是永恒的，上帝的永恒是真实的、充满爱的。上帝的真实、永恒、爱是互通互融，互存互惠，你中有我，我中有你，同举并进的。

其次，三位一体的真神是永恒不变的。其一，三位一体中的圣

---

① ［古罗马］奥古斯丁：《论自由意志：奥古斯丁对话录二篇》，成官泯译，上海世纪出版集团 2010 年版，第 6 页。
② ［古罗马］奥古斯丁：《论信望爱》，许一新译，生活·读书·新知三联书店 2009 年版，第 299 页。
③ ［古罗马］奥古斯丁：《论三位一体》，周伟驰译，上海人民出版社 2005 年版，第 126 页。

父、圣子、圣灵是同等同量的："在此三位一体中的平等性（Equali-ty）是如此完全，不仅在神性上父不大于子，且在任何一个位格都不比三位一体本身小。"① 圣父、圣子、圣灵是等量齐观的，其中的任何一位的神性不比三位一体本身小，三位一体本身也不比圣父、圣子、圣灵其中一位大，圣父、圣子、圣灵及三位一体均是对等同量的。其二，圣父、圣子、圣灵都是纯一、永恒的至善："圣父生下了'道'，亦即'智慧'，万物藉他而被造，他是圣父唯一的独生子，他像圣父一样是一，他像圣父一样永恒，他像圣父一样至善。我们也相信，圣灵同时也就是圣父和圣子之灵，圣灵本身在本质上也是一，并且像圣父和圣子一样永恒。"其三，圣父、圣子、圣灵位格虽异，但密不可分，彼此交糅，相互渗透，凝结为不可分割的统一体："由于它的位格所具有的个性而使这个整体成为三位一体，由于它的位格都具有不可分割的神性而使它成为一位神，就好像由于它们不可分割的全能而使之成为一位万能者。"② 圣父、圣子、圣灵因个性相互吸引而结为一体，因共享同一神性而成为一位神。其四，圣父、圣子、圣灵是人们崇拜的同一存在、同一对象、同一根因："真正的享受对象就是圣父、圣子和圣灵，他们是三位一体，是同一个存在……万物都本于他，依靠他，归于他的三位一体真神。"③ 圣父、圣子、圣灵作为人们享有的同一存在、同一对象，作为万物的同一根因是永恒不变、始终如一的。

再次，上帝把握事物的方式是恒久不变的。奥古斯丁认为，上帝用绝对的不变性把握、看待事物，不同于凡人用可变性来看待认

---

① ［古罗马］奥古斯丁:《论三位一体》，周伟驰译，上海人民出版社 2005 年版，第217 页。

② ［古罗马］奥古斯丁:《上帝之城》，王晓朝译，人民出版社 2006 年版，第 475 页。

③ ［古罗马］奥古斯丁:《论灵魂及其起源》，石敏敏译，中国社会科学出版社 2017 年版，第 17—18 页。

识事物。这可从两个层面来解读。其一，这是主要的层面，上帝把握、看待事物不受时间限制，或者说上帝把握、看待事物没有时限性："上帝的知识并不是多种多样的，能以不同的方式知道还不存在的事物、现在存在的事物、已经不再存在的事物。上帝也不像我们一样寻找将来的事物、当前的事物、过去的事物。"上帝是以一种永久不变的方式把握、看待事物，用永恒的不变性看待事物："上帝以一种与我们的思维方式极为不同的方式看待事物。因为在思考一件又一件的事情时，上帝的思想没有改变，而是用绝对的不变性把握所有事物。所以在那些存在于时间中的事物中，未来的就是还不存在的，现在的就是当下存在的，过去的就是不再存在的，但稳固永久存在的上帝理解所有这些事物。"① 还有，上帝把握看待事物，思维不会因时而变："上帝在沉思中也不会从一个念头转变为另一个念头，因为他认识万物的无形的影像是同时呈现的。"上帝把握事物是一目了然、整体洞见、同时达成的。可以说，上帝把握看待事物完全不受时间的影响与左右，因为上帝创造了时间，创世的同时创造了时间，"正如他推动一切有时间的事物而他自身没有任何时间上的运动，所以他用不占据任何时间的知识认识一切事物"②。其二，上帝把握看待事物不会动用多种官能的，"上帝不会以一种方式用眼睛看，另一种方式用心灵想，因为上帝并非由心灵和身体组成"③。上帝是以一种全知视野、理智方式看待、把握事物的。上帝创造了万物，但不为万物所影响，上帝决定着受造物，但不受制于自己创造的受造界。上帝是以恒久不变的方式把握看待事物的："上帝现在知道的也不会与他始终知道的和始终将要知道的有所不同，因为被我们称之为过

---

① ［古罗马］奥古斯丁：《上帝之城》，王晓朝译，人民出版社2006年版，第469页。
② ［古罗马］奥古斯丁：《上帝之城》，王晓朝译，人民出版社2006年版，第470页。
③ ［古罗马］奥古斯丁：《上帝之城》，王晓朝译，人民出版社2006年版，第469—470页。

去、现在、将来的这三种时间尽管会影响我们的知识，但不会改变上帝的看法。"① 一句话，上帝认知事物的方式永恒不变、始终如一。

上帝的永恒不变证之于易变可朽的受造物愈加卓著。奥古斯丁曾经谈及三种自然："有一种自然（nature）不论在空间方面还是在时间方面都易于变化，叫作物质。另有一种自然（nature）在空间方面没有变化，只在时间方面易于变化，叫作精神。还有第三种自然（Nature）无论在空间方面还是在时间方面均无变化：那就是上帝（God）。我说的那些在某方面易于变化的自然（natures）被称为造物；那个没有任何变化的自然（Nature）被称为造物主（Creator）。"② 三种自然可分为两类：第一类即前两种自然，分别为空间时间易变的物质与空间不变而时间有变的精神，这都是上帝的造物，属于可朽易变之物；第二类即第三种自然，无论在空间方面还是在时间方面均恒定不变，永恒不朽，此乃造物主上帝所独有之神性。奥古斯丁以造物的易变可朽更加彰显了上帝的不变永恒。

综上所述，奥古斯丁认为，上帝是至真至善至美，全知全能，无限永恒。作为受造物的人及其生于斯的尘世可变易朽，充满罪恶，远离了真之源、善之源、美之源，阔别了永恒不朽之心灵家园，陷入泥泞的沼泽而不能自拔。"因此让我们自身从对时间中流逝之事物的关心中解脱出来；让我们探索那不朽而确切的幸福；让我们翱翔于我们的世俗事物之上。蜜蜂采足了大量的花粉之际也就无须翅膀了，因为如果它沉溺于蜂蜜之中，它就死了。"③ 要想获救，人应该

---

① ［古罗马］奥古斯丁：《上帝之城》，王晓朝译，人民出版社 2006 年版，第 470 页。

② St. Augustine, *The Letters of Saint Augustine*, *Bishop of Hippo Volume I*, translated by the Rev. J. G. Cunningham, *The Works of Aurelius Augustine*, *Bishop of Hippo Volume VI*, printed by Murray and Gibb for T. & T. Clark, Edingburgh, 1872, p. 42.

③ St. Augustine, *The Letters of Saint Augustine*, *Bishop of Hippo Volume I*, translated by the Rev. J. G. Cunningham, *The Works of Aurelius Augustine*, *Bishop of Hippo Volume VI*, printed by Murray and Gibb for T. & T. Clark, Edingburgh, 1872, p. 34.

放弃世俗事物，去追求那不朽永恒的幸福。如果一味沉溺于世俗事物，将像蜜蜂采足花粉，沉溺于蜂蜜不能飞舞而亡一样，灵魂的提升也就付之东流。作为基督徒，要感恩上帝，乐天知命，怡然服从上帝意志，恬然接受上帝安排，欣然听从上帝召唤。奥古斯丁曾向朋友普若福图如斯（Profuturus）分享自己身患疾病时的感受与心态："至于我精神，承蒙主（Lord）善乐和他（He）屈尊赐给我的力量，我安然无恙；不过至于我的身体，我受限于床。由于肿块的疼痛和浮肿，我不能走，不能站，不能坐。但是即便身处此种情形，由于这是主（Lord）意志，除了说我安然无恙，我还能说什么呢？……为我祈祷，由于自我控制的需要我不会虚度我的时日，我可以凭借我的耐心忍受我夜晚：请祈祷，尽管我漫步于死亡的阴影中，主（Lord）与我如此亲密无间，以至于我无惧邪恶。"[1] 我精神安宁，乃上帝的意志。我卧病在床，亦上帝的安排。虽然遭受病魔折磨，举步死亡，但由于上帝与我同在，我不会虚掷时光，畏惧死亡。由中不难想到奥古斯丁独处时对神性的向往，对上帝的皈依与听命。而当告别独居，身处上帝之城与地上之城之际，作为上帝子民与尘世公民，也要处理好俗事与圣事、此岸与彼岸、此生与来世的关系："基督徒应当尊重和服从帝国的权威，积极地在这个国家中承担社会责任；与此同时，他们也要坚持基督教信仰高于尘世之国的原则立场，既不为那种'城'的世俗之事而松懈对永生的追求，也不放过利用罗马的世俗力量来为教会服务的可能性。"[2] 身居此岸而心系彼岸，置身尘世而遥望天堂，摆脱有限，追求无限，离弃短暂，奔向

---

① St. Augustine, *The Letters of Saint Augustine*, *Bishop of Hippo Volume* Ⅰ, translated by the Rev. J. G. Cunningham, *The Works of Aurelius Augustine*, *Bishop of Hippo Volume* Ⅵ, printed by Murray and Gibb for T. & T. Clark, Edingburgh, 1872, p. 127.

② 夏洞奇：《尘世的权威：奥古斯丁的社会政治思想》，上海三联书店 2007 年版，第339 页。

永恒，告别人性，走向神性。在奥古斯丁看来，"与其让自己获胜，不如让上帝获胜"①。可以说，奥古斯丁终生都在推崇上帝的至上至高唯一，维护并服从上帝的至尊一元权威："上帝至上是奥古斯丁思想中始终如一的观点。"② 似乎奥古斯丁对上帝的虔诚、服务、奉献也得到了上帝的喜乐与嘉奖，他生前的弟子波斯迪乌斯称自己的导师为"得到上帝承认和喜爱的主教"③。

四　上帝的唯一

在奥古斯丁看来，上帝至真至善至美、全知全能、恒久不变，同时上帝无与伦比，不可比拟，独一无二，卓绝唯一。上帝的唯一或唯一性是上帝卓然神性的非凡表征和重要维度，可以从不同层面、不同角度探析、解读。笔者就自己掌握的奥古斯丁著述，试着阐释、剖析如次。

第一，上帝的唯一在于上帝的至高至大。在奥古斯丁看来，上帝的卓绝独一可以用一系列"之最""之源"，或无数的"至……""最……"等顶级修饰语来表述。就"之最""之源"而言，可以将上帝表述为"真之最""真之源"，世上一切真的事物莫不源自上帝；还可表述为"善之最""善之源"，一切善的事物莫不源自上帝；还可表述为"美之最""美之源"，一切美的事物莫不源自上帝；还可表述为"智慧之最""智慧之源"，一切智慧莫不源自上帝；还可表述为"理性之最""理性之源"，一切理性莫不源自上帝；还可表述

---

① ［法］弗朗西斯·费里埃：《圣奥古斯丁》，户思社译，商务印书馆1998年版，第138页。

② ［法］弗朗西斯·费里埃：《圣奥古斯丁》，户思社译，商务印书馆1998年版，第52页。

③ ［法］弗朗西斯·费里埃：《圣奥古斯丁》，户思社译，商务印书馆1998年版，第137页。

为"幸福之最""幸福之源"，一切幸福莫不源自上帝；还可表述为"公正之最""公正之源"，一切公正莫不源自上帝，等等，可以一直如此表述下去。就"至……""最……"而言，上帝可被视为"至真""最真"，没有什么能够比上帝真实；可被视为"至善""最善"，没有什么能够善过上帝；可被视为"至美""最美"，没有什么能够美过上帝；可被视为"至高""最高"，没有什么能够高过上帝；可被视为"至大""最大"，没有什么能够大于上帝；可被视为"至纯""最纯"，没有什么能够纯过上帝，等等，诸如此类。正是这一系列的"之最""之源"或"至……""最……"彰显了上帝的独一、仅有，表征了上帝卓然超绝的至高至大神性。上帝是唯一的神性之源。

第二，上帝的唯一在于上帝的唯真唯善唯美。奥古斯丁认为，上帝是至真至善至美，自然也是全真全善全美，纯真纯善纯美，唯真唯善唯美。自受造物的角度反观、仰视上帝的真善美，尤能衬托、彰显上帝的全真全善全美。上帝的真善美是完全的、圆满的、纯粹的，受造物的真善美是有缺憾的、有局限的。上帝的真善美是一切真、一切善、一切美的来源，受造界的真善美无不出自上帝的真善美，只是上帝真善美的一部分，且是微不足道、稀薄、模糊的局部真善美。由于受造物来自虚无，虽然不同程度、不同层面分有、沐浴、沾享上帝的真善美，但不论从量上还是从质上，远不及上帝的真善美，总有这样那样的不足、欠缺、局限、疏漏、弱点、瑕疵，与上帝的真善美相去十万八千里，远远逊色于上帝的真善美。上帝的真善美至高、至大、至全、至纯，一尘不染，毫无瑕疵。上帝是唯一的全真全善全美、至真至善至美、纯真纯善纯美、大真大善大美。

第三，上帝的唯一在于上帝的自主自由。在奥古斯丁看来，上帝想做什么就做什么，想怎样做便怎样做，没有什么能够影响、妨碍上帝的自主决定、自由行动。上帝说要有天，就有天，要有地，就有地，要有人，就有人，要恩典人，就恩典人，要惩罚罪恶，就惩罚罪恶，要考验谁，就考验谁，等等，这些都是上帝自己的事，做什么，怎么做，完全由上帝决定、操纵。上帝创造天地万有，纯粹是上帝自己的事，无须外援，无须他助。上帝虽然创造了天地万有，却丝毫不受所造万有的影响、制约、左右。上帝完全独立于天地万有，天地万有无可奈何于上帝。上帝绝对自主，绝对自由，绝不受制于、受限于受造物。这可从两个层面来理解：第一个层面，上帝丝毫不受限于任何有限或无限的空间，不会于此处是一个样子，于他处是另一个样子，也"不同于空间中存在的实体，在他，没有哪一部分少于整体"；第二个层面，上帝丝毫不受限于任何有限或无限的时间，不会此时有而彼时无，此时长久而彼时短暂，"也不同于在时间中可变的实体，在他，没有任何事物过去存在，现在不存在，也没有任何事物现在还不存在，将来才会存在"。[①] 上帝完全超然于天地万有，居无定所，行无定日，行止自主，来去自由，如此自主，如是自由，唯有上帝。上帝是唯一的自主自由者。

第四，上帝的唯一在于上帝的自足完满。奥古斯丁认为，上帝本身丰盈、富足、饱和、弥满，取之不尽、用之不竭，无所欠缺，无所亏损，没有他需，没有别求。上帝创造宇空万有，不是为了自己，而是为了受造界。上帝创造天地，不是为了自己而是为了天地。上帝创造动物，不是为了自己，而是为了动物。上帝创造植物，不是为了自己，而是为了植物。上帝创造山川大海，不是为了自己，而是为了山川大海。上帝创造泥土石块，不是为了自己，而是为了泥土石块。上帝创造人类，绝非为自己考虑，而是为了人类。上帝

[①] ［古罗马］奥古斯丁：《〈创世记〉字疏》（下），石敏敏译，中国社会科学出版社 2018 年版，第 72—73 页。

创造夏娃，不是为了自己，而是为了始祖亚当。上帝道成肉身，不是为了自己，而是为了救赎人类。上帝扬善抑恶，也不是为了自己，而是为了人类。上帝恩典人类，并非为了自己，而是为了人类。"因为上帝不需要我们服侍，而我们需要他的管理，他的栽培和看护。所以，唯有他是我们真正的主，因为我们服侍他不是为了他的利益和福祉，而是为了我们自己的。如果他需要我们，仅凭这一点他就不可能是我们真正的主，因为若是那样，他就有缺乏，我们的努力帮助他满足所需。"① 上帝对受造物一无所需，对被造者一无所求。能够常足自满，恒久殷实，处处圆满，无所需，无他求，唯有上帝。不难看出，奥古斯丁认为上帝自足圆满的观点明显借鉴了普罗提诺"太一"自足常满、周流不息的思想。至于奥古斯丁上帝自足圆满的观点与了普罗提诺"太一"自足常满的思想之间有何异同，待笔者来日有暇当细细探析。在奥古斯丁心目中，上帝是唯一的自足完满者。

第五，上帝的唯一在于创造实体、赐予本性。在奥古斯丁看来，上帝是唯一创造实体、赋予本性者，万千世界，形形色色，林林总总，皆为上帝创造的实体、本性。上帝而外，从天使到人类，没有谁能够创造任何实体、赋予本性。天使、人类等受造物不过是上帝创造实体、赋予本性的协助者、服务者。自天使而言，"天使不可能创造任何实体，无论是什么。一切实体，不论大小，唯一的创造主是上帝，即三位一体的上帝，圣父、圣子和圣灵。我们可以问亚当如何入睡，如何从他身上取出一根肋骨而不让他感到疼痛，我们可以回答说是天使成就了这事。但把肋骨变成或建造成一个女人，只有上帝才能成就，一切实体都依存于他"。自人类而言，奥古斯丁以农民与医生为例，阐明了上帝是唯一的创造者，人类是上帝创造物

---

① ［古罗马］奥古斯丁:《〈创世记〉字疏》(下)，石敏敏译，中国社会科学出版社 2018 年版，第 61 页。

的外在使用者、辅助者："农夫浇灌时所做的就是开通水渠。但让水从斜坡流下来不是出于他的工，毋宁说是那'以尺度、数目和重量安排万物'的上帝之工。同样，从树上取下树枝，把它种在地里，这是农夫的工，但是吸收水气，发出树芽，使小树的一部分深入到地下构建根系，引导另一部分向地面生长构建它的力量，发出它的枝条，却不是他的工，所有这些无不是那叫它生长的上帝成就的。"农夫如此，医生也如此，"医生给病体提供营养，给伤口提供药物，但这里要注意两点，第一，他并没有创造食物和药物，他只是找到这些由造主之工创造的事物；第二，他能够配备食物或药物，能够使用它，把它制成膏状，涂上膏油，然后放在适当的部位；但是他不能通过所使用的这些手段生产出或创造出能量或血肉。那是自然本性通过我们所不知道的一种内在力量成就的"①。上帝的创造是一种必然的、绝对的、内在的赋形、赐性力量，决定了受造物的存在形式、存在本性，天使与人类的行为不过是一种偶然的、相对的、外在的实施、辅助力量，协助着受造物的存在、延续。天使、人类无论怎样努力，怎样付出，怎样优秀，都越不出其辅助、服务、使用上帝创造物的角色，都是在上帝创造物的基础上进行的。如果没有上帝创造的实体、本性，天使、人类将无所作为，无所凭附，无所皈依，大失用武之地。万千世界，上溯苍穹，下及大地，唯一能够创造实体、赋予本性者，唯有上帝："创造万物或者使所有造物回转的只有一位，就是上帝——不论谁栽种，也不论谁浇灌，唯有上帝叫他生长。"②

上帝的唯一在于三位一体。在奥古斯丁心目中，上帝作为圣父、

---

① ［古罗马］奥古斯丁：《〈创世记〉字疏》（下），石敏敏译，中国社会科学出版社2018年版，第108—109页。

② ［古罗马］奥古斯丁：《〈创世记〉字疏》（下），石敏敏译，中国社会科学出版社2018年版，第115页。

圣子、圣灵，既是有别的、有区分的，又是合一的、统一的："至高无上的、真正的、同一且唯一的上帝，圣父、圣子和圣灵，即上帝和他的圣道及两位的圣灵，三位一体，既不相互混合，也不相互分离。"① 圣父、圣子、圣灵既彼此有别、相互有异，又互相关联、结为一体，既分工又合作，既分别又合体，这样的至高神只有基督教之上帝，是上帝独特唯一的神性。

上帝的唯一还在于其一元化、绝对性。在奥古斯丁看来，不同于古希腊罗马神话中的众神执政，各司其职，基督教的上帝是单数，独自创造万物、管理寰宇。还有，古希腊罗马的神祇绝对性不突出，即便众神之主、众神之父宙斯（朱庇特）也不具有绝对权威，也须听命于冥冥之中的命运指令，而奥古斯丁心目中的上帝，也是基督教的上帝则是高高在上的绝对权威神。这种独一无二、至上权威彰显了上帝神性的唯一。

第二节　异教神没有神性

奥古斯丁认为，基督教上帝是至真至善至美，全知全能，不仅创造了宇宙万象，而且主宰着天地万有，是纯一不变、永恒不朽的精神实体，是唯一、至高、真正的神性。基督教上帝的伟大之处在于上帝的博爱情怀、恩典品性、牺牲精神。上帝对人类充满关怀与哀怜，为了救赎人类，上帝不惜降世为人，道成肉身，被钉死在十字架上。拿基督教上帝神性来审视其他民族的宗教神祇，奥古斯丁称之为异教神，尤其是古希腊罗马的诸神时，奥古斯丁认为，它们皆不合真正的神性要求，既不能为人们提供任何道德教益、生活准

①　[古罗马]奥古斯丁：《〈创世记〉字疏》（下），石敏敏译，中国社会科学出版社2018年版，第72页。

则，也不能为人解决任何实际问题，相反还败坏心灵，误导人生。奥古斯丁剖析了异教神的邪恶、荒淫，指出了异教神的无德无耻、无能无用、无益无功。奥古斯丁认为异教神是一伙害群之马，称之为邪恶的恶灵、魔鬼："异教徒的诸神全都是邪恶的，他们根本不是神，而是恶灵。"① 由此断言，异教神没有神性。由此奥古斯丁有力捍卫了基督教上帝的神性权威，捍卫了大公教的神圣权威。

一 异教神无德无耻

奥古斯丁站在基督教大公教的立场，依据基督教上帝的神性原则，审视了当时罗马人所崇拜的异教神，即从古希腊传承下来的诸神系列，剖析了异教神的无德无耻，批判了异教神的自私、冷漠、邪恶、无公义、不负责任。

首先，奥古斯丁指出，诸神不能为人们提供应有的道德律令与生活准则。依据基督教神性原则，奥古斯丁提出，诸神应该为崇拜者提供有益的道德原则和生活原则，并按照道德律令奖励好人，惩罚坏人："无论如何，这些神灵作为人的保护神，有义务用明白无误的语言向他们的崇拜者公布善良生活的守则。他们也有义务派出先知谴责违反这些守则的人，公开宣布要对这些作恶者实施惩罚，而对那些遵守这些守则的人则予以奖赏。"② 道德有规范可循，生活有规矩可守，心灵有信念可持。但是，奥古斯丁看到，异教神没有制定任何律令约束、规范人的言行："他们没有发布任何可怕的禁令，阻止这些人变得完全腐败，使他们从那些可怕的、令人厌恶的邪恶中得以保全。"③ 这是自崇拜对象异教神而言，没有任何道德、生活

① ［古罗马］奥古斯丁：《上帝之城》，王晓朝译，人民出版社 2006 年版，第 61 页。
② ［古罗马］奥古斯丁：《上帝之城》，王晓朝译，人民出版社 2006 年版，第 53 页。
③ ［古罗马］奥古斯丁：《上帝之城》，王晓朝译，人民出版社 2006 年版，第 55 页。

律令指导信徒们的生活。自崇拜者信徒而言，也没有得到诸神的任何教益："诸神的崇拜者从来没有从诸神那里接受过任何健康的道德诚命。"① "如果诸神真的拥有公义，那么罗马人应当从诸神那里得到良好的法律，而不必从其他民族那里借用。"② 异教神对人们的正常生活没有任何指导意义，同时，在奥古斯丁看来，异教神对于国家大事也没有任何教益："他们自己的神灵对于保存、侍奉他们的国家什么也没有做，没有用这样的诚命防止这个国家的毁灭。"③ 对此，奥古斯丁大加质问："这些神灵在这些事情上是公正的吗？关心这种战争、预测战争的结果、放弃对苏拉的矫正、对他进行的惨无人道的战争不加约束，这种战争不仅要伤害共和国，而且要使共和国灭亡？"④ 异教神既不能改进人们的道德水准，又不能增进人们的生活教益，更不能促进民族的兴旺发达。从日常生活，到民族大业，诸神毫无裨益。奥古斯丁不由得严加拷问："为什么他们的神灵没有采取措施改良他们的崇拜者的道德？……指引他们的信徒过一种合乎道德的生活？"⑤

　　其次，奥古斯丁指出，诸神之所以不能为人们提供有益的道德律令和生活指导，是诸神本身邪恶无耻。根据基督教神性精神，奥古斯丁认为，人们崇拜的神灵应该是至真至善至美的统一，是道德的楷模、生活的榜样、精神的典范、心灵的皈依，是完美无缺、毫无瑕疵的灵魂故园。以此标准来审视异教神，奥古斯丁发现，罗马人崇拜的诸神都是自私、邪恶、无耻、荒淫之徒。众神之主、众神之父朱庇特就是一个卑鄙无耻、淫乱成性的色情王、色情狂，

① ［古罗马］奥古斯丁：《上帝之城》，王晓朝译，人民出版社 2006 年版，第 52 页。
② ［古罗马］奥古斯丁：《上帝之城》，王晓朝译，人民出版社 2006 年版，第 67 页。
③ ［古罗马］奥古斯丁：《上帝之城》，王晓朝译，人民出版社 2006 年版，第 85 页。
④ ［古罗马］奥古斯丁：《上帝之城》，王晓朝译，人民出版社 2006 年版，第 82 页。
⑤ ［古罗马］奥古斯丁：《上帝之城》，王晓朝译，人民出版社 2006 年版，第 52 页。

"因为人们说他无耻地与他人的妻子通奸，还无耻地玩弄美貌的男童"①。神之母库柏勒也毫无羞耻之心，"具有最无耻的男人也不愿他的母亲所具有的品格，……这位女神要求最优秀的人看到在她自己的神圣庆典中竟然需要连优秀的人在自己家中的餐桌上都耻于听见的污言秽语。"② 其他的神祇也好不到哪里去，都是些荒唐、淫秽之徒："仇恨帕里斯所犯奸情的诸神怎么能够不恨他们自己的姐妹维纳斯？（不用提别的例子了）她与安喀塞斯（Anchises）通奸，于是成了埃涅阿斯的母亲。是因为一桩罪恶使墨涅拉俄斯（Menelaus）受到伤害，而另一桩罪恶得到伏尔甘的默许吗？我想象，诸神并不妒忌他们的妻子，也不在乎与人共享她们。"③ 在奥古斯丁看来，从众神之主到诸神之母，从众神之主到普通神祇，异教神没有一个能恪守道德律令和生活准则，都是些自私自利、寻欢作乐，毫不关心崇拜者们利益的魔鬼、恶灵："那些魔鬼只是寻求他们自己的利益，而不关心他们的崇拜者如何生活。"④ "他们是魔鬼，他们教唆罪恶，在作恶中取乐。"⑤

再次，由于诸神毫无道德规范，所以在蒙选的问题上就出现了混乱无序的状态。其一，事务管理中地位重要的一些神每每落选，地位不重要的一些神却常常入选。"某些并没有被列为蒙拣选的神所掌管的事情比那些蒙拣选的神所掌管的事情更加重要。"⑥ 如许多原本是父亲和母亲的神灵却比他们子女的地位要低。还有，"维纳斯会那么出名，而美德女神（Virtus）会那样默默无闻。这两位的神性都

① ［古罗马］奥古斯丁：《上帝之城》，王晓朝译，人民出版社 2006 年版，第 171 页。
② ［古罗马］奥古斯丁：《上帝之城》，王晓朝译，人民出版社 2006 年版，第 54—55 页。
③ ［古罗马］奥古斯丁：《上帝之城》，王晓朝译，人民出版社 2006 年版，第 95 页。
④ ［古罗马］奥古斯丁：《上帝之城》，王晓朝译，人民出版社 2006 年版，第 78 页。
⑤ ［古罗马］奥古斯丁：《上帝之城》，王晓朝译，人民出版社 2006 年版，第 174 页。
⑥ ［古罗马］奥古斯丁：《上帝之城》，王晓朝译，人民出版社 2006 年版，第 266 页。

得到他们的公认，而她们的功绩则无法相比"①。再有，幸运女神在拣选的神中间应该且必须占据有一个很高而显要的地位，因为她对众神的选拔发挥着决定作用，让谁被拣选，让谁落选，全凭她一己之愿，况且她对已蒙选的神依然发挥着重要作用。然而，遗憾的是，幸运女神不仅在被拣选的神之间没有任何位置，而且本身就没有入选被拣选的神的行列中。决定诸神入选落选的幸运女神却被挡在蒙选大门之外。对此，奥古斯丁调侃道："我们也许要解释为什么幸运女神没有被拣选，我们必须假定幸运女神本身拥有的唯一的幸运是厄运。在这种情况下，她是她自己最糟糕的对手，因为她使别的神出名，而她自己则仍旧默默无闻。"幸运女神并不幸运，而是厄运。因为不被蒙选。其二，未蒙选的低级神灵很少有什么不雅的丑闻，而被拣选的神灵丑事不鲜。"我们很难在那些未被拣选的神灵中发现他们犯下什么罪行而给自己带来耻辱，但另一方面，我们也很难在被拣选的神灵中发现还有未被贴上可耻标记的神。"② 如伊阿诺斯这个小神，没听说犯有任何公开的和秘密的罪行，可能是无罪地生活着，而大神朱庇特、爱神维纳斯却绯闻不断、坏事做绝。基于以上情形，奥古斯丁总结道："这些神是被拣选的，成为神灵中的参议员，但这种拣选显然是由于他们罪恶累累，臭名昭著，而不是因为他们美德方面的尊严。"③ 诸神蒙选原因是邪恶无德，严重违背道德、公义、价值的尺度。

最后，奥古斯丁指出，诸神概念不清、关系混乱。按照基督教神性原则，奥古斯丁认为，上帝是唯一真神，是万有的创造者，从虚无中创造了一切，世上一切莫不源于上帝，上帝是万物的主宰者，

---

① ［古罗马］奥古斯丁：《上帝之城》，王晓朝译，人民出版社 2006 年版，第 267 页。
② ［古罗马］奥古斯丁：《上帝之城》，王晓朝译，人民出版社 2006 年版，第 268 页。
③ ［古罗马］奥古斯丁：《上帝之城》，王晓朝译，人民出版社 2006 年版，第 302 页。

赋予万象以秩序、尺度、形式，天地万物莫不服从上帝的安排，灵魂统治身体，身体服从服务于灵魂，人的灵魂旅程是自属地之城走向属天之城，由人性步入神性。目标明确，信念坚定，路线确定，程序清晰，步骤分明。一切都是明朗的，一切都是固定的。反观异教神，好多东西模糊不清、混乱不堪、莫衷一是。其一是概念不清，缺乏权威。奥古斯丁有一段话论述了诸神管辖世界的整体与部分的含混不清：

> 他们就把所有拣选的神都说成是这个世界以及世界的部分，有些神就是整个世界，有些神是它们的部分。朱庇特是整个世界，格尼乌斯、大母神（Mater Magna）、索尔和卢娜、阿波罗和狄安娜，等等，是这个世界的部分。他们有时候把一位神说成是许多东西，有时候又说一样东西是许多神。朱庇特是一位神又是许多东西，他是整个世界，又是天空，又是那颗朱庇特星。朱庇特是第二位的原因，是空气，是大地，如果她战胜了维纳斯，她还会是一颗星。同样，密涅瓦是最高的以太，又是月亮，因为他们假定月亮位于以太的下方。他们还用相似的方式把一样东西说成是许多神。这个世界既是伊阿诺斯，又是朱庇特，大地既是朱诺，又是大母神或刻瑞斯。①

与此相关，有些神相互之间充满重复、矛盾，如伊阿诺斯与朱庇特："伊阿诺斯是这个世界，朱庇特也是这个世界，但世界只有一个。因此，伊阿诺斯和朱庇特怎么会是两个神呢？为什么他们有各自的神店、祭坛，不同的祭仪，不同的塑像？因为开端的性质是

---

① ［古罗马］奥古斯丁：《上帝之城》，王晓朝译，人民出版社2006年版，第283页。

一，原因的性质是另一个一，一个叫作伊阿诺斯，另一个叫作朱庇特，这样说就够了吗？假定一个人在不同领域有两种能力或两个职业，这两种工作是不同的，那么我们是否就可以说有两个判官或两个艺人？”① 其二是分工烦琐，缺乏尊严。“当仔细的考察可以发现朱庇特也就是那位女神卢米那的时候，为什么还要把他称作卢米努斯？说一位神掌管谷物，另一位神掌管谷粒，还有一位神掌管谷糠，以这样的方式确定下来的神是没有尊严的。”② 对此，奥古斯丁打趣道：“每当我们看到用凡人的观念虚构出来的那些故事，给神灵指派各种各样的工作，就会哈哈大笑，这就好比负责一小片地区的税款包收人，或者像银铺街上的艺人，本来一名艺人就能做成的器皿，现在要经过许多工匠之手。”③ 诸神分工太过琐碎，有失尊严，难避荒唐。

　　综上所述，奥古斯丁认为，异教神无德无道，无纲无纪，既无权威，又失尊严。诸神只关心自己的私欲，纵情享乐，无暇无意关注人的道德诉求、生活意义。事情还远不至此，奥古斯丁看到，诸神不仅于人们的道德、生活无益，反而腐蚀、危害着人类：“这些被他们当作神灵加以敬重的东西不能提供任何帮助，反倒会用他们的欺骗和伪装带来很多伤害。……。被罗马人当作神灵来崇拜的魔鬼进行有害的欺骗，对他们的道德品格带来极大的伤害。”④ 由此断言：“那些自称得到神灵保佑的人的暴行无论对国家造成多么大的威胁，都不会比诸神联合起来用这样无耻的行为败坏国家更加有害。”⑤ 奥古斯丁揭发了诸神引诱人、腐蚀人，使人走向堕落、走向罪恶的巨大危害。

---

① ［古罗马］奥古斯丁：《上帝之城》，王晓朝译，人民出版社 2006 年版，第 276 页。
② ［古罗马］奥古斯丁：《上帝之城》，王晓朝译，人民出版社 2006 年版，第 277 页。
③ ［古罗马］奥古斯丁：《上帝之城》，王晓朝译，人民出版社 2006 年版，第 268 页。
④ ［古罗马］奥古斯丁：《上帝之城》，王晓朝译，人民出版社 2006 年版，第 142 页。
⑤ ［古罗马］奥古斯丁：《上帝之城》，王晓朝译，人民出版社 2006 年版，第 88 页。

二 异教神无能无用

奥古斯丁认为，异教神自私自利、厚颜无耻、无恶不作，不能为人提供任何有意义的道德准则、精神信念，反而败坏人心，毒化灵魂。这是奥古斯丁自基督教神性立场审视异教神在道德、精神层面的认识和思想。同时，奥古斯丁站在基督教神性立场审视了异教神在实际生活、实际事务中的所作所为。奥古斯丁认为，上帝是真善美的本体，不仅掌管着上帝之城，而且掌管着地上之城；不仅主宰着天上事务，而且主宰着人间事务。上帝慈悲为怀，关爱人间，恩典人类。出于博爱情怀，上帝常常显灵于尘世，调节社会，左右政治，干预人事，指导人生，救助人类。为了人类，上帝不惜委屈、牺牲自己，降世成人，道成肉身，帮助人类摆脱此岸之困苦，走向彼岸之幸福，引导人类由人性之杂多、罪性飞升到神性之纯一、完美。以基督教上帝之神性反观异教神，奥古斯丁大感失望，印象极差。相较于上帝的大善大爱、大智大勇、大作大为，异教神显得苍白无力、无所作为、无能为力。

首先，奥古斯丁揭示了异教神在国家事务中的无所作为。其一，异教神对于罗马的盛衰毫无能力、毫无作用。奥古斯丁指出，异教神面对罗马腐败而亡却无所举措："罗马诸神从来没有采取任何措施防止共和国因道德败坏而毁灭。"① 努玛统治时代的和平与诸神无关，罗马共和国实施执政官制度后遭遇的灾难，诸神未加任何干预。由此，奥古斯丁反问道："如果这个强大而又持久的王国没有得到过诸神的帮助，那么为什么要把罗马帝国疆域的辽阔和统治的长久归功于罗马诸神？"② 其二，异教神对于伊利昂的毁灭无能为力："这就

① ［古罗马］奥古斯丁：《上帝之城》，王晓朝译，人民出版社2006年版，第78页。
② ［古罗马］奥古斯丁：《上帝之城》，王晓朝译，人民出版社2006年版，第146页。

是伊利昂的灭亡，不是亡于由于其恶行而召来的希腊人之手，而是亡于在其废墟之外发展起来的罗马人之手，而这个时候，诸神虽然受到双方同样的崇拜，却什么也没有做，或者更准确地说，他们什么也不能做。"① 其三，面对阿波罗预言希腊人遭受灾难，异教神无计可施："据说库卖的阿波罗神像流泪向希腊人预兆灾难，但神不能救助他们。"② 其四，面对萨贡顿人灭亡而诸神无助："尽管萨贡顿人忠诚于罗马，但并没有从罗马诸神那里得到帮助，因此遭到灭亡。"③ 这样，奥古斯丁自罗马的盛衰、希腊人的受难、特洛伊和萨贡顿人的灭亡，用铁的事实雄辩地说明了异教神的不作为、无能力。

其次，奥古斯丁揭示了异教神在战争事务中的无所作为。战争的发动、进展、胜负，异教神袖手旁观，不闻不问，但对非公义的战争却大为热衷，助纣为虐："这些神灵显然没有用权柄约束人们的欲望，而是在唆使这些欲望谋求满足，不是吗？出身下层、靠个人奋斗而成功的马略（Marius）凶残地挑起内战，得到了神灵的有效帮助。……肯定了这一点就等于承认诸神是无用的。"④ 面对血腥战争，和平女神无计可施。建造和平神庙后，战争不仅没有被遏制，反而一浪高过一浪，如马略（Gaius Marius，约公元前157—前86）和苏拉（Lucius Cornelius Sulla Felix，公元前138—前78年）之间的内战等给人民带来无穷的痛苦与灾难。面对战争带来的灾难，异教神无动于衷，不予救助。奥古斯丁通过比较朱诺的神庙与使徒们的教堂对难民的不同态度、不同举措，生动地阐明了诸神的冷漠虚无：

---

① ［古罗马］奥古斯丁：《上帝之城》，王晓朝译，人民出版社2006年版，第98页。
② ［古罗马］奥古斯丁：《上帝之城》，王晓朝译，人民出版社2006年版，第103页。
③ ［古罗马］奥古斯丁：《上帝之城》，王晓朝译，人民出版社2006年版，第124页。
④ ［古罗马］奥古斯丁：《上帝之城》，王晓朝译，人民出版社2006年版，第80页。

在朱诺的神庙中堆积着从被焚毁的庙宇里抢来的战利品，不是堆在那里任其腐烂，而是要在胜利者中间分赃；而在使徒的教堂中，他们恭敬地将在别处找回的物件送还。在朱诺神庙中失去了自由，而在使徒教堂中保存着自由。在朱诺神庙中对俘虏严加捆绑，而在使徒教堂中这样做是绝对不可能的。在朱诺神庙中，遭监禁的人成为敌人的牲口，任其驱使，而在使徒教堂中，被他们宽厚的对手带进来的人可以获得自由。总之，温和的希腊人占领朱诺的神庙是出于他们自己的敌意和傲慢，而这些基督的圣堂甚至连野蛮人也会选来作为表现人道和仁慈的恰当场所。①

战乱中异教神不能保护人，基督教却能化险为夷。足见基督神性远远优于异教神。异教神无能无用。

再次，奥古斯丁揭示了异教神在灾难中的无所作为。罗马城遭受饥荒与瘟疫，诸神逃之夭夭，罗马人只好向雅典求助："当这个城市被无休止的诱惑所削弱，被可怕的饥荒和瘟疫弄得一筹莫展，等候派往雅典借用法律的使者回来使之恢复安宁的时候，诸神在哪里？"② 对此奥古斯丁颇为不满，因而批驳道："这些神灵享有城邦保护神的名誉，但他们若是连大火烧身都不能挡回去，他们又如何能够为遭遇火灾或洪水的城邦提供帮助呢？事实证明他们是无用的。"③

最后，奥古斯丁揭示了异教神在日常生活中的无所作为。以色列人口增长与鲁西纳（Lucina）无关："他们的妇女无须向鲁西纳（Lucina）祈祷。"人从婴儿吃奶、摇篮睡觉、吃喝，到受教育、结

---

① ［古罗马］奥古斯丁：《上帝之城》，王晓朝译，人民出版社 2006 年版，第 7—8 页。
② ［古罗马］奥古斯丁：《上帝之城》，王晓朝译，人民出版社 2006 年版，第 118 页。
③ ［古罗马］奥古斯丁：《上帝之城》，王晓朝译，人民出版社 2006 年版，第 123 页。

婚、交媾，均无须劳驾诸神："没有女神卢米那（Rumina），这些
婴儿照样吃奶，没有库尼娜（Cunina），他们照样睡摇篮，没有埃
杜卡（Educa）和波提那（Potina），他们照样吃喝，没有那些幼稚
的神灵，他们照样受教育，没有那些婚姻神，他们照样结婚，没有
崇拜普里阿普斯（Priapus），他们照样交媾。"① 人的生理症候，如
青春、长胡子也无须诸神插足："许多朱文塔斯女神的崇拜者根本没
有活到那个年纪，而许多不崇拜她的人却有着欢乐的青年时期。同
样，尽管有许多人崇拜福耳图那·巴尔巴塔，但他们根本没有长胡
子，更不要说胡子长得很难看了。"② 这是自生活积极层面而言，诸
神无用武之地。从生活的消极面甚至阴暗面而言，诸神也派不上用
场。面对奸情诸神没有反应："诸神惩罚帕里斯的奸情不可信，因为
他们对罗莫洛的母亲的奸情都没有表示愤怒。"③ 面对凶杀诸神不予
惩罚："诸神没有惩罚罗莫洛杀害弟弟的行为。"④ 无论是面对生活
提出的问题，还是面对生活出现的罪恶，异教神都无能为力，无所
作为。

　　基于以上所述，奥古斯丁认为，无论在国家大事中，还是在人
们的平常生活中，无论在战争岁月中，还是在和平年代里，诸神都
一律没有担当、不负责任，一概无所作为、无能为力。相比基督教
上帝的大善、大爱、大仁、大智、大勇、大为、大义，不知要逊色
多少倍。

三　异教神必被唾弃

奥古斯丁在批驳异教神的种种罪恶时，常常以基督教上帝的神

---

① ［古罗马］奥古斯丁：《上帝之城》，王晓朝译，人民出版社2006年版，第181页。
② ［古罗马］奥古斯丁：《上帝之城》，王晓朝译，人民出版社2006年版，第237页。
③ ［古罗马］奥古斯丁：《上帝之城》，王晓朝译，人民出版社2006年版，第96页。
④ ［古罗马］奥古斯丁：《上帝之城》，王晓朝译，人民出版社2006年版，第96—97页。

性原则为参照，在上帝的至高神性照耀下，异教神原形毕露，自惭形秽。"只有真正的宗教才能显明各民族的这些神灵是最不洁的魔鬼，他们想要人们把他们当作神，于是装作死人的亡灵或其他生灵。他们为自己的不洁感到自豪，喜爱邪恶可耻的事情，以此作为神圣的荣耀，妒忌人的灵魂皈依真正的上帝。"① 由此出发，奥古斯丁揭示了异教神的无德无耻、无用无能。同时，奥古斯丁也揭示了异教神产生的一个原因："对这些神灵所作的最令人可信的解释是，他们实际上是人，按照他们各自的具体才能、性格、事迹、活动，人们为他们设立庄严的祭祀。这些圣仪就像魔鬼一样逐渐潜入人心，到处流传。最后又有诗人出来用谎言为诸神涂脂抹粉，而恶灵则引诱人们接受这些谎言。"② 异教神是人为炒作，抬高人、神化人、伪饰人的属地谎言、属土谬误。而真正的神是属天产物、属灵结晶："真正的宗教不是由尘世的国家设立的，相反，真正的宗教本身显然是由真正的上帝激励和指导的，上帝把永恒的生命赐给他的崇拜者。"③ 由此，奥古斯丁又指出了异教神的一个严重而不可饶恕的天然缺陷，即不能给人以永恒的生命："我们热爱永恒的生命，在永恒的生命中才有真正的、圆满的幸福。那么，除了向作为幸福赐予者的上帝奉献我们自己，我们还能向谁奉献？根据我已经说过的内容，没有人会认为这些神灵会是幸福的赐予者。"④ 既然诸神不能给人永恒的生命，"因此向这些神灵寻求永恒的生命是最鲁莽的愚蠢，这些神灵被断定为主管与我们最可悲、最短暂的今生相关的各种琐事，当你向他们中的一位祈求并不属于他主管的东西，……祈求永恒的生命，

---

① ［古罗马］奥古斯丁：《上帝之城》，王晓朝译，人民出版社2006年版，第301—302页。
② ［古罗马］奥古斯丁：《上帝之城》，王晓朝译，人民出版社2006年版，第284页。
③ ［古罗马］奥古斯丁：《上帝之城》，王晓朝译，人民出版社2006年版，第241页。
④ ［古罗马］奥古斯丁：《上帝之城》，王晓朝译，人民出版社2006年版，第260页。

岂非更是一桩大错?"① 这样说来，异教神既无德无耻，又无用无能，既充满谎言，又不能授人以永恒的生命，不能教人以生命的神圣，既不能启发人，又不能帮助人，更不能提升人。因而奥古斯丁对异教神的存在提出挑战："当诸神建议把他们自己的罪恶当作赞扬他们的材料的时候，他们如何配得上得到崇拜呢? 这种伎俩难道不会使他们的真相暴露，并证明他们是可恶的魔鬼吗?"② 异教神没有任何神性可言，没有任何价值可说。由此，奥古斯丁撼动了异教信仰的根基，驳斥了异教神崇拜的根据。

于是，奥古斯丁大声疾呼，奉劝误入歧途的罗马人放弃邪恶的异教神，彻底驱逐这些无德、无耻、无信、无能、无用的无赖恶灵:

> 不要再追随骗人的伪神，要谴责他们，藐视他们，摆脱他们，获得真正的自由。他们不是真正的神灵，而是邪恶的灵，你们的永恒幸福对他们来说只是一种痛苦的惩罚。
>
> ……罗马城的荣耀根本无法与天上之城的荣耀相比，在那里真理就是胜利，神圣就是尊严，幸福就是和平，永恒就是生命。如果你们为接纳这样的人感到脸红，那么就更不应该接纳这样的神灵。如果你们想要接近这座幸福之城，那么就切断与魔鬼的联系。那些要靠无耻行为来祈求的神灵不配得到具有公义心的人的崇拜。通过基督宗教的洗涤，从你们的崇拜中驱逐这些恶灵，就像监察官用取缔令剥夺那些人的荣誉。③

---

① ［古罗马］奥古斯丁:《上帝之城》，王晓朝译，人民出版社2006年版，第235—236页。
② ［古罗马］奥古斯丁:《上帝之城》，王晓朝译，人民出版社2006年版，第63页。
③ ［古罗马］奥古斯丁:《上帝之城》，王晓朝译，人民出版社2006年版，第90—91页。

奥古斯丁毫不客气地对异教神下了逐客令，让异教神彻底永远滚出神坛。并且奥古斯丁指出了异教神必败、上帝必胜的神圣规律："上帝，通过基督最崇高的谦卑，通过使徒们的传扬，通过殉道士为真理而生、为真理而死的坚定信仰，通过上帝的信徒的自由侍奉，已经不仅推翻了这些宗教的心脏，而且推翻了迷信的神庙。"① 上帝闪亮登场，诸神消声隐退。可以说，奥古斯丁自基督教上帝神性法庭，宣判了异教神死刑。

值得指出的是，奥古斯丁以基督教上帝神性立场审视、批判异教神时，难免出现偏颇之处、绝对化倾向。奥古斯丁推崇的基督教上帝神性是一种至高理性、道德神性，这固然宣扬了基督教上帝的理性价值取向、道德价值取向，但与此同时，也阉割了异教神，即古希腊罗马神生命的本真、生命的鲜活，割除了诸神的感性价值取向、非理性价值取向。还有，奥古斯丁推重的上帝是一元化神性、唯一神性，这固然彰显了上帝神性的至高权威，与此同时也否定了诸神生命的充盈丰满，割除了众神的多元价值取向。应该说，奥古斯丁自基督教上帝神性视角审视、估量、解读、批判古希腊罗马神话、宗教，带有明显的宗教偏见、歧视和恶意："在他的笔下，古代希腊罗马传统宗教的信徒被称为'异教徒'。古代晚期所谓的'异教'（Paganism）并不是一种统一的宗教，而是对形形色色的古代多神教崇拜的统称，是基督教方面人为构建出来的一个贬义概念。"② 实际上，奥古斯丁并不明白"神的时代"的神祇与"人的时代"的宗教神的本质区别。"神的时代"的神祇是自发的、复数的、自律的神祇，是属于前道德阶段的神祇，没有或无须承担道德的责任与义

---

① ［古罗马］奥古斯丁：《上帝之城》，王晓朝译，人民出版社 2006 年版，第 178 页。
② 夏洞奇：《尘世的权威：奥古斯丁的社会政治思想》，上海三联书店 2007 年版，第262 页。

务。"人的时代"的宗教中的神则是根据宗教教义的要求，改编"神的时代"的神话而成，是自觉的、单数的、他律的神，需要承载宗教的道德使命与任务。

由于历史与学说的局限，奥古斯丁没有区分"神的时代"与"人的时代"宗教神的本质，而将古希腊罗马原有的神话、多神教斥责为充满邪恶、一无是处的异教、邪教，将古希腊罗马众神污蔑、歪曲为恶灵，不能不说奥古斯丁做了不少抹黑、捣毁的工作，为中世纪基督教排斥、打压、阉割其他宗教、其他文化开了先河。虽然如此，奥古斯丁标举道德神性、理性价值，指责其所谓异教神为欲望神，自一个侧面也反向触及、印证了古希腊罗马神话、宗教的原欲、爱欲本质特征，以及"神人同形同性"的独有特征："古希腊人为世界献出了几乎完全'人化'或'世俗化'，毫无道德楷模意味，天真、乐观、无拘无束地享受着现世欢乐的奥林匹斯诸神，基督教则为人类贡献出执着于绝对道德理念，为拯救罪人而在十字架上自甘受难的耶稣基督。"① 客观上也彰显了"神的时代"的神祇与"人的时代"的宗教神的本质区别。

当奥古斯丁以其神性思想来审视、谈论、涉猎文学艺术时，其文艺思想自然也染上了厚重的神性色彩，充满了浓郁的神性光晕，形成了以上帝为核心的文艺神性论。

---

① 梁工主编：《基督教文学》，宗教文化出版社 2001 年版，导言第 2 页。

第二章 上帝是至高全能艺术家

第一节 上帝是伟大的艺术家

在奥古斯丁心目中，上帝自身即为一位卓绝的艺术大师。"伟大的艺术家上帝会留意让那身体的各部分搭配得当。"① 具体而言，上帝既是"万物的大工匠"②，又是"具有奇妙莫测之能力的陶匠"③，还是医术精湛，医治人的灵魂的唯一"天上的医生"④，同时，更是智慧卓绝，启人心智，教导有方，"我们真正的教师"⑤。上帝可谓一位超凡脱俗、全知全能、全才全艺的卓绝艺术大师。

一 上帝的鸿篇巨制是宇宙世界

作为杰出的艺术大师，上帝的鸿篇巨制是宇宙，是世界。宇宙或世界为上帝神思飞扬、匠心独运的恢宏大器，是上帝如椽巨笔、

---

① ［古罗马］奥古斯丁：《论信望爱》，许一新译，生活·读书·新知三联书店 2009 年版，第 92 页。
② ［古罗马］奥古斯丁：《论秩序：奥古斯丁早期作品选》，石敏敏译，中国社会科学出版社 2017 年版，第 292 页。
③ ［古罗马］奥古斯丁：《论信望爱》，许一新译，生活·读书·新知三联书店 2009 年版，第 91 页。
④ ［古罗马］奥古斯丁：《论原罪与恩典》，周伟驰译，商务印书馆 2012 年版，第 117 页。
⑤ ［古罗马］奥古斯丁：《论秩序：奥古斯丁早期作品选》，石敏敏译，中国社会科学出版社 2017 年版，第 185 页。

一气呵成之巨幅画卷。关于这一点，塔塔科维兹也曾指出："奥古斯丁的许多观点，……与其他教父的意见相近，如自然与艺术相似；它自身便是艺术作品。"① 自然作为艺术作品，在奥古斯丁看来，当然是上帝的艺术作品了。他于397年写给格劳瑞斯（Glorius）和伊列修斯（Eleusius）的信中谈到，他在上帝这部鸿篇巨制——世界中读出了上帝之旨："我们拥有一部更伟大的著作——世界本身。其中我读到了我拜读过的在上帝之著（Book of God）中诺言的完成。"②

上帝的鸿篇巨制凝结着上帝神圣、崇高、永恒不变的神性设计。"上帝在什么地方这样做，在什么时候这样做，是一个不变的计划，这个计划只有上帝自己知道，在上帝的设计中，未来的一切时代都已经创造出来。这是因为，上帝推动一切暂时的事物，而上帝自身不动；上帝已经完成的知识与尚未完成的知识没有什么不同。"③ 上帝对其巨作宇宙的设计是永恒的、久长的，不因时而移，不因地而异。上帝对其巨作宇宙的设计又是神秘的，凡人难以解密，唯有上帝知晓。上帝对世界作品的设计还是万能的，未来的一切事物已囊括其中。

上帝创造的宇宙作品的材质与型相具有并时性。"你从虚无中创造了原质，又从不具型相的原质创造世界的一切品类，但这两项工作是同时的，原质的受造和型相的显现并无时间的间隔。"④ 上帝同时创造了不具型相的天地原质和世界的一切具体事物，世界的材质

---

① ［波］沃拉德斯拉维·塔塔科维兹：《中世纪美学》，褚朔维、李国武、聂建国、赵国运译，中国社会科学出版社1991年版，第70页。

② St. Augustine, *The Letters of Saint Augustine*, *Bishop of Hippo Volume Ⅰ*, translated by the Rev. J. G. Cunningham, *The Works of Aurelius Augustine*, *Bishop of Hippo Volume Ⅵ*, printed by Murray and Gibb for T. & T. Clark, Edingburgh, 1872, p. 159.

③ ［古罗马］奥古斯丁：《上帝之城》，王晓朝译，人民出版社2006年版，第405页。

④ ［古罗马］奥古斯丁：《忏悔录》，周士良译，商务印书馆1963年版，第345页。

与事物的型相乃上帝一蹴而就、一气呵成，这是上帝艺术大能的神圣造诣，是上帝神性艺术的非凡壮举。

上帝的巨作宇宙是有形有色的。"在你赋予这原始物质型相、把它区分之前，它是什么也没有……而是一种不具任何型相的东西。"①上帝创造这个世界之前，一片虚无，既无色，又无形，既无肢体，也无思想，是上帝高超的艺术化虚无为实有，变无形为有形，变无色为有色。"他把太阳造就为一切有形的光明中最明亮的，赋予它适当的力量和运动；……他为月亮决定了运行的轨道。他为天地提供了从一处到另一处的通道。"②化虚为实，变无为有，彰显了上帝神性艺术之非凡大能。

上帝的巨作世界是井然有序、有条不紊的。在奥古斯丁看来，上帝创造的天地万象层级分明，有价值优劣：有生命的作品高于无生命的作品，能生育的作品高于不能生育的作品；在有生命的作品中，有感觉者优于无感觉者，如动物优于植物；在有感觉的作品中，有理智者强于无理智者，如人强于牛；在有理智的作品中，不朽者优于可朽者，如天使优于人。③上帝大作高下有别，优劣有序，等级分明，是上帝神性艺术大能匠心安排使然。

奥古斯丁将世界视作上帝亲手挥就的鸿篇巨制，应该说对中世纪不少基督教作家类似的看法产生了不小启发和深远影响。中世纪的圣维克多的于格（Hugh of St. Victor, 1096—1141 年），在其《学问之阶》卷七中就将世界称为"上帝的手指写成的一本书"④。后来的但丁在《神曲》中也沿用了这一说法。

---

① ［古罗马］奥古斯丁：《忏悔录》，周士良译，商务印书馆 1963 年版，第 277—278 页。
② ［古罗马］奥古斯丁：《上帝之城》，王晓朝译，人民出版社 2006 年版，第 300 页。
③ ［古罗马］奥古斯丁：《上帝之城》，王晓朝译，人民出版社 2006 年版，第 464 页。
④ 陆扬：《中世纪文艺复兴美学》，蒋孔阳、朱立元主编：《西方美学通史》第二卷，上海文艺出版社 1999 年版，第 149 页。

二　上帝青睐的作品是人

在奥古斯丁看来，人在上帝创作的宇宙万类作品中，是一种特殊的作品，具有特殊的意义。"人，不论是由婚姻生的，还是由通奸生的，就他是人而言，也是好的，因为就他是一个人而言，他是上帝的作品。"① 人之为人，乃上帝作品，"人是一个伟大的事物，是照着神的形象和样式造的"②，是"上帝的杰作"③。上帝对人这件作品充满了诸多善心好意，人是上帝无限眷顾、永久恩典的作品，是上帝倍加青睐的手中之作、掌上明珠。

首先，上帝出于完美的设计恩赐于人完好的配置。"至尊的、真正的上帝，与他的道和圣灵在一起的（他们是三位一体的）全能的上帝，是每一个灵魂和身体的创造者和制造者。……上帝把人造成由灵魂和身体组成的理性动物，……他让人，好人与坏人，存在，就像他让石头存在一样，他让人像树木一样有生命，他让人像动物一样有感觉，他让人像天使一样有理智。"④ 上帝完美的设计与完好的配置可做两点透视。

其一，上帝为人设计和配备了健康、有力、优美、和谐的身体。"上帝还赋予一切肉体以起源、美、健康、生殖力，以及肢体的配置和总体和谐。"⑤ "上帝为他造出的肢体也本各有其用，无须羞愧。因此他们原先的赤裸既不令神也不令人不悦：本来没有什么事可羞

---

① ［古罗马］奥古斯丁：《驳朱利安》，石敏敏译，中国社会科学出版社 2010 年版，第138 页。

② ［古罗马］奥古斯丁：《论灵魂及其起源》，石敏敏译，中国社会科学出版社 2017 年版，第 26 页。

③ ［古罗马］奥古斯丁：《论原罪与恩典》，周伟驰译，商务印书馆 2012 年版，第 336 页。

④ ［古罗马］奥古斯丁：《上帝之城》，王晓朝译，人民出版社 2006 年版，第 202 页。

⑤ ［古罗马］奥古斯丁：《上帝之城》，王晓朝译，人民出版社 2006 年版，第 202 页。

耻的，因为最初产生的东西没有什么是值得惩罚的。"① 这样，由于"他们的身体本是上帝造的，配得一切的赞美"②。人的身体因是上帝的作品而值得赞美，奥古斯丁称之为"上帝俊美的作品"③。

其二，上帝为人设计和配备了可感觉、可思考的灵魂。奥古斯丁在追溯灵魂的起源时说道："灵魂或者是从气中造出来的，或者是神的气造成的，……神周围有一定的空气，他先吸进一些空气，然后又呼出来，当他把气吹在人的脸上的时候，就形成了人的灵魂。……它必然是从虚无中创造出来的，当然是神自己创造出来的。"④ 灵魂为上帝所造，是上帝把气吹在人的脸上而形成的结晶，灵魂是上帝的作品，"他创造了一切灵魂"⑤。上帝把人的灵魂分为非理性灵魂与理性灵魂，"他赋予非理性的灵魂以记忆、感觉、胃口，他还给理性灵魂添加了理智和意志"⑥。这样，人的身体与人的灵魂皆为上帝的作品，不过两相比较，灵魂是优于身体的上帝之作："人是一个伟大的事物，是照着神的形象和样式造的，不是指他所穿戴的必死的身体，而是指他的理性灵魂，正是因为它具有理性灵魂，才使他享受一切兽类所没有的尊贵和荣耀。"⑦ 人因其灵魂，尤其是理性灵魂因按照上帝的形象和样式所造而优于动物，享有其他动物所没有的尊贵和荣耀。人的灵魂来源于上帝，人的尊贵和荣耀也归因于上帝。

其次，上帝铸就了其作品——人的再生技能。"上帝的那些话，

---

① ［古罗马］奥古斯丁：《论原罪与恩典》，周伟驰译，商务印书馆 2012 年版，第 336 页。

② ［古罗马］奥古斯丁：《论原罪与恩典》，周伟驰译，商务印书馆 2012 年版，第 338 页。

③ ［古罗马］奥古斯丁：《驳朱利安》，石敏敏译，中国社会科学出版社 2010 年版，第 217 页。

④ ［古罗马］奥古斯丁：《论灵魂及其起源》，石敏敏译，中国社会科学出版社 2017 年版，第 182—183 页。

⑤ ［古罗马］奥古斯丁：《上帝之城》，王晓朝译，人民出版社 2006 年版，第 270 页。

⑥ ［古罗马］奥古斯丁：《上帝之城》，王晓朝译，人民出版社 2006 年版，第 202 页。

⑦ ［古罗马］奥古斯丁：《论灵魂及其起源》，石敏敏译，中国社会科学出版社 2017 年版，第 26 页。

'你们要生养众多'，不是在预告要受谴责的罪，而是对婚姻生育的祝福。因为，藉着他的这些无比美妙的话，即藉着他智慧〔基督〕的真理固有的神圣方法（万物是藉着这智慧受造的），上帝赋予了始祖夫妇生育的能力。"① 奥古斯丁追想了始祖夫妇犯罪前生育的纯洁状态："那时也不会像现在这样，处女的贞洁被肮脏的狂热败坏怀孕，而是服从于最温柔之爱的力量；因此，那时首次交合时就会没有疼痛，没有处女之血，分娩产子时也不会有呻吟之声。……被罪损害了的本性，从来没有过这种原始纯洁的事例。"② 奥古斯丁比较区分了始祖犯罪前后生育的不同，认为犯罪前的生育纯洁无罪，犯罪后的生育带有罪恶。不过，生育本身并无过错，因为"怀胎生子这是神的作为，不是人的作为"③。

再次，上帝拟就了其作品——人的各种性情。"根据上帝隐秘的判断，他的判断并非不公。有些人生来意志薄弱；有些人智力低下，思维迟钝；有些人则拥有两样恩赐，既有敏锐的思维能力，又能把所学知识储存在非常强大的记忆宝库里。有些人天性温和；有些人动不动就发火；有些人介于两者之间，对复仇不温不火。有些人是阉人；有些人生性冷淡，几乎没有什么东西能使得激动。有些人好色成性，几乎难以克制；有些人介于两者之间，有时候很容易激动，有时候懒散倦怠。有些人非常羞怯；有些人非常大胆；有些人既不那么胆小也不那么胆大。有些人快乐；有些人忧郁；有些人介于两者之间。"④ 可谓，人的个性由上帝造就，人性的丰富性乃上帝旨意，

---

① 〔古罗马〕奥古斯丁：《论原罪与恩典》，周伟驰译，商务印书馆 2012 年版，第 336—337 页。
② 〔古罗马〕奥古斯丁：《论原罪与恩典》，周伟驰译，商务印书馆 2012 年版，第 337 页。
③ 〔古罗马〕奥古斯丁：《驳朱利安》，石敏敏译，中国社会科学出版社 2010 年版，第 254 页。
④ 〔古罗马〕奥古斯丁：《驳朱利安》，石敏敏译，中国社会科学出版社 2010 年版，第 164 页。

是上帝神性巨笔挥就之篇章。

最后，上帝不断打磨修复完善自己的作品——人。上帝对其作品人的维护、修复、完善主要体现在人类始祖犯罪之后对人的关爱、拯救。上帝最初创造的作品人是纯真无瑕的，由于始祖犯罪导致所有人类承袭了罪恶。"人性作为上帝的作品最初被造时并没有过犯，但是第一人的自愿选择导致过犯，从而损坏了人性。"① 上帝创造的作品由纯真无瑕变得混浊不洁，由完好无损变得残缺不全，"因为他出生于恶——这种恶在贞洁夫妻那里被适当地使用——并且带着这种恶出生，所以必须通过重生从这种恶的捆绑中脱离出来"②。上帝由作品的创造者、制造者变为作品的维护者、修复者，成了医治人的灵魂的天上良医。"人犯罪以后，上帝既没有让他不受惩罚，也没有不加怜悯地离开他。"③ 上帝出于公正割除其作品受损污浊部分，出于恩典保留嘉奖向善向真部分。且出于圣爱，"他给凡人指定了适当的种子和营养，无论是干的还是湿的；他建立大地，使之丰产，为动物和人提供食粮"④。这样，人"凭着他的恩赐，每个人都能找到真实的而非虚幻的幸福"⑤。最终，人——上帝之作在上帝的匠心独运下，受损部分得以修复，变得完善。

总之，人作为上帝的作品，是好的。"尽管他沾染原罪，因为他里面凡是属于上帝作为的，都是好的，上帝的作品即使带着恶，不仅在婴儿时期，也包括在任何年龄阶段，也是好的。实体、形式、生命、感观、理性能力以及所有其他，即使在恶人身上，不论他是

① [古罗马] 奥古斯丁：《驳朱利安》，石敏敏译，中国社会科学出版社2010年版，第145页。

② [古罗马] 奥古斯丁：《驳朱利安》，石敏敏译，中国社会科学出版社2010年版，第138页。

③ [古罗马] 奥古斯丁：《上帝之城》，王晓朝译，人民出版社2006年版，第202页。

④ [古罗马] 奥古斯丁：《上帝之城》，王晓朝译，人民出版社2006年版，第300页。

⑤ [古罗马] 奥古斯丁：《上帝之城》，王晓朝译，人民出版社2006年版，第202页。

谁都是好的。"① 而且，人作为上帝作品中的一大奇迹，超越于人间任何奇迹。"人本身也是一个伟大的奇迹，大于凡人行使的任何奇迹。"②

奥古斯丁如此表述人作为上帝杰作的优势，如此赞赏人在受造物中的优越性，似有些出乎人们的意料。因为，在人们的印象中，长期以来，奥古斯丁是极力推崇神性、贬抑人性，盛赞上帝、贬低人类的护教神学家、教父代表人物，怎么会肯定人性、赞赏人类呢？人们之所以对奥古斯丁抱有这样的看法，个人认为，与长期以来我国学界对奥古斯丁的隔膜、疏离、误读有关，与我国学界对奥古斯丁译介的严重滞后有关，与人们对奥古斯丁缺乏足够的了解和深入的理解有关。事实上，在奥古斯丁看来，万事万物作为上帝的作品，由于出自上帝手笔，本性皆善，因为上帝是至高善，只不过作为上帝作品的宇宙万有的善不完全、不彻底、不通透，远远不能与上帝的大善至善同日而语，只是上帝善的摹本、侧影、折射，属于小善、微善、低级善。人作为上帝的墨宝之一，性本善，只是由于始祖犯罪、自由意志的乱用与滥用而使其善性大大受损、玷污、污染、打折、贬值。即便如此，上帝远没有抛弃人类，而是充满了关怀、恩典。即便如此，奥古斯丁也没有捐弃人类、完全鄙夷人性，而是对人类抱有希望，对人性给以一定理解、肯定："人类乃是大地上独具一格的装饰。"③ 不过，人之所以优于高于其他作品，在奥古斯丁看来，是上帝的旨意："上帝创造人时赐给他一种胜过低级动物的能力，犯罪之后也不曾丧失的能力。"④ 这种能力即理性，

① ［古罗马］奥古斯丁：《驳朱利安》，石敏敏译，中国社会科学出版社 2010 年版，第 143 页。
② ［古罗马］奥古斯丁：《上帝之城》，王晓朝译，人民出版社 2006 年版，第 405 页。
③ ［古罗马］奥古斯丁：《〈创世记〉字疏》（下），石敏敏译，中国社会科学出版社 2018 年版，第 97 页。
④ ［古罗马］奥古斯丁：《〈创世记〉字疏》（下），石敏敏译，中国社会科学出版社 2018 年版，第 107 页。

理性使人与其他动物区别开来，并远远高于其他动物，在上帝作品中鹤立鸡群。人之所以优于其他事物，说到底是上帝垂青、神性使然的结果。

奥古斯丁的这一看法，固然自人性的层面彰显了上帝神性之伟大卓绝，同时对人性、人类给以一定程度、相对的认可、肯定、赞赏，在其整个神性体系内流露出一定、相对的人文关怀，自然是宗教人文关怀，或宗教人文意识、宗教人文思想。依笔者之见，奥古斯丁的宗教人文思想与文艺复兴时期的人文主义不可谓毫无关系，因为文艺复兴时期的人文主义矛头对准的是教会、官办教会，反对的是教会禁锢人性、压制人权的神学独断、宗教特权，并不完全反对宗教本身，至少没有完全捐弃基督教。马丁·路德的宗教改革就是一大例证。但丁（Dante Alighieri，1265—1321 年）、彼特拉克（Francesco Petrarca，1304—1374 年）、薄伽丘（Giovanni Boccaccio，1313—1375 年）、杰弗里·乔叟（Geoffrey Chaucer，1340—1400 年）、莎士比亚（William Shakespeare，1564—1616 年）等人文主义作家及其创作也足以能说明这一问题。哈姆莱特对人的讴歌"宇宙的精华，万物的灵长"可谓回应了奥古斯丁视人为上帝的杰作、大地的装饰这一看法。奥古斯丁的宗教人文思想、宗教人文关怀，及其与后世人文主义的关联，由于不是本书主旨主题，在此暂先搁下，来日有暇当做一深入探析。

三 苍穹是上帝的天上圣经

在奥古斯丁看来，人们头顶上的青天或苍穹是上帝书写的神圣经典——圣经或圣经天、天上圣经，像书卷在上面展开，复庇一切事物："我的天主，你在我们上空，在你神圣的经典中，又为我们创造了一个权威的穹苍，……你如用羊皮一般，展开了你的圣经的天，……更崇高地伸展于它所复庇的一切事物之上。"① 天上圣经是上帝神笔绘就的宏伟篇章，是上帝"手造的工程"②。

圣经天或天上圣经作为上帝"手造的工程"，写着上帝的圣言、圣训，昭示着上帝的真谛："你的话不露真相，仅在云雾隐现之中，通过苍天的镜子显示于我们。"③ 上帝的恩典在宇空中昭然可见，上帝创建的精神实体井然有序地排列在苍穹中，熠熠生辉，普照尘寰。④ 上帝通过圣经天与人发生交流，诲人不倦，启示真理。比如，上帝教导人类如何分辨理性事物与感性事物之差异，指点人类如何把握追寻理性事物者与追逐感性事物者的区别。⑤ 人则在聆听上帝圣言中接受了圣训："天主啊，你在你的圣经中，在你的穹苍中，非常明智地和我们谈论这一切，使我们能在奇妙的谛观中，辨析一切。"⑥ 同时人在仰视天上圣经之际，获得了真谛，认识到上帝的博爱何以于时间之流里显示了时间的缔造者。⑦

与此同时，在天上圣经中，天使也在拜读着上帝之言，不过他们的阅读方式及阅读内容均不同于人。自阅读方式而言，天使无须像人类那样仰望圣经天，无须经由阅读圣经天来接受上帝的圣言，无须借助时间之文字领会上帝之永恒意志，天使能够不经中介直接瞻仰上帝的圣容。自阅读内容而言，天使也不像人类那样读到的是茫茫青天，上帝的有形象征物，而是永恒存在的上帝本身，上帝即是天使的书。还有，自阅读状态而言，天使与人也不一样。人不会无时无刻永远阅读圣经天，而天使则每时每刻都在阅读，从未停止，

① ［古罗马］奥古斯丁：《忏悔录》，周士良译，商务印书馆1963年版，第319—320页。
② ［古罗马］奥古斯丁：《忏悔录》，周士良译，商务印书馆1963年版，第320页。
③ ［古罗马］奥古斯丁：《忏悔录》，周士良译，商务印书馆1963年版，第321页。
④ ［古罗马］奥古斯丁：《忏悔录》，周士良译，商务印书馆1963年版，第324页。
⑤ ［古罗马］奥古斯丁：《忏悔录》，周士良译，商务印书馆1963年版，第324页。
⑥ ［古罗马］奥古斯丁：《忏悔录》，周士良译，商务印书馆1963年版，第325页。
⑦ ［古罗马］奥古斯丁：《忏悔录》，周士良译，商务印书馆1963年版，第321页。

百读不厌。① 天使乃上帝所造，"天使是上帝的作品"②。作为上帝的作品，天使不仅是上帝之言的拜读者，也是传播圣言的使者，在上帝的圣经天中自由翱翔，飞到哪里，将上帝之言传播到哪里，使得圣言遍及天涯海角。③

在天上圣经中，在神圣天使之中，上帝创建了上帝之城。上帝是"圣城的起源、准则和幸福"④。上帝之城的智慧来自上帝的启示，上帝之城的幸福源于上帝的喜乐，上帝之城的形式来自上帝的构造，上帝之城的力量来自上帝的永恒，上帝之城的光明来自上帝的真理，上帝之城的喜乐来自上帝的善性。⑤ 上帝之城这座宏伟神圣的大厦乃上帝的大手笔，天界中的大杰作。

可以说，天上圣经是神圣的、崇高的、辉煌的、富丽的、宏伟的，同时又是永恒的、不朽的："你的圣经将永久复庇着万民直至世界末日。但'天地要过去，你的话不会过去'。因为羊皮将卷起来，所复庇的芊眠芳草也将消失，而你的话却永久常在。"⑥

四 《圣经》是上帝之言

在奥古斯丁看来，《圣经》是神的言说，是神的作品。"他视圣经为上帝的真理。"⑦ 奥古斯丁在《忏悔录》中记录了自己心灵亲耳聆听上帝的告诫："你用强有力的声音，在我心灵的耳际，振发你的仆人的聋聩，对我叫喊说：'你这人！圣经上的话就是

---

① [古罗马] 奥古斯丁：《忏悔录》，周士良译，商务印书馆1963年版，第321页。

② [古罗马] 奥古斯丁：《驳朱利安》，石敏敏译，中国社会科学出版社2010年版，第179页。

③ [古罗马] 奥古斯丁：《忏悔录》，周士良译，商务印书馆1963年版，第327页。

④ [古罗马] 奥古斯丁：《上帝之城》，王晓朝译，人民出版社2006年版，第476页。

⑤ [古罗马] 奥古斯丁：《上帝之城》，王晓朝译，人民出版社2006年版，第476—477页。

⑥ [古罗马] 奥古斯丁：《忏悔录》，周士良译，商务印书馆1963年版，第321页。

⑦ [英] 安德鲁·诺雷斯、帕楚梅斯·潘克特：《奥古斯丁图传》，李瑞萍译，北京大学出版社2007年版，第194页。

我的话.'"①《圣经》是上帝之言，是上帝之作。关于这一点，美国奥古斯丁传记作家彼得·布朗也曾指出："对于奥古斯丁和他的听众而言，圣经确实是神的'话语'。"②《圣经》是最富神性的神之杰作，是上帝这一艺术大师如椽巨笔的鸿篇巨制，可谓神间唯一名家大作。

不过，奥古斯丁认为，《圣经》虽然是上帝之作，但上帝并没有直接出面，挥洒笔墨，而是上帝凭附人身，左右人心，授权与人，借人立言的。人蒙圣灵恩典，按照上帝吩咐，代上帝发言立论，如实传达上帝旨意，成为上帝的代言人。其中，先知是较早的代神立言者："藉着先知之口，上帝预言了如今偶像在基督徒手中遭受的命运，也是藉着这些先知之口，他对拜他神发布了禁令。"③ 这些先知所记录的上帝之言就构成了大先知书《以赛亚书》《以西结书》《耶利米书》《耶利米哀歌》《但以理书》，小先知书《何西阿书》《约珥书》《阿摩司书》《俄巴底亚书》《约拿书》《弥迦书》《那鸿书》《哈巴谷书》《西番雅书》《哈该书》《撒迦利亚书》和《玛拉基书》。后来，有使徒为上帝代言："约翰在他的福音书中的确作了基督的宣告者和传讲者，证明基督就是那实在而充满真理的圣者，另三位福音书作者也为基督作证。"④ 约翰、马太、马可、路加为上帝记载的言论就构成了四福音书。在奥古斯丁心目中，"在上帝默示的整部圣经的诸多书卷中，四福音书当称佼佼者"。⑤ 在众多上帝代言者中，除了先

---

① ［古罗马］奥古斯丁：《忏悔录》，周士良译，商务印书馆1963年版，第341页。

② ［美］彼得·布朗（Peter Brown）：《希波的奥古斯丁》，钱金飞、沈小龙译，中国社会科学出版社2013年版，第295页。

③ ［古罗马］奥古斯丁：《论四福音的和谐》，S. D. F. 萨蒙德英译，许一新译，生活·读书·新知三联书店2010年版，第47页。

④ ［古罗马］奥古斯丁：《论四福音的和谐》，S. D. F. 萨蒙德英译，许一新译，生活·读书·新知三联书店2010年版，第355页。

⑤ ［古罗马］奥古斯丁：《论四福音的和谐》，S. D. F. 萨蒙德英译，许一新译，生活·读书·新知三联书店2010年版，第13页。

知、使徒，还有罪人、无知者："基督就是真理，他甚至常借罪人、无知之人的口为他代言，他通过人的某种内在本能感动人的意念，靠的不是人的圣洁，而是基督自己的权能；同时也因为说上述话的人此时或已委身作基督身体上的肢体了，因此他们的话可以名副其实地被看作基督所说，因为这些人已是他的肢体。"① 以上代神立言者均为尘土之身凡人，同时，在奥古斯丁看来，天使也常常为上帝代言："'他在你们以先往加利利去，在那里你们要见他'……这句话不是以福音书作者叙事的方式写的，而是出自天使之口，天使则是遵主之命那样说的，因此它也是耶稣自己的话。"奥古斯丁认为，福音书的作者只是在自己的叙述中引用了这句话，"但体现的是天使和主耶稣的直接宣称"。②

实际上，视《圣经》为上帝之言、上帝之作的观点，不惟奥古斯丁所独有，也为信奉上帝的基督教徒所信仰："圣经的语言被认为是上帝之言，其文亦为柏拉图《斐德若篇》中苏格拉底所说的那一类写在心灵中，因而是直传真理的神圣的好的文字。"③ 奥古斯丁之所以坚持这一观点，一方面是他潜心钻研《圣经》的虔诚心得，另一方面很可能受到了之前和周围持此观点的基督教徒的影响。同时，奥古斯丁在自己的著述、布道、宣教中不断阐明这一观点，无疑强化和加深了同时代及后世基督教徒们的这一信仰。

由于《圣经》记录的是神的话语，自然也就决定了《圣经》的神圣品性、崇高地位。依据奥古斯丁有关著述，似可做三点透视。

---

① ［古罗马］奥古斯丁：《论四福音的和谐》，S. D. F. 萨蒙德英译，许一新译，生活·读书·新知三联书店 2010 年版，第 203 页。

② ［古罗马］奥古斯丁：《论四福音的和谐》，S. D. F. 萨蒙德英译，许一新译，生活·读书·新知三联书店 2010 年版，第 333 页。

③ 陆扬：《中世纪文艺复兴美学》，蒋孔阳、朱立元主编：《西方美学通史》第二卷，上海文艺出版社 1999 年版，第 15 页。

其一是《圣经》至高无上的权威性："由于福音真理是通过那永恒不变、高于被造万物的上帝之道传给人的，同时又以今世的记号（temporal symbols），并借助人的口传遍天下，因而具有最高的权威性。"① 这种最高的权威性又具有唯一性，独属于至高至大艺术大师上帝。其二是《圣经》神圣崇高的典范性："圣经对天主教徒和新教徒来说，从头到尾每一个字都是上帝的直接启示，这是一部体现上帝意旨的书，对这部书，对它的启示的原始记录或转达方式，都是不容有任何怀疑的。所有的人都把它看作神的教诲。"② 《圣经》作为"教义和生活上的规范"③，指导、规范着教徒们生活的方方面面、一切言行。其三是《圣经》不可磨灭的永恒性。上帝是永恒不朽的，自然上帝的言语也是永恒不朽的，那么记录神之言说的《圣经》也是永恒不朽的。关于这一点，奥古斯丁深有感触，在《忏悔录》中记述了他洗耳恭听上帝的教诲："圣经是在时间之中写的，而我的言语则超越时间，和我同属于永恒。"④ 上帝能够看见人凭借上帝神圣所看见的东西，也能够说出人凭借上帝神圣所说的话。不过，人的言说、创作受制于时间，上帝的言说、创作超越于时间；人的言说、创作是具体可见的，上帝的言说、创作是抽象不可见的；人之言是变化易失的，上帝之言是永恒不朽的。

由上所述，不难看出，像斐洛一样，奥古斯丁将上帝视作艺术家、艺术大师，很可能受到了斐洛认为上帝乃杰出艺术家的观点之启发和影响。在斐洛心目中，上帝作为艺术家，既是"艺术大师"（Master of

---

① ［古罗马］奥古斯丁：《论四福音的和谐》，S. D. F. 萨蒙德英译，许一新译，生活·读书·新知三联书店 2010 年版，第 104 页。

② ［美］G. F. 穆尔：《基督教简史》，福建师范大学外语系编译室译，商务印书馆 1981 年版，第 291 页。

③ ［美］G. F. 穆尔：《基督教简史》，福建师范大学外语系编译室译，商务印书馆 1981 年版，第 54 页。

④ ［古罗马］奥古斯丁：《忏悔录》，周士良译，商务印书馆 1963 年版，第 341 页。

His art)、"神圣艺术家"（Divine artist），又是"雕刻大师"（Master of Sculptor）、"自存的工匠"（Uncreate Atificer），还是优秀的指挥家，等等。同样，在奥古斯丁心里，上帝作为"伟大的艺术家"，既是"万物的大工匠"，又是"具有奇妙莫测之能力的陶匠"等。二君对上帝作为艺术大家的认同与看法如出一辙。不过，在斐洛那里，上帝作为艺术家，还多了一重身份：诗人。将上帝视作诗人，在奥古斯丁著述中难见踪影。此可谓二君视上帝为艺术家看法方面的同中之异。个中缘由，可能与斐洛和奥古斯丁对待诗人的态度有关。斐洛虽然也曾有力批评了文艺的渎神倾向及罪恶，但对诗人似印象不差，没有特殊的恶感。奥古斯丁则不同，在批判文艺的渎神行径时，一方面深受柏拉图挞伐诗人传统的影响，另一方面自其基督教神性立场出发，严厉声讨了诗人歪曲、抹黑神圣的罪恶行径，对诗人印象极差，甚为厌恶。由于对待诗人的态度显然有别，故在陈述上帝作为艺术家的看法之际，斐洛出于对诗人不错之印象，将上帝想象为一位优秀的诗人，奥古斯丁则由于对诗人抱着恶劣的印象，没将上帝写成诗人。

第二节　上帝是艺术之源

一　上帝创造一切艺术

在奥古斯丁看来，上帝不仅是一位超凡脱俗、全知全能、全才全艺的卓绝艺术大师，而且是一切艺术的来源："上帝是最高准则，……我们必然毫不怀疑，在理性心灵之上的这个不变实体就是上帝。这原初的生命和原初的本质就是原初智慧所在。这就是不变的真理，是一切技艺的准则，全能工匠的技艺。"① 上帝是众艺术的最初、最高、

_____

① ［古罗马］奥古斯丁：《论秩序：奥古斯丁早期作品选》，石敏敏译，中国社会科学出版社 2017 年版，第 242 页。

最终来源。

作为艺术之源，上帝创造了包括艺术在内宇宙万有所需要的一切要素："上帝是一切尺度、规范、秩序、大小、数量、重量的创造者。他是一切性质、类别、条件的源泉，他是各种形式的种子的源泉，各种种子的形式的源泉，各种种子和形式的运动的源泉。"① 自然，一切艺术的尺度、秩序、大小、数量、重量皆为上帝造就，一切艺术的性质、类别、条件、形式、种子无不来源于上帝。

在众要素中，尺度、形式、秩序显得尤其重要。尺度、形式、秩序决定着事物善的大小、有无："不论何处，如果这三者是大，那善就是大的；如果三者是小的，那善也是小的；如果没有这三者，那就没有善。"自然，尺度、形式、秩序也决定着艺术善的大小、有无。同时，这三者决定着事物本性的大小、有无："不论何处，如果这三者是大的，那事物的本性就是大的；如果这三者是小的，那事物的本性也是小的；如果没有这三者存在，就没有事物的本性存在。"自然，尺度、形式、秩序决定着艺术本性的大小、有无。尺度、形式、秩序之所以决定着包括艺术在内万有的善、本性的大小、有无，最终原因是尺度、形式、秩序来源于至善上帝："一切善的事物，不论大小，都从他而来；一切尺度，不论大小；一切形式，不论大小；一切秩序，不论大小，都源自于他。"②

虽然上帝创造了一切尺度、形式、秩序，并赋予其善、本性，但上帝本身并不依赖于他所造的尺度、形式、秩序，"上帝则超越存在于他所造物中的任何尺度、形式和秩序，他之超越不在于空间位

---

① ［古罗马］奥古斯丁：《上帝之城》，王晓朝译，人民出版社2006年版，第202页。

② ［古罗马］奥古斯丁：《论秩序：奥古斯丁早期作品选》，石敏敏译，中国社会科学出版社2017年版，第287页。

置，而在于他那独一无二、不可言喻的大能"①。自尺度而言，"我们必不能说上帝是适度的，似乎有尺度从另外地方加到他身上。如果我们说他是至高尺度，我们或许说得有道理，无论如何，如果我们把我们所说的至高尺度理解为至善的话，应该没错"。② 上帝不可用具体尺度去衡量、言说，但却创造了一切尺度，把尺度赋予万物，使万物在某种尺度里存在，上帝是最高尺度、绝对尺度。进而言之，上帝不可用具体尺度去衡量、言说，但却创造了一切尺度，把尺度赋予艺术，使艺术在某种尺度里存在，上帝是最高尺度、绝对尺度。

自秩序而言，也可做如是理解，上帝不可用具体的秩序去衡量、言说，但创造了一切秩序，并把秩序赐予万物，使万物在一定秩序内存在，上帝是最高秩序、绝对秩序，或秩序的样式："秩序的样式（ordinis modus）住在永恒真理中。它没有空间广延，没有时间进程；凭它的能力它比任何空间都大，凭它的永恒它超越于时间之流，始终不变。没有它，巨大的体积找不到统一性，绵长的时间无法保持在直道上。那就既不可能有物质，也不可能有运动。它是最初的一（unum principale），没有大小，也无变化，无论有限还是无限。它并不是在这里拥有一种性质，在那里拥有另一种性质，或者现在是这样，过后就那样；因为它是真理的至高而独一的父，是智慧的父。"③同样，上帝是不可用具体的秩序去衡量、言说，但创造了一切秩序，并把秩序赐予艺术，使艺术在一定秩序内存在的最高秩序、绝对秩

① ［古罗马］奥古斯丁：《论秩序：奥古斯丁早期作品选》，石敏敏译，中国社会科学出版社2017年版，第294页。

② ［古罗马］奥古斯丁：《论秩序：奥古斯丁早期作品选》，石敏敏译，中国社会科学出版社2017年版，第294页。

③ ［古罗马］奥古斯丁：《论秩序：奥古斯丁早期作品选》，石敏敏译，中国社会科学出版社2017年版，第261页。

序，或秩序的样式。

自形式而言，上帝不可用具体的形式去衡量、言说，但创造了一切形式，并把形式赐予万物，使万物在一定形式内存在，上帝是最高形式、绝对形式："有形的物体享有某种程度的和平，因为它拥有形式；没有形式，它就可能成为虚无。所以他就是质料的造主，整个和平从他而来，他乃是非造的最完全的形式。"① 上帝也可称为普遍形式："他之前的是普遍形式，于产生它的一完全等同，所以，其他一切事物，就它们拥有存在和一的相似性来说，都是根据那形式（per eam formam）所造。"② 进一步说，上帝不可用具体的形式去衡量、言说，但创造了一切形式，并把形式赐予艺术，使艺术在一定形式内存在，上帝是最高形式、绝对形式、普遍形式。

可以说，上帝是一切尺度、形式、秩序的创造者，是万物之尺度、形式、秩序的赋予者，使万事万物存在于一定的尺度、形式、秩序内，但是上帝绝不可用具体的尺度、形式、秩序去衡量、言说，上帝作为尺度、形式、秩序的创造者、赐予者是绝对的、永恒的、无限的。上帝作为尺度之源、形式之源、秩序之源，具有无限性、永恒性、绝对性、决定性、原初性。

"因为没有一样性质不是上帝所造的，甚至在最小的、最低的、最末的野兽那里也一样，一切尺度、一切形式、一切秩序都来自上帝，没有上帝，就不可能有任何计划，或者不可能有任何存在。"③ 一切艺术的尺度、形式、秩序均来源于上帝，任何艺术构思均取决于上帝。

---

① ［古罗马］奥古斯丁：《论秩序：奥古斯丁早期作品选》，石敏敏译，中国社会科学出版社 2017 年版，第 218 页。

② ［古罗马］奥古斯丁：《论秩序：奥古斯丁早期作品选》，石敏敏译，中国社会科学出版社 2017 年版，第 261 页。

③ ［古罗马］奥古斯丁：《上帝之城》，王晓朝译，人民出版社 2006 年版，第 464 页。

二 上帝赐予人类艺术

在奥古斯丁看来，上帝是一切艺术之源，创造了艺术所需要的尺度、形式、秩序等要素，同时，上帝又是艺术的赐予者，将各种艺术赐予人类。"他还把由他创造的心灵赐予人类，还有各种有助于人类生活和本性的技艺。他规定了男女的结合以繁衍后代。他把凡间的火作为礼物赐予人类，供他们日常使用，在炉灶里燃烧，或作照明之用。"① 不难看出，上帝出于人类生活及本性的诉求，将各种艺术如诗歌、戏剧、音乐、绘画、雕塑、建筑等技术、技巧赐予人类。

这里需要说明的是，奥古斯丁所言的艺术，是个泛概念、大艺术范畴，既包括我们今天所说的审美艺术，也包括我们今天所说的实用艺术。关于艺术，奥古斯丁有一段比较集中的论述：

> 我们不仅拥有这种良好生活的能力和通过那些被称作美德的技艺获得不朽的幸福的能力，这是上帝的恩典，是在基督中赐予得应许的子女和那个王国的子女的，除此之外，还有许多由人的创造力所发明和实施的重大技艺，这些技艺有些是生活必需的，有些是为了快乐。人的心灵和理性在发明这样的技艺时表现得极为卓越，尽管它们也可以是肤浅的，甚至是危险的和有害的，但这种卓越岂非证明了人的本性中有一种伟大的善，借此人能够发现、学习和实施这些技艺吗？人类辛勤地发明了织布和建筑，这方面的成就多么神奇，多么令人惊讶！人类在农业和航海方面的进步有多么巨大！人类在陶瓷、绘画、雕塑等方面取得的成就令人眼花缭乱！剧场里的表演对观众来说有

---

① ［古罗马］奥古斯丁：《上帝之城》，王晓朝译，人民出版社 2006 年版，第 300 页。

多么引人入胜！人类发明的捕捉、猎杀、驯服野兽的方法多么有创意！有多少种毒药、武器、装备被发明出来用于抗敌？我们用来维护健康的药物和治疗方法又有多少？有多少种调料被发明出来以增进我们的食欲，使吃饭成为一种享乐？人类的交际和沟通又有多少种方法，而以语言和写作为首？在演讲和大量的诗歌中心灵又能得到多么大的欢乐？在人类发明的乐器和曲调中，人的耳朵会得到多少快乐？人类在测量和数学方面有什么样的发现，甚至可以用来研究运动和星辰的秩序？人对世界万物的理解多么充分啊！尤其是当人们专注于某个方面，而不是试图成为全才的时候，有谁能描述人的各种知识？最后，有谁能充分把握哲学家和异端分子在为谬误和虚假的学说辩护时所表现出来的创造性？我们在此谈论的仅仅是人的心灵在可朽的今生所拥有的天然能力，而不是人借以获得不朽生命的信仰和真理的道路。①

这一段有这么几层意思：其一，奥古斯丁把艺术分为神赐的艺术和人造的艺术，重点谈论了人造的艺术，"由人的创造力所发明和实施的重大技艺"。其二，奥古斯丁把人造的艺术（技艺）又划分为生活必需的艺术和为了快乐的艺术。生活必需的艺术相当于我们今天所说的实用艺术，为了快乐的艺术相当于我们今天所说的审美艺术。生活必需的艺术即实用艺术，包括织布、建筑、农业、航海、狩猎、医术、烹调、陶瓷、交际技巧、沟通技巧、测量、数学；为了快乐的艺术即审美艺术，包括绘画、雕塑、戏剧、演讲、诗歌、音乐、辩论。不管是生活必需的艺术，还是为了快乐的艺术，奥古

---

① ［古罗马］奥古斯丁：《上帝之城》，王晓朝译，人民出版社 2006 年版，第 1140 页。

斯丁一律称之为技巧。不难发现,奥古斯丁所言的艺术是一个宽泛化的大艺术概念,包容性很强,只要具备一定知识,动用了一定方法的都可以称之为艺术。"如同古代学者一样,奥古斯丁的艺术是广义的,它扩展到包括技艺在内的一切需要熟练技巧的活动。"① 不难看出,古希腊罗马文学艺术对奥古斯丁艺术概念的影响。其三,奥古斯丁对这些人造艺术给以充分的肯定、由衷的敬意和真诚的赞美,相对地认可了凡间艺术。不过,这样的论述在奥古斯丁整个著述中并不多见。自奥古斯丁整个学术体系而言,艺术是上帝赐予人类的礼物,即便人本身也是上帝创造的作品。这样的话,人造的艺术归根结底也是艺术大师上帝恩赐的礼物。"因为是上帝本身把各种属性赋予这些石头和其他各种事物,把神奇地使用这些事物的技艺赋予人。"② 这是自宏观的角度,奥古斯丁指出上帝赐予人类各种艺术、技术、技巧、方法、窍门。

奥古斯丁还从微观的角度,论述了上帝赐予人类艺术的具体内容:"你给工匠一个肉躯,一个指挥肢体的灵魂,你供给他所需的材料,你赋给他掌握技术的才能,使能从心所欲的从事制作,你赋给他肉体的官感,通过官感而把想象所得施之于物质,再把制成品加以评鉴,使他能在内心咨询主宰自身的真理,决定制作的好坏。"③ 上帝赐予人间艺术家身体、灵魂、材料、才能、感官、想象、鉴赏、判断,使得艺术家驾轻就熟,挥洒自如,得心应手。奥古斯丁以医生治病为例,论证了上帝赐予人类艺术的事实:"医生在治疗后,为了病人以后可以得到适当的营养,并得到合适的帮助,就将他交托

---

① [波]沃拉德斯拉维·塔塔科维兹:《中世纪美学》,褚朔维、李国武、聂建国、赵国运译,中国社会科学出版社 1991 年版,第 69 页。

② [古罗马]奥古斯丁:《上帝之城》,王晓朝译,人民出版社 2006 年版,第 1039 页。

③ [古罗马]奥古斯丁:《忏悔录》,周士良译,商务印书馆 1963 年版,第 250—251 页。

给上帝，因为只有上帝才能帮助一切活在世上的人，并赐予医生在医疗过程中所用的工具。须知医生所施的治疗，不是出于自己，而是出于创造了万物的上帝，上帝创造病人和健康的人都需要的一切。"① 上帝为人间医生提供了治疗工具、高超的医术。人间医生治疗所需要的工具、方案、措施，都是上帝这一天上医生恩赐的。

奥古斯丁还以自己创作为例，指出上帝为作者提供了创作的前提、证据和正确的准则："这里我不是要驳斥他们的观点，部分原因是我已经驳斥过他们，还有部分原因是我打算以后还要驳斥他们，如果上帝允许。在本文中，我要尽我所能，根据上帝俯就赐予的证据表明，大公教信仰怎样立场坚定地反对他们，而引发人们接受他们观点的那些事未必能扰乱心灵。你非常了解我的心灵，我首先希望你坚定地相信，我做出这样庄严的宣告并没有任何傲慢之处，傲慢恰恰是我们应当避免的。当然，本文中出现的任何错误，全由本人负责。凡阐述得正确而恰当的，则完全归于上帝，他是一切美好恩赐的给与者。"②

推而广之，艺术家之作品来自至美上帝，作品的美来自上帝。"艺术家得心应手制成的尤物，无非来自那个超越我们灵魂、为我们的灵魂所日夜想望的至美。创造或追求外界的美，是从这至美取得审美的法则，但没有采纳了利用美的法则。这法则就在至美之中。"③

同时，奥古斯丁认为，上帝是人类之师，统御指挥着人的灵魂。"我们真正的教师是基督，也就是上帝永不变化的权能和永恒的智慧，他是我们完全听从的教师，就住在内在的人里。每个理性灵魂

---

① ［古罗马］奥古斯丁：《论原罪与恩典》，周伟驰译，商务印书馆 2012 年版，第 116 页。

② ［古罗马］奥古斯丁：《论秩序：奥古斯丁早期作品选》，石敏敏译，中国社会科学出版社 2017 年版，第 216 页。

③ ［古罗马］奥古斯丁：《忏悔录》，周士良译，商务印书馆 1963 年版，第 233 页。

都听从这智慧，但每个人只能根据自己的善恶意愿，得到他能领接受的那一份。"① 人这一上帝的作品经由上帝神圣智慧点拨、指导，得以看见来自上帝的宇宙作品的美好："通过'圣神'我们看见了各种存在事物的美好，因为这美好并不来自有限度的存在，而来自绝对存在。"② 人能够辨认、领悟上帝巨作宇宙的真谛、魅力，完全是仰仗上帝"神圣"智慧的教诲、化育的结果，完全是承蒙伟大艺术家上帝的神圣匠心制导的产物。所以，也可以理解为，上帝经由自己的杰作——人看见了自己的巨作宇宙的美好："即使是我们通过天主'圣神'而知道的，除了天主'圣神'外，也没有人知道。对于那些因天主'圣神'而说话的人，圣经上曾明确地说：'不是你们自己说话'，同样，对于因天主'圣神'而认识的人，也能肯定说：'不是你们自己认识。'对于因天主'圣神'而看见的人，也同样能肯定说：'不是你们自己看见'，因此谁因天主'圣神'看出事物的美好，也不是他自己看见，而是天主看见。"③ 上帝的神圣、卓然的艺术指点、规范、决定着人的艺术："你是万有的唯一真原，化育万类的至美者，你的法则制度一切。"④

三 上帝管理艺术作品

　　奥古斯丁认为，上帝作为全知全能的卓绝艺术家，创作了其大手笔宇宙万物后，并未就此打住，宣告封笔，而是继续关注、维护、调整、完善自己所造作品："我不否认神意的大能从头至尾渗透到每个角落，将一切事务安排得井井有条，没有任何污损之事进入她里

① ［古罗马］奥古斯丁：《论秩序：奥古斯丁早期作品选》，石敏敏译，中国社会科学出版社2017年版，第185页。
② ［古罗马］奥古斯丁：《忏悔录》，周士良译，商务印书馆1963年版，第343页。
③ ［古罗马］奥古斯丁：《忏悔录》，周士良译，商务印书馆1963年版，第343页。
④ ［古罗马］奥古斯丁：《忏悔录》，周士良译，商务印书馆1963年版，第9页。

面。因此，神意随己愿作为，甚至在不洁者和受污者身上作为，自身却保持清洁，不受污染。"① 上帝的谋略永远充满世界，上帝的匠心一直经营、管理其作品宇宙万物。

首先，上帝作为伟大的艺术家，使得其作品宇宙万物安排得适度适宜。"按通常的说法，小而微的事物是适度的，因为它们中保留某种尺度。没有这种尺度，它们不仅不可能适度，甚至根本不能存在。而伸展太多的事物被称为不适当，并因过度而受指责。但即便这些也必然保守在上帝规定的范围之内，他通过尺度、数目和重量安排一切事物。"② 上帝赐予了事物适度，适度在于尺度的合适，这里明显受到了亚里士多德审美对象要适度，不能太大，也不能太小思想的影响。不过，事物的适度在亚里士多德那里，被归结为人的审美需要，服从于人的欣赏、接受，人意左右着事物的适度，人性决定着事物的适度，而在奥古斯丁这里，被提升为上帝的旨意，神意决定事物的适度，神性规定着事物的适度。

其次，上帝作为万物的大工匠，适当安排了宇宙中的缺失。"整个宇宙中都安排有这种性质上的缺失，对那些明智看待它们的人来说，它们的变化并非没有规范。比如，上帝让光在某些时段不照耀在某些地方，使黑暗与白昼同样的适当。如果说我们讲话时要适当控制声音，不时停顿，那么万物的大工匠，岂不更加适当而合宜地设置这些缺失？"③ 宇宙万物的残缺、缺陷乃上帝匠心有意为之，适当有度，合宜有序，由整体而言，自有其价值和魅力。

---

① ［古罗马］奥古斯丁：《驳朱利安》，石敏敏译，中国社会科学出版社 2010 年版，第125 页。

② ［古罗马］奥古斯丁：《论秩序：奥古斯丁早期作品选》，石敏敏译，中国社会科学出版社 2017 年版，第 294 页。

③ ［古罗马］奥古斯丁：《论秩序：奥古斯丁早期作品选》，石敏敏译，中国社会科学出版社 2017 年版，第 292 页。

再次，上帝作为和谐之源，使得其作品宇宙万物和谐有致。"他使一切充满和谐，从天上到地下，从天使到人，甚至到最小的最微不足道的动物，更不必说鸟类的羽毛、植物的小花、树木的叶子。"①上帝赐予万物和谐，使宇宙万物处于和谐有序中。

最后，上帝作为至善至美的艺术家，使其作品宇宙万物变得又好又美："每个有形造物，如果被爱上帝的灵魂拥有，就成为最低的好，就它自身来说是美的，因为它由形式和理念结合所成。如果爱它的灵魂忽视了上帝，即便如此，它自身也并不是恶。"②受造物因被爱上帝的灵魂拥有而显得好与美。

可以说，宇宙这一上帝的大作，在上帝艺术的维护、管理、调节、完善下，变得井然有序，有条不紊，各得其所。"是否上及九天，下至九渊，前乎邃古之初，后至世纪之末，天使之尊，虫蚁之贱，自第一运动至最后运动，你安排着各类的美好以及一切合理的工程，使之各得其所，各得其时，事物必然有此情况？确然如此，你真是高于九天，深于九渊！"③至高艺术家上帝将宇宙万物安排得井井有条，整然有序，和谐有致。

自然，伟大艺术家上帝，对其作品——人的维护、调节、修复、管理、完善，一刻未曾停息："你从不离开我们"④，"我们决不能相信上帝会将人的王国、王国的兴衰，置于他的神意的律法之外"。⑤上帝作为艺术精湛的大师，一直在审视、判断、修正、润饰、打磨、完善他的作品——人。

---

① ［古罗马］奥古斯丁：《上帝之城》，王晓朝译，人民出版社 2006 年版，第 202 页。
② ［古罗马］奥古斯丁：《论秩序：奥古斯丁早期作品选》，石敏敏译，中国社会科学出版社 2017 年版，第 229 页。
③ ［古罗马］奥古斯丁：《忏悔录》，周士良译，商务印书馆 1963 年版，第 152 页。
④ ［古罗马］奥古斯丁：《忏悔录》，周士良译，商务印书馆 1963 年版，第 152 页。
⑤ ［古罗马］奥古斯丁：《上帝之城》，王晓朝译，人民出版社 2006 年版，第 202 页。

上帝的超绝艺术是其作品——人实现艺术效果的必不可少的神圣保障。奥古斯丁曾比较过两种达至目的的方法："一种是必不可少的，没有它们的帮助我就不可能获得想达到的结果。比如，没有船，人就不能航海；没有声音，人就不能说话；没有腿，人就不能走路；没有光，人就不能看见；等等。属于这种帮助的还有，没有上帝的恩典，人就不能正当地生活。另一种帮助就是这样的，它们通常有助于我们达到某一目标，但缺少它们时，我们也可以用别的方法来达到这一目标。我举过的例子就是这样的——脱粒机脱壳，教师教导小孩，医术治病等等。"① 上帝的卓绝艺术是其他艺术无法代替的。没有上帝至高的艺德——恩典，人这一上帝之作就不能正常运转。不仅如此，上帝还是理性受造物唯一真正的精神食粮，如果不以上帝之佳酿为精神营养，必将元气大伤，性灵受损，浑身无力。"上帝是实体，且是最高的实体，只有他才是理性受造物唯一真实的食物，人若因不服从而与他隔绝，以致无能为力，就不能接受本当欣然接受的东西，后果就是《诗篇》作者所说的：'我的心被伤，如草枯干，甚至我忘记吃饭。'"②

伟大艺术家上帝对其作品人，可随时随意做出善良、公义的审判："上帝不仅知道怎样在人的肉体里运作他公义的审判，也知道如何在他们的心里运作，他的作为总是充满奇妙，难以言说；不是要引起恶的意愿，而是随己愿使用它们，因为他不可能决定任何不义的事。他可以和善时听，发怒时不听；也可以反过来，和善时不听，发怒时倒听。同样，他可以和善时就宽恕，愤怒时不宽恕；又可以

---

① ［古罗马］奥古斯丁：《论原罪与恩典》，周伟驰译，商务印书馆 2012 年版，第174 页。

② ［古罗马］奥古斯丁：《论原罪与恩典》，周伟驰译，商务印书馆 2012 年版，第109 页。

倒过来，和善时不宽恕，愤怒时倒宽恕。在一切事上都是良善和公义的。"①

上帝指挥、驾驭着人这一艺术作品。"上帝在人的心里作工，启示真理，指使意志，不是藉着律法和教训从外面告诉他们，而是藉着秘密、神妙、难以言喻的力量在他们里面运作。"② 上帝是通过指挥、统领其作品——人的心灵、灵魂来实现对人的完善的："全能者甚至在人心最内在的地方也作工，运动他们的意志，以藉着他们的作用成就他愿意藉着他们达到的事——即便是不知道怎么公义地意愿的人〔指恶人〕也是如此。"③ 具体而言，"他事先临到我们，叫我们得医治；我们得医治后，他又跟随我们，使我们健康强壮。他事先临到我们，使我们蒙召；事后临到我们，我们得荣耀。他事先临到我们，使我们能过虔诚生活；事后临到我们时，我们常与他同住。因为离开了他，我们就不能做什么"。④

上帝的作品凡人的修复、完善只需仰赖上帝大师神术神力："人的本性早已败坏，唯有靠着上帝恩典，藉着我们的主耶稣基督才可以得着医治。"⑤ 不止于此，"由于我们的罪——就是我们的本性在第一罪人里面犯的罪——人类成为地上的大光荣和大装饰，而神意的安排和管理是多么恰当和可敬，上帝不可言喻的医术甚至使罪的丑陋也转变为某种具有自身之美的事物"。⑥ 上帝使人为大地增光添

---

① 〔古罗马〕奥古斯丁：《驳朱利安》，石敏敏译，中国社会科学出版社 2010 年版，第237 页。

② 〔古罗马〕奥古斯丁：《论原罪与恩典》，周伟驰译，商务印书馆 2012 年版，第 272—273 页。

③ 〔古罗马〕奥古斯丁：《论原罪与恩典》，周伟驰译，商务印书馆 2012 年版，第 405 页。

④ 〔古罗马〕奥古斯丁：《论原罪与恩典》，周伟驰译，商务印书馆 2012 年版，第 121—122 页。

⑤ 〔古罗马〕奥古斯丁：《论原罪与恩典》，周伟驰译，商务印书馆 2012 年版，第 152 页。

⑥ 〔古罗马〕奥古斯丁：《论秩序：奥古斯丁早期作品选》，石敏敏译，中国社会科学出版社 2017 年版，第 238 页。

彩，锦上添花，点缀尘世。上帝的艺术可以化丑为美，化腐朽为神奇。

第三节　上帝艺术优于人间艺术

在奥古斯丁眼中，上帝本身就是卓然、超绝的伟大艺术家，宇宙万有是其鸿篇巨制，同时又是艺术之源，创造了一切艺术，并赐予人类艺术，管理、完善其作品宇宙与人。因而，上帝艺术优于人间艺术："没有任何创造者比上帝更伟大，没有任何技艺比上帝之道更精良，没有任何理由比善物应由善良的上帝来创造更有说服力。"[①]换言之，上帝艺术家远比凡人艺术家伟大，上帝艺术远比人间艺术精湛娴熟圆润，上帝创造的作品远比人间艺术作品更有魅力。

一　伟大艺术家上帝优于人间艺术家

自创作主体而言，奥古斯丁认为，艺术家上帝远比凡人艺术家伟大、卓绝、优异，人间艺术家则甚为渺小、平庸、愚弱。

其一，凡人艺术家的知识与上帝的知识相比，等于零。"我们的知识和你的知识相较，还不过是无知。"[②] 进而言之，人间艺术与上帝艺术相比，也等于零。

其二，人间一切美、善、存在，在上帝面前相形见绌。"是你，主，创造了天地；你是美，因为它们是美丽的；你是善，因为它们是好的；你实在，因为它们存在，但它们的美、善、存在，并不和创造者一样；相形之下，它们并不美，并不善，并不存在。"[③] 自然，凡人艺术家的美、善、存在，与全能艺术家上帝的至美、至善、最

---

① ［古罗马］奥古斯丁：《上帝之城》，王晓朝译，人民出版社 2006 年版，第 470 页。
② ［古罗马］奥古斯丁：《忏悔录》，周士良译，商务印书馆 1963 年版，第 250 页。
③ ［古罗马］奥古斯丁：《忏悔录》，周士良译，商务印书馆 1963 年版，第 250 页。

高存在相较，形同虚设。

其三，比之于人的技艺用入水即沉的金属造出漂浮在水上的船只，上帝之手的神工更加卓越，在天上之城可造出不朽的灵魂与身体，可使属土可朽的东西变得不朽。"如果说人的技艺可以用入水即沉的金属造出某些漂浮在水上的船只，那么上帝之手能以某种秘密的方式更加有效地造出这类东西来也就更为可信！柏拉图说过，神凭着他伟大的意志，能够使生出来的事物不毁灭，复合的东西不分解。还有，无形体的实体与身体结合在一起比一种物体与其他物体的结合更为神奇。更加确定的是，神能够使属土的物体不因其自身的重量而下坠，他使灵魂本身能够与身体一道居住在最完善的幸福之中，这种身体尽管是属土的，但却无论如何不会腐败；它们能够按其意志移动，去它们想去的任何地方，毫不费力。"① 上帝的艺术大能创造出凡人艺术家无法想象、望尘莫及的神圣奇迹，远远超于、强于、优于人的艺术。

其四，凡间艺术家即便修炼很好，自我完善很棒，也绝不能与至高至大的艺术家上帝同日而语。"受造物是永远不会变得与上帝同等的，即便我们达到了无以复加的完全圣洁。"② 换言之，凡人艺术家即便完全没罪，也绝不可与上帝大师同日而语。"人即使完全无罪，也不与上帝同等。"③ 何况凡人艺术家是有罪之艺术家，戴罪之身，待赎之灵，与至高至大、至善至美的上帝艺术家相比，真乃悬殊万钧。同作为艺术家，凡人艺术家远逊色于上帝艺术大师。

---

① ［古罗马］奥古斯丁：《上帝之城》，王晓朝译，人民出版社 2006 年版，第 559 页。
② ［古罗马］奥古斯丁：《论原罪与恩典》，周伟驰译，商务印书馆 2012 年版，第 124 页。
③ ［古罗马］奥古斯丁：《论原罪与恩典》，周伟驰译，商务印书馆 2012 年版，第 124 页。

可以说，上帝艺术家远比人间艺术家伟大、杰出、卓绝："万有是美好的，因为是你创造的，但你，万有的创造者，更是无比美好。"① 自然，作为宇宙万有中的凡人艺术家，也是上帝的艺术作品，其美远不及艺术家上帝的美。

二　上帝艺术方式优于凡人艺术方式

自创作手段而言，在奥古斯丁看来，上帝的艺术方式也大大优于人间艺术方式。

首先，上帝的聆听方式优于凡人聆听方式。"上帝也不会以一种方式聆听祈求他的人，而以另一种方式看待想要祈求他的人。聆听我们祈求的哪怕是上帝的天使，那也是上帝本身在天使中聆听我们，因为上帝在天使中也像在上帝的真正圣殿中一样，这个圣殿不是用手造的，正如上帝在那些圣徒中一样。他的旨意尽管是在不同的时间完成的，但已经有了永恒的安排。"② 上帝的聆听方式是恒久不变的，不因通过天使聆听我们而改变，上帝通过天使聆听，与上帝本身聆听完全一样，没有任何差异。言外之意，凡人的聆听方式是可变的。

其次，上帝言说的方式优于人的言说方式。这可从三个层面解读：一个是上帝对天使说话的方式不同于与我们有关的说话方式，"上帝并不以我们相互之间说话的这种方式对天使说话，或以我们对上帝说话、我们对天使说话、天使对我们说话、上帝通过天使对我们说话的方式，倒不如说，上帝以他自己不可言喻的方式说话。上帝的话语按我们的说话方式向我们解释，但上帝的话语比我们的话语确实要精致得多。它始于上帝自己作为行动本身之不变原因的行

---

① ［古罗马］奥古斯丁：《忏悔录》，周士良译，商务印书馆1963年版，第328页。

② ［古罗马］奥古斯丁：《上帝之城》，王晓朝译，人民出版社2006年版，第405页。

为，没有可听的和短暂的声音，但有着持久永恒的力量。他以这样的方式对神圣天使说话"①。上帝对天使说话的方式是不可言喻的，虽可用我们的说话方式解释，但比我们的话语精致很多，不用听得见的短暂的声音，而是充满恒久不变的力量。另一个是上帝对我们的说话方式也不同于我们说话的方式，"他对我们说话的方式是不同的，我们与上帝相距甚远。然而，我们也用我们内心的耳朵把握了这种语言的某些内容，我们自己走近了天使。在本书中我没有必要反复解释上帝的'讲话'。因为不变的真理自身可以对理性动物的心灵讲话，这些话是不可言喻的，也可以通过可变的生灵来讲话，要么通过灵性的形象来对我们的灵讲话，要么通过有形的声音对我们的身体感官讲话"②。上帝只对理性动物的心灵讲话，也通过有形声音对人的感官讲话。第三个是上帝通过肉身之口讲话不同于上帝自己讲话。上帝通过肉身讲话，即通过上帝道成肉身之口与借着众先知讲话，声音发自身体，话语及其音节具有时间性，听闻于人之耳朵，有限易朽；上帝自己讲话，声音源自其至高智慧，话语纯为原创，植根于被造之物，无限永恒。③

再次，上帝艺术型相大大优于人间艺术型相。奥古斯丁曾经提到了两种艺术型相："有一种被赋予的型相存在，但不会改变任何物体的质料，例如，陶工和铁匠把型相赋予各种器皿和工具，艺术家在绘画和雕塑时造出与动物身体相似的形状。但还有另一种型相是内在的，其本身不是被造的，而是作为事物的动力因，不仅创造出天然的有形体的型相，而且还创造出生灵的灵魂本身。型相源于有

---

① ［古罗马］奥古斯丁：《上帝之城》，王晓朝译，人民出版社 2006 年版，第 701—702 页。

② ［古罗马］奥古斯丁：《上帝之城》，王晓朝译，人民出版社 2006 年版，第 702 页。

③ ［古罗马］奥古斯丁：《〈创世记〉字疏》（上），石敏敏译，中国社会科学出版社 2018 年版，第 214—215 页。

生命、有理智的大自然的隐秘的选择。第一种意义上的型相可以归于每一位匠人，第二种意义上的型相只能归于一位创造者、造物主、建造者，只能归于上帝，他在世界和天使还不曾存在的时候创造了这个世界本身和天使。"① 人间艺术家赋予作品的型相只能改变物体、对象的样子、形状、外表、外貌，却不能改变物体、对象的质料、质地。而上帝作为艺术大师所掌握的型相是内在的动力因，既创造出天然的有形体的型相，又创造出生灵的灵魂。凡人艺术的型相是外在的、表面的，上帝艺术的型相是内在的、本质的。上帝艺术的型相最先出现，人间艺术的型相后来出现，上帝艺术型相远远早于人间艺术型相，人间艺术型相大大晚于上帝艺术型相。上帝艺术型相是人间艺术型相之本源，上帝艺术型相为人间艺术型相提供了质料、对象，赋予型相灵魂，人间艺术型相只不过是在上帝创造的物体、质料、对象、自然的基础上，由上帝创造的凡人艺术家对物体、对象的外形、外表做一点改动而已。无论从创新、从本质，还是从价值上讲，上帝艺术型相远远优于、强于、高于、大于人间艺术型相，人间艺术型相远远逊于、弱于、低于、小于上帝艺术型相。

奥古斯丁这一看法很容易让人想起柏拉图的理式说、亚里士多德（Aristotle，公元前384—前322年）的形式说。柏拉图曾经以床为例，阐明理式的原创、至高、至大、至贵、至美：理式是人间工匠制品的原型、蓝本、源头，人间工匠作品是理式的摹本、仿作、影子，人间工匠根据理式创作了其作品，理式远远高于、优于人间工匠作品，人间工匠作品远远逊色于理式；人间画师的作品来源于人间工匠作品，是对工匠作品的模仿、描摹，故画师的作品低于工匠的作品，工匠的作品要高于、优于画师的绘画，而画师的绘画比

① ［古罗马］奥古斯丁：《上帝之城》，王晓朝译，人民出版社2006年版，第531页。

工匠作品的原型——理式更逊色、低劣，是"摹本的摹本""影子的影子"。亚里士多德在批判其师柏拉图的同时，对柏拉图的学说不乏传承，将柏拉图的理式改造为"第一原理"的形式，这一形式优于个别事物，先于质料，超凡脱俗，高高在上，规定着万事万物的存在、呈现、显形。形式的终端或至高形式就是神，神是宇宙万有存在的最高目的和至终形式。奥古斯丁对柏拉图情有独钟，其艺术型相说显然可见出柏拉图的理式、亚里士多德的形式的影子，将柏拉图的理式、亚里士多德的形式的形而上、原型、原创、至上、主宰等特性凝练、提升为上帝艺术型相。柏拉图的理式、亚里士多德的形式经奥古斯丁神性改造，被神化、圣化、绝对化、基督教化了。

三 上帝艺术作品优于人间艺术作品

自创作的作品而言，奥古斯丁认为，上帝艺术作品远远优于人间艺术作品。

首先，天上作品高于地上作品。"暂时之事与永恒之事之间就存在着这样的区别，我们在拥有某个暂时对象之前往往对它估价很高，一旦得到了就发现它没有什么价值，因为它不能满足灵魂，唯有永恒才是它真正、可靠的安息之处；相反，对于一个永恒的对象，当它还是一个欲求的对象时我们爱它，等到真正拥有了它，我们的爱就更加炽热。因为就前一种对象来说，在没有拥有它之前谁也不可能预计到它的真正价值，所以，如果当他发现它的真实价值不如他原先预想的价值，从相对意义上讲，就会认为它是没有价值的。相反，对于后一种对象，不论人在还没有拥有它之前对它作出多高的估价，当他真正得到拥有它的时候，都会发现，它的实际价值都要更高。"① 暂时之

---

① ［古罗马］奥古斯丁：《论灵魂及其起源》，石敏敏译，中国社会科学出版社 2017 年版，第 40—41 页。

事的价值远远低于永恒之事，暂时的对象没有什么价值，永恒的对象具有真正的价值。作为暂时之事的人间艺术作品的价值自然远远低于天上艺术作品，天上艺术作品价值远远大于人间艺术作品的价值，地上艺术作品价值不大，几近于零，天上艺术作品价值最大。

其次，充满上帝艺术的工程高于缺乏上帝艺术的工程。奥古斯丁谈道，"所有基督教的民众在迫害中也都经受了苦难。这样的迫害就像烈火一样考验着两种工程。有些工程毁灭了，如果基督不在它们里面作根基，那么这些工程的建筑师也要毁灭。有些工程被毁灭，但它们的建筑师没有毁灭，因为基督在它们里面作它们的根基。哪怕它们会受亏损，但建筑师本身会得救"。① 两种工程是否毁灭，其建筑师是否得救，取决于基督。没有上帝艺术辅佐的工程，经不起烈火考验，容易毁灭，其建筑师也随着毁灭；有上帝艺术辅佐的工程，能经得起考验，虽然受损，但其建筑师依然存在、获救。有基督做根基的工程优于、强于、久于无基督做根基的工程。这自一个侧面凸显了上帝艺术的全能——不朽不灭、恒久完满。

再次，以此为前提，奥古斯丁又根据对基督是否有爱，将其作品——人分为两类：爱基督甚于爱尘世的人与爱尘世甚于爱基督的人，并指出这两种作品的不同结果："有些人只爱他的家人，我就不说他爱他的妻子仅仅是为了肉体快乐的缘故，无论谁把这些事情置于基督之前，按照人的时尚喜爱这些事情，而不以基督为他的根基，那么他就不会有这样的欢乐。因此，这样的人不会在烈火中得救。确实，他根本不会得救，因为他不能与救世主在一起，关于这件事，救世主曾经非常清楚地告诉我们，'爱父母过于爱我的，不配作我的门徒；爱儿女过于爱我的，不配作我的门徒'。与此相反，爱他的家

---

① ［古罗马］奥古斯丁：《上帝之城》，王晓朝译，人民出版社 2006 年版，第 1078 页。

庭成员，但同时又不把他们置于基督之前的人，如果接受考验，他会选择基督先于他的家庭成员，这样的人会得救，'乃像从火里经过的一样'，这是因为他由于失去他们而承受的痛苦与他对他们的爱是成正比的。至于那些爱父母、儿女的人，按基督的说法，他可以帮助他们承受基督的国，使他们依靠基督，或者让基督爱他们，因为他们是基督的肢体。上帝禁止让这种爱像草木、禾秸一样焚毁，倒不如说，上帝要我们像珍视金、银、宝石一样对待这种爱！因为，只为基督的缘故而爱的人怎么会爱这些东西过于爱基督呢?"① 有基督做根基的工程会获救、充满欢乐，没有基督做根基的工程不会得救、招致亏损。对上帝艺术的充满爱的工程，即对创造自己的作者上帝充满爱的作品（人）能够经得起考验，会获得救赎，获得欢乐，而对上帝艺术没有爱的工程，即对创造自己的作者上帝没有爱的作品（人）经不起考验，不会获救，更无欢乐可言。热爱艺术家上帝的人（作品）优于热爱家人的人（作品）。这实际上是折射出奥古斯丁神伦之爱大于人伦之爱、神性之爱优于人性之爱、天上圣城高于地上俗城的神性思想。

凡人艺术作品之所以逊于天上艺术作品、上帝艺术作品，在奥古斯丁看来，原因有二：一是因为人的艺术作品出于其艺术家作为人的虚无。"可朽本性之所以可朽，是因为它们从无中被造。"② 上帝艺术之所以不朽，是因为伟大艺术家上帝就是最高本质、至高实体、至高存在、至高实在。不难想到，出自虚无之人之手的尘世艺术作品，自然与至高存在伟大艺术家上帝的不朽手笔不能相提并论。

---

① ［古罗马］奥古斯丁：《上帝之城》，王晓朝译，人民出版社 2006 年版，第 1078—1079 页。

② ［古罗马］奥古斯丁：《论秩序：奥古斯丁早期作品选》，石敏敏译，中国社会科学出版社 2017 年版，第 289 页。

"如果我们想要使上帝从无创造的与上帝从自己产生的等同，那就是让虚无与上帝等同，这岂不是亵渎神圣的胆大妄为吗？"① 二是人的艺术作品绝对离不开物质材料，上帝的艺术作品根本无须物质材料："全能的上帝不受物质媒介这个条件的限制，作为凡人的艺术家是受物质媒介这个条件限制的。因此，与造物主上帝不同，艺术家根据寓于自己心灵中的观念用物体创造物体，而上帝却是用形式创造形式。"② 物质材料是上帝自虚无中创造的，是易逝易朽的，上帝的形式是永恒不朽的。自然，用物质材料创作的艺术作品也是易逝易朽的，用形式创作的艺术作品必然是永恒不朽的。这样，在奥古斯丁看来，无论自创作主体而言，还是从创作材料而言，人的艺术作品与上帝的艺术作品均不可同日而语。

就奥古斯丁认为上帝艺术作品优于人间艺术作品的看法还可以做进一步思考与考量。在奥古斯丁看来，上帝艺术作品之所以优于人间艺术作品，缘由有二：一是创作主体的不朽与可朽，艺术家上帝是永恒不朽的，凡人艺术家是可朽易灭的；二是创作材料的运用与否，艺术家上帝的创造独立于外在的物质材料，不受物质材料的制约与影响，人间艺术家的创作依赖于外在的物质材料，受到物质材料的制约与影响。上帝本身及其艺术创作均与物质材料无关，而人本身的构成（泥土）及其创作与物质材料须臾不可疏离。物质材料来自虚无，本质为虚无，速朽易灭，故上帝的艺术作品恒久持存，凡人的艺术作品可朽易灭。这听起来很有道理，且在奥古斯丁的论述中一般情况下也是成立的。不过，在笔者看来，奥古斯丁的这一

---

① ［古罗马］奥古斯丁：《论秩序：奥古斯丁早期作品选》，石敏敏译，中国社会科学出版社 2017 年版，第 290 页。

② ［美］凯·埃·吉尔伯特、〔联邦德国〕赫·库恩：《美学史》上卷，夏乾丰译，上海译文出版社 1989 年版，第 209 页。

看法似乎难免有片面、偏颇之处。就第一个缘由而言，笔者认为，奥古斯丁可谓能够自圆其说。就第二个缘由而言，就值得商榷了。上帝的创作果真自始至终完全与物质材料无关，从不动用任何物质材料吗？人是怎么创造的呢？"耶和华神用地上的尘土造人，将生气吹在他的鼻孔里，他就成了有灵的活人，名叫亚当。"① 我们如何解释"耶和华神用地上的尘土造人"这句话呢？奥古斯丁主张，解读《圣经》，首先要搞清楚其字面义或历史义。耶和华上帝不是动用尘土这一地上之物作为其创造人的材料吗？于此能够说艺术家上帝创造与物质材料毫无关联吗？在动用外在物质材料这点上艺术家上帝不是与人间艺术家创作相似相通吗？在使用物质材料这一点上人间艺术作品比上帝艺术作品要逊色到哪里，上帝艺术作品又比人间艺术作品高妙到哪里呢？这个问题笔者感到比较困惑，故不自量力，斗胆质疑前圣古贤奥古斯丁，同时提出来以供同人参考，引起注意，就教于学界，真诚渴望专家学者能够为笔者指点迷津。

推崇上帝在文艺本质中的地位和价值，突出文艺本质中的神性维度，是奥古斯丁文艺本质思想的鲜明特色和主导方向。上帝或神性在奥古斯丁文艺本质论中占据绝对优势和主控地位，是奥古斯丁文艺本质论的神圣鹄的和终极皈依。奥古斯丁文艺本质论之所以具有如此显眼而强烈的神性特质，与奥古斯丁的神性思想直接有关，奥古斯丁的神性思想为其文艺本质论奠定了思想基础。奥古斯丁文艺本质神性论是受其神性思想制约、左右、掌控的自然结果和必然产物。当奥古斯丁自神性视角审视、解读文艺本质诸问题时，奥古斯丁关于文艺本质的思考、认识、谈论必然烙上深深的神性印痕，沐浴在鲜明的神性光晕中。

---

① 中国基督教协会：《圣经——中英对照（和合本·新修订标准版）》，中国基督教协会2001年版，第3页。

第三章　上帝是文艺创作的主宰

第一节　上帝作为伟大艺术家创造其
鸿篇巨制——世界

一　上帝创世的内容

奥古斯丁认为，上帝作为伟大的艺术家，创造了其鸿篇巨制宇宙世界："我们看见这个世界存在，而我们相信上帝存在。上帝创造了这个世界，关于这一点我们相信任何人都不如相信上帝本身更为保险。"[①] 这是从作品推知其作者，有作品，一定有创造它的作者，这个作者就是伟大的艺术家上帝。正是不可见之最伟大的艺术家上帝创造了可见之最伟大的作品——天地万象。这种自作品推知其作者，有作品必有作者，有作者才有作品，有果必有因，有因才有果的思路或表述方式，在奥古斯丁的著述中不乏其例："这个世界本身，依据它的变化运动的完善秩序，依据它的一切可见事物的宏大瑰丽，也已经无声地既宣告了它是被造的，也宣告了它只能由一位在宏大瑰丽方面不可言说、不可见的上帝来创造。"[②]

[①] ［古罗马］奥古斯丁：《上帝之城》，王晓朝译，人民出版社 2006 年版，第446—447 页。

[②] ［古罗马］奥古斯丁：《上帝之城》，王晓朝译，人民出版社 2006 年版，第447 页。

　　上帝创世与创时同时进行，上帝同时创造了世界与时间。奥古斯丁的依据是《圣经》之言"起初上帝创造天地"："这个世界无疑不是在时间中被造的，而是与时间同时被造的。因为，若是在时间中被造，那么必然在某个时间之后或之前，在某个已经过去的时间之后或在将要到来的时间之前。但在创世之前不会有'过去'，因为此时还没有能以其运动使时间发生变化的被造物。"① 没有离开时间的世界，也没有离开世界的时间，世界与时间一同由上帝创造。世界是时间的世界，时间是世界的时间，世界与时间为上帝一挥而就。奥古斯丁分别自作者与作品（亦即造物主上帝与造物）两个层面阐述了创世与创时的同一性。自作者方面而言，上帝既是创建世界的艺术大师，又是开启时间的艺术大师，上帝既是造物主，又是造时主，"上帝是时间的创造者和建立者"②。造世亦即造时，创时亦即创世，创造世界与创设时间乃上帝一举两得。"其他还有什么创造者能像上帝更拥有时间，是他创造的事物的运动构成了时间的流逝？"③这是自上帝造物的角度而言。自造物角度而言，造物之始乃时间之始，时间始于造物运动，造物与时间同时落地，俱由上帝肇始："随着造物的运动，时间开始运转。在创世之前寻找时间是枉然的，……如果一个造物不存在，就不可能有运动。因此，我们得说，时间始于造物，而不是造物始于时间。但两者都源于上帝。"④

　　上帝创造了宇宙作品的一切种类。天地万物，山川草木，花鸟虫鱼，天使人类，莫不由上帝艺术家的工笔挥就。"每一本性、每一

---

　　① ［古罗马］奥古斯丁：《上帝之城》，王晓朝译，人民出版社2006年版，第451页。
　　② ［古罗马］奥古斯丁：《上帝之城》，王晓朝译，人民出版社2006年版，第451页。
　　③ ［古罗马］奥古斯丁：《上帝之城》，王晓朝译，人民出版社2006年版，第533页。
　　④ ［古罗马］奥古斯丁：《〈创世记〉字疏》（上），石敏敏译，中国社会科学出版社2018年版，第178—179页。

生灵的种，都是由上帝的工创造和构成的。"① 自天上而言，"天使是上帝的作品"②。由地上而言，人是上帝的作品，"上帝的美好作品即人类"③。即便微生物也是上帝动用其神奇全能，从腐烂的动物身体中创作而出，并分门别类，赋予每类微生物不同特征："其他从动物身体，尤其是从尸体滋生的微生物……这些动物将从腐烂的身体中生发出来，各从其类，各具特色，这一切依赖于不变造主的神奇权能，他是他所造的一切造物的最初原因。"④ 自天而地，自天使到人类，自人而动物、植物，乃至微生物，俱由上帝挥就而成。其中，人作为上帝的首要作品，优于其他动物，在于"上帝按自己的形象造他，赐予他理智，使他胜过兽类"。与理性灵魂相适应，人的身体也表现出不同于其他动物的特征："他直立向上，能够看向天空，凝视物质世界的更高领域。同样，他的理性灵魂必须抬升朝向属灵实在，因为他们的本性具有更大的卓越性，这样人的思想才可能专注于属天的事物，而不是关注地上的事物。"⑤

上帝创造的世界包括两座城：天上之城和地上之城。这两座城在奥古斯丁那里往往同时并举、双双对称，是一对指称与内涵迥然有别，差异远远大于联系的重要范畴，对于了解奥古斯丁的神学体系、神学思想、神性思想具有不可或缺的价值和意义。天上之城又称上帝之城、属天之城、天上祖国、圣徒之城、圣城、虔诚者之城、按照信心生活的家庭等，主要指超越于人世，高高在上，皈依上帝

---

① ［古罗马］奥古斯丁：《上帝之城》，王晓朝译，人民出版社 2006 年版，第 531 页。
② ［古罗马］奥古斯丁：《驳朱利安》，石敏敏译，中国社会科学出版社 2010 年版，第 179 页。
③ ［古罗马］奥古斯丁：《驳朱利安》，石敏敏译，中国社会科学出版社 2010 年版，第 108 页。
④ ［古罗马］奥古斯丁：《〈创世记〉字疏》（上），石敏敏译，中国社会科学出版社 2018 年版，第 106 页。
⑤ ［古罗马］奥古斯丁：《〈创世记〉字疏》（上），石敏敏译，中国社会科学出版社 2018 年版，第 222—223 页。

的天使和灵魂的彼岸幸福家园或天上祥和乐园，同时也指身在人间、心系上帝的圣徒们暂居尘世的精神生活。与之相对，地上之城又称人间之城、凡人之城、属地之城、地上国家、俗城、亵渎者之城、不按信心生活的家庭等，指的是生于斯、长于斯的凡人迷恋尘世、追逐欲望的此岸纷乱生活或地上不和谐处所。

首先，上帝之城与凡人之城存在一定的联系。其一，两座城都始于亚当开启的有死状态、该受谴责的起点，但两者性质性能有别，上帝之城是上帝创造的"为得荣耀做准备的仁慈的器皿"，地上之城是上帝创造的"适宜摧毁的器皿"①。其二，都在生育后代，"在这个世界上，生儿育女对两座城来说都是一样的"②。但是，"属地之城的公民是由受到罪的侵害的本性生育的，而属天之城的公民是由于恩典而从罪中得到救赎的本性生育的"③。其三，都有禁欲，"上帝之城也有成千上万的公民禁欲。……这样的禁欲仅当按照至善施行时才是善的，至善就是上帝"。上帝之城是按照至善上帝来禁欲的，是善的禁欲；而地上之城只是对上帝之城禁欲的仿效，且偏离上帝信仰，不是善的禁欲，而是邪恶的禁欲："虽然也有人模仿这种禁欲，但他们陷在谬误之中。因为这些人属于属地之城，他们偏离了上帝之城的信仰，建立了各种各样的异端，他们确实是按照人生活的，而不是按照上帝生活的。"④ 其四，都在利用尘世的事物，"这两座城在这种暂时状态中都使用善物，也都受到邪恶的伤害"⑤。不过在利用尘世的事物时，有不同的追求："不按信心生活的家庭努力在属于短暂今生的好事和利益中寻求属地的和平。相反，按照信

① [古罗马] 奥古斯丁：《上帝之城》，王晓朝译，人民出版社 2006 年版，第 675 页。
② [古罗马] 奥古斯丁：《上帝之城》，王晓朝译，人民出版社 2006 年版，第 670 页。
③ [古罗马] 奥古斯丁：《上帝之城》，王晓朝译，人民出版社 2006 年版，第 635 页。
④ [古罗马] 奥古斯丁：《上帝之城》，王晓朝译，人民出版社 2006 年版，第 670 页。
⑤ [古罗马] 奥古斯丁：《上帝之城》，王晓朝译，人民出版社 2006 年版，第 894 页。

心生活的家庭寻求应许了的来世的永恒幸福，这样的人在使用属地的和暂时的事物时就像做客，不会被这些东西俘虏，也不会被它们误导而偏离走向上帝的道路。""这样一来，由于这种可朽的状况对两座城来说是共同的，所以属于这种状态的事物在两座城之间就要有和谐。"① 不难看出，两座城在稀薄的联系中存在着明显的差异，差异大于联系。

两座城之间存在的种种显然不同的差别、殊异可解读如次。其一，两座城由不同的爱创造："一种是属地之爱，从自爱一直延伸到轻视上帝；一种是属天之爱，从爱上帝一直延伸到轻视自我。"② 上帝之城由对上帝的爱建造，地上之城由对人的爱建造。相应的，上帝之城以上帝为荣耀，并在上帝那里找到了至高荣耀，地上之城则以尘世为荣耀，只能在凡人中找寻荣耀。如此，两座城热爱的对象也不一样："在一座城中，对上帝之爱拥有骄傲的位置，而在另一座城中，则是爱自己。"③ 与此相应，目标希望也不同，上帝之城"倚靠对上帝的盼望"，凡人之城"倚靠这个世界上的事物"④。其二，对待上帝的态度不一样。在上帝之城，"人除了虔诚没有智慧，他们正确地崇拜真正的上帝，在圣徒的团契中寻求回报"⑤，"善在这个世界上的使用是为了享有上帝"。在地上之城，人"得到上帝的帮助，但不是治疗他们卑劣的欲望，而是让他们的欲望得到满足。……恶想要使用上帝，为的是享有这个世界"。⑥ 其三，与之相关，膜拜对象有异。上帝之城只崇拜唯一上帝："属天之城只知道一

① ［古罗马］奥古斯丁：《上帝之城》，王晓朝译，人民出版社 2006 年版，第 931 页。
② ［古罗马］奥古斯丁：《上帝之城》，王晓朝译，人民出版社 2006 年版，第 631 页。
③ ［古罗马］奥古斯丁：《上帝之城》，王晓朝译，人民出版社 2006 年版，第 609 页。
④ ［古罗马］奥古斯丁：《上帝之城》，王晓朝译，人民出版社 2006 年版，第 675 页。
⑤ ［古罗马］奥古斯丁：《上帝之城》，王晓朝译，人民出版社 2006 年版，第 631 页。
⑥ ［古罗马］奥古斯丁：《上帝之城》，王晓朝译，人民出版社 2006 年版，第 642 页。

位受崇拜的神，并且规定要带着忠心和虔诚侍奉他，向他献上仅仅属于他的供品。"① 地上之城崇拜众神："亵渎之城的哲学家们说，诸神是他们的朋友。"② "这些哲学家相信有许多神祇对人间事务感兴趣。他们也相信，诸神有不同职司和不同的影响范围。……与我们生活有关的事物……等等，都由不同的神负责。"③ 其四，对待尘世的态度不同，上帝之城不满足、迷恋、沉醉于地上事物，"它在这个世界上是一名过客"，地上之城则"依附于这些事物，以此为它仅有的快乐"④。其五，存续状态不同，天上之城是永恒的，"上帝之城的至善就是永久的、完全的和平。它不是凡人在由生到死的旅程中经历的那种和平。倒不如说，它是凡人在不朽中安息、不再受到邪恶侵害的和平"⑤。"那里无生无死。那里有真正的幸福，这种幸福不是一位女神，而是上帝的恩赐。"⑥ 地上之城是短暂的，"在属地之城中，对所有短暂事物的使用，其向往的都是享有属地的和平"⑦。其六，居住成员不同，"一座城是由虔诚的人组成的，另一座城是由不虔诚的人组成的，各有其所属的天使"⑧。天上之城由忠诚的天使和虔诚的人组成。首要的成员是神圣的天使，同时还有灵魂得救的圣徒，"这座城有一部分是从凡人中聚集起来的，他们将要与不朽的天使联合。然而现在，这座城的成员要么处在人世间的旅途之中，要么已经过了死亡的关口，他们的灵魂被接收到某个神秘的处所安息"⑨。这部分人就是基督徒，"我们基督徒是上帝之圣城

---

① ［古罗马］奥古斯丁：《上帝之城》，王晓朝译，人民出版社2006年版，第932页。
② ［古罗马］奥古斯丁：《上帝之城》，王晓朝译，人民出版社2006年版，第918页。
③ ［古罗马］奥古斯丁：《上帝之城》，王晓朝译，人民出版社2006年版，第931—932页。
④ ［古罗马］奥古斯丁：《上帝之城》，王晓朝译，人民出版社2006年版，第661页。
⑤ ［古罗马］奥古斯丁：《上帝之城》，王晓朝译，人民出版社2006年版，第935页。
⑥ ［古罗马］奥古斯丁：《上帝之城》，王晓朝译，人民出版社2006年版，第212页。
⑦ ［古罗马］奥古斯丁：《上帝之城》，王晓朝译，人民出版社2006年版，第926页。
⑧ ［古罗马］奥古斯丁：《上帝之城》，王晓朝译，人民出版社2006年版，第609页。
⑨ ［古罗马］奥古斯丁：《上帝之城》，王晓朝译，人民出版社2006年版，第506页。

的公民"①。地上之城的成员"由那些不是按上帝生活，而是按人生活的不虔诚者组成，他们崇拜伪神而藐视真神"②。地上之城包括邪恶的精灵和不虔诚的人。其七，生活准则不一样。上帝之城"必须按灵性生活，而非按肉体生活，亦即要按上帝生活，而非按人生活"。③ 地上之城则按肉体生活，而非按灵性生活，按人生活，而非按上帝生活，"他们遵循的是人的学说或魔鬼的学说"。④ 上帝之城生活的准则是灵性、上帝，地上之城生活的准则是肉体、人、魔鬼。其八，推崇的感情不一样。上帝之城推崇谦卑，"谦卑在上帝之城中得到最崇高的赞扬，也在处于今世旅程中的上帝之城中得到赞扬，这座城的王，也就是基督，是谦卑的最好榜样"。地上之城推重骄傲，"与谦卑这种美德相对立的骄傲，按照圣经的证言，完全支配着基督的对手，也就是魔鬼"。⑤

综上所述，奥古斯丁自神性的角度审视、论述了上帝之城与凡人之城的联系，尤其是重大区别：上帝之城远人近神，弃人亲神，充满神性光辉；凡人之城远神近人，弃神亲人，缺乏神性光晕。不难看出奥古斯丁的神性价值取向：对上帝之城赞不绝口，对凡人之城多有贬语；上帝之城被称作"蒙怜悯的器皿"，凡人之城被称作"可怒的器皿"⑥。故而奥古斯丁站在神性的高度宣布了上帝对两座城的不同态度和判决：对天上之城，"上帝赐予他的无价的恩典"；对凡人之城，"上帝给予某些既定的惩罚"⑦。因而，上帝宁愿选择上帝之城而非凡人之城作为纪年方式："上帝之灵不希望用属地之城

---

① ［古罗马］奥古斯丁：《上帝之城》，王晓朝译，人民出版社 2006 年版，第 595 页。
② ［古罗马］奥古斯丁：《上帝之城》，王晓朝译，人民出版社 2006 年版，第 601 页。
③ ［古罗马］奥古斯丁：《上帝之城》，王晓朝译，人民出版社 2006 年版，第 601 页。
④ ［古罗马］奥古斯丁：《上帝之城》，王晓朝译，人民出版社 2006 年版，第 601 页。
⑤ ［古罗马］奥古斯丁：《上帝之城》，王晓朝译，人民出版社 2006 年版，第 608—609 页。
⑥ ［古罗马］奥古斯丁：《上帝之城》，王晓朝译，人民出版社 2006 年版，第 635 页。
⑦ ［古罗马］奥古斯丁：《上帝之城》，王晓朝译，人民出版社 2006 年版，第 675 页。

的家系来标志大洪水之前的时代。倒不如说，上帝宁可用属天之城的那些家系来做标志，因为它们更值得纪念。"① 由此，上帝决定了两座城的最终结局："一个预定要由上帝来永远统治，另一个要与魔鬼一道经历永久的惩罚。"②

二 上帝创世的方式

上帝作为伟大的艺术家创造了宇宙大作。"这一切都歌颂你是万有的创造者。"③ 那么，上帝这一宇宙艺术大师是以何种方式创造了如此巨大、如此广袤的天地大作呢？对此，奥古斯丁进行了深入的思考：上帝创造天地万物，既不依托天空，也不依托大地，也不依托水流，原因是天、地、水皆在六合之内；上帝创造宇宙也不凭借宇宙，理由是在上帝创造宇宙之先，不存在宇宙的空间；还有，"你也不是手中拿着什么工具来创造天地，因为这种不由你创造而你借以创造其他的工具又从哪里得来的呢？"④ 由奥古斯丁有关论述，不难看出，是上帝以其独有的神性方式创造了世界。上帝创世的神性方式可做以下解读。

第一，上帝以其言创造了世界："基督是上帝之言，仰仗他万事万物得以创造。"⑤ 上帝之言即上帝之道："你用了和你永恒同在的'道'，永永地说着你要说的一切，而命令造成的东西便造成了，你惟有用言语创造，别无其他方式。"⑥ 所以上帝以其言创造世界，亦

① ［古罗马］奥古斯丁：《上帝之城》，王晓朝译，人民出版社 2006 年版，第 661 页。
② ［古罗马］奥古斯丁：《上帝之城》，王晓朝译，人民出版社 2006 年版，第 633 页。
③ ［古罗马］奥古斯丁：《忏悔录》，周士良译，商务印书馆 1963 年版，第 251 页。
④ ［古罗马］奥古斯丁：《忏悔录》，周士良译，商务印书馆 1963 年版，第 251 页。
⑤ St. Augustine, *The Letters of Saint Augustine*, *Bishop of Hippo Volume II*, translated by the Rev. J. G. Cunningham, *The Works of Aurelius Augustine*, *Bishop of Hippo Volume XIII*, printed by Murray and Gibb for T. & T. Clark, Edingburgh, 1875, p. 39.
⑥ ［古罗马］奥古斯丁：《忏悔录》，周士良译，商务印书馆 1963 年版，第 253 页。

即以其道创造了万有："你一言而万物资始，你是用你的'道'——言语——创造万有。"① 上帝之道亦即上帝之实存、上帝之实在，因而上帝是凭其实在实存创造世界的："哪一样存在的东西，不是凭借你的实在而存在。"② 宇宙万事万物因仰仗上帝之言、上帝之道、上帝实在而获有存在。上帝以其言、以其道赋存在于万物。"我把创造万物之工完全归于上帝，天使本身也应当对上帝谢恩，因为上帝赋予它们存在。"③

第二，上帝以形式创作了宇宙作品。奥古斯丁将形式或型相分为两种：匠人的形式与上帝的形式。匠人的形式是外在的赋形，"不会改变任何物体的质料，例如，陶工和铁匠把型相赋予各种器皿和工具，艺术家在绘画和雕塑时造出与动物身体相似的形状"。上帝的形式则"是内在的，其本身不是被造的，而是作为事物的动力因，不仅创造出天然的有形体的型相，而且还创造出生灵的灵魂本身"④。一个是外表的赋形，一个是内在的构建；一个属于被造者，一个归于创造者；一个具有依赖性，一个独立自足。两相比较，上帝的形式优于匠人的形式。上帝的形式存在于上帝之道中："在造物本身实际被造之前，先有形式或理性（ratio）——造物是根据它被造的——存在于上帝的道里。"⑤ 上帝依据存在于其道中的形式或理性来赋予其作品各种形式。其中之一是圆形："当这个世界诞生时，它赋予大地和太阳圆的型相。这同一种神圣的创造性的力量，不是被造的，而是创造的，也把圆的型相赋予眼睛和苹果。"同时，上帝不只把圆的型相

---

① ［古罗马］奥古斯丁：《忏悔录》，周士良译，商务印书馆 1963 年版，第 251 页。
② ［古罗马］奥古斯丁：《忏悔录》，周士良译，商务印书馆 1963 年版，第 251 页。
③ ［古罗马］奥古斯丁：《上帝之城》，王晓朝译，人民出版社 2006 年版，第 532 页。
④ ［古罗马］奥古斯丁：《上帝之城》，王晓朝译，人民出版社 2006 年版，第 531 页。
⑤ ［古罗马］奥古斯丁：《〈创世记〉字疏》（上），石敏敏译，中国社会科学出版社 2018 年版，第 66 页。

赋予大地、太阳、眼睛、苹果等圆形事物，还把方形、长方形、菱形、梯形、三角形、多边形等各样型相赋予各种不同形式的事物："其他类似的天然物体也接受了它们各自的型相，就像我们所见到的那样，这些型相不是无来源的，而是来自创造主内在的力量。"① 在奥古斯丁看来，五彩斑斓、万紫千红的颜色也是上帝据以创作的形式："造主的智慧里存在颜色的某种形式，可以植入各种不同的属体事物中，即使造主里面的那个形式并不称为颜色。"② 上帝创造了各种形式，并赐予各样事物。事物因上帝赋形而获得了存在的形状、样式、结构、色彩。上帝之作显得形象各异，多姿多彩。上帝是形式的创造者，也是形式的赐予者、驾驭者。

第三，上帝以尺度、数目、重量规范其作品。奥古斯丁认为，上帝创造其自然大作时，以尺度、数目、重量限定了其界限、形式、状态："尺度把某种界限赋予一切事物，数目给与万物形式，重量把每个事物引向一种安静、稳定的状态，所以在根本的、真正的、独特的意义上，上帝等同于这三者。"③ 奥古斯丁把尺度、数目、重量分为可见、有形者与不可见、无形者。可见之尺度、数目、重量如石头、木头等有体积和大小的物体，不可见之尺度、数目、重量指灵魂情感、理智活动的内在规定与选择："一种活动也有尺度，防止它无休无止或者超越界限；灵魂的情感和德性也有数目，使灵魂摆脱愚昧的混乱状态，转向智慧的形式和优美；意志和爱也有重量，显示出所追求之物和所躲避之物、所敬重之物和所鄙弃之物的价值和分量。"④ 有

---

① ［古罗马］奥古斯丁：《上帝之城》，王晓朝译，人民出版社 2006 年版，第 531—532 页。
② ［古罗马］奥古斯丁：《〈创世记〉字疏》（上），石敏敏译，中国社会科学出版社 2018 年版，第 129 页。
③ ［古罗马］奥古斯丁：《〈创世记〉字疏》（上），石敏敏译，中国社会科学出版社 2018 年版，第 126 页。
④ ［古罗马］奥古斯丁：《〈创世记〉字疏》（上），石敏敏译，中国社会科学出版社 2018 年版，第 127—128 页。

形的尺度、数目、重量与无形的尺度、数目、重量都是作品的具体界限、形式、状态，皆源于没有具体规定之尺度、数目、重量，即上帝，"上帝里面存在一切被造物的尺度、数目、重量的原因或形式"①。上帝是尺度之源、数目之源、重量之源，是尺度之因、数目之因、重量之因，是尺度之形式、数目之形式、重量之形式。上帝掌握着尺度、数目、重量的奥秘，并以此为依据安排、决策着其作品的界限、形式、状态。奥古斯丁在全面推重上帝以尺度、数目、重量三者创造其自然天作之际，尤其推崇上帝以数目或数字创世的方式。在奥古斯丁崇尚的数字中，6 是一个由 1、2、3 三部分构成的完美无缺的完数："一是它的六分之一，二是它的三分之二，三是它的二分之一。"上帝正是在 6 这个完数内创造其作品的：第一日造出光；再两日造出宇宙，一日用来创造上面部分天空，另一日创造下面部分大海与大地；后三日创造可见的事物，一日为天上之天体，一日为水中之生物，一日为地上之活物。"创世之工的顺序就像六这个数字本身，分三步从它的各部分中产生，一、二、三依次推进，不可能有任何别的数插入。"②

第四，上帝凭借其全知全能独立创造了世界。上帝创世完全是独自完成的，没有任何外在因素，也无须任何外在因素参与、相助，全赖上帝神性艺术之大能造就。奥古斯丁曾经以人间国王建造城市为例，突出上帝创世艺术的大能、全能："关于那些由匠人赋予有形体的事物的型相，我们不说罗马和亚历山大里亚是由工匠和建筑师造起来的，而是说它们是国王建造的。国王们用他们的意志、计划、

---

①　[古罗马] 奥古斯丁：《〈创世记〉字疏》（上），石敏敏译，中国社会科学出版社 2018 年版，第 129 页。

②　[古罗马] 奥古斯丁：《〈创世记〉字疏》（上），石敏敏译，中国社会科学出版社 2018 年版，第 124—125 页。

资源建造了这些城市，所以一座城以罗莫洛为建城者，另一座城以亚历山大为建城者。所以，我们必须更加有把握地说，只有上帝是一切本性的创造者，因为他既没有使用任何他创造出来的质料做工，也没有使用他创造出来的任何工匠。"① 上帝造物、创世，既不借助任何材料，又不使用任何工匠，完全凭借自己全能艺术挥就而成。由此足见上帝神性艺术之完满、超绝、圆润。奥古斯丁这一看法似值得考究和商榷。在奥古斯丁看来，上帝创造"没有使用任何他创造出来的质料做工"，完全凭神性权能独立自主完成。上帝真的完全没有借用物质材料来创造其艺术作品吗？若如此，上帝造人时所使用的尘土为何物呢？不是上帝创造出来的质料吗？耶和华上帝对犯罪的亚当宣判道："你必汗流满面才得糊口，直到你归了尘土；因为你是从尘土而出的。你本是尘土，仍要归于尘土。"② 由此笔者觉得，奥古斯丁认为上帝完全凭其神性大能创造艺术作品，与物质材料毫无关联的观点似有漏洞，不能完全自圆其说。

第五，上帝通过独特的言说方式创造维护世界。在奥古斯丁看来，上帝的言说方式有两种："或者通过他自己的实体，或者通过某个顺服于他的造物。"即上帝本身言说与凭附造物言说。上帝这两种言说方式是针对不同对象而言的，对象不同，言说方式不同，上帝言说因对象不同而不同。具体而言，第一种言说方式，即上帝通过自己的实体言说，只针对两种对象，或只分两种情形："其一是在创造整个宇宙时，其二在不仅创造而且照亮灵性的理智造物时，因为他们能够领会他的话，就是在他道里说的。"③ 上帝实体言说针对的

---

① ［古罗马］奥古斯丁：《上帝之城》，王晓朝译，人民出版社 2006 年版，第 533 页。
② 中国基督教协会：《圣经——中英对照（和合本·新修订标准版）》，中国基督教协会2001 年版，第 4 页。
③ ［古罗马］奥古斯丁：《〈创世记〉字疏》（下），石敏敏译，中国社会科学出版社 2018年版，第 82 页。

是整个宇宙和灵性理智造物。圣天使属于上帝灵性理智造物，故上帝通过自己实体向圣天使说话："上帝以神秘而不可言传的方式内在地对他们说话，不是通过用物质工具书写下来的文字，不是通过传递给耳朵的有声话语，也不是通过想象在灵里面产生的物体形像，就如在梦境里或者灵的狂喜状态。"① 灵性理智造物神性强，级别高，能够直接心领神会上帝旨意，故上帝无须凭借造物言说，无须通过有形文字、有声话语、物体形象说话。对高等造物上帝采取了实体言说、直接言说的方式。

同时，对灵性差、理智弱、神性低，不能直接聆听接受神旨的造物，上帝采用了凭附造物、间接言说的方式："当上帝对那些不能明白他话的造物说话时，他只通过某个造物来说。他可能专门雇用一个灵性造物，在梦境或迷狂里，使用属体事物的形象说话；他也可能直接通过某个属体事物说话，比如让身体感官看见某种形状或者听到某种声音。"② 不过，上帝对低等造物说话，上帝实体并未直接露面，而是借助造物具象传达上帝的意思："他向人显现的这些异象并非藉着他自己的实体，也就是他的所是，而是通过顺服他的造物；他通过属体事物的形象和声音，向人显现他想显现的，说出他想说的。"③ 上帝以可见、有形的方式显现，透露其本质："上帝本身在凡人中以可见的形式显现，而非以他自身的本质显现，……上帝不是以身体的方式而是以灵性的方式讲话，这些话语不是可感知的，而是可理解的。"④ 这是以有形表现无形、以可见传递不可见的

---

① ［古罗马］奥古斯丁：《〈创世记〉字疏》（下），石敏敏译，中国社会科学出版社 2018 年版，第 79—80 页。

② ［古罗马］奥古斯丁：《〈创世记〉字疏》（下），石敏敏译，中国社会科学出版社 2018 年版，第 82 页。

③ ［古罗马］奥古斯丁：《〈创世记〉字疏》（下），石敏敏译，中国社会科学出版社 2018 年版，第 88 页。

④ ［古罗马］奥古斯丁：《上帝之城》，王晓朝译，人民出版社 2006 年版，第 407—408 页。

象征寓意言说方式。上帝以灵性方式发出的上帝之言虽然不可感知，却可领会理解，而且永恒不朽，无始无终。与此相应，上帝的侍者与使臣也必须以不可言说的方式，即动用心灵的耳朵而非身体的耳朵聆听上帝之言，在可见可感的尘世践行上帝之旨意，代上帝管理上帝所造之天地万象。①

这两种言说方式显然有地位高下、价值优劣之别。第一种方式即上帝实体言说高于第二种方式即上帝凭物言说，上帝直接言说优于上帝间接言说，上帝凭物言说低于上帝实体言说，上帝寓言逊色于上帝直言。这实际上自一个侧面折射出奥古斯丁神性高于人性、上帝之城优于地上之城的神性思想价值取向。

三　上帝创世的效能

上帝创造了万千世界，造物时运用了神奇的艺术方式。这样创造世界自然效果非凡，能力卓绝。依据奥古斯丁的有关论述，上帝创世的神奇效能可做如下探析。

第一，上帝无中生有创造了世界。"上帝最初创造的这些作品确实十分神奇，因为在它们之前没有任何事物。不相信它们的人也一定不会相信后续的奇迹，因为若非超越常情地发生，这些事情也一定不会被称作奇迹。"② 上帝造物、创世，是从无中创造的，从无造有，由无形造有形，变无为有，转虚为实，乃上帝神奇、独到之处。"上帝若是从被造的事物中撤走他的创造力，那么这些被造物马上就会归于虚无，就像它们被造之前一样。所谓'之前'，我这里的意思是相对于永恒而言，而不是相对于时间而言。"③ 化虚为实，变无成

---

① ［古罗马］奥古斯丁：《上帝之城》，王晓朝译，人民出版社2006年版，第408页。
② ［古罗马］奥古斯丁：《上帝之城》，王晓朝译，人民出版社2006年版，第535页。
③ ［古罗马］奥古斯丁：《上帝之城》，王晓朝译，人民出版社2006年版，第533页。

有，赋予虚无以存在，显示了上帝神性创作的神奇效力。

第二，上帝一直打磨、润饰、完善着其作品。在奥古斯丁看来，上帝创造万物之后，并未丢下所造之物，而是继续关注、打磨、完善其所造作品："上帝不再创造任何新的造物，但通过他对世界的管理引导并统治他一次性创造的万物，因而他一直工作，毫无停歇，既安息又工作，两者是同时的。"① 上帝安息与创作同时进行，安息指作品创作完结后，他不再创作新作品了，就此打住，进入安息状态；创作指继续打磨、润饰、完善原创作品。这里涉及了奥古斯丁对上帝创作阶段性的看法。奥古斯丁认为，上帝的创作包括两个阶段：一个是从虚无中创作万有，一个是从已创之物中创作。也可表述为上帝创造之工分两种：初创之工，再造之工。初创之工是自虚无中造出万有，再造之工是加工、打磨、润饰、完善初创之工、初创作品："一个是原初的创造，上帝创造万物，然后在第七日歇了所有的工；另一个是对造物的管理，就此而言，他一直做事直到如今。"上帝初创之工没有时间限制或时间概念，再创之工则在时间内完成、实现："在原初创造中，上帝一次性创造万物，没有任何时间间隔，但如今他在时间进程中工作，所以我们看见星辰升落，四季更替，种子在固定的时节发芽、生长、开花、枯萎。"② 初创之工也叫已完结之工，再造之工也叫持续之工，前者为完成时，后者为进行时，前者为已路过，后者为在路上："上帝已经完成了最初的创造之工，如今已经开始创造后来的工。"③ 上帝对其作品的打磨、润色、

---

① ［古罗马］奥古斯丁：《〈创世记〉字疏》（上），石敏敏译，中国社会科学出版社2018年版，第203页。

② ［古罗马］奥古斯丁：《〈创世记〉字疏》（上），石敏敏译，中国社会科学出版社2018年版，第188页。

③ ［古罗马］奥古斯丁：《〈创世记〉字疏》（上），石敏敏译，中国社会科学出版社2018年版，第189页。

完善持续至今，没有中断，凭借的是上帝润物细无声的神奇、卓然艺术造诣实现的："上帝藉着一种隐秘的权能推动他的整个造物界，所有造物都服从这种运动：天使执行他的命令，星辰按各自的轨道运行，风时而这样吹，时而那样吹，深泉翻着瀑布，上面形成雾气，草的种子长出绿草，草场生机勃勃，动物按各自的本性生产、生活，恶人得允锤炼义人。"①

第三，上帝使部分的多样性、差异性服从、服务于整体美。"上帝是万物的创造主，他知道事物应当在什么地方被造和什么时候被造，他知道如何用部分的同一性和多样性来编织整体之美。不能掌握全局的人看到畸形的部分会感到受了冒犯，但这是因为他不知道这样的部分如何被接纳到整体中去，或者如何与整体相联。我们知道人生下来有不止五个手指头或脚趾头的。这样的畸形比较小，与正常的人没有大差别。然而上帝禁止那些不知道造物主为什么会这样做的人愚蠢地设想，在这种情况下是上帝犯了错误，把人的手指头的数目安错了。所以，即使有更大的差别发生，也没有人可以公正地谴责上帝创造的作品。"② 万事万物中，有的事物看上去不美，甚至显得别扭、难看，但自整体而言，它是构成整体美的组成部分。这一点，凡人无法理解。但上帝掌握着整体美的艺术，知道如何融部分于整体，构成和谐的整体美，这从一个侧面又彰显了上帝神性艺术的神奇效能。

第四，上帝对造物可修复如初。在奥古斯丁心目中，上帝是一位艺术精湛、技巧卓绝的雕刻大师，在天堂复原复活人体时，"这正如一尊雕像，用可被火熔的金属，用可粉碎的石膏，用可捏成团的陶土塑成；塑像者想用原来的材料重新塑造它，只要这新雕像使用

---

① ［古罗马］奥古斯丁：《〈创世记〉字疏》（上），石敏敏译，中国社会科学出版社 2018 年版，第 199 页。

② ［古罗马］奥古斯丁：《上帝之城》，王晓朝译，人民出版社 2006 年版，第 704 页。

的是原有的材料，至于先前塑造某一部分的材料如今用来重新塑造哪一部分，就无关紧要了"。① 伟大艺术家上帝创作剪裁得当，设计合理，复原人体原貌，再现身体真相。这自一个侧面昭示了上帝神奇的创作能力。

第五，上帝还能化丑为美。在奥古斯丁看来，在来世的天国中，上帝能将生前有各种生理缺陷的人体加工为体格健壮、完美的形体。奥古斯丁以人间工匠把有缺陷的雕像融化，重新塑造成漂亮的雕像为例，来推想万能的工匠上帝也一样能够重新塑造人的形体："如果一个人能够这样做，那么万能的工匠难道不能吗？他难道不能消除或消灭人体的所有缺陷吗，无论是比较普遍的，还是较为稀罕、怪异的，这些缺陷虽然与可恶的今生相应，但与圣徒未来的幸福并不相称？难道上帝就不能以同样的方式，消除我们天然而又丑恶的排泄，但又不会削减身体的基质吗？"并相信："在那里，所有缺陷都得到矫正。无论有什么不恰当之处都会从造物主所知道的根源上造得很好。无论有什么过分恰当之处都会被消除，但不会伤及身体基质的完整性。"② 去除丑陋的，留下美好的；割除缺点，增补优美。生前有各种缺陷的人，到天国后，经上帝修补、润饰、加工、打造、完善，终成为完美无缺的人。此岸之遗憾到了彼岸终于得以圆满。不止于此，上帝这位万能艺术大师还可以让人的身体在天堂居住和生活："许多沉重的属土的基质，比如铅，只要在匠人手中具备了某种形状，就能漂浮在水上。那么，我们还要否认人的身体可以从万能的工匠那里得到一种能使它在天空中生活和居住的属性吗？"③ 这

---

① ［古罗马］奥古斯丁：《论信望爱》，许一新译，生活·读书·新知三联书店2009年版，第91—92页。

② ［古罗马］奥古斯丁：《上帝之城》，王晓朝译，人民出版社2006年版，第1127页。

③ ［古罗马］奥古斯丁：《上帝之城》，王晓朝译，人民出版社2006年版，第1116页。

无疑是上帝艺术大师的神工奇效。从中不难发现，奥古斯丁对人在天上的想象：形体与灵魂一起活在天堂里，身体与精神一块居于来世中。这种想象与后世欧洲基督教徒对人在天堂的想象大异其趣。个中缘由，值得玩味，待来时有暇当做认真探析。

推崇上帝在文艺创作中的地位和价值，彰显文艺创作中的神性价值，是奥古斯丁文艺创作思想的鲜明倾向和主要特征。上帝或神性在奥古斯丁文艺创作论中占据显赫地位和无比优势，是奥古斯丁文艺创作论的至圣鹄的和最后旨归。奥古斯丁文艺创作论之所以具有如此显要而突出的神性特质，盖奥古斯丁的神性思想使然，奥古斯丁的神性思想为其文艺创作论提供了思想导航。奥古斯丁文艺创作神性论乃其神性思想指导、潜移默化的自然结果和必然产物。当奥古斯丁以神性视角审视、评判文艺创作诸现象诸问题时，奥古斯丁关于文艺创作的思考、看法与论述自会染上鲜亮的神性色调，氤氲在浓郁的神性氛围之中。

第二节　人奉上帝旨意而创作

一　《圣经》作者在上帝之灵指挥下创作

奥古斯丁认为，上帝作为伟大的艺术家，匠心独运，驾轻就熟，得心应手，以其言（道），自虚无中创造了天地大作。同时，作为宇宙艺术大师，上帝对人的文艺创作，尤其是《圣经》的创作充满关怀，指点着《圣经》作者舞文弄墨，激扬文字。换言之，《圣经》的作者在创作时，受到了上帝的启发、指示、点拨。凡人作者是在上帝的指挥下创作《圣经》的。《圣经》作者听命于上帝之旨，在奥古斯丁著述中不乏其例。《创世记》的作者就是在上帝之灵指挥下创作的："我们现在可以相信这个上帝的人，这个如此杰出、拥有神圣智慧的人——或者倒不如说上帝之灵在通过他说话。"① 摩西即是其中之一，奉上帝之命撰写了《创世记》。② 四福音书也是"上帝赋予其著书使命的使徒"而创作的。③ 不止于此，"对我们自己的作者来说，上帝禁止他们以任何方式各执己见！其作品被确定为圣经正典的这些作家，人们正确地相信当他们写下这些著作的时候，上帝本身在对他们说话，或者通过他们说话"。④ 就是说，作者必须完全按照上帝旨意创作《圣经》，不能按照自己喜好随意改动上帝原旨。具体而言，《圣经》作者创作受到上帝的指导，可解读为以下几点。

首先，《圣经》的创作目的受到了上帝的指点。奥古斯丁论述《圣经》对人的世代与上帝之子的世代的交织叙述，或对凡人之城与上帝之城的交替记载时，谈道："这些记载是在上帝的灵的推动下写下来的，上帝的目的在于引导我们的注意力从人类最初转向不同世代的这两个社会，以便区分它们。"⑤ 还有，圣灵让福音书作者叙述有异，目的是使福音书具有无上的权威性："至于圣灵为什么随己意使人各自不同，其目的无非是要使福音书具有超乎一切的权威性。"⑥ 可以说，《圣经》创作的目的"是神出于自己的圣善为塑造我们的品性，引导我们离开这个邪恶的世界，走向上面的有福世界而设计的"。⑦《圣经》之创作是为人们由地上之城走向上帝之城指点迷津，挥别人性，亲近神性。

---

① ［古罗马］奥古斯丁：《上帝之城》，王晓朝译，人民出版社2006年版，第490页。

② ［古罗马］奥古斯丁：《忏悔录》，周士良译，商务印书馆1963年版，第305页。

③ ［古罗马］奥古斯丁：《论四福音的和谐》，S. D. F. 萨蒙德英译，许一新译，生活·读书·新知三联书店2010年版，第15页。

④ ［古罗马］奥古斯丁：《上帝之城》，王晓朝译，人民出版社2006年版，第868页。

⑤ ［古罗马］奥古斯丁：《上帝之城》，王晓朝译，人民出版社2006年版，第646页。

⑥ ［古罗马］奥古斯丁：《论四福音的和谐》，S. D. F. 萨蒙德英译，许一新译，生活·读书·新知三联书店2010年版，第124页。

⑦ ［古罗马］奥古斯丁：《论灵魂及其起源》，石敏敏译，中国社会科学出版社2017年版，第134页。

其次，《圣经》的创作内容受到了上帝的指点。《创世记》的内容就是上帝之灵启发和传授于先知讲述的："上帝创造天地的时候这位先知在那里吗？不在，但是上帝用来创造一切事物的智慧在那里，这个智慧使自己进入神圣的灵魂，使它们成为上帝的朋友和先知，在他们心中无声地言说上帝的工作。"① 上帝创世的智慧进入先知灵魂里言说上帝创世的故事，先知于是根据上帝言说记录了上帝创世的故事。不仅如此，预言的内容也全赖神灵降临、掌控、佐佑、启发凡人而致："我知道有这样的人，完全清醒，既没有身患疾病，也没有精神错乱，只因某种神秘力量的作用，就成了说预言的，能说出灵启的思想。这样的事不仅发生在那些完全无意于此事的人——比如大祭司该法身上，他虽然完全无意说预言，但说了预言；而且发生在那些从事这一行业，对某些将来事情作预告的人身上。"② 同时，《圣经》记录、见证了上帝之城，书写了上帝建造圣城的神圣事业，这"显然依靠神圣旨意的最高安排"③。《圣经》记录上帝之城是上帝的旨意。与此有关，上帝之城与凡人之城怎么书写，详写什么，略写什么，俱为上帝旨意："作者不希望对属地之城也这样做，因为他希望表明上帝把属地之城也包括在记录中，但不予计算。"④ 再有，福音书内容的撰写，也是上帝旨意："他在提示他们要写的内容上带领并左右着这些圣徒的头脑。"⑤ 可以说，《圣经》创作内容的取舍完全由上帝掌控、定夺、剪裁，凡人作者只需按照圣灵授意忠实地记录上帝之旨即可。"《圣经》并非事无巨细地记载，告诉我

① ［古罗马］奥古斯丁：《上帝之城》，王晓朝译，人民出版社 2006 年版，第 447 页。
② ［古罗马］奥古斯丁：《〈创世记〉字疏》（下），石敏敏译，中国社会科学出版社 2018 年版，第 253 页。
③ ［古罗马］奥古斯丁：《上帝之城》，王晓朝译，人民出版社 2006 年版，第 444 页。
④ ［古罗马］奥古斯丁：《上帝之城》，王晓朝译，人民出版社 2006 年版，第 674—675 页。
⑤ ［古罗马］奥古斯丁：《论四福音的和谐》，S. D. F. 萨蒙德英译，许一新译，生活·读书·新知三联书店 2010 年版，第 124 页。

们最初的创世之后时间如何展开，被造的事物从初始状态到第六日的完成又怎样前后相继。作者按照圣灵的启示，圣灵指示多少，他就记载多少，所以他记下的那些内容不仅有益于了解所发生的事，而且对预示将来要发生的事也很重要。"[1]

最后，《圣经》创作的方式受到了上帝的指点。在奥古斯丁看来，不仅《圣经》为什么创作，撰写什么内容，受到了上帝指点，同时，《圣经》怎么写，即《圣经》的表达方式也受到了上帝的指点。"由于福音真理是通过那永恒不变、高于被造万物的上帝之道传给人的，同时又以今世的记号（temporal symbols），并借助人的口传遍天下，因而具有最高的权威性。所以当几位福音书作者凭回忆报道所见所闻时，他们撰述的构思若不尽一致，措辞略有出入，描述的却是同一事实，我们就不应认为其中有人所写的或许不可靠。"[2]福音书是上帝之道传于人，由人用今世的记号记载，口口相传的，只要真实传达了上帝之道，作者们的构思可以不必一致，具体用语不必划一。奥古斯丁对福音书的措辞、叙述顺序等表达方式不必完全一致曾做过不少强调，理由是，这是上帝旨意，作者只能、必须按上帝意志行事："因为这些历史记载者的记忆在写作时受到那位江河大海的主宰者之美好旨意的调遣。人的记忆随思维而动，进入脑海的内容如何、何时进入，均不受人为的支配。既然知道这些圣洁、诚信之人在叙述顺序上完全将自己的记忆交付给上帝，任凭（如果可以这样措辞的话）他隐藏的能力带领，而在上帝方面没有任何事情是随意的，由不得因远离上帝而旦夕存亡的区区人类以其鼠目寸

---

[1] ［古罗马］奥古斯丁：《〈创世记〉字疏》（上），石敏敏译，中国社会科学出版社 2018 年版，第 185 页。

[2] ［古罗马］奥古斯丁：《论四福音的和谐》，S. D. F. 萨蒙德英译，许一新译，生活·读书·新知三联书店 2010 年版，第 103 页。

光来判断，'这个内容应当写在那里'；因为人对上帝有意将它放在那个位置上的原因完全蒙昧无知。"① 福音书作者们正是按照上帝的愿望，叙述事情的不同顺序的："各福音书作者都认为他们有责任在从事记载的过程中，按上帝愿让他记起事情的顺序将它们记下来。在谈论这些事件的顺序问题的同时，这些事件的真实性至少证明是可靠的，其发生的顺序，或是这样，或是那样，都不能丝毫减损福音的权威性及福音的真实性。"② 同时，福音书作者们也是根据记忆写作的，记忆同样受到上帝掌控："福音书作者这样写受到的是上帝的默示，而作者们的心智受到的是这默示的带领。……在回忆过程中记起的不是这位而是另一位先知，［或许］个中不无原因（因回忆过程同样受圣灵的带领），若不是上帝有意要将另一位的名字写上去，这名字就不会出现在他的脑海里。……在圣灵的带领之下，作者肯定感到自己的心思意念处于比我等更加笃定的知觉之中，于是他依据主的意图和指派未改动自己的文字。"③

二　人间作者在上帝指挥下创作

在奥古斯丁看来，人是在上帝启示下创作《圣经》的。同时，在奥古斯丁那里，除了《圣经》外，其他作品的作者也是在上帝的启示、指点下创作的。上帝的艺术指挥着艺术家进行创作："神的艺术指引着艺术家，使其创作臻于美。"④ 因为"上帝在人的心里作

① ［古罗马］奥古斯丁：《论四福音的和谐》，S. D. F. 萨蒙德英译，许一新译，生活·读书·新知三联书店 2010 年版，第 283 页。
② ［古罗马］奥古斯丁：《论四福音的和谐》，S. D. F. 萨蒙德英译，许一新译，生活·读书·新知三联书店 2010 年版，第 124 页。
③ ［古罗马］奥古斯丁：《论四福音的和谐》，S. D. F. 萨蒙德英译，许一新译，生活·读书·新知三联书店 2010 年版，第 260—261 页。
④ ［波］沃拉德斯拉维·塔塔科维兹：《中世纪美学》，褚朔维、李国武、聂建国、赵国运译，中国社会科学出版社 1991 年版，第 70 页。

工，启示真理，指使意志，不是藉着律法和教训从外面告诉他们，而是藉着秘密、神妙、难以言喻的力量在他们里面运作"。① 上帝指挥着人的内心、灵魂。人按照上帝的指示行事。同样，人也按照宇宙艺术大师上帝的旨意从事创作。"上帝是创造自然界的艺术家，而作为凡人的艺术家却只是沿着上帝的足迹行进，观看永恒的'智慧'赐于他的样本。"② 人在上帝指挥下创作，可做如下解读。

第一，希腊七十二子按上帝旨意翻译圣经。埃及国王托勒密·菲拉德福（Ptolemy Ⅱ，Philadelphus，前 285—前 246）指派七十二位精通希伯来文与希腊文的译者，将《圣经》由希伯来文译成希腊文，被称为希腊文《圣经》七十子本、"七十士译本"。奥古斯丁认为，这七十二位译者严格按照上帝启示翻译了《圣经》。"他们的译本完全一样，实在令人惊讶，这肯定是神的作为。"这可以从三个层面解读：其一，七十二位译者按照上帝启示将《圣经》翻译得高度统一。"他们分别进行同一工作——托勒密喜欢这样做，以检验他们的翻译能力——但他们的译文分毫不差，不仅没有出现用同义词表达相同意思的情况，甚至连词序也没有差别。这样的高度一致就好像只有一位译者似的，这确实是一位圣灵降临在他们所有人身上。"③翻译《圣经》虽然分头行动，然而在上帝指挥下，翻译得高度统一、一致、精准。这是七十二位译者严格按照神的旨意忠实翻译的结果，是七十二位译者虔诚事主的杰作、奇迹。其二，七十二位译者按照上帝启示增删、保留内容。"如果这些圣经中除了上帝之灵通过凡人讲话以外没有别的内容，那么在希伯来文本中有，但在希腊文本中

① ［古罗马］奥古斯丁：《论原罪与恩典》，周伟驰译，商务印书馆 2012 年版，第 272—273 页。

② ［美］凯·埃·吉尔伯特、〔联邦德国〕赫·库恩：《美学史》上卷，夏乾丰译，上海译文出版社 1989 年版，第 209 页。

③ ［古罗马］奥古斯丁：《上帝之城》，王晓朝译，人民出版社 2006 年版，第 871 页。

没有的经文就是上帝之灵认为不宜通过翻译者来说，而只能通过先知来说的事情。同理，那些在希腊文本中没有，而在希伯来文本中有的经文就是这位圣灵选择要通过翻译者来说，而不通过先知来说的事情，以此表明前者和后者都是先知。……还有，在两种文本中都有的内容就是这位圣灵希望通过双方来说的事情，但在这种情况下，先知以预言的方式作前导，译者以先知性的翻译在后跟随。"①希伯来文《圣经》与希腊文《圣经》之间，保留什么，增加什么，减少什么，如何取舍，皆为七十二位译者根据上帝教导翻译的结果。

其三，七十二位译者按照上帝启示变换表达方式。"他们若是在翻译中对原文作了某些更换，或者用了一些不同的表达方式，我们无疑应当认为他们是在上帝之灵的激励下这样做的，尽管这个表达法据说在希伯来文中是晦涩的，既能解释为'上帝的儿子们'，又能解释为'诸神的儿子们'。"②用语的不一、表达方式的变化，只要不影响意思的传达即可。"圣灵也会以不同方式讲同一件事，所以即使用语不一，相同的意思仍旧能够启发能正确理解它们的人。圣灵也会省略或添加，以这种方式表明翻译工作的完成不是依靠凡人对语词的费力的解释，而是依靠上帝的权能充满和指引译者的心灵。"③

正因为"七十士译本"是译者们严格秉承上帝之旨忠实翻译的圣典，所以，奥古斯丁认为它是最具权威的希腊文《圣经》版本："在众多的希腊文本中，就旧约而言，最有权威的当属七十子本。"并主张"旧约的拉丁文本要参照希腊文本的权威来纠正，尤其是七十子本（他们虽是七十人，却被认为以同一个声音说话）"。④

---

① ［古罗马］奥古斯丁：《上帝之城》，王晓朝译，人民出版社 2006 年版，第 873 页。
② ［古罗马］奥古斯丁：《上帝之城》，王晓朝译，人民出版社 2006 年版，第 681 页。
③ ［古罗马］奥古斯丁：《上帝之城》，王晓朝译，人民出版社 2006 年版，第 872 页。
④ ［古罗马］奥古斯丁：《论灵魂及其起源》，石敏敏译，中国社会科学出版社 2017 年版，第 58—59 页。

奥古斯丁如此推崇《圣经》"七十士译本"，缘由是多方面的。一者，推崇七十子希腊《圣经》文本，乃当时教会人士的时尚、信仰。无疑奥古斯丁深受其影响，也相信七十子希腊《圣经》文本是圣灵左右希腊译者的结果："5世纪的全体教会对七十子希腊文本推崇备至，奥古斯丁也相信它是受圣灵感动而译的。"① 二者，出于个人偏执的学者天性，"他喜欢根据《七十子希腊文本》核对古拉丁文译本《圣经》，后者就是译自前者的"。据此他对杰罗姆从希伯来文翻译过来的《圣经》新译本持反对态度。三者，奥古斯丁对希伯来文知之甚少，只能对七十子希腊《圣经》译本推崇备至："他对希伯来文的无知导致了不同的后果；其中之一就是对《七十子希腊文本》的过分推崇。"学界曾有人指出奥古斯丁的这一语言缺憾："偶尔他也说些听众听得懂的迦太基语词汇，它们与希伯来语有些相似，但他并不讲迦太基语，不然，他是可以借助于北非城镇随处可遇的犹太人步入希伯来语之门的。"② 奥古斯丁终未能踏入《圣经》原语——希伯来语的圣殿徜徉、盘桓、游览，咀嚼原汁原味，不能不说是一大遗憾。这样的话，奥古斯丁撇下《圣经》希伯来文本，只依据七十子希腊《圣经》译本，就去讨伐杰罗姆从希伯来文翻译过来的《圣经》新译本，似乎有欠明智，亦有失公允。

第二，先知按照上帝启示进行创作。奥古斯丁谈到教会正典时，将被《圣经》当作宗教权威的人的著述分为两种情形："有时候作为一个凡人记载历史，有时候作为受上帝感动的先知。这两类作品有明显区别，可以恰当地判明第一类属于作者自己，而另一类可以

---

① ［古罗马］奥古斯丁：《论灵魂及其起源》，石敏敏译，中国社会科学出版社2017年版，导论第8页。

② ［英］W. 蒙哥马利（W. Montgomery）：《奥古斯丁》，于海、王晓平译，中国社会科学出版社1992年版，第166页。

视为上帝在通过他们讲话。因此第一类作品必须建立知识，而另一类必定与宗教权威有关。作为这种权威的外衣，正典必须加以精心保护。"① 这里谈的是两类作品，也可以理解为创作的两种身份：第一种作为凡人记载的历史，第二种作为先知记载的上帝之言。显然，奥古斯丁推重第二种，即先知："这些相互一致、没有任何分歧的先知被视为和接受为圣经的真正作者。他们就是这个民族的哲学家，也就是智慧的热爱者，是这个民族的贤人、神学家、先知，是这个民族正直和虔诚的教师。"奥古斯丁认为，先知是聆听上帝之言者，同时也是按照上帝旨意创作的人："上帝通过这些人讲话。如果亵渎在他们的著作中受到禁止，那么禁止亵渎的是上帝。如果说要荣耀你的父亲和母亲，那么是上帝在吩咐你这样做。如果说不可犯奸淫，不能杀人，不能偷盗，以及不能做其他类似的事情，那么这些诫命不是由人的嘴说出来的，而是由上帝的神谕说出来的。"② 上帝通过先知发言，宣布神谕。先知按照上帝旨意著书立说，传达上帝指令。同时，先知也受到上帝启示言说、传授各种神的知识："受圣灵感动的作者以一种真正属神的知识说，雀鸟从水里产生。这些水分布在两个地方，低的在地上，在江河海洋里；高的在空中，在气流中。前者是鱼类之所，后者是鸟类之所。同样清楚的是，生命物被赋予两种与水元素对应的感官，一种是嗅觉，探查气态水；一种是味觉，探查液态水。"③

第三，奥古斯丁认为，诗人也按照上帝旨意创作。大卫是一位擅长诗歌、音乐的国王，受到上帝的激励，写了不少诗，"他在安排

---

① ［古罗马］奥古斯丁：《上帝之城》，王晓朝译，人民出版社 2006 年版，第 865 页。
② ［古罗马］奥古斯丁：《上帝之城》，王晓朝译，人民出版社 2006 年版，第 870 页。
③ ［古罗马］奥古斯丁：《论灵魂及其起源》，石敏敏译，中国社会科学出版社 2017 年版，第 93 页。

这些不同诗歌的秩序时受到圣灵的感动，尽管是隐秘的，但并非无意义"。① 大卫遵循上帝指点来创作诗歌，目的是"他用诗歌侍奉他的上帝，真正的神，使伟大的事情得到神秘的表征"②。这些诗歌的主要部分构成了《诗篇》的重要篇章，其余部分则散见于《撒母耳记上》《撒母耳记下》等史记里。③ 另外，以诺也按照上帝启示从事创作："亚当的第七代传人以诺在圣灵的激励下写过一些东西。"④

第四，奥古斯丁以身说法，承认自己是在上帝的保佑、帮助下从事创作的。"只要借上帝的帮助我能办得到，我就一定会这样做。"⑤ 这可从以下几个层面来理解。其一是奥古斯丁认为，上帝的保佑与帮助是自己顺利创作的先决条件和绝对保障。无论是他本人的专著，还是写给他人的书信，奥古斯丁认为都离不开上帝的保佑和助力。先看其专著。《上帝之城》就是作者按照上帝意志创作的。奥古斯丁在《〈创世记〉字疏》（下）里阐述了两个城里的两种爱后，指出准备另写一本著作专论两个城的事，当然大前提首先须得到上帝的许可："关于这两个城我会另写一本书详尽讨论，如果主许可的话。"⑥ 这本专著就是《上帝之城》。在奥古斯丁看来，《上帝之城》就是自己奉上帝之命而创作的："我要尽可能约束我的笔，使之既不失于肤浅，又不疏漏任何必要的内容，以按照上帝的意志完成本书。"⑦ 创作此书的目的也是为了上帝之城："正是为了上帝之城

---

① ［古罗马］奥古斯丁：《上帝之城》，王晓朝译，人民出版社 2006 年版，第 794 页。

② ［古罗马］奥古斯丁：《上帝之城》，王晓朝译，人民出版社 2006 年版，第 793 页。

③ 朱韵彬：《〈圣经〉中大卫的诗创作》，《信阳师范学院学报》（哲学社会科学版）1994 年第 3 期。

④ ［古罗马］奥古斯丁：《上帝之城》，王晓朝译，人民出版社 2006 年版，第 681 页。

⑤ ［古罗马］奥古斯丁：《论信望爱》，许一新译，生活·读书·新知三联书店 2009 年版，第 139 页。

⑥ ［古罗马］奥古斯丁：《〈创世记〉字疏》（下），石敏敏译，中国社会科学出版社 2018 年版，第 179 页。

⑦ ［古罗马］奥古斯丁：《上帝之城》，王晓朝译，人民出版社 2006 年版，第 759 页。

的缘故，我要不辞辛劳地写这么长一本著作。"① 在奥古斯丁眼中，自己的著作都是践行上帝意志的结果。同时，奥古斯丁在著述中反驳异教异端，也是出于上帝启示。他对论敌朱利安说："我只不过是众多驳斥你渎神新观点的人中的一员，各人都按自己的能力，照着上帝所分给各人信心的大小。"② 奥古斯丁是凭借上帝给他的信心驳斥朱利安的。从奥古斯丁的表白中不难感到，他的专著创作绝对离不开上帝的启示、助佑。同样，奥古斯丁认为，他写给别人的书信也须蒙上帝的保佑与给力。在奥古斯丁看来，能否答复朋友提出的问题，取决于上帝的态度。公元 400 年他在给詹那鲁斯（Januarlus）的回信中谈道："你剩余的问题，如果主（Lord）允许的话，我打算另抽时间答复你。"③ 在书信中奥古斯丁还呼吁、恳求上帝为自己作证，证明自己没有著述反对杰罗姆，上帝成为奥古斯丁最有力的证人："我听说一些弟兄说起你宽容了我著书反对你并把它送往罗马的事。这里保证那是假的：我呼求上帝（God）为我作证，我没有做过此事。"④ 其二是，奥古斯丁认为，创作内容也须按照上帝启示进行。在《上帝之城》前十卷书中奥古斯丁承认，"我已经在真正的上帝和主的帮助下，通过驳斥不虔诚者的反对满足了某些人的愿望，这些不虔诚者喜爱他们自己的神祇，胜过喜爱我们一直在谈论的这座圣城的创建者"。⑤ 在《论洗礼反驳多纳图教徒》（*On Baptism*，*A-*

---

① ［古罗马］奥古斯丁：《上帝之城》，王晓朝译，人民出版社 2006 年版，第 660 页。

② ［古罗马］奥古斯丁：《驳朱利安》，石敏敏译，中国社会科学出版社 2010 年版，第 303 页。

③ St. Augustine, *The Letters of Saint Augustine*, *Bishop of Hippo Volume I*, translated by the Rev. J. G. Cunningham, *The Works of Aurelius Augustine*, *Bishop of Hippo Volume VI*, printed by Murray and Gibb for T. & T. Clark, Edingburgh, 1872, p. 204.

④ St. Augustine, *The Letters of Saint Augustine*, *Bishop of Hippo Volume I*, translated by the Rev. J. G. Cunningham, *The Works of Aurelius Augustine*, *Bishop of Hippo Volume VI*, printed by Murray and Gibb for T. & T. Clark, Edingburgh, 1872, p. 254.

⑤ ［古罗马］奥古斯丁：《上帝之城》，王晓朝译，人民出版社 2006 年版，第 441 页。

gainst The Donatists）卷二中确认："仰仗上帝的帮助，在这部论著中我们已着手的是，不仅驳斥多纳图派在这件事上穷形尽相反对我们的异议，而且提出上帝能够使我们以神圣的受难者西普里安（Cyprian）的权威说的话，这些话他们竭力用作其支撑，来阻止其邪恶在攻击真理之前走向衰落。"① 其三是奥古斯丁认为，按照神意进行创作会得到上帝认可。公元 395 年他在写给普罗克利安努斯（Proculeianus）的信中谈道："我以一颗虔诚之心，怀揣基督徒谦卑的诚惶诚恐，努力做这事，或许对大多数人而言不易察觉，但却被他（Him）看见，所有的心灵都向他打开。"② 公元 397 年他在写给格劳瑞亚斯（Glorius）和埃卢修斯（Eleusius）的信中谈道："这封信将见证我在上帝（God）法庭的辩护，他知道我在信中表达的精神。"③ 可谓虔诚事主，金石为开，博得上帝青睐。

由于奥古斯丁认为自己受惠于上帝恩赐，完成了不少著作，维护了公教，批驳了各种异端谬说，所以每取得一些成果，都归功于上帝："不管怎样，我要感谢神，使我以仅有的一点点能力在这四卷本中努力刻画了一类理想的人，不是像我自己这样的（因为我的缺乏非常之多），而是凡渴望在美好的即基督教教义上劳作——不仅为自己获得知识，也会教导别人——所应当成为的那种人。"④ 或许正

---

① St. Augustine, *Writings in connection with the Donatist controversy*, translated by the Rev. J. R. King, M. A., *The Works of Aurelius Augustine*, *Bishop of Hippo Volume III*, printed by Murray and Gibb for T. & T. Clark, Edingburgh, 2016, p. 1.

② St. Augustine, *The Letters of Saint Augustine*, *Bishop of Hippo Volume I*, translated by the Rev. J. G. Cunningham, *The Works of Aurelius Augustine*, *Bishop of Hippo Volume VI*, printed by Murray and Gibb for T. & T. Clark, Edingburgh, 1872, p. 101.

③ St. Augustine, *The Letters of Saint Augustine*, *Bishop of Hippo Volume I*, translated by the Rev. J. G. Cunningham, *The Works of Aurelius Augustine*, *Bishop of Hippo Volume VI*, printed by Murray and Gibb for T. & T. Clark, Edingburgh, 1872, p. 104.

④ ［古罗马］奥古斯丁：《论灵魂及其起源》，石敏敏译，中国社会科学出版社 2017 年版，第 175 页。

因如此，他在其卷帙浩繁的著述中尽情地表达了他对上帝的感恩、皈依、敬仰、崇拜、赞美之情。其《忏悔录》也"绝不只是一部自传，也不只是对罪的一种忏悔。它本质上是这位圣徒因惊异于上帝赐予他的美善而作出的敬虔的反思，主要是对赞美的认信（confessio laudis），而不只是对罪的忏悔（confessio peccati）"。① 其著述在主面前表露心迹，陈述忏悔，呼吁救赎，表达倾慕，讴歌伟大，可谓开了中世纪欧洲教会文学的先河。至于奥古斯丁本人作为教会文学的先驱，与后世欧洲教会文学之间有何关联，待笔者来日有暇再叙。可以说，在奥古斯丁那里，有了上帝保佑、帮助，创作起来就能得心应手，挥洒自如，出口成章，文从字顺，妙笔生花，行云流水。奥古斯丁自皈依基督之日起，终生都在遵循圣灵创作："自从 387 年接受洗礼皈依基督之后，他整个一生都在按神恩的旨意进行精神活动。"② 自然，基督教的经典就成为奥古斯丁言行的准则："他把《圣经》作为自己行事的准则，永不偏离。"③ 自然，在奥古斯丁心目中，《圣经》也是文艺创作的至高典范。

最后，奥古斯丁相信并要求别人创作服从上帝旨意。由于奥古斯丁深信自己所有著述皆为上帝保佑、启示、帮助的结果，所以相信上帝的权能对他人创作也皆有效力，因而要求他人必须听从上帝召唤进行创作。这可分为两种情况：一种情况是奥古斯丁恳求、劝勉朋友、同人尊奉上帝旨意而创作。公元 392 年奥古斯丁在写给马克西姆（Maximin）的信中就以上帝名义恳求马克西姆回信："我亲

---

① ［古罗马］奥古斯丁：《〈创世记〉字疏》，石敏敏译，中国社会科学出版社 2018 年版，导论第 6 页。

② ［法］弗朗西斯·费里埃：《圣奥古斯丁》，户思社译，商务印书馆 1998 年版，第 6 页。

③ ［法］弗朗西斯·费里埃：《圣奥古斯丁》，户思社译，商务印书馆 1998 年版，第 110 页。

爱的兄弟，我恳请你，仰仗我们的主耶稣基督的神性与人性，行行好，给我回信，告诉我发生了什么事。"① 公元403年奥古斯丁以上帝之仁慈恳求杰罗姆给自己一个圆满的答复。② 由于奥古斯丁仰仗上帝权能进行创作，通过书信在亲友、同人之间传递上帝福音，故连送信者巴巴鲁斯（Barbarus）在奥古斯丁眼里俨然上帝的仆人、洗耳恭听者。公元415年在写给埃伏第乌斯（Evodius）的信中他兴致勃勃地告诉朋友："我们的兄弟巴巴鲁斯（Barbarus），这封信的送达者，是上帝的仆人，他已久居于希坡很长时间了，已是上帝之言的热心而勤勉的倾听者。"③ 另一种情况是命令论敌必须服从上帝之旨进行创作。公元402年奥古斯丁警告多纳图斯教徒克里斯皮努斯（Crispinus）当心上帝之怒，命令克里斯皮努斯仰仗上帝权威回复自己："你应该当心上帝（God）此生与来生的愤怒。我命令你仰仗基督（Christ）对我写的内容做出一个答复。"④ 公元416年劝说多纳图斯（Donatus）倾听上帝之言，从事上帝喜欢之事，坦率接受《圣经》之言。⑤ 奥古斯丁还仰仗上帝保佑，告诫科瑞特（Crita）的主教，多纳徒派信徒珀提里安（Petilian）将上帝之爱传递给需要与不

① St. Augustine, *The Letters of Saint Augustine*, *Bishop of Hippo Volume* Ⅰ, translated by the Rev. J. G. Cunningham, *The Works of Aurelius Augustine*, *Bishop of Hippo Volume* Ⅵ, printed by Murray and Gibb for T. & T. Clark, Edingburgh, 1872, p. 59.

② St. Augustine, *The Letters of Saint Augustine*, *Bishop of Hippo Volume* Ⅰ, translated by the Rev. J. G. Cunningham, *The Works of Aurelius Augustine*, *Bishop of Hippo Volume* Ⅵ, printed by Murray and Gibb for T. & T. Clark, Edingburgh, 1872, p. 264.

③ St. Augustine, *The Letters of Saint Augustine*, *Bishop of Hippo Volume* Ⅱ, translated by the Rev. J. G. Cunningham, *The Works of Aurelius Augustine*, *Bishop of Hippo Volume* ⅩⅢ, printed by Murray and Gibb for T. & T. Clark, Edingburgh, 1875, p. 272.

④ St. Augustine, *The Letters of Saint Augustine*, *Bishop of Hippo Volume* Ⅰ, translated by the Rev. J. G. Cunningham, *The Works of Aurelius Augustine*, *Bishop of Hippo Volume* Ⅵ, printed by Murray and Gibb for T. & T. Clark, Edingburgh, 1872, p. 254.

⑤ St. Augustine, *The Letters of Saint Augustine*, *Bishop of Hippo Volume* Ⅱ, translated by the Rev. J. G. Cunningham, *The Works of Aurelius Augustine*, *Bishop of Hippo Volume* ⅩⅢ, printed by Murray and Gibb for T. & T. Clark, Edingburgh, 1875, p. 346.

需要的人，广传上帝博爱："仰仗上帝的帮助，我告诫以你的基督之爱，你不仅把基督之爱传授给那些寻找它们的人，而且还要力推给那些没有渴望它们的人。"①

总之，在奥古斯丁看来，上帝之灵附着在信徒身上，圣徒成为神灵的代言者、圣灵精神的传递者："圣灵附在基督徒身上，使他们产生激情或者恍惚出神的状态；出于圣灵的趋使，和凭借其力量，人们才能说预言，讲圣灵的话，解释晦涩难懂的方言。"② 圣灵是创作的源泉，神赐灵感；人是圣灵的代言者、传话者；创作的作品是圣言。圣灵是隐形的原创者、操纵者，人是显形的代言体、表达者。上帝左右圣徒立言，人为圣灵服务。神性掌控人性，神性役使人性；人性传达神性，人性服务于神性。这明显是柏拉图神使人迷狂代神立言观点的传承。至于奥古斯丁圣灵凭附圣徒代圣灵立言的观点与柏拉图神使人迷狂代神立言的观点之间存在怎样的关联，待来日有暇当做一细细探究。

三 人仰仗上帝恩典才能创作

在奥古斯丁看来，离开伟大艺术大师上帝的启示、指点、帮助，人间文艺很难成功。人间作者如果想要创作出好的作品的话，必须求助于艺术大师上帝，仰仗上帝的恩典方可谱写出优美的作品。这一点，奥古斯丁感受至深，不论写什么，写给谁，还是写作中，都会主动自觉呼吁上帝的恩准、青睐。这可做两个层面解读。

一方面，上帝恩典体现在奥古斯丁创作各个环节。如，写什么

---

① St. Augustine, *Writings in Connection with the Donatist Controversy*, translated by the Rev. J. R. King, M. A., *The Works of Aurelius Augustine*, *Bishop of Hippo Volume Ⅲ*, printed by Murray and Gibb for T. & T. Clark, Edingburgh, 2016, p. 251.

② ［美］G. F. 穆尔:《基督教简史》，福建师范大学外语系编译室译，商务印书馆1981年版，第30页。

内容需要上帝恩典："依靠上帝赋予我的力量，现在我要来谈论上帝终极审判的日子，确认这一审判针对不虔诚者和不信者。我必须提出圣经中的证据，作为这项工作的基础。"① 写作能力需要上帝恩典："我们得要按着上帝赐予我们的最大能力，写出这些话。"② 表达与修辞需要上帝恩典："如果我是摩西，奉你的命撰《创世记》，我希望你赋与我这样一种表达思想和修辞选句的能力。" 讨论问题需要上帝恩典："我们接下去要讨论惩罚的性质，当两座城——上帝之城和魔鬼之城——通过我们的主耶稣基督、审判活人与死人的法官，达到它们各自应得的结局时，这种惩罚将要落到魔鬼以及属于魔鬼的所有人身上。在本卷中我将更加仔细地讨论这个问题，只有上帝的帮助使我能够这样做。"③ "在下一卷里我要在神所给我的光照里讨论符号问题。"④ 回复朋友需要上帝恩典："我已经得到一个更清楚的属灵的指示，所以我接受你（莱那图，Renatus）的侍奉，一看完他的那些书卷，就一气呵成地写出了这篇论文，作为对你的报答。"⑤ 回驳论敌需要上帝恩典："藉着主的帮助，我必然会对你凭想象而来的狡诈论点一一解答，彻底驳倒，不会留下一个死角。"⑥ 服务更多读者需要上帝恩典："若它像我希望的那样能合你心意，就求主保佑我为读它的人服务——愿它藉着你的名字而非我的名字到达他们面前，藉着你的关怀和勤勉得到更为广泛的传布。"⑦

---

① ［古罗马］奥古斯丁：《驳朱利安》，石敏敏译，中国社会科学出版社 2010 年版，第950 页。

② ［古罗马］奥古斯丁：《论原罪与恩典》，周伟驰译，商务印书馆 2012 年版，第 246 页。

③ ［古罗马］奥古斯丁：《上帝之城》，王晓朝译，人民出版社 2006 年版，第 1026 页。

④ ［古罗马］奥古斯丁：《论灵魂及其起源》，石敏敏译，中国社会科学出版社 2017 年版，第 42 页。

⑤ ［古罗马］奥古斯丁：《论灵魂及其起源》，石敏敏译，中国社会科学出版社 2017 年版，第 213 页。

⑥ ［古罗马］奥古斯丁：《驳朱利安》，石敏敏译，中国社会科学出版社 2010 年版，第 95 页。

⑦ ［古罗马］奥古斯丁：《论原罪与恩典》，周伟驰译，商务印书馆 2012 年版，第 244 页。

另一方面，上帝恩典贯穿于奥古斯丁创作始终。如，写作中需要上帝帮助："接下去，为了实现我在第一卷作出的许诺，我要在上帝的帮助下说出我认为必须要说的话，涉及两座城的起源、历史和既定的目标。"① 某内容结束需要上帝帮助："依靠上帝的恩典，当我对所有这些错误作了回答的时候，本卷就该结束了。"② 作品收尾需要上帝帮助："在主的帮助下，我现在已经偿还了我的债务，到了该结束这本巨著的时候了。"③ 思路畅通需要上帝保佑："只要神——我们的主不阻止我的思想，在我写作的时候，他往往是保护我在这个问题上的沉思的。"④ 上帝恩典伴随奥古斯丁创作始终。

可以说，仰仗上帝恩典，仰仗上帝保佑，仰仗上帝帮助，充满奥古斯丁创作每个环节，贯穿奥古斯丁创作始终。在奥古斯丁看来，正是仰仗上帝的恩典、保佑、帮助，他才完成了一部又一部著作。公元 397 年奥古斯丁认为上帝借米兰主教西姆普利齐亚努斯（Simplicianus，320—400 或 401 年）之口赞赏奥古斯丁的作品，并认为自己的创作优点来源于上帝："当我写的东西得到你的赞赏时，我明白它得到了谁的赞赏，因为我知道谁居于你体内；所有精神礼品的赐予者（Giver）和授予者（Dispenser）借助你的赞许，旨在确认我对他（Him）的服从。因为我创作的这些作品中任何值得你赞许的优点来自于上帝（God）。"⑤ 奥古斯丁把自己的著述成就归功于上帝的恩典，当每部著作封笔时，他对上帝无限感激，当《上帝之城》封

① ［古罗马］奥古斯丁：《上帝之城》，王晓朝译，人民出版社 2006 年版，第 442 页。
② ［古罗马］奥古斯丁：《上帝之城》，王晓朝译，人民出版社 2006 年版，第 1064 页。
③ ［古罗马］奥古斯丁：《上帝之城》，王晓朝译，人民出版社 2006 年版，第 1161 页。
④ ［古罗马］奥古斯丁：《论灵魂及其起源》前言，石敏敏译，中国社会科学出版社 2017 年版，第 9 页。
⑤ St. Augustine, *The Letters of Saint Augustine*, *Bishop of Hippo Volume I*, translated by the Rev. J. G. Cunningham, *The Works of Aurelius Augustine*, *Bishop of Hippo Volume VI*, printed by Murray and Gibb for T. & T. Clark, Edingburgh, 1872, p. 126.

笔之际，说道："愿那些认为这本书正好的人不要感谢我，而是与我一道感谢上帝。阿门！阿门！"①

奥古斯丁深感伟大艺术大师上帝的恩典，如获至宝，使自己创作受益良多。所以他以身说法，劝告别人创作也须仰仗上帝恩典、上帝垂青、上帝厚爱。公元395年奥古斯丁将古罗马执政官保利努斯（Paulinus）来信的文采魅力归功于上帝眷顾之恩："因为我拜读过你的来信，来信流淌着牛奶与蜂蜜，借此呈现了你心灵的淳朴，在虔诚的引导下，你寻找着主，来信将荣耀带给他（Him）。弟兄们也拜读了你的来信，在上帝赐给你丰富杰出的礼物中找到了不知疲倦而无可形容的满足。有多少人读了它，便随之而去，因为他们阅读来信时，它便带走他们。言辞无法表达你的来信呼吸着的基督滋味是如何芳香。……赞美与感恩归于上帝，仰仗他的恩典你成为你所是。在你的信中，人们明白基督可以乐于为你挡住狂风巨浪，指导你步入他完美的永恒。"② 喜爱之情溢于言表，赞美之意油然而生，读之有益，品之有味。奥古斯丁爱不释手，为保利努斯书信之神采飞扬、字字珠玑、甜美圆润所陶醉。保利努斯的文采如此诱人，奥古斯丁归之为上帝的恩典、垂青、厚爱。奥古斯丁非常推重上帝恩典下朋友书信之魅力、功效。

同时，奥古斯丁非常看重上帝恩典在教会传道人员宣讲工作中的功效、作用，认为"不论是向人讲演，还是记录别人要讲演的内容，或者向人宣读，都应祈求神把适当的话放入他的口中"③。他忠

---

① ［古罗马］奥古斯丁：《上帝之城》，王晓朝译，人民出版社2006年版，第1161页。

② St. Augustine, *The Letters of Saint Augustine*, *Bishop of Hippo Volume* I, translated by the Rev. J. G. Cunningham, *The Works of Aurelius Augustine*, *Bishop of Hippo Volume* VI, printed by Murray and Gibb for T. & T. Clark, Edinburgh, 1872, pp. 73–74.

③ ［古罗马］奥古斯丁：《论灵魂及其起源》，石敏敏译，中国社会科学出版社2017年版，第175页。

告宣教士："若要保证自己每到从事教导时都兴致勃勃，则只能靠上帝的怜悯，是他教导我们要这样做。"① 在奥古斯丁看来，要将公义、圣洁和良善的事物传讲得让听者明白、愉悦、信服，除了个人天赋，更重要的是祈求上帝圣爱："与其说靠演说的天赋，还不如说靠虔诚的祷告，所以他在开始演讲之前应当为自己祷告，也为那些准备听他讲的人祷告。当时间将到，他必须讲话的时候，在他张口之前，应当向神提升他饥渴的灵魂，把他准备要倾倒出来的东西汲取进来，使自己充满准备分配出去的东西。"之所以向上帝呼吁，是因为宣教士讲什么、怎么讲，唯有上帝知晓："关于信心和爱的每一件事都有许多东西可说，并且有许多说的方式，谁知道在某个特定的时候我们该说什么、怎么说，或者该让听者听到什么？唯有神知道，因为唯有他洞悉众人的心思。谁能使我们说该说的，怎样说该说的？唯有那决定我们的话语的神。"② 基督教演说家说什么话，怎么说，皆由上帝掌控。因此，演说家应该在演讲前向上帝祈祷，恳请上帝赐给他宣讲的内容与方式，保佑他讲得准讲得好。与此相关，基督教教师的教导也须向神讨教，因为神是万能的，"我们自己和我们的话语都在他的掌管之中"。③ 并按照上帝启示讲解、传授上帝的福音、真理。总之，宣教士须仰仗上帝教诲创作。

奥古斯丁不仅对年轻的传道者诚心劝导，而且对意见不一的教徒甚或论敌也能耐心说服，晓之以上帝的恩典。一个初出茅庐的年轻人维克提乌·维克多（Vincentius Victor）写了两本书，曾用傲慢

---

① ［古罗马］奥古斯丁：《论信望爱》，许一新译，生活·读书·新知三联书店 2009 年版，第 125 页。
② ［古罗马］奥古斯丁：《论灵魂及其起源》，石敏敏译，中国社会科学出版社 2017 年版，第 150 页。
③ ［古罗马］奥古斯丁：《论灵魂及其起源》，石敏敏译，中国社会科学出版社 2017 年版，第 263 页。

的语调反驳奥古斯丁的书。奥古斯丁在有礼、有理、有节回复、纠正对方错误时，不断忠告维克多要多多仰仗上帝恩典："从目前神所赐予你的丰厚天资来看，毫无疑问，你会成为一个有智慧的人，只是以前你不相信自己已经是这样的人了，那就虔诚、谦卑、真诚地祈求神，唯有他能使人智慧，也叫你成为其中的一个，不至被错谬引上歧路，更不以那些走上歧路的人的谄媚为荣。"① 这是奥古斯丁告诫维克多，成就智慧需要仰仗上帝神恩。还告诫，仰仗上帝的恩典，辩才才能用到正道上："藉着神的恩典，把你所拥有的争辩上的大才用到教化、建树，而不是伤害、破坏美好而健全的教义上。"② 还说，谦卑、爱、虔诚等优秀品质需要上帝恩典："但愿主显现在你心里、灵里，借他的圣灵把诚心的谦卑、真理的光辉、爱的甜美和平安的虔诚浇灌在你的灵魂里，好叫你宁愿成为你自己的真理之灵的征服者，而不愿成为别的以其错误来否定它的人的征服者。"③ 还说，辨别错误需要仰仗上帝恩典："你若不是在神的帮助下全面而冷静地检查那些人梦中的异象，并由此相信有些形式不是真实的身体，只是身体的类似物，就不可能脱离这样的错误。"④

　　奥古斯丁深深感恩上帝恩典而创作了诸多著作，也非常推崇他人仰仗上帝恩典而创作的佳作名篇。奥古斯丁对上帝恩典之功于人创作的非凡效力感恩之深、领悟之透，也感染了他的朋友们："基督之爱驱使着我，尽管我们天各一方，基督之爱用共同信仰之纽带将

---

① ［古罗马］奥古斯丁：《论灵魂及其起源》，石敏敏译，中国社会科学出版社 2017 年版，第 241—242 页。

② ［古罗马］奥古斯丁：《论灵魂及其起源》，石敏敏译，中国社会科学出版社 2017 年版，第 261 页。

③ ［古罗马］奥古斯丁：《论灵魂及其起源》，石敏敏译，中国社会科学出版社 2017 年版，第 262 页。

④ ［古罗马］奥古斯丁：《论灵魂及其起源》，石敏敏译，中国社会科学出版社 2017 年版，第 293—294 页。

我们连接在一起，圣爱本身使我斗胆忘畏，给您写信；圣爱使您在我内心深处居有一席之位，这得益于您的文采——您的文笔如此富有学识，因天堂之蜜、心灵之疗救与滋养而如此甘甜。"① 朋友的来信自一个侧面充分肯定了奥古斯丁仰仗神恩写作的情形，奥古斯丁对上帝恩典之于凡人创作之功的推重。

不难发现，在奥古斯丁看来，上帝的恩典、宠幸、保佑、帮助成了凡间作者文艺创作的必要条件、首要前提，甚或是唯一屏障。舍神恩，远神宠，无神助，人间作者将寸步难行。这是奥古斯丁终身捍卫的创作神性法宝。神性的权能在奥古斯丁文艺创作论中占有绝对的统治、主宰、支配的地位。

同时我们也需注意到，奥古斯丁在自己的著述中阐述了文艺创作本身的一些规律、规则，如想象、虚构、风格、修辞、方式、手法等问题。其中不少看法在今天看来并不落伍，仍有其借鉴价值和意义。奥古斯丁对文艺创作本身的这些思考、认识与看法，在笔者看来，大致可分为两类，虚构类与表达类。

关于虚构，奥古斯丁首先区别了现实真实与艺术真实。他以喜剧演员的真实身份与其所扮演的喜剧角色之间的关系阐述了这一区别："演员罗西乌斯在舞台上凭其选择而是假的赫库巴，尽管凭其本性他是一个真的人；但当他实现其目的，他就凭其选择而是一个真的喜剧演员，并且是一个假的普里亚姆，因为他演普里亚姆的角色但不是普里亚姆。"② 演员罗西乌斯作为真人、演员、职业属于现实真实，作为角色普里亚姆或假普里亚姆则属于戏剧的艺术真实。真

---

① St. Augustine, *The Letters of Saint Augustine*, *Bishop of Hippo Volume* Ⅰ, translated by the Rev. J. G. Cunningham, *The Works of Aurelius Augustine*, *Bishop of Hippo Volume* Ⅵ, printed by Murray and Gibb for T. & T. Clark, Edingburgh, 1872, pp. 64 – 65.

② ［古罗马］奥古斯丁：《论自由意志：奥古斯丁对话录二篇》，成官泯译，上海世纪出版集团2010年版，第46页。

演员、真职业是真实身份、真实存在，属于生活真实，角色是由演员装扮、表演、模仿的戏剧身份，是历史上曾经存在的人物，而非现实中的人物，属于戏剧虚构、虚拟。在奥古斯丁看来，艺术的真实恰恰在于其虚构性："这些东西某些方面是真恰恰是因为在别的方面是假，而且对于实现真，唯一有益的事就是它们在其他方面是假，因而它们永不会成功地成为它们想要或应该是的东西。"无论戏剧，还是绘画，乃至镜像，莫不是对生活、现实的虚构、虚拟："我刚才提到的那人，如果不情愿作假赫克托、假安特罗马卡、假赫拉克勒斯和无数别的人，怎么能成为一个真悲剧演员呢？画中的马如果不是假的，怎么可能是一幅真画呢？镜中人如果不是假的，怎么能是真的影像呢？"① 不止于此，奥古斯丁还探讨了想象的虚构性。他以罗马、太阳、朋友与本人的真实存在为参照，阐述了想象的虚构性："我本人当然是一个人，我感到我的身体在这里，但在想象中，我想到哪里就到哪里，想与谁说话就与谁说话。这些想象的事物是虚假的。"② 实际上，奥古斯丁认识到了想象虚构的活跃性、自由性、主动性、创造性，指出了想象在虚构中的重要地位与积极作用。

相对于艺术虚构，奥古斯丁谈得比较多的是文艺创作的表达问题，涉及方式、风格、文法、修辞、手法等方面。奥古斯丁注意到了语言表达与思维活动两者之间不完全统一、对等、合拍的问题："由于我总是希求听讲者能在所讲的内容上全然获得我自己的认识，于是就必然看到自己所讲的达不到预期效果。这种情形之所以发生，主要是因为思维活动在头脑中是一闪而过，而言语的活动较为迟缓，

---

① ［古罗马］奥古斯丁：《论自由意志：奥古斯丁对话录二篇》，成官泯译，上海世纪出版集团 2010 年版，第 46—47 页。

② ［古罗马］奥古斯丁：《论秩序：奥古斯丁早期作品选》，石敏敏译，中国社会科学出版社 2017 年版，第 247—248 页。

需要较长时间，两者的性质大有差异，因此在后者进行的同时，思维活动早已消失无踪了。"① 所言未必能够同时完全传达出所想，所思也未必能够得到同步完整的语言传递。思维积极，语言消极；思维活跃，语言迟缓；思维敏捷，语言凝滞。思维在前，表达随后，言不逮意，意不主言。奥古斯丁虽然谈的是演讲、宣讲，但同样也适用于文学创作的表达。因此，在奥古斯丁看来，文学作品的首要任务是要把意思说得清清楚楚、没有歧义，让读者、听众听得明明白白、没有误解："只要他所说的话还没有被人理解，就不能认为已经说了必须说的话；因为尽管他所说的对他自己来说是明白易懂的，但对没有理解的人来说等于什么也没有说。只要他被人充分理解了，不论他是以什么方式表达的，就可以说已经表达清楚了。"② 这里涉及了奥古斯丁评判衡量文学表达，或文学创作成功与否的标准。奥古斯丁认为，只要把意思表达清楚，表达或创作目的就得以实现："在探讨某人的言论时独应注重的是讲话者的用意；无论这言论是关乎人的，关乎天使的，抑或是关乎上帝的，忠实的叙述者在申明讲话者用意上总是竭尽所能。"③ 这与我国传统文论"辞达而已矣"的观点似有不谋而合之处。至于奥古斯丁言表意的观点与我国传统文论辞达意的观点之间究竟存在哪些相似，哪些相异，待来日有暇当细细探究、辨析。

不难看出，奥古斯丁心目中对意与言、内容与形式、意思与表达两个层面是有倾向、有侧重、有强调的。奥古斯丁看重的是思想、

① ［古罗马］奥古斯丁：《论信望爱》，许一新译，生活·读书·新知三联书店 2009 年版，第 122—123 页。
② ［古罗马］奥古斯丁：《论灵魂及其起源》，石敏敏译，中国社会科学出版社 2017 年版，第 146 页。
③ ［古罗马］奥古斯丁：《论四福音的和谐》，S. D. F. 萨蒙德英译，许一新译，生活·读书·新知三联书店 2010 年版，第 170 页。

内容、意思的忠实表达："从任何一个人的言辞当中，我们唯一应仔细考量的是作者意欲表达的内涵，词语只应从属于内涵。"思想、内容、意思是目的，言语、形式、表达是手段，前者统率后者，后者服务于前者。不过，奥古斯丁在肯定思想、内容的先决条件下，也一定程度承认表达本身的重要性和积极作用："思想的表达不仅在乎词语，其他方法也同样重要。"① 成功的表达有利于思想内容的如实传达。在奥古斯丁看来，成功有效的表达在于富有感情，简明扼要，灵活多变："富有情感的表达往往能打动听众，赢得支持；叙述只要简短明晰就富有成效；换换花样总能吸引人的注意力，使他们毫无厌倦之感。"② 这三者中，相对而言，奥古斯丁对富有感情的表达与灵活多样的表达论述较多。

关于富有感情的表达，奥古斯丁体会颇深，是他一生宣讲、著述、论辩、传教的经验之谈。奥古斯丁认为，要想感动人，必先感动自己，只有感动了自己，方可感动他人。自己务须充满真情实感，才可感染、吸引他人："只要你的许诺吸引他，你的威吓使他惊畏；你所谴责的，他拒绝，你所举荐的，他珍爱；当你列举忧愁的事物时，他就忧愁，当你指出喜乐的事物时，他就高兴；你向他显示可怜的人，他就同情，你把要畏惧要回避的人放在他面前，他就退缩，这样他就是完全信服了。"③ 可谓以情感人，以情动人，赋情于理，融理于情，情理并茂，情理相济，情理互动，紧摄心魂，征服人心。

---

① ［古罗马］奥古斯丁：《论四福音的和谐》，S. D. F. 萨蒙德英译，许一新译，生活·读书·新知三联书店2010年版，第141页。

② ［古罗马］奥古斯丁：《论灵魂及其起源》，石敏敏译，中国社会科学出版社2017年版，第80页。

③ ［古罗马］奥古斯丁：《论灵魂及其起源》，石敏敏译，中国社会科学出版社2017年版，第146—147页。

对于表达方式的多样多变，奥古斯丁认为值得肯定："若有许多人写了许多书，甚至是关于同一主题的书，文体虽异，信仰却同，使尽可能多的人以这种方式或那种方式闻到，又有什么不好呢？"① 方式的多样多变有利于作品的广泛传播，让更多的读者了解、接受作品的思想意图，可以拓展作品的受众面，提高作品阅读量与知名度。不仅如此，多种多样的表达方式还具有单一的表达方式不可企及的优胜之处，更能有利于思想意义的灵活饱满传达。"这些不同方式的表达也有其好处，与划一的表达相比，更能让我们充分了解话语的本意，而且可以保证人们不会产生误解。"② 只要能够真实传递了作者的意思，表达的风格、修辞、文法、手法可以灵活多样。

关于风格，奥古斯丁认为，多种风格综合运用，可以提升表达能力，增强表达效果，使表达灵活多变，一方面更能吸引、打动、感染接受者陶醉其中、乐而忘返，消除审美疲劳；另一方面更能充分表现作者想表达的思想、意旨、内容："因为我们若是从头至尾只单调地使用一种风格，就无法留住听者的注意力；相反，若是不断地变换风格，尽管篇幅可能会变得更长，但可以更加高雅地展开讨论。再说，每种风格都有自己的变化，能防止听者注意力分散，或者变得疲倦。"③

至于修辞，奥古斯丁本身就是一位出色的修辞学家、雄辩术师。他从小就先后在家乡马都拉城、迦太基攻读修辞学，深为西塞罗的《荷尔顿西乌斯》中华美的辞藻而陶醉，表现出优异的修辞学天赋。

---

① ［古罗马］奥古斯丁：《论三位一体》，周伟驰译，上海人民出版社 2005 年版，第 31 页。

② ［古罗马］奥古斯丁：《论四福音的和谐》，S. D. F. 萨蒙德英译，许一新译，生活·读书·新知三联书店 2010 年版，第 106 页。

③ ［古罗马］奥古斯丁：《论灵魂及其起源》，石敏敏译，中国社会科学出版社 2017 年版，第 167 页。

完成学业后，在家乡塔迦斯特讲授文法，先后担任迦太基、罗马、米兰修辞学（雄辩术）教授，深受学生喜爱。后来虽然告别了教师职业，踏上了主教生涯，但其非凡的修辞技巧和卓越的雄辩能力在其宣讲、布道、传教、论辩、著述中找到了用武之地："奥古斯丁那数量庞大的解经作品和讲道是其修辞学的最好注脚和例证，他在讲道中熟练使用灵魂治疗的修辞学，为基督拯救更多的灵魂。"① 因此，身为修辞学大师，奥古斯丁自然最解修辞学之三昧，深谙雄辩术的奥妙："一个人若不是先就知道修辞术是说话的艺术，怎会不辞劳苦地要学它呢？有时我们惊异于听到的或经验到的这些学科的效果，这使我们热衷于想方设法亲自达到同样的效果。假设某个不知写作为何物的人，有人告诉他，这门学科可使你用手不出声地讲出话来并送给极远处别的人，而这个收到的人也可凭此学科用他的眼睛而不是耳朵知道这些话；真的，当他渴望知道自己怎么能做到这点时，他的热情就被他所听到的效果激发起来了。"② 修辞的这种艺术感染、艺术效力、艺术影响、艺术魅力是一种客观存在，在具体运用中具有两面性，既可以劝善，也可以劝恶。"这些规则也可以用于劝人犯错，但并不影响它们的正确性，因为它们也可以用来加强真理，所以，该指责的不是这种能力本身，而是那些滥用它的人的悖逆。"③ 由于修辞感人之深，化人之切，所以在具体运用中一定慎重，不可妄动乱用。④ 虽如此，作为修辞学大家，奥古斯丁并未就此看轻、否

① 梅谦立、汪聂才：《奥古斯丁的修辞学：灵魂治疗与基督宗教修辞》，《中山大学学报》（社会科学版）2013 年第 4 期。

② ［古罗马］奥古斯丁：《论三位一体》，周伟驰译，上海人民出版社 2005 年版，第 261—262 页。

③ ［古罗马］奥古斯丁：《论灵魂及其起源》，石敏敏译，中国社会科学出版社 2017 年版，第 80 页。

④ 关于奥古斯丁对修辞学弊端的批评与应对，可参看褚潇白的《修辞之恶——论奥古斯丁〈忏悔录〉对修辞学的批评》（《文艺理论研究》2012 年第 4 期）。

认修辞的艺术表达能力与效果："强有力的修辞还能在许多别的方面打动听者的心灵"，特别是，"有些人极爱挑剔，若不有令人愉快的语言表达真理，就不能引发他们对真理的兴趣，对于这样的人，修辞学就要发挥作用，因为它有很大一部分就是属于取悦人的艺术"。① 这也正是奥古斯丁重视修辞表达方式的重要缘由之一。奥古斯丁之所以看重修辞学，除了以前学业、职业的作用与影响，还有传达真理的深层考虑。

可以说，在奥古斯丁看来，文学创作的表达并非可有可无的雕虫小技，而是有利于思想传递、内容传达的重要方式与必要途径。他一生著述、宣讲，舌战群儒，劝人皈依上帝，坚决维护基督教上帝的绝对权威，捍卫大公教的统治地位，与其对表达的重视与灵活运用不无关系："如果他希望同时也使听者感到愉悦和信服，就不能只关心如何把自己的思想讲清楚，而不管表达方式，就这个目的而言，表达方式乃是至关重要的。"不难看出，他对文学创作的表达具有充分的认识，并给予积极的肯定。好的表达不仅增进知识、启迪思想，而且能够给人以精神享受、心灵愉悦："你只要以甜美而高雅的方式说话，他就会感到愉悦。"② 奥古斯丁这一看法很容易让我们想起贺拉斯寓教于乐的思想。至于奥古斯丁重思想内容又肯定表达方式的看法与贺拉斯寓教于乐的思想有何关联，待来日有暇可做一认真探析。

不过，如此相对独立论述创作规律、表达方式的内容在奥古斯丁的著述中所占比重并不多。这只是奥古斯丁涉及创作这一课题时，暂

---

① 〔古罗马〕奥古斯丁：《论灵魂及其起源》，石敏敏译，中国社会科学出版社 2017 年版，第 147 页。

② 〔古罗马〕奥古斯丁：《论灵魂及其起源》，石敏敏译，中国社会科学出版社 2017 年版，第 146 页。

时偏离其神性创作论，临时钻入创作隧道本身的只言片语。一旦从创作隧道本身撤出，奥古斯丁最终还是回归文艺创作神性论的。只要追问一下，文艺创作何来？奥古斯丁会告诉你，上帝是文艺创作之最终最高裁定者。人间文艺创作，从创作主体到创作材料，从创作方式到创作内容，莫不由上帝掌控。就拿奥古斯丁所看重的修辞学来说，"修辞学的最重要的东西既不是表达风格、论证方式和选题，也不是布局的研究，而在于是否以圣道为言说者并言说了圣道"。①

---

① 褚潇白：《修辞之恶——论奥古斯丁〈忏悔录〉对修辞学的批评》，《文艺理论研究》2012 年第 4 期。

第四章 上帝是文艺鉴赏的标尺

第一节 由可见事物理解不可见神的永能和神性

一 由可见作品推知不可见伟大艺术家上帝

在奥古斯丁看来，上帝作为卓绝艺术大师，匠心独运，挥洒自如，造就了其鸿篇巨制宇宙万物。作为上帝众多作品之一的人，自然应该感激欣赏上帝的杰作，同时更应该感恩、激赏作品的创造者上帝。"一个工匠都以其作品的美在对欣赏它的人说话呢，他请他们不要全神专注于制作出来的物体形象，而要看到形象背后，带着情感想到制作它的人。"奥古斯丁以工匠劝告欣赏其作品的人不要全神关注于其艺术形象本身，而应带着情感想到制作它的艺术家为例，意在告诫人们，在领略、观赏上帝之作之际，不要忘记创造它的宇宙艺术大师上帝。遗憾的是，现实中"那些爱你的造物而不爱你的人，正像人去听演说家智慧雄辩的演讲，却迷于他声音的魅力和言词的结构，而忽视了最重要之事：他的言词意指的意义"。① 这里奥古斯丁批评了有的人止于对上帝之作的欣赏，而忘记了对上帝的追思、爱慕，满足于地上之城，忽略了上帝之城的片面爱好、短暂追

---

① ［古罗马］奥古斯丁：《论自由意志：奥古斯丁对话录二篇》，成官泯译，上海世纪出版集团2010年版，第130页。

求："他们爱工匠的作品，而不爱工匠和它的技艺，于是受到惩罚，陷入错误，指望在作品中找到工匠及其技艺；当他们找不到时，就认为作品本身就是技艺和工匠。"由此不难看出奥古斯丁的态度："上帝不是身体感官的对象，他甚至超越于心灵之上。"① 爱作品，更要爱创作它的作者上帝，不能满足于上帝的作品——人的感官对象。

然而，作为受造物的作品是可见的、有形的，而作为作者的上帝是不可见的、无形的。如何把握上帝呢？奥古斯丁有言："神本身把可以由此认识的神的事情显现在人心里，尽管创造一切可见的、暂时的事物的神是不可见的，神的永能和神性是不可见的，但是通过被造之物就可以看见和理解神。"② 受造物作品是认识、欣赏的起点，作者上帝是认识、欣赏的终点。作品是认识的媒介，上帝是认识、欣赏的目的。把握上帝的途径在于，由可见的作品即被造之物来推知、遥想、追思不可见的上帝。"所以如你看到任何有度量、数目和秩序的事物，要毫不犹豫将它归于上帝的技巧。"③ 看到有度量、数目和秩序的事物，应该想到赋予事物度量、数目和形式的上帝的伟大艺术。

这是一个由有形到无形、由可见到不可见、由感性到理性、由有限到无限、由短暂到永恒、由浅入深、由表及里的赏析、推演过程："当我们尽数他神奇地建立起来的一切工后，让我们考虑一下他的足迹，在有些地方深些，在有些地方浅些，但即使在低于我们的事物中仍旧是清晰的。这样的事物若不是由作为最高的存在、最高

---

① ［古罗马］奥古斯丁：《论秩序：奥古斯丁早期作品选》，石敏敏译，中国社会科学出版社 2017 年版，第 250 页。

② ［古罗马］奥古斯丁：《上帝之城》，王晓朝译，人民出版社 2006 年版，第 316 页。

③ ［古罗马］奥古斯丁：《论自由意志：奥古斯丁对话录二篇》，成官泯译，上海世纪出版集团 2010 年版，第 137 页。

的智慧、最高的善的造物主创造的，那么它们不可能以任何方式存在，或以任何形状保存，或可指望保持任何秩序。因此，让我们在心中沉思他的形象，就像福音书中的那个小儿子死而复活，回归到因我们的罪而被我们背弃了的上帝那里去。"① 自然这也是由此岸到彼岸、由尘世到天堂、由凡人之城到上帝之城的飞跃过程，由人性到神性的灵魂旅程。当人的心灵到达上帝及其卓绝艺术之际，文艺欣赏找到了其最终归宿。奥古斯丁的目的是叫人摆脱有限，走向无限，告别短暂之俗城，飞向永恒之圣城："我们若是想要回到父家，这个世界就只能使用，不能享受，唯有这样，才能藉着受造的事物清晰地看见、领会神不可见的事，也就是说，我们可以借助于物质的、暂时的东西获得灵性的永恒的东西。"② 其中的逻辑是有作品，必有作者，作者是因，作品是果，没有无果之因，也没有无因之果。在奥古斯丁看来，作为作品的受造物，作为结果的天地万物，其作者、起因自然是伟大艺术家上帝了。

由有形、可见之作品达至无形、不可见之作者上帝，显示了奥古斯丁神性文艺欣赏的过程、路径。这种由起点到终点、由属地到属天、由属体到属灵、由凡俗之城到上帝之城的灵魂飞跃之旅，须凭借上帝的形象——人的理性来实现。在奥古斯丁看来，人之优于其他动物的尊荣，"只能在于他是按上帝的形象造的。而这形象，不在于他的身体，乃在于他的理智"③。这是自属灵意义、神性层面而言，上帝离我们较近，"创造我们的上帝要比许多被造事物离我们更近"。而许多被造物却离人的心很远，甚至人的肉体感官也无法触及

---

① ［古罗马］奥古斯丁：《上帝之城》，王晓朝译，人民出版社 2006 年版，第 482 页。

② ［古罗马］奥古斯丁：《论灵魂及其起源》，石敏敏译，中国社会科学出版社 2017 年版，第 17 页。

③ ［古罗马］奥古斯丁：《〈创世记〉字疏》（上），石敏敏译，中国社会科学出版社 2018 年版，第 223 页。

它们，"因为它们是属体的（corporalia），具有不同的本性，……我们与它们之间横亘着重重障碍，把它们挡在我们的视觉和触觉之外"。① 这是自理论的层面上，自人未犯罪的状态下而言的。但从实际情形、自现实层面而言，人的理智、理性已经为尘世之罪恶所压迫、人性之堕落所禁锢："我们是凡胎，是罪人，我们可朽的身体是压在灵魂上的重负，这属地的居所压迫着勤于沉思的理智。"② 上帝赋予人之理性被属世之恶紧紧拖住，被人性之罪牢牢捆绑，尘世累累之恶和人性种种之罪严重干扰、影响、妨碍了灵魂由此岸到彼岸、由作品受造物到作者上帝飞升的欣赏旅程。人赖以飞往天堂，瞻仰上帝的神性之光理性为层层尘世障碍和重重人性罪孽所遮蔽，难得抵达圣城，拜谒圣主。因此，要想由此岸奔向彼岸，由作品回到作者上帝，理性必须摒弃有形、可感、可见之具象，追寻、趋近、到达那无形、不可见之神性。奥古斯丁以理性追寻数字六的本性，说明了人凭借理性告别有形可见之作品，追思、回归上帝的情形："当我们思考六这个数的构成，或者这个数与其他数的关系，或者它的各个整除数时，一些小型物体的形像在我们心灵的凝视中呈现出来；但理性应拥有更高的本性，更大的能力，并不关注这些形像，而是在自身里沉思这个数的本性。"③ 不过，由眼前有形作品而神往不可见之艺术大师上帝，并非人人可以达成，只有少数得到上帝恩赐的人方可凭借理性洞见圣主尊容："有一种神奇的恩赐是给予少数人的，那就是超越一切能被度量的事物，看见那没有尺度的尺度；超

---

① ［古罗马］奥古斯丁：《〈创世记〉字疏》（上），石敏敏译，中国社会科学出版社2018年版，第193页。

② ［古罗马］奥古斯丁：《〈创世记〉字疏》（上），石敏敏译，中国社会科学出版社2018年版，第130页。

③ ［古罗马］奥古斯丁：《〈创世记〉字疏》（上），石敏敏译，中国社会科学出版社2018年版，第131页。

越一切能被数算的事物，看见那没有数目的数目；超越一切能被称量的事物，看见那没有重量的重量。"① 这个不受具体数量限制、规定的无形尺度、数目、重量，乃尺度之源、数目之源、重量之源，即宇宙的作者上帝。

这种由果导因，由作品逆推作者，由眼前可见有形之物追思背后不可见无形创造者的思维轨迹并非奥古斯丁独有，更非奥古斯丁首创。这种思维模式、欣赏套路自有其历史来源，向前可追溯到苏格拉底与柏拉图。苏格拉底认为，高高在上、掌管宇宙的神本身虽不可见，但可通过他的所作所为昭示于人，人凭借其所作所为推知神之存在。此种情形就像风儿扑面而来，尽管无形无影，却可以感觉到，凭此感觉所得推知风定然实存。柏拉图坚持，唯有不多的人的灵魂能够由可见事物的美追思、遥想天堂的美，通过形体美到心灵美，再到行为制度美，再到学问知识美的递级体验，逐层攀升，最终到达最高美。可谓拾级而上，越登越高，终至巅峰。亚里士多德推演为，自然万物因为热爱神、向往神，于是层层提升，步步超越，奔向和靠近那"不动的动者""最纯的形式"。然而，亚里士多德着眼于事物最终目的因的揭晓，淡化了品鉴的意味，但自可见至不可见，由有形到无形的运思模式，则跟苏格拉底（Socrates，公元前470—前399）、柏拉图毫无二致。及至斐洛，他用诗情画意的语言生动形象地阐述了人自眼前之景逆推、渴望、叹赏造物主神思独运、点石成金的壮美历程。于遥想、叹赏的历程中，摒弃了柏拉图、亚里士多德的层级性，承袭了柏拉图的回忆说，而回归到苏格拉底的认知性与赏识性。继而，普罗提诺也承认，凭借当下耳闻之声、眼见之物能够推测那造物主，当欣赏眼前悦耳的声音、动人的美景

---

① ［古罗马］奥古斯丁：《〈创世记〉字疏》（上），石敏敏译，中国社会科学出版社2018年版，第127页。

之际，更赞叹那创造者上帝。奥古斯丁无疑继承和发展了苏格拉底、柏拉图、斐洛、普罗提诺见物思神、睹物赏神的思路，认为"上帝之手是上帝的大能，上帝的劳作是不可见的，但会带来可见的结果"①。同时奥古斯丁赏物思神这种模式对后世影响不小。阿奎那也坚持，"虽然我们不能由天主的效果完美地认识天主的本质，但能够由天主的效果证明天主的存在"。② 凭借上帝可见的作品，来领略上帝的风采。

二　赞美上帝艺术之卓绝

在奥古斯丁看来，人应该由眼前的作品推想、遐思创造作品的伟大艺术家上帝，同时，更应该由可见之作品，遥思、品味、领略、享受上帝创世艺术的神圣伟大："当我们从艺术作品转向艺术法则时，我们必在心里看见形式，与那败坏万物的事物相比，它的善使一切事物变美。……这就是从短暂事物回到永恒事物。"③ 人们应由可见作品想到上帝创作作品的艺术法则。如前所述，上帝创世的艺术能够从无造有、修复如初、化丑为美等。除了这些，上帝艺术还有很多神圣魅力、神奇奥秘值得我们探索、寻味、体会。

上帝凭永恒的预见创造作品："尽管上帝总是想要把他后来的造物造就为新的，与他先前的造物不同，但上帝不能在无秩序和无预见的情况下造就它们，也不会突如其来地理解它们，而是凭借他永恒的预见创造它们。"④ 上帝的艺术是永恒不朽、万古长青的，又是

---

① ［古罗马］奥古斯丁：《上帝之城》，王晓朝译，人民出版社2006年版，第530页。

② ［意大利］望多玛斯·阿奎那：《神学大全》，（台湾）中会道明会/碧岳学社2008年版，第27页。

③ ［古罗马］奥古斯丁：《论秩序：奥古斯丁早期作品选》，石敏敏译，中国社会科学出版社2017年版，第273页。

④ ［古罗马］奥古斯丁：《上帝之城》，王晓朝译，人民出版社2006年版，第523页。

预料在先、胸有成竹的。上帝成竹在胸，将胸中之竹转化为手中之竹，最后成为人们的眼中之竹。上帝永远按照心中设计、构思来创造宇宙万物。这显示出伟大艺术家上帝之神性大能。

艺术大师上帝在创作其宇宙作品之先，自身就存在万有之作赖以形成的永恒不变的原初形式："凡他所造的，没有一个像他这样存在，或者像他这样在自身中拥有万物的首要原理。因为上帝若不是在创造万物之前就知道它们，就不会造出造物；他若看不见它们，就不会知道它们；他若不拥有它们，就不能看见它们；他自己若不是非造的，就不可能拥有还没有造出来的事物。"① 艺术大师上帝首先拥有、通晓、看见、掌握其作品所源自的初始形式、原始腹稿，然后根据这恒定不易的至高形式、先验范式挥就了其宇宙大作。形形色色万有之作的最高范式、初始形式只有上帝这一伟大艺术大师所独有，自一个侧面昭示了艺术家上帝神性艺术的高超、卓绝。

由于宇宙之作无不源自上帝至高卓越的形式、恒久无变的范型，因此宇宙万千之作也蕴含着上帝之智慧，打上了上帝神性艺术的印记，体现了上帝艺术的神心设计："在这整个区域，最低级最渺小的造物都显然有如此显著的计划设计，只要对它们稍加注意，就会油然充满无以言表的敬畏和惊奇"，自然，人的身体里也"包含上帝深思熟虑的设计"②。可谓上帝的艺术谋略充满寰宇，上帝的艺术规划遍及天地。这自一个侧面昭示了上帝神性艺术之神圣、万能、超绝。

不仅如此，上帝还可以随己意改变天体运行轨道："天空和大地的创造者严格规定了星辰的有序运行，建立了稳定不变的运行法则。

---

① ［古罗马］奥古斯丁：《〈创世记〉字疏》（上），石敏敏译，中国社会科学出版社 2018 年版，第 193 页。

② ［古罗马］奥古斯丁：《〈创世记〉字疏》（上），石敏敏译，中国社会科学出版社 2018 年版，第 201 页。

然而，只要上帝愿意——他统治着他用最高权威和力量创造出来的东西——星辰就会改变现有的大小、亮度和形状，更加神奇的则是改变它的运行轨道。在这种情况下，这些变化肯定打乱了星相家们的星表。"① 天体的运转，事物的存在，全赖上帝的掌控、规划，取决于上帝的匠心、旨意，与人的意志无涉。这又是上帝神性艺术大能的题中之义。

而且，上帝对其作品宇宙万物的管理是恒久不变的："在上帝那里，先前的目标并没有更换，也没有被后来的不同的目标所消除，而是凭着同一、永恒、不变的意志，上帝影响着他创造的事物，既有先前的，就其还不存在、不应该存在而言，又有后来的，就其开始存在、应该存在而言。"② 这里无妨理解为，上帝对其作品的打磨、润饰、提升、完善是贯穿首尾、始终如一、一视同仁、遍及万有的。

上帝的艺术确实宏大、娴熟、高超、卓越、精妙，创造了一个奇迹又一个奇迹，以至于"人们总认为这是故事而不是真相，按照习俗和日常工作来衡量上帝的力量与智慧，但上帝的理智和创造并不需要种子，哪怕是种子本身也不需要。由于这些人不理解最初被造的事物，因此他们不相信这些事物，这就好像把人的怀孕与分娩告诉那些没有这方面经验的人，哪怕他们知道了这些事情，他们仍旧会不相信的。然而也有许多人把这些事情归于自然的和身体的原因，而不明白这是神圣心灵作的工"。③ 以人的有限、可变、可朽、有形来猜测上帝艺术创造的无限、不变、不朽、无形，以人之受造来度量上帝之创造，会步入赏析、认识的死胡同。

奥古斯丁曾经以天使为例，提出两种辨析的方式："神圣的天使

① ［古罗马］奥古斯丁：《上帝之城》，王晓朝译，人民出版社2006年版，第1043页。
② ［古罗马］奥古斯丁：《上帝之城》，王晓朝译，人民出版社2006年版，第521页。
③ ［古罗马］奥古斯丁：《上帝之城》，王晓朝译，人民出版社2006年版，第530页。

按上帝之道以一种方式认识所有这些事物，他们看到了不可言说的东西、持久的原因和理由，这些事物就是按照这种理由被造的；而另一种方式则是按他们自己的方式来认识。以前一种方式，他们对事物的认识更加清楚，而以后一种方式，他们的知识比较晦涩，仅涉及作品而没有涉及作品的设计。"① 天使以上帝之道认识事物就能获得正确的答案，以自己的方式认识则无法获悉可靠的知识。在奥古斯丁看来，天使都如此，凡人更如此。凡人如不能用上帝之道遐思上帝，而用自己的方式，即自己的感受，用有形的作品来赞美和歌颂无形的创造者本身，以有限理解无限，以可朽理解不朽，以短暂理解永恒，将面临很大难题："当沉思者提到这些作品，用它来赞美和歌颂创造者本身时，沉思者的心灵就好像黄昏降临了。"②

与此相关，奥古斯丁区别了对待符号态度不同的两种人："凡利用或者崇敬某种有意义的物体但不知道它所意指的含义的人，就是受符号捆绑的；相反，利用或者尊敬某种神所指定的有益符号，明白它的力量和意义所在，不是敬拜可见的、暂时的符号，而是敬拜所有这些符号所指向的对象的，就是没有被符号捆绑的。"③ 符号捆绑者满足于物体本身，与按自己方式理解事物的人相近；符号未绑者未止步于物体，而是按照上帝旨意解读意义，与按照上帝之道认识事物者相近。显然，奥古斯丁看轻符号捆绑者，推重未被符号捆绑者，认为崇拜神所指定的有益符号优于只崇拜符号的人，按上帝之道赏识者高于按照自己方式认识者。自然，断不可以人之有限来度量上帝的万能，更不可拿人的艺术来烛见上帝艺术的万能、神

---

① ［古罗马］奥古斯丁：《上帝之城》，王晓朝译，人民出版社 2007 年版，第 484 页。
② ［古罗马］奥古斯丁：《上帝之城》，王晓朝译，人民出版社 2007 年版，第 484 页。
③ ［古罗马］奥古斯丁：《论灵魂及其起源》，石敏敏译，中国社会科学出版社 2017 年版，第 97 页。

妙，"那些把人的作品当作神的人比那些把神的作品当作神的人堕落得更深"。①

因此，不要满足于人的艺术，而应思索上帝之艺术，进而爱慕、赞美万物之创造者上帝。"对一颗敬虔之心来说，在对上帝最微小的知识里找到的喜乐也远远大过通晓整个物质世界所体验到的快乐。"② 如果我们自己在观照天堂、沉思彼岸中取得了可喜的收获，那么同样愿意我们喜爱的人也能够如此分享喜乐，不希望他们仅仅沾沾自喜于人工之作，驻足于凡俗之物，"相反，我们希望他们看得更高，思索万物创造者所做的工或智慧，从而让他们的想法更提升到爱慕、赞美创造万物的上帝"③。这是奥古斯丁所推崇且渴慕的真正快乐生活的真谛："享受神就是真正快乐的生活，凡爱神的人，无不把自己的存在归于他。"④ 自然，这也是奥古斯丁文艺欣赏的至高追求：上帝是文艺欣赏的终点，上帝的神性则是文艺鉴赏的胜景。

推崇上帝在文艺鉴赏中的地位和价值，突出文艺鉴赏中的神性维度，是奥古斯丁文艺鉴赏思想的鲜明特色和主导方向。上帝或神性在奥古斯丁文艺鉴赏论中占据绝对优势和主控地位，是奥古斯丁文艺鉴赏论的至高鹄的和最终皈依。奥古斯丁文艺鉴赏论之所以具有如此醒目而浓郁的神性色彩，与奥古斯丁的神性思想密不可分，奥古斯丁的神性思想为其文艺鉴赏论奠定了思想基础。奥古斯丁文艺鉴赏神性论是其神性思想影响、渗透、浸染其文艺鉴赏论的自然

① ［古罗马］奥古斯丁：《论灵魂及其起源》，石敏敏译，中国社会科学出版社2017年版，第96页。

② ［古罗马］奥古斯丁：《论灵魂及其起源》，石敏敏译，中国社会科学出版社2017年版，第193—194页。

③ ［古罗马］奥古斯丁：《论信望爱》，许一新译，生活·读书·新知三联书店2015年版，第145页。

④ ［古罗马］奥古斯丁：《论灵魂及其起源》，石敏敏译，中国社会科学出版社2017年版，第33页。

产物和必然结果。当奥古斯丁据神性立场审视、论及文艺鉴赏诸现象诸问题时，奥古斯丁关于文艺鉴赏的思考、认识、谈论自然打上了深深的神性烙印，笼罩上鲜明的圣光神晕。

奥古斯丁有关文艺鉴赏的神性言说、神性论辩、神性规定在其文艺鉴赏论中占据统治地位，具有主导作用和绝对意义。在他看来，品鉴眼前可见可听上帝之作，目的不是沉醉于此岸声色世界，而是神往、飞升、回归彼岸上帝身边，文艺鉴赏须服从服务于神性宗旨。同时，奥古斯丁在其著述中，涉及文艺鉴赏时，会暂时偏离其神性论，多少论及文艺鉴赏本身的一些问题。奥古斯丁早年攻读、教授修辞学，朗诵诗歌，观看戏剧，一生喜爱音乐，自然认识到了文艺鉴赏、文艺消遣给人带来的娱乐，有之则乐，无之则痛："许多人以歌唱或丝弦之乐为乐。他们缺乏这些时，就以为自己为可怜；一旦有这些，他们就快乐忘形。"① 进而奥古斯丁看到不少文艺爱好者对自己喜爱的艺术、艺术家心醉神迷、神魂颠倒："尽管戏院可能是个藏污纳垢之处，但某个人若是爱上了里面的一个演员，喜欢他的艺术，把它看作是一种大的甚至是最大的善，那么他就会爱屋及乌，凡是与他一样敬佩那个偶像的人，他都一并喜爱，不是为了他们的缘故，而是为他们共同仰慕的对象。"② 这些文艺爱好者对自己喜欢的艺术拼命维护、宣传、推广，将与自己爱好一致的人引为同道，对与自己持不同意见、相反意见的人表示愤怒、竭力驳斥。

奥古斯丁还认识到，作者要表达的意义与读者对作品的理解并不完全一致，作品的主观意图与客观效应未必统一，两者之间存在

---

① ［古罗马］奥古斯丁：《论自由意志：奥古斯丁对话录二篇》，成官泯译，上海世纪出版集团 2010 年版，第 125 页。

② ［古罗马］奥古斯丁：《论灵魂及其起源》，石敏敏译，中国社会科学出版社 2017 年版，第 32 页。

着很大的差异，"要么是作者写了有益的内容，读者却没有朝有益的方向解读；要么是作者所写、读者所读均未带来益处；要么是读者的解读使其获益，作者的原意却不是这样。"① 同时，奥古斯丁看到了文艺鉴赏甄别是非、辨析优劣的作用："在艺术和手工行业里，当鉴赏家将优点与缺陷判别，就如肯定之与否定、存在之与不存在之异时，缺点就得到了认识，知识就得到了正当的赞同；不过对从业者来说，倘若他缺乏这一优点，落入了这一缺点，那就是他的污点了。"在此基础上，奥古斯丁指出了艺术界定的范畴有别于艺术批评的对象："认识并定义何为'语病'属于语法的艺术；但语法犯病，却是语法的艺术所要批评的。"②

奥古斯丁还阐述了对寓言的鉴赏要求。在他看来，"一切别有所指的寓言、比喻——它们全都不能按照字面意思理解，而是意在言外，寓含着其他意思"③。欣赏寓言不能自动物故事、植物故事本身来解读，而应挖掘、阐释故事暗含的深意、寓意、象征意义。之所以如此品鉴、领略寓言，与寓言的特点或表现方式直接有关："在这类故事里，叙述者甚至把人的行为或话语理解为非理性动物或没有感觉的东西，通过这种虚拟但包含真实意义的故事叙述，好叫他们以更吸引人的方式指明希望人做什么样的事。"④ 并以贺拉斯书信中的动物对话故事和伊索寓言为例，阐明寓言讲的是动物的故事，立意却在人间，借动物之间的关系来影射人间关系。故鉴赏者要透过

---

① ［古罗马］奥古斯丁：《论信望爱》，许一新译，生活·读书·新知三联书店 2009 年版，第 271 页。

② ［古罗马］奥古斯丁：《论三位一体》，周伟驰译，商务印书馆 2005 年版，第 272—273 页。

③ ［古罗马］奥古斯丁：《道德论集》，石敏敏译，生活·读书·新知三联书店 2009 年版，第 232 页。

④ ［古罗马］奥古斯丁：《道德论集》，石敏敏译，生活·读书·新知三联书店 2009 年版，第 239 页。

动物故事这一字面意义来揭示、剖析其深层的寓意、象征含义。

奥古斯丁还论及欣赏文学文本的应有态度和正当做法。他认为，要合理、正确欣赏、领悟文本意义，不可妄听偏信他人一面之词，甚至恶意贬损之词，先入为主，抱着定见、成见、偏见、先见去阐释。如果人云亦云，偏听偏信，缺乏判断，少有主见，就无法得到文本的真正含义："假如在读维吉尔的诗作之前我们首先厌恶他，或者说不喜欢他，仅靠着前辈的推崇，我们永远也无法就无数令文法教师坐卧不安的问题找到满意的答案；……假如这位教师试图以贬损一位如此伟大的诗人来为自己辩解，那么他的弟子们即使交了学费也会很快离去。"① 正当的做法是排除他人的影响与干扰，亲身主动深入作品，体验作品，对作品深度剖析，解读其中的深刻含义。

这样的谈论，可谓奥古斯丁临时撇开其神性论，于文艺欣赏一席之地逗留一会儿的片刻短语。逗留一阵后最终还会回归其神性论。如奥古斯丁在谈论完一个人喜欢戏剧艺术如醉如痴，爱屋及乌，党同伐异之后，笔锋一转："这样的事尚且如此，我们对与我们同爱神的人岂不更应如此，因为享受神就是真正快乐的生活。"② 又如，在谈完欣赏文本不可偏听偏信，而应亲自拜读、深入领会之后，接着归结道："既然如此，对于历史证实圣灵确曾对其说话的旧约作者，我们难道不更应向他们表示出善意吗？"③ 这是拿人性文艺欣赏之道类比神性文艺欣赏之妙，提到对人文艺作品的欣赏，是为了阐明对神性艺术的鉴赏，论及对人文艺作品的欣赏是手段，彰显对神性艺

---

① ［古罗马］奥古斯丁：《论信望爱》，许一新译，生活·读书·新知三联书店2009年版，第273—274页。

② ［古罗马］奥古斯丁：《论灵魂及其起源》，石敏敏译，中国社会科学出版社2017年版，第33页。

③ ［古罗马］奥古斯丁：《论信望爱》，许一新译，生活·读书·新知三联书店2009年版，第274页。

术之鉴赏是目的，这也自一个侧面折射出奥古斯丁人性服从服务于神性的思想主张。

第二节 自神性解读上帝的作品

一 神性解读上帝作品的原则

在奥古斯丁看来，人由上帝作品出发，在探索、遐思、领略上帝风采的欣赏过程中，上帝之道给人提供了可靠、安全、正确的保障。同时，上帝之道在人们具体解读上帝众多作品的阐释过程中仍有其无可替代的启示价值和指导意义。这就涉及了奥古斯丁对上帝作品的神性解读。上帝作为艺术大师创造了其鸿篇巨制宇宙万物及《圣经》，包括《圣经》在内的上帝之作都是上帝匠心独运的结果，贯穿着圣灵神意，"它们中没有一样事物不是由上帝创造出来的，以上帝为它们的创造主"①。因此，在解读上帝之作的时候，理应从至高神性的角度来进行："须在灵性的意义上理解摩西律法，借此排除那些从肉身的意义对摩西律法做解释的抱怨。"② 推而广之，须从神性的角度解读《圣经》，须从神性的角度理解上帝之作。研读《圣经》的目的是通过写作之人意志找到神的意志："人研读它，就是要找出那些写作之人的思想的意志，并通过它们找到神的旨意，因为他们相信这些人所说的与神的意志是一致的。"③ 也可理解为，研读上帝之作的目的在于发掘、找到上帝的意志。

自神性角度解读上帝之作是非常必要的，同时也是可行的。这

---

① ［古罗马］奥古斯丁：《上帝之城》，王晓朝译，人民出版社 2006 年版，第 497 页。

② ［古罗马］奥古斯丁：《上帝之城》，王晓朝译，人民出版社 2006 年版，第 1016 页。

③ ［古罗马］奥古斯丁：《论灵魂及其起源》，石敏敏译，中国社会科学出版社 2017 年版，第 46 页。

可从两个层面说，一方面人在解读上帝之作时，上帝会恩典人类，帮助人类："凡自诩藉着神圣启示，没有学过任何解释规则就领会了《圣经》的隐晦之处的人，同时也相信，并且完全相信这种力量不是他自己的，也就是说不是他自己创造出来的，而是神恩赐下来的。"① 上帝赐予凡人解读《圣经》的力量，赐予凡人解读上帝之作的力量。这一点奥古斯丁深有体会："他在这个题目上已经供给我许多思想，我不担心他不再恩赐与我；我既已开始使用他所恩赐的思想，就相信他必会继续供应仍然需要的东西。"② 上帝不仅赐予人类解读上帝作品的力量，还赐予人类解读上帝之作的思想。这是自神性而言，上帝出于圣善、博爱，为凡人解读上帝之作提供了有力、强大的保障。另一方面，凡人必须主动祈祷、虔诚恳求上帝保佑自己在解读上帝之作时慷慨相助。"我们不应忽视，要尽我们所能，根据上帝仁慈赐给我们的帮助和恩典把握它。"③ 奥古斯丁认为，人仅靠一己之力破解上帝之作的奥秘，非但不可行，而且绝对鲁莽愚笨之至，"若没有主的帮助，我不可能说出任何道理"。④ 切实可行的做法是仰仗上帝的恩典、保佑、帮助去解读上帝之作："我们要在上帝的帮助下，尽我们有限的能力阐释清楚，避免有人认为《圣经》记载的话有任何荒谬或者矛盾之处，让读者反感。"⑤ 奥古斯丁就是这样，在解读上帝之作时，每每呼吁、恳请上帝保佑帮助："至于在目前的研

---

① ［古罗马］奥古斯丁：《论灵魂及其起源》，石敏敏译，中国社会科学出版社 2017 年版，第 12 页。

② ［古罗马］奥古斯丁：《论灵魂及其起源》，石敏敏译，中国社会科学出版社 2017 年版，第 15 页。

③ ［古罗马］奥古斯丁：《〈创世记〉字疏》（下），石敏敏译，中国社会科学出版社 2018 年版，第 72 页。

④ ［古罗马］奥古斯丁：《〈创世记〉字疏》（下），石敏敏译，中国社会科学出版社 2018 年版，第 3 页。

⑤ ［古罗马］奥古斯丁：《〈创世记〉字疏》（上），石敏敏译，中国社会科学出版社 2018 年版，第 185 页。

究中我是否能找到某种确定且最终的答案，我不知道。但我能够找到的答案，我将在下一卷里详尽解释，但愿主能助我一臂之力。"①进一步，深层次解读上帝之作，奥古斯丁也总是求助于上帝的保佑："如果我有机会对经文做更深入、更恰当的解释，愿上帝与我同在，帮助我完成这样的工作。"② 奥古斯丁不仅自己解读上帝之作祈祷上帝相助，而且也常常要求别人仰仗上帝保佑解读上帝之作。公元415年他写信致杰罗姆："我邀请你，并以上帝的名义恳请你做些事，我相信这些事将有益于很多人，给我解释一下我们在理解詹姆斯使徒书中这些话的意义。"③ 可以说，在奥古斯丁看来，虽然上帝为人解读其宏伟篇章提供了强有力的保障，但人不可消极坐等上帝恩赐，而必须积极主动仰仗上帝恩典，帮助解读上帝之作中的至高神性、至高神意。所以，奥古斯丁呼吁人们："若你们能够读懂，就请赞美上帝；若你们不能读懂，就祈求上帝让你们懂，因为上帝会给你们理解力的。"④ 上帝之鸿恩、保佑保证了凡人解读上帝经典的顺利进行、圆满完成。"让我们在上帝的帮助下，更加深入地考察这个问题。"⑤ 上帝恩典保佑是凡人解读上帝大作的神圣前提、天然屏障。人解读上帝之作有天可依，有途可循。奥古斯丁强调上帝恩典、保佑人类解读上帝之作的观点对后世的宗教家、神学家解经多有启示和影响。阿奎那就认为，要想洞见天主，必须仰仗天主的恩宠，以

① ［古罗马］奥古斯丁：《〈创世记〉字疏》（上），石敏敏译，中国社会科学出版社 2018 年版，第 241 页。

② ［古罗马］奥古斯丁：《〈创世记〉字疏》（下），石敏敏译，中国社会科学出版社 2018 年版，第 206 页。

③ St. Augustine, *The Letters of Saint Augustine*, *Bishop of Hippo Volume* Ⅱ, translated by the Rev. J. G. Cunningham, *The Works of Aurelius Augustine*, *Bishop of Hippo Volume* Ⅷ, printed by Murray and Gibb for T. & T. Clark, Edingburgh, 1875, pp. 318 – 319.

④ ［古罗马］奥古斯丁：《论原罪与恩典》，周伟驰译，商务印书馆 2012 年版，第 412 页。

⑤ ［古罗马］奥古斯丁：《〈创世记〉字疏》（下），石敏敏译，中国社会科学出版社 2018 年版，第 124 页。

增强其理解能力："受造的理智的自然能力既不足以看见天主的本质或本体，那么就必须用天主的恩宠来增强它的理解能力。我们称这种理解能力的增强为理智的接受光照；就如那可理解者或被理解者被称为光或发光者一样。"①

不仅如此，在奥古斯丁看来，自神性角度解读上帝之作还有法可依，有迹可循，有规可守："解释《圣经》是有一定的法则的。我想，真诚学习语言的学生学了之后必会受益无穷，他们不仅可以研读别人写的揭示圣书之奥秘的作品，他们自己也可以向别人开启这样的奥秘，由此受益。"② 学习、了解、掌握这些解经规则不仅有助于自己探析、破解上帝之作的奥秘，而且可以帮助他人洞悉上帝之作的真谛，于己于人皆为解经之秘诀与法术。

规则之一，自神性角度解读上帝之作必须与信仰相结合，坚持信仰优先的原则。奥古斯丁在《〈创世记〉字疏》中有一段话颇能说明这个问题："当我们根据这种丰富多彩、博大精深的真教义——源于文本的寥寥数语，也基于坚实的大公教信仰的根基——来研读这些灵启的书卷时，让我们选择那个显然是作者本意的意思。如果作者的意思不明确，那么我们至少应当选择与《圣经》上下文一致并且与我们的信仰相吻合的解释。如果不能根据《圣经》上下文来学习和判断句子的意思，至少我们应当只选择我们的信仰所要求的那个意思。"③ 这段话指出了解读《圣经》的三个步骤或三个层面：第一个层面，领悟作者本意需依据文本语句和大公教信仰来选择、确定；第二个层

① ［意大利］望多玛斯·阿奎那：《神学大全》，（台湾）中华道明会/碧岳学社 2008 年版，第 146 页。

② ［古罗马］奥古斯丁：《论灵魂及其起源》，石敏敏译，中国社会科学出版社 2017 年版，前言第 9 页。

③ ［古罗马］奥古斯丁：《〈创世记〉字疏》（上），石敏敏译，中国社会科学出版社 2018 年版，第 53 页。

面，如果作者本意不明确，须依据与上下文语境和信仰一致吻合的意思来选择、确定；第三个层面，如果作者本意不能根据上下文语境来判别，至少须依据信仰要求来选择、确定。三个层面中，信仰立场贯穿始终。《圣经》解读，信仰为上，信仰为首，信仰为核心。

奥古斯丁自正反两方面阐述了信仰解经的立场。自正面而言，奥古斯丁强调，在解读《圣经》时，"我们必须毫不犹豫地相信并理解真信仰所教导的"①，即坚持大公教信仰。他以人类生育繁衍谱系为例，论述了信仰解经的正当、正确："这个有着独特的性别表征和生理特点的女人，从男人所造，为男人而造。她生育了该隐和亚伯以及他们的所有兄弟，所有人都是从他们出生的；她还生育了赛特，从赛特繁衍至亚伯拉罕以及以色列人，这是众所周知的一个民族；而万国各族则从诺亚的子孙生育而来。"这既是《圣经》的真实记载，也是神圣的信仰，必须不可动摇地相信、坚持。"谁若是对这些史实提出质疑，那就是动摇我们所信的一切，他的观点应当坚决地从信徒的心里剔除出去。"②自反面而言，奥古斯丁认为，如果不坚持信仰，《圣经》解读就无法进行："如果读者认为《圣经》记载的事件是不可能的，那他就会放弃信仰，或者不再靠近信仰。"③奥古斯丁批判了不少违背大公教信仰的错解谬说，如视灵魂为上帝自身实体的某种东西④，相信野兽的灵魂与人的灵魂互相转化⑤，认为身

---

① ［古罗马］奥古斯丁：《〈创世记〉字疏》（下），石敏敏译，中国社会科学出版社2018年版，第5页。

② ［古罗马］奥古斯丁：《〈创世记〉字疏》（下），石敏敏译，中国社会科学出版社2018年版，第100—101页。

③ ［古罗马］奥古斯丁：《〈创世记〉字疏》（上），石敏敏译，中国社会科学出版社2018年版，第185页。

④ ［古罗马］奥古斯丁：《〈创世记〉字疏》（下），石敏敏译，中国社会科学出版社2018年版，第4—5页。

⑤ ［古罗马］奥古斯丁：《〈创世记〉字疏》（下），石敏敏译，中国社会科学出版社2018年版，第13页。

体可以转变为灵魂①，圣子在道成肉身之前的实体本身是可以看见的②，灵魂在进入身体前拥有某些功德③，等等。奥古斯丁认为，诸如此类歪理邪说、妄言谬见与大公教信仰背道而驰，严重冒犯和亵渎了神圣，"我们要拒斥"。④

奥古斯丁不仅坚决、强烈地捍卫解经的信仰原则，而且在具体解读《圣经》时也始终贯穿了信仰的精神。他在解读经文"日子被造后，上帝创造天地，和野地的草木，它们还没发出来，以及田间的菜蔬，它们还没长起来"时这样解释："《圣大公教经》岂不是告诉我们，上帝创造它们正是在它们生发之前？结果，即使读者找不到它们被造在哪里，他也仍然会相信它们是在生发出来之前被造的，只要他敬虔地相信《圣经》。不相信这一点当然就是不敬虔的。"⑤不难发现，奥古斯丁解读《圣经》是与坚持信仰紧紧结合为一体的。本着信仰的原则解读《圣经》，解读《圣经》时彰显信仰，信仰渗透于《圣经》解读的整个过程和各个环节。可以说，《圣经》解读，信仰须臾不可疏离，信仰是贯穿《圣经》解读的一条红线。推而广之，信仰乃解读上帝之作的根本立场与最终裁决，是领悟上帝之旨的命脉灵魂与源头活水。"任何解释都必须与信仰的原则一致。……尽管解释各不相同，但它们必定与大公教的信仰和谐一致。"⑥

---

① ［古罗马］奥古斯丁：《〈创世记〉字疏》（下），石敏敏译，中国社会科学出版社 2018 年版，第 17 页。

② ［古罗马］奥古斯丁：《〈创世记〉字疏》（下），石敏敏译，中国社会科学出版社 2018 年版，第 83—84 页。

③ ［古罗马］奥古斯丁：《〈创世记〉字疏》（下），石敏敏译，中国社会科学出版社 2018 年版，第 130 页。

④ ［古罗马］奥古斯丁：《〈创世记〉字疏》（下），石敏敏译，中国社会科学出版社 2018 年版，第 5 页。

⑤ ［古罗马］奥古斯丁：《〈创世记〉字疏》（上），石敏敏译，中国社会科学出版社 2018 年版，第 175 页。

⑥ ［古罗马］奥古斯丁：《上帝之城》，王晓朝译，人民出版社 2006 年版，第 685 页。

　　规则之二，自神性角度解读上帝之作须把握其表达方式。奥古斯丁认为，能否正确解读、领悟上帝之作的魅力、奥秘，其中关键而重要的一环是能否正确把握上帝之作的表达方式。如果能够正确全面把握上帝之作的表达方式，就能够正确解密上帝之作的真意。如果不能正确把握上帝之作的表达方式，自然也无法谈及上帝之作的含义："一个人若不了解《圣经》的表达方式，不明白神圣的启示，当他在我们的《圣经》里发现了什么，或者听到了什么，与它既有的知识似乎相冲突时，这个人就很可能对《圣经》在其他问题上提出的有益的告诫、叙述或宣告都全然不信。"① 在奥古斯丁看来，上帝之作的表达方式首先充满了上帝对人类的恩德、关爱、善心："《圣经》并没有因你的软弱而抛弃你，而是以母亲般的爱陪伴你慢慢进步，你必会有所长进。"② 《圣经》之言语重心长，上帝之语仁爱慈善。同时，上帝之作表达方式灵活多变。一方面，根据读者理解程度的差异，上帝设计了不同的话语方式，以贴近读者的实际理解情形："或许《圣经》按照自己的惯例，对理解力有限的人就用有限的属人语言说话，对理解力好的读者就给他们某种启示。"③ 另一方面，根据读者性情、层次的殊异，上帝设计了多种表达方式，以贴近、帮助、提升性情、层次各异的读者："《圣经》的说话方式是以它的高度嘲笑傲慢的读者，以它的深度告诫专注的读者，用它的真理喂养大人的灵魂，用它的甜美滋养还未成长的小子。"④ 理解力

---

　　① ［古罗马］奥古斯丁：《〈创世记〉字疏》（上），石敏敏译，中国社会科学出版社2018年版，第68页。

　　② ［古罗马］奥古斯丁：《〈创世记〉字疏》（上），石敏敏译，中国社会科学出版社2018年版，第175页。

　　③ ［古罗马］奥古斯丁：《〈创世记〉字疏》（上），石敏敏译，中国社会科学出版社2018年版，第183页。

　　④ ［古罗马］奥古斯丁：《〈创世记〉字疏》（上），石敏敏译，中国社会科学出版社2018年版，第175页。

不同，上帝之作表达方式不同，性情不同，上帝之作话语方式不同，层次不同，上帝之作表达方式不同。上帝之作表达方式因人而异，因材施教，具有明确的针对性和相当的灵活性。最后，奥古斯丁认为，上帝之作表达方式精准无误，需要精心领会："我们必须思考《圣经》里的准确用词，它如何记载上帝建立乐园，如何把所造的人放在园子里，如何把动物带到他面前，让他命名，又如何从他身上取下肋骨为他造出女人，因为没有遇见配偶帮助他。"①

规则之三，自神性角度解读上帝之作须领悟其真正意义。在奥古斯丁看来，上帝之作，尤其是《圣经》的意思包含字面义或历史义与比喻义或象征义。奥古斯丁以《圣经·创世记》中"主（耶和华）上帝为亚当和妻子用皮子做衣服，给他们穿"为例，指出："成就这样的事有象征含义，但这事也是真实发生的。同样，记下这样的话有象征含义，但这话也是真实说过的。"② 面对这两层意义，奥古斯丁主张首先搞清楚字面义："在这些历史事实的叙述上，我们可以单纯地接受《圣经》权威，首先把它们作为真实的史实来理解。"③ 为此，他专门撰写了《〈创世记〉字疏》，立意解读《圣经》的字面义："我这里确立的讨论《圣经》的原则是根据史实自身的意义，不是根据它对将来事件的预示。"④ 他以上帝第六日拿树上果子给人作食物为例，阐释道："如果有人想要在比喻意义上解释这种食物，那他就离开了对事实的字面解释，而且解释这类故事时应当

---

① ［古罗马］奥古斯丁：《〈创世记〉字疏》（上），石敏敏译，中国社会科学出版社2018年版，第208页。
② ［古罗马］奥古斯丁：《〈创世记〉字疏》（下），石敏敏译，中国社会科学出版社2018年版，第209页。
③ ［古罗马］奥古斯丁：《〈创世记〉字疏》（下），石敏敏译，中国社会科学出版社2018年版，第53页。
④ ［古罗马］奥古斯丁：《〈创世记〉字疏》（上），石敏敏译，中国社会科学出版社2018年版，第46页。

首先确立字面意义。"① 之所以首先必须自字面义或历史义解读《圣经》，在奥古斯丁看来，一方面是由于《圣经》描述的事件源自生活实际，"他记载的事件是真实发生过的"②，真实可信；另一方面是由于《圣经》的作者如实地笔录了这些事："当圣历史学家记载它们时，不是用比喻的语言陈述，而是真实地记载这些预示将来要发生之事的事件。"③ 因此作为解经者，必须首先自字面义、历史义来解读《圣经》，解读上帝之作。理解上帝之作的字面义是解读上帝之作的必由之路、必要步骤和基础工作，亦可谓解读上帝之作的起点、入口。"一切都首先要在其自身的意义上而不是在比喻的意义上理解。"④ 这一环节不可疏忽，不可越过，是解读上帝之作的首要任务与必经之途。

同时，奥古斯丁认为，解读上帝之作还需注意其比喻义或象征义："我们必须首先如《圣经》所报告的那样指出事实，然后，如果有必要，表明它们可能包含哪种比喻含义。"⑤ 这就是说，解读上帝之作，理解了其字面义还不够，还应该在弄清字面义的基础上透析、揭示其比喻义或象征义。这有三种情况，第一种是一些表述字面义与比喻义同时具备，"一方面，所记载的事是真实存在的；另一方面，它们也包含某种比喻意义"。⑥ 对这类经文，只解读字面义不能

① ［古罗马］奥古斯丁：《〈创世记〉字疏》（上），石敏敏译，中国社会科学出版社 2018 年版，第 214 页。
② ［古罗马］奥古斯丁：《〈创世记〉字疏》（下），石敏敏译，中国社会科学出版社 2018 年版，第 209 页。
③ ［古罗马］奥古斯丁：《〈创世记〉字疏》（下），石敏敏译，中国社会科学出版社 2018 年版，第 46 页。
④ ［古罗马］奥古斯丁：《〈创世记〉字疏》（下），石敏敏译，中国社会科学出版社 2018 年版，第 43 页。
⑤ ［古罗马］奥古斯丁：《〈创世记〉字疏》（上），石敏敏译，中国社会科学出版社 2018 年版，第 135 页。
⑥ ［古罗马］奥古斯丁：《〈创世记〉字疏》（下），石敏敏译，中国社会科学出版社 2018 年版，第 52 页。

完全诠释上帝之作的意义，必须解读其比喻义或象征义，方可洞悉上帝之作的真谛。"我们首先确定无疑地按字面意思理解这些话。然后我们也必须捍卫经文的寓意，乐于接受上帝在说这些话时最可能意指的含义。"① 比如，对"于是把他赶了出去，安置在乐园对面"这句话、这件事，奥古斯丁剖析道："这是真实发生的事，但也包含某种寓意，即预示一个罪人生活在悲惨状态，与乐园的生活相对，因为乐园在灵性意义上代表幸福生活。"② 第二种是上帝之作中有些表述本身就是比喻，充满深刻寓意，若仅从字面义解释，是无从真正找到上帝旨意的。"在基督降临之前，用比喻他的那个事物的名字称呼他是恰当的。……我们主所讲的故事是个寓言，对于这样的故事，我们永远不会要求证明故事里所讲的内容是真实发生的事。"③ 这种说话方式"在《圣经》里经常出现，尤其是当谈到有关上帝的特性时，不能按字面意思理解，如我们心灵的真理告诫我们的"④。此种情况下，要想真正领略上帝之作之真意，必须离开字面义，走向比喻义或象征义："想象上帝用双手从尘土造人是幼稚可笑的。事实上，如果《圣经》说了这样的事，我们必须相信作者是在使用比喻，而不是说上帝局限于肢体结构中，就像我们束缚在自己的身体里。"⑤ 第三种是一些表述从字面看几乎完全与上帝之旨风马牛不相及，像《雅歌》这类世俗性强、人情味浓、人性鲜明的作品即是。

---

① ［古罗马］奥古斯丁：《〈创世记〉字疏》（下），石敏敏译，中国社会科学出版社2018年版，第208页。

② ［古罗马］奥古斯丁：《〈创世记〉字疏》（下），石敏敏译，中国社会科学出版社2018年版，第211页。

③ ［古罗马］奥古斯丁：《〈创世记〉字疏》（下），石敏敏译，中国社会科学出版社2018年版，第47页。

④ ［古罗马］奥古斯丁：《〈创世记〉字疏》（上），石敏敏译，中国社会科学出版社2018年版，第197—198页。

⑤ ［古罗马］奥古斯丁：《〈创世记〉字疏》（上），石敏敏译，中国社会科学出版社2018年版，第221页。

对这类作品，"如果在属体意义上理解它们会使得捍卫信仰的真理性变得完全不可能，那么除了在比喻意义上理解这些话，而不是对圣经犯下不敬之罪，我们还能有什么其他的选择吗？"① 故唯一可行的办法是必须从中分析、提炼出上帝之旨来。"每当我无法找到一个经段的字面意义时，为了不让我的目标受阻，我就尽可能简洁而清楚地解释它的比喻意义。"②

在奥古斯丁看来，自神性角度解读上帝之作，就是要揭示上帝之作的象征意义或言外之意。奥古斯丁认为，上帝之作，如《圣经》"象征性的表述与真实的表述混在一起，所以，比较清醒的心灵可以通过有用的和完善的辛劳，得到灵性的意思；肉身的懒惰，或未经教诲和训练的心灵的迟钝，会满足于字面含义，认为没有更加内在的意思需要探寻"③。字面意义与象征意义往往混同一起，自神性角度探析，可获得象征意义，自肉身角度探析，只停留于字面意义。与此同时，奥古斯丁又认为，象征性语言是《圣经》的经常用语，象征意义远远大于字面意义："圣经确实习惯性地使用这样或那样的象征性语言，研究它们的人没有人会怀疑这一点，这种象征性的语言——亦即这种讲话的方式——在使用时所包含的意思远远超过字面意义。"④ 而且象征性语言是《圣经》的必用语，"当时发生的事是一个最神圣的奥秘，不用象征就无法恰当地表达事情的伟大真相"⑤。

故必须从神性视角解读象征语言深含的意义——神性内涵、神性意义："一切别有所指的寓言、比喻——它们全都不能按照字面意

① ［古罗马］奥古斯丁：《〈创世记〉字疏》（下），石敏敏译，中国社会科学出版社 2018 年版，第 42 页。
② ［古罗马］奥古斯丁：《〈创世记〉字疏》（下），石敏敏译，中国社会科学出版社 2018 年版，第 43 页。
③ ［古罗马］奥古斯丁：《上帝之城》，王晓朝译，人民出版社 2006 年版，第 1000 页。
④ ［古罗马］奥古斯丁：《上帝之城》，王晓朝译，人民出版社 2006 年版，第 722—723 页。
⑤ ［古罗马］奥古斯丁：《上帝之城》，王晓朝译，人民出版社 2006 年版，第 688 页。

思理解，而是意在言外，寓含着其他意思。"① 如何辨别句子的象征意义？"这方法应该是这样的：凡神的话，如果按字面意思解不符合纯洁的生活，或者与正确的教义相违背，那就可以定为是比喻的。纯洁的生活是指爱神和邻人；正确的教义是指关于神和邻人的知识。"② 不难看出，奥古斯丁推重象征意义："那些本身不具有象征意义的事情被包括在文本中，都是由于具有象征意义的事情的缘故。"③ 不具有象征意义的事情由于具有象征意义事情的缘故而存在。

奥古斯丁重视象征意义并不意味着唯象征意义是从，唯象征意义独尊。奥古斯丁认为，既不能完全否认《圣经》的象征意义、言外之意，也不可毫无限制地夸大《圣经》的象征意义、言外之意："在我看来，认为书中记载下来的这些事件没有一样具有任何超越历史意义以外的意义，这样想是大错特错了，但是，若认为每一句话都包含着微言大义，那么这种想法也太鲁莽。"④ 虽然奥古斯丁承认，不具象征意义的事情由于具有象征意义事情的缘故而存在，同时也承认，不具有象征意义的事情对于具有象征意义的事情的作用："先知的历史中所说的某些事情本身没有象征意义，但具有象征意义的事情就依附在整个框架中。"⑤ 由此奥古斯丁一定程度肯定了字面意义："我们希望在人的范围内讨论、思考这类符号，因为即使是《圣经》里所包含的、给予我们的神的符号，也是藉着人——就是那些写《圣经》的作者——向我们显明出来的。"⑥ 如此，奥古斯丁以挪亚方舟和大

---

① ［古罗马］奥古斯丁：《道德论集》，石敏敏译，生活·读书·新知三联书店 2009 年版，第 232 页。
② ［古罗马］奥古斯丁：《论灵魂及其起源》，石敏敏译，中国社会科学出版社 2017 年版，第 98 页。
③ ［古罗马］奥古斯丁：《上帝之城》，王晓朝译，人民出版社 2006 年版，第 694 页。
④ ［古罗马］奥古斯丁：《上帝之城》，王晓朝译，人民出版社 2006 年版，第 762 页。
⑤ ［古罗马］奥古斯丁：《上帝之城》，王晓朝译，人民出版社 2006 年版，第 694 页。
⑥ ［古罗马］奥古斯丁：《论灵魂及其起源》，石敏敏译，中国社会科学出版社 2017 年版，第 44—45 页。

洪水的故事为例，主张对《圣经》的多重含义不可偏废："我们既不赞同那些接受故事的历史含义但排斥它的象征意义的人，也不赞同那些接受它的象征意义但排斥它的字面意义的人。"[①] 奥古斯丁要求既相信其历史含义，也相信其象征意义，也相信其字面意义。

　　不过，奥古斯丁最终看重的仍然是上帝之作的象征意义、言外之旨："释经在于发现并阐释意思，并且要在神的帮助下解释。"[②] 他"告诫读者不要低估圣经的权威，而要超越历史的层面，寻求历史性的叙述所要表达的意义"[③]。同时指出神意不可违："正如上帝当前做的工并不会由于人的理性和语言缺乏解释它们的力量就不存在，所以那些我们在这里说的事情也不会由于理性无法向人提供关于它们的解释而成为不可能的。"[④] 不难看出，自神性角度解读上帝之作的意义，奥古斯丁认为，重点是阐释上帝之作的象征意义。

　　关于正确把握上帝之作的含义，奥古斯丁还涉及如何在翻译中正确传达上帝之作意义的问题。他以大卫诗篇的翻译为例，阐述了如何正确对待韵律与内容的关系："由希伯来文（对此语言我一无所知）翻译这些韵律中，任何人不可能同时保留原韵律，害怕由于韵律的紧急情况不得不远离准确的翻译，与句子的意义不能保持一致。"[⑤] 在奥古斯丁看来，为了意思的完整传达，大卫诗篇韵律在翻译中难以保持原韵，翻译大卫诗篇时首先需要准确传达原作的意义，不能因为韵律的保留而损失诗歌的意义。意义的真实传达是首要目

---

① ［古罗马］奥古斯丁：《上帝之城》，王晓朝译，人民出版社 2006 年版，第 685 页。

② ［古罗马］奥古斯丁：《论灵魂及其起源》，石敏敏译，中国社会科学出版社 2017 年版，第 15 页。

③ ［古罗马］奥古斯丁：《上帝之城》，王晓朝译，人民出版社 2006 年版，第 874 页。

④ ［古罗马］奥古斯丁：《上帝之城》，王晓朝译，人民出版社 2006 年版，第 1037 页。

⑤ St. Augustine, *The Letters of Saint Augustine*, *Bishop of Hippo Volume Ⅱ*, translated by the Rev. J. G. Cunningham, *The Works of Aurelius Augustine*, *Bishop of Hippo Volume ⅩⅢ*, printed by Murray and Gibb for T. & T. Clark, Edingburgh, 1875, p. 32.

的、最终结果，韵律可否完整翻译、保留，主要看它能否真实表达原作意义。如果不影响意义的传达，韵律可保留原韵；如果影响意义的真实传达，宁可保证意义的真实传达，而不可追求韵律的逼真。

规则之四，自神性角度解读上帝之作务须保持谨慎态度。奥古斯丁在论及《圣经》中上帝创造之工时，讲到解读《圣经》必须谨慎："由于要理解这些问题多少有点困难，对于未受教育的读者来说更难以明白，所以我必须谨慎，免得有人以为我主张或者表达了我知道自己并没有主张或我表达的意思。"奥古斯丁之所以强调谨慎，目的是忠实、正确地传达《圣经》的精神意义，避免读者错解、误解《圣经》含义："在这样的解释中，我希望没有误导经文的意思，或者做出荒谬的解释。"① 为此，解经时保持适度，善于探讨，不可固执己见。② 细言之，需注意四点。

一是依据必须是《圣经》，《圣经》是解读上帝之作唯一出处、凭证，任何解读都必须始终以《圣经》为依据，离开《圣经》皆不足为信，不足为凭，《圣经》之外的其他材料、说法、观点均不可作为解读上帝之作的论据、支撑："有些人说阴间（inferos）显现于今生，而非死后，对这种观点不必听之。让他们去胡乱解释诗人们虚构出来的神话吧，我们决不能偏离《圣经》的权威，在这个问题上我们的信心完全依赖于它。"③ 比如，"在谈论上帝时，我们不能胡乱使用《圣经》里找不到的描述"④。推而广之，解读上帝经典，必须持之有据，事出

---

① ［古罗马］奥古斯丁：《〈创世记〉字疏》（上），石敏敏译，中国社会科学出版社 2018 年版，第 211 页。

② ［古罗马］奥古斯丁：《〈创世记〉字疏》（上），石敏敏译，中国社会科学出版社 2018 年版，第 215 页。

③ ［古罗马］奥古斯丁：《〈创世记〉字疏》（下），石敏敏译，中国社会科学出版社 2018 年版，第 271 页。

④ ［古罗马］奥古斯丁：《〈创世记〉字疏》（上），石敏敏译，中国社会科学出版社 2018 年版，第 133—134 页。

《圣经》，不能道听途说，旁门左道，更不能空穴来风，无凭无据。

二是必须坚信确定无疑的东西，"凡是在我看来可以确定的地方，我坚决主张并极力捍卫"[1]。奥古斯丁认为，对《圣经》中明白无误、不容置疑的经文必须确信不疑、坚决维护，不可妄加猜测、迟疑不决："对于能够基于明显的事实或者某种《圣经》典据教导的事，我们要毫不犹豫地主张。"[2] 要毫不动摇地坚守、维护正确无疑的内容、意义、看法、观点。

三是必须探析尚待明了的未定点。在奥古斯丁看来，上帝之作并非时时处处都明晰无误、一目了然，而是有的地方晓畅明朗、确定无疑，有的地方意思不明、一言难尽。当遇到费解难辨的篇章，应该扩展思路，认真探析："凡是不确定的地方，我尽我自己所能思索和探讨，有时提出推测性的观点，有时表明疑惑的难点。"[3] 破解上帝之作的难点需要做到三点：其一为勇于探析，不可有为难情绪，遇难而退："如果因为各种观点所持的证据不相上下，我们无法实现这样的目标，那至少我不会表现出对疑问退避三舍，而是不断探求。"[4] 其二为乐于探析，不能头脑发热，操之过急，草率从事："当我们按照信心和基督教教义都无法判定真伪时，就既不武断地拒斥什么，也不草率地论断什么。"[5] 既不要急于轻于否定什么，也无须急于轻于肯定什么，要戒骄戒躁，避免武断草率。其三为善于探

---

① ［古罗马］奥古斯丁：《〈创世记〉字疏》（下），石敏敏译，中国社会科学出版社 2018 年版，第 215 页。

② ［古罗马］奥古斯丁：《〈创世记〉字疏》（下），石敏敏译，中国社会科学出版社 2018 年版，第 4 页。

③ ［古罗马］奥古斯丁：《〈创世记〉字疏》（下），石敏敏译，中国社会科学出版社 2018 年版，第 215 页。

④ ［古罗马］奥古斯丁：《〈创世记〉字疏》（下），石敏敏译，中国社会科学出版社 2018 年版，第 124 页。

⑤ ［古罗马］奥古斯丁：《〈创世记〉字疏》（下），石敏敏译，中国社会科学出版社 2018 年版，第 3—4 页。

析，这种情况下要放平心态，严肃对待，认真思考，细心揣摩，耐心探索："我们要看看是否有可能找到一种答案——即使不是一种清澈透明毫无疑问的解释，至少是可以接受的观点，提出来不会显得荒谬，然后等候真理之光将我们带向更确定的答案。"① 探讨中带着商榷，带着尝试，带着摸索，带着询问。奥古斯丁正是带着探寻的精神来创作《〈创世记〉字疏》下的："书中提出的问题比找到的答案更多，而且所找到的答案也有许多是不确定的。那些不确定的回答则需进一步研究加以推进。"② 怀着求知求真的初衷潜心研读，上下求索，求索中不乏真诚，不乏执着，不乏专一。探索中不标榜自己，不抬高自我，不丢失初心，不偏离方向："我的目的并非要规定每个人对疑难问题应该形成怎样的论断，而是要表明在不确定的问题上我们必须得到指教，在我们无法获得确定知识的地方，提醒读者注意不要得出草率的结论。"③

四是要彼此交流，相互学习。在奥古斯丁看来，破解上帝之作的难点难题，首先解读者自己务须悉心品读、钻研、领悟、阐释经典，说出自己的观点与思路，为探析上帝之作的难点奉上自己的一份力量，为他人解读上帝之作提供参考参照："请他仔细留意我得出这个观点的整个思路"④，"即使他不喜欢我的考察方式，至少可以看到我是如何层层展开讨论的"⑤。同时解读者也当虚怀若谷，谦虚

---

① ［古罗马］奥古斯丁：《〈创世记〉字疏》（下），石敏敏译，中国社会科学出版社 2018 年版，第 124 页。

② ［古罗马］奥古斯丁：《〈创世记〉字疏》（下），石敏敏译，中国社会科学出版社 2018 年版，第 282 页。

③ ［古罗马］奥古斯丁：《〈创世记〉字疏》（下），石敏敏译，中国社会科学出版社 2018 年版，第 215 页。

④ ［古罗马］奥古斯丁：《〈创世记〉字疏》（下），石敏敏译，中国社会科学出版社 2018 年版，第 86 页。

⑤ ［古罗马］奥古斯丁：《〈创世记〉字疏》（下），石敏敏译，中国社会科学出版社 2018 年版，第 38 页。

为本，诚心向他人学习、请教，一起探析、破解上帝之作难点难题。"若有人有充分的理由确证自己的观点，请他不吝赐教。"① 奥古斯丁深有体会，认为要向不同类型的人虚心学习、借鉴：其一为能够帮助提升自己，说出更好解释的人。对这样的人，自然应该乐于请教、学习、看齐，心悦诚服："如果他仍然能够提出更加合理的解释，我不仅不会反对他，而且还要祝贺他。"② 其二为不能给自己提供多少帮助的人。对这样的人，也应该携手并肩，一起求教于更高明的老师："如果不能，就与我一起寻找高人，让我们共同受教于他。"③ 其三为过分自信、各执己见的人。对这样的人，应该加强团结，共同析疑解难："如果有人固执己见，不是因为圣言的权威或者自明理性的力量，而是因为他自己的骄慢，那我希望他不要拒绝与我一同探讨疑问。"④

总之，解读上帝之作务须严肃认真，谨慎行事，只有细心、认真、虔诚、精准解读上帝之作，方可领悟、传达上帝之作的真意、深意、神意，且能获得巨大精神愉悦与灵魂喜乐："主（Lord）将赐给你足够的安慰，如果你聚精会神拜读他的（His）圣言的话。"⑤

二 神性解读上帝作品的具体表现

在奥古斯丁那里，自神性角度解读、赏析上帝之作包括两部分：

---

① ［古罗马］奥古斯丁：《〈创世记〉字疏》（下），石敏敏译，中国社会科学出版社 2018 年版，第 124 页。

② ［古罗马］奥古斯丁：《〈创世记〉字疏》（下），石敏敏译，中国社会科学出版社 2018 年版，第 86 页。

③ ［古罗马］奥古斯丁：《〈创世记〉字疏》（下），石敏敏译，中国社会科学出版社 2018 年版，第 38 页。

④ ［古罗马］奥古斯丁：《〈创世记〉字疏》（下），石敏敏译，中国社会科学出版社 2018 年版，第 124 页。

⑤ St. Augustine, *The Letters of Saint Augustine*, *Bishop of Hippo Volume Ⅱ*, translated by the Rev. J. G. Cunningham, *The Works of Aurelius Augustine*, *Bishop of Hippo Volume ⅩⅢ*, printed by Murray and Gibb for T. & T. Clark, Edingburgh, 1875, pp. 86 – 87.

对《圣经》的神性解读与对宇宙大作的神性解读。其中，对《圣经》的神性解读是解读上帝之作的主要部分。奥古斯丁认为，《圣经》之内涵理应全面把握、考量："在《圣经》的所有书卷中，我们都应当考虑所教导的永恒真理，所叙述的历史事实，所预告的将来之事，所警示或劝导的言行举止。"① 永恒真理、历史事实、未来预告、言行警示，都是《圣经》解读要考察的对象，题中之义。同时，如上所述，在奥古斯丁看来，《圣经》中许多记载、描述除了其字面意义、历史意义，还有深刻的象征、寓意。因此，人们在解读、品味《圣经》的时候，就不能满足于字面意义、历史意义的掌握，而应该自神性的角度挖掘、剖析、揭示其深刻寓意。"在《罗马书》中，奥古斯丁发现了上帝的公义、怜悯和预定。在福音书和《约翰一书》中，他发现了对上帝的爱的强调。"② 通过对《圣经》的寓意解读，奥古斯丁认为，《圣经》中许多对人、物、事、数的表述以及一些句子都有微言大义。

第一，《圣经》中许多对人的记载、描述含有深刻的寓意，蕴含着神圣的意旨。人物不同，象征意义不同，不同人物象征不同意义，象征意义因人而异。奥古斯丁往往两两对举，阐释两种人物的不同含义。奥古斯丁经常提到亚伯拉罕的两个儿子，他与使女夏甲生的儿子以实玛利和他与妻子撒拉奉上帝之命生的儿子以撒："一个是使女生的，一个是自主之妇生的。然而那使女所生的，是按血气生的；那自主之妇人所生的，是凭着应许生的。"③ 以实玛利与以撒具有不同的象征意义："一个儿子按通常的方式出生，作为自然方式的证

① ［古罗马］奥古斯丁：《〈创世记〉字疏》（上），石敏敏译，中国社会科学出版社2018年版，第21页。

② ［英］安德鲁·诺雷斯、帕楚梅斯·潘克特：《奥古斯丁图传》，李瑞萍译，北京大学出版社2007年版，第194页。

③ ［古罗马］奥古斯丁：《上帝之城》，王晓朝译，人民出版社2006年版，第634页。

明，而另一个儿子是应许所赐，象征着上帝的恩典。一种情况显示
了通常的人类处境，另一种情况提醒我们上帝的仁慈。"① 以实玛利
象征属地之城，以撒象征属天之城。奥古斯丁还阐释了使女夏甲及
其儿子、主妇撒拉及其儿子的不同象征意义："这都是比方，那两个
妇人就是两约。一约是出于西奈山，生子为奴，乃是夏甲。这夏甲
二字是指着阿拉伯的西奈山，与现在的耶路撒冷同类，因耶路撒冷
和她的儿女都是为奴的。但那在上的耶路撒冷是自主的，她是我们
的母。"② 使女夏甲及其儿女象征现在的耶路撒冷俗城，自主妇人撒
拉及其儿子象征在上的耶路撒冷圣城，使女夏甲及其儿子象征为奴
之城，自主之妇撒拉及其儿子以撒象征自主之城。使女夏甲及其儿
子与主妇撒拉及其儿子之间的奴与主、侍奉与被侍奉、影子与光明
的关系又象征着属地之城与属天之城之间奴与主、侍奉与被侍奉、
影像与本体的关系："撒拉的使女夏甲和她生的儿子代表着形象的形
象。但是影子随着光明的到来会逝去，自主之妇撒拉象征着自主之
城，而夏甲作为影子，以另一种方式起着侍奉作用。"③ 对两位先祖
亚当与夏娃的两个儿子——长子该隐与次子亚伯，奥古斯丁也做过
类似的解读：该隐属于凡人之城，亚伯属于上帝之城；该隐是地上
公民，亚伯是地上朝圣者、天上公民；该隐是恶的和属血气的，亚
伯是善的和属灵的；该隐是卑贱的器皿，亚伯是贵重的器皿。该隐
先出生、亚伯后出生也有深意：属血气的在先而属灵的随后，地上
公民先出现而天上公民后出现，卑贱的器皿先制成而贵重的器皿后
制成。由该隐到亚伯象征个人、人类的灵魂历程：由属血气的走向

① ［古罗马］奥古斯丁：《上帝之城》，王晓朝译，人民出版社2006年版，第635—636页。
② ［古罗马］奥古斯丁：《上帝之城》，王晓朝译，人民出版社2006年版，第634页。
③ ［古罗马］奥古斯丁：《上帝之城》，王晓朝译，人民出版社2006年版，第635页。

属灵的，由凡人之城迈向上帝之城，由地上公民升为天上公民。① 这样双双并举、象征各异的例子还有以撒的两个儿子，以扫和雅各，象征着两个种族，犹太人和基督徒。约瑟的两个儿子也各有寓意：大儿子代表犹太人，小儿子代表基督徒；大儿子是按肉身的，小儿子是按信仰的。② 两种人物判然有别，志趣各异。与此相关，奥古斯丁还阐释了迥然有别的两个家系，该隐家系与塞特家系，并揭示了这两个家系的象征意义：该隐家系属于属地之城，塞特家系属于属天之城。③ 再进一步，奥古斯丁还阐释了两种国家的不同寓意：孩童为王的邦国追求今世的快乐，贵胄之子为王的邦国寻求来世的幸福；孩童为王的邦国是奴役之城，贵胄之子为王的邦国是自由之城；孩童为王的邦国是魔鬼之城，贵胄之子为王的邦国是基督之城；孩童为王的邦国是有祸之国，贵胄之子为王的邦国是有福之国。④

第二，《圣经》中一些对事物的记载、描述具有深刻的象征寓意。这里最突出的例子是奥古斯丁对挪亚方舟的寓意解读。方舟乃挪亚奉上帝之命所建，里面承载什么人、什么动物，俱由上帝决定，并且上帝旨意在为之掌舵。如此充满神性、包孕神意的方舟自然非同寻常，具有深刻的象征意义。其一，方舟体积的象征意义："方舟的尺寸，长、宽、高，象征着耶稣降世时披戴的人体。因为人从头到脚的高度是它从一侧到另一侧的宽度的六倍，是它从背部到腹部的厚度的十倍。按言之，如果你让一个人仰卧或俯卧在地上，然后测量他的身体，那么他从头到脚的长度是他从左侧到右侧的宽度的六倍，是他从地面算起的高度的十倍。这样，方舟长三百肘，宽五

---

① ［古罗马］奥古斯丁：《上帝之城》，王晓朝译，人民出版社2006年版，第633—634页。
② ［古罗马］奥古斯丁：《上帝之城》，王晓朝译，人民出版社2006年版，第753—754页。
③ ［古罗马］奥古斯丁：《上帝之城》，王晓朝译，人民出版社2006年版，第661页。
④ ［古罗马］奥古斯丁：《上帝之城》，王晓朝译，人民出版社2006年版，第807页。

十肘，高三十肘。"其二，方舟门的象征意义："方舟的门开在旁边，显然代表后来被钉十字架后被枪扎肋旁所留下的伤口，这确实是为那些进入他里面的人准备的通道入口，因为从这个伤口流出的血水就是信徒加入教会的圣礼。"其三，方木的象征意义："方木象征着圣徒生活的坚定，无论怎么转动，它都是方的，都保持稳定。"① 其四，方舟结构层次的象征意义。方舟分三层，既可以理解为"大洪水以后各民族的重建都源于挪亚的三个儿子"。也"可以认为这三个层次象征着使徒赞扬的三种美德：信、望、爱。还有，这三层甚至可以更加恰当地解释为象征着福音书所说的三次大丰收，'三十倍的，六十倍的，一百倍的'；或者解释为已婚者的贞洁占据最底层，鳏寡者的贞洁占据中间层，童贞占据最高层"②。可以说，"经上所提到的建造方舟的各种细节都是教会事物的象征"。③

除了挪亚方舟，在奥古斯丁看来，《圣经》中描述的上帝肢体也有着深刻的含义："当经上说到他的手时，那不是指有形的身体上的肢体，而是指他的创造权能。"④《圣经》中讲到的土与水，在奥古斯丁看来，同样具有不凡的意义："因为土和水这两种元素在工匠手里比其他东西更可塑，所以用这两个词非常恰当地表明事物的未成形的原质。"⑤ 一些动物在《圣经》中也具有象征意义。如山羊毛隐喻着罪："山羊毛确实起着提醒罪的作用，因为山羊被安置在左边；在认罪的时候，我们穿着山羊毛织的衣服俯伏在地，就好像我们在

---

① ［古罗马］奥古斯丁：《上帝之城》，王晓朝译，人民出版社 2006 年版，第 684 页。
② ［古罗马］奥古斯丁：《上帝之城》，王晓朝译，人民出版社 2006 年版，第 685 页。
③ ［古罗马］奥古斯丁：《上帝之城》，王晓朝译，人民出版社 2006 年版，第 684 页。
④ ［古罗马］奥古斯丁：《〈创世记〉字疏》（上），石敏敏译，中国社会科学出版社 2018 年版，第 223 页。
⑤ ［古罗马］奥古斯丁：《〈创世记〉字疏》（上），石敏敏译，中国社会科学出版社 2018 年版，第 43 页。

用诗篇的话说'我的罪常在我面前'。"① 又如，斑鸠和雏鸽象征属灵之人。②

第三，《圣经》中记载、描述的事件、事情具有深刻的寓意。奥古斯丁认为，挪亚方舟的故事就充满了象征寓意。其一，挪亚方舟象征客居于尘世的上帝之城，教会："上帝命令挪亚造方舟，他和他的家人——他的妻子，他的三个儿子和儿媳——在其中躲避大洪水的毁灭，在方舟里的还有按上帝的指示带上船的一些动物。这无疑象征着上帝之城在这个世界上客居的寓所，也就是教会。"③ 这有两层意思：一是洪水中的方舟象征尘世中的圣城，"与我们正在讲的上帝之城有关，这座客居之城在这个邪恶的世界上就像处在大洪水中一样"④。二是方舟承载的各种动物象征教会充满各种民族的人，"教会已经充满了各个民族的人，有洁净的，也有不洁净的，都被包括在教会统一的大船中"⑤。其二，挪亚方舟象征道成肉身的耶稣基督，方舟就是"上帝和人中间的中保，降世为人的基督耶稣"⑥。人通过方舟得救象征人通过基督得到救赎。

除了对挪亚方舟故事寓意解读外，奥古斯丁还谈到了《圣经》对洪水故事前后，该隐家系的记载："圣史的作者记载亚当的后裔，通过他的儿子塞特，最后想要抵达挪亚，在挪亚生活的时代发生了大洪水；然后他继续记载挪亚的后代，直到亚伯拉罕。传道人马太则从亚伯拉罕开始解释到基督为止的谱系。"⑦ 并阐释了如此记载的深刻含义："在大洪水期间，整个属地之城的种族都毁灭了。然而，

---

① [古罗马] 奥古斯丁：《上帝之城》，王晓朝译，人民出版社 2006 年版，第 673 页。
② [古罗马] 奥古斯丁：《上帝之城》，王晓朝译，人民出版社 2006 年版，第 757 页。
③ [古罗马] 奥古斯丁：《上帝之城》，王晓朝译，人民出版社 2006 年版，第 683—684 页。
④ [古罗马] 奥古斯丁：《上帝之城》，王晓朝译，人民出版社 2006 年版，第 684 页。
⑤ [古罗马] 奥古斯丁：《上帝之城》，王晓朝译，人民出版社 2006 年版，第 688—689 页。
⑥ [古罗马] 奥古斯丁：《上帝之城》，王晓朝译，人民出版社 2006 年版，第 684 页。
⑦ [古罗马] 奥古斯丁：《上帝之城》，王晓朝译，人民出版社 2006 年版，第 669—670 页。

从挪亚的子孙开始，这个属地之城的种族又开始恢复，这个按照人生活的人的社会不会完全终止，直到世界末日的到来，因为主说这个世界上的人有娶有嫁，不断地生儿育女。但是上帝之城是这个世界上的客旅，通过死后复活要走向另一个世界，它的子女不娶也不嫁。"① 在奥古斯丁看来，不仅《圣经》的事件、事情具有微言大义，同时一些细节的表述也有深意。如洗足的文字表述是教人要虚怀若谷，谦逊为美："至于洗足，由于主（Lord）推荐这个是因为它是他（He）要教导的谦卑的范例。"②

第四，《圣经》中的一些数字也具有神秘的寓意。"对于数字的无知也妨碍我们理解《圣经》里用比喻和神秘方式定下的事。"③ 在奥古斯丁看来，《圣经》这类神秘寓意的数字既有个位数，还有十位数，以及十位数以上者。

个位数方面，数字六是个典型个例。《圣经》记载上帝六天创世，奥秘在于六是个完数："上帝之所以用六天时间完成他的工恰恰因为六这个数是个完数。因此，即使这些工都不存在，这个数仍然是完全的；如果它不是完全的，这些工就不会按照这个数来完成。"④

十位数方面，有四十、十一等数字。关于数字四十的神秘寓意，摩西、以利亚（Elijah）和耶稣禁食四十天可谓典型代表："这个数字包含十个四，表示一切事物的知识，以及与时间交织的知识。"⑤

① ［古罗马］奥古斯丁：《上帝之城》，王晓朝译，人民出版社 2006 年版，第 670 页。

② St. Augustine, *The Letters of Saint Augustine*, *Bishop of Hippo Volume* Ⅰ, translated by the Rev. J. G. Cunningham, *The Works of Aurelius Augustine*, *Bishop of Hippo Volume* Ⅵ, printed by Murray and Gibb for T. & T. Clark, Edingburgh, 1872, p. 231.

③ ［古罗马］奥古斯丁：《论灵魂及其起源》，石敏敏译，中国社会科学出版社 2017 年版，第 61 页。

④ ［古罗马］奥古斯丁：《论灵魂及其起源》，石敏敏译，中国社会科学出版社 2017 年版，第 131—132 页。

⑤ ［古罗马］奥古斯丁：《论灵魂及其起源》，石敏敏译，中国社会科学出版社 2017 年版，第 61 页。

奥古斯丁分别阐释了数字四和十的象征意义。奥古斯丁首先解释了数字四的时间属性以及我们对时间的态度："因为日循环和年循环都分为四个阶段，每日都在早晨、中午、黄昏和夜晚中度过，每年都有春、夏、秋、冬四季更替。虽然我们活在时间里，但为了我们所希望的永生就必须禁止一切时间里的享乐。当然，我们也正是在时间中才得到要鄙弃时间、寻求永恒这一教训的。"接着，奥古斯丁解释了十的知识特性："数字十表示造物主和受造物的知识，因为造物主里有个三位一体，而七则表示受造物的生命和身体。生命由三部分组成，即心、魂和意，因则对神也要尽心、尽性、尽意地爱；身体则很显然是由四种元素构成的。"最后，揭示了数字四十的深刻含义："把十这个数字与时间相连放在我们面前，也就是把它乘以四，就是告诫我们要行为纯洁，不可沾染任何时间中的快乐，换言之，就是要禁食四十天。"不难看出，奥古斯丁对数字象征寓意的重视："若没有数字的知识，不知道它表示什么，就很难解释这一行为中所涉及的这个数字。"① 关于数字十一的神秘寓意，奥古斯丁列举了该隐家系十一个名字，认为数字十一含有深刻用意，象征着罪："数字十象征着律法：'十诫'这个词可以提醒我们这一事实，由于数字十一超越了十，它显然清楚地象征着对律法的过犯，因此是罪。"②

自然，《圣经》里蕴含象征意义的数字远不限于此，"圣书里还有许多其他数字和数字的联合，都是在比喻的形式上传达指示的，对这些数字的无知就往往使读者无法领会所传达的指示"。③ 约翰所

---

① ［古罗马］奥古斯丁：《论灵魂及其起源》，石敏敏译，中国社会科学出版社2017年版，第61页。

② ［古罗马］奥古斯丁：《上帝之城》，王晓朝译，人民出版社2006年版，第673页。

③ ［古罗马］奥古斯丁：《论灵魂及其起源》，石敏敏译，中国社会科学出版社2017年版，第62页。

说的数字"一千年"，在奥古斯丁看来，既可用整体来象征部分，表示世界终结前剩余的最后这个千年、具体"日子"，也"可能想用千年来表示这个世界存在的所有年代，用一个完整数来象征时间的圆满。……更加完整地表示整体"①。

　　第五，奥古斯丁认为，《圣经》中一些句子也含有深远的象征意义。《圣经》记载上帝创世时说："上帝说要有光，就有了光。上帝看光是好的。"奥古斯丁认为这句话应该理解为上帝创世的"三个伟大的真理，亦即谁创造世界，以什么方式，为什么"，即"我们若是问，谁创造了世界，回答就是'上帝'。如果我们问上帝以什么方式创造世界，回答就是上帝说要有，也就有了。如果我们问上帝为什么要创造世界，回答就是'上帝看着是好的'"②。对上帝后悔与不后悔的表述，奥古斯丁解释道："人是会后悔的，不能坚持到底，而上帝不会像人一样后悔。当我们读到经上说上帝后悔的时候，这只是表示事情的变化，而上帝的预知保持不变。因此，当经上说上帝不后悔的时候，应当理解为上帝不改变。"③ 对"上帝要它到来的时候它就会到来"，奥古斯丁解释道："这句话的意思不是说上帝会有一个前所未有的新的想法，而是说这些按时到来的事物已经在他永恒不变的意志中准备好了。"④ 对上帝之城被称作"永久的"表述，奥古斯丁先指出了两种错误的看法，一者，"不是因为它的存在延续了许多世代，但最后会在某个时候终结"；二者，"这座城也不像一棵常青树，之所以常青是由于树叶不断茂盛地生长，取代那些枯萎的落叶，这座城不会仅仅用以新代旧的方式来表现她的持久性"。在

①　［古罗马］奥古斯丁:《上帝之城》，王晓朝译，人民出版社 2006 年版，第965 页。
②　［古罗马］奥古斯丁:《上帝之城》，王晓朝译，人民出版社 2006 年版，第470 页。
③　［古罗马］奥古斯丁:《上帝之城》，王晓朝译，人民出版社 2006 年版，第781 页。
④　［古罗马］奥古斯丁:《上帝之城》，王晓朝译，人民出版社 2006 年版，第1090 页。

此基础上说出了正确的理解："这座城的所有公民都将不朽，因为凡人也将获得天使决不会丧失的不朽性。"① 对《圣经》中以基督为根基的表述，奥古斯丁解释道："如果我们注意到这个比喻本身，那么我们理解起来就要容易得多。造房子，没有比立根基更早的事了。所以，无论谁心中有基督，有基督作他的根基，就不会有属地的或暂时的事情在基督之前，哪怕这些事是合法的和允许的。"② 这样的人就能得救。对以基督为根基的人得救"乃像从火里经过的一样"，奥古斯丁解释为使人痛苦的火将会烧毁一切尘世的快乐和属地的爱，也会驱除其他灾难。③

　　以上对《圣经》的神性解读构成了奥古斯丁对上帝之作神性解读的主体部分。除此之外，奥古斯丁还对上帝创造的宇宙之作、自然之作进行了解读。这也是奥古斯丁神性解读上帝之作的题中之义。针对自然界野兽互相伤害的现象，奥古斯丁阐释道，低级造物只为保全易朽的肉体、物质生命而挣扎，人则务须为不朽的灵魂、精神生命而求索："低级造物中进行的这种生存竞争只是为了告诫人，为了人自己的好，要让他明白他必须坚决地为属灵而永恒的生命而斗争，这是使他高于所有野兽的地方。因为人可以看到，所有的动物，从巨型的大象到微小的虫子，它们都在尽最大努力，或者通过攻击性行为，或者通过小心避让，来保护自己短暂的物质性生命，因为他们处于造物界的低级区域，所以得赐这样的生命。"④ 上帝创造彼此争斗、保全属体生命的低级动物，就是提醒和告诫人不能停留于肉体生命的维护中，不可止步于物质生命的享受上，而应有更高的

---

① ［古罗马］奥古斯丁：《上帝之城》，王晓朝译，人民出版社 2006 年版，第 1087 页。
② ［古罗马］奥古斯丁：《上帝之城》，王晓朝译，人民出版社 2006 年版，第 1075 页。
③ ［古罗马］奥古斯丁：《上帝之城》，王晓朝译，人民出版社 2006 年版，第 1076 页。
④ ［古罗马］奥古斯丁：《〈创世记〉字疏》（上），石敏敏译，中国社会科学出版社 2018 年版，第 108 页。

追求，去追求那崇高、属灵的不朽存在。

同时，奥古斯丁认为，品读上帝宇宙天作，须领略、品味、阐释其精妙、深意、魅力，充分领略、解析上帝之作的本性："当我们对上帝创造的一切本性进行沉思的时候，上帝就受到了赞美。"① 原因是，处于各种事物中的一切本性都在荣耀上帝："它们依照它们所得到的尺度保存它们自身的存在。那些没有得到永恒存在的事物是变化的，变好或变坏，以此侍奉那些置于造物主的律法之下的事物的目的和运动。这样，它们在神圣的旨意中趋向于那个被包含在宇宙运作的一般图式之中的目的，尽管可变可朽的事物由于腐败而会最终消失，但不会仅仅由于它们的不存在而阻碍它们产生预定要它们产生的结果。"② 一切作品因上帝至善而本性善，都保留着各自的种属特性与内在的和谐，各处于适当位置，听命于上帝的神圣旨意，服从于上帝匠心的统一安排。"我们若是谨慎地关注这件事，那么我们将会看到，甚至连尘世事物的过失也和它们的最初本性相一致，这样的过失既非有意志的行为，亦非惩罚。"③ 奥古斯丁以火为例，阐释了上帝之作的本性善："还有什么能比熊熊燃烧的、耀眼的、光芒四射的烈火更加美丽？还有什么能比烈火更能用来加热、驱寒、烹饪，即使没有任何东西比火更具有毁灭性，会把一切都烧个精光？"④ 充分赏识、解读上帝之作的本性，能够真正、充分、深刻感受、领略、把握上帝之作的价值与魅力。

如果不认知、解析、领略存在之本性，而将人的好恶、诉求置诸上帝之作，就无法真正领略、理解上帝之作的魅力。"我们一定不

---

① ［古罗马］奥古斯丁：《上帝之城》，王晓朝译，人民出版社2006年版，第499页。
② ［古罗马］奥古斯丁：《上帝之城》，王晓朝译，人民出版社2006年版，第498—499页。
③ ［古罗马］奥古斯丁：《上帝之城》，王晓朝译，人民出版社2006年版，第497页。
④ ［古罗马］奥古斯丁：《上帝之城》，王晓朝译，人民出版社2006年版，第498页。

要听从那些赞扬火的光而谴责它的热的人，他们在思考火的时候不是按照它的本性力量，而是按照他们自己的舒适与否。他们希望看，但不希望被烧焦，他们没有注意到使他们感到喜悦的光会因其不适用性而伤害虚弱的眼睛，而使他们感到舒适的热却使不在少数的动物去寻找对健康生活更加适合的环境。"① 因而在欣赏上帝之作时，不能纯以人的感受、好恶、趣味、诉求来看待、苛求上帝的作品："我们不能按照是否给我们带来麻烦而谴责任何存在者。"② 不能用对人有益与否的眼光来看待上帝之作，而应站在上帝作品、上帝智慧的角度来欣赏，要从整体视野来观赏上帝作品、上帝智慧、上帝匠心。更不能用人可变的、狭隘的理智尺度来衡量永恒不变的神圣心灵，不能以人的理智来认识、解读、妄猜至高至大至美至善上帝的艺术匠心、创造智慧。针对有些人相信上帝所做的工循环往返、周而复始的看法，奥古斯丁批评道："无论有什么新事物在他们面前出现，完成（他们的心灵是可变的），他们都得出结论说上帝也是这样的，因此这样的比较不是与神比较，因为他们不能明白神，而是在与他们自己比较，他们不是在与上帝比较，而是在与他们自己比较。而在我们看来，我们不敢相信上帝在工作时受一种方式的影响，而在安息时受另一种方式的影响。说上帝受影响确实完全是对语言的滥用，因为这种说法蕴涵着会有某些东西进入上帝的本性，而这些东西是他以前所不具有的。"事实上，"他能够在一个（并非新的）永久的设计中开始一项新工作，对于他先前没有创造的东西，他不会由于对他先前的设计感到后悔而开始创造它"。③

这样的话，如果不从人的有限的理智出发，不从人的得失出发，

① ［古罗马］奥古斯丁：《上帝之城》，王晓朝译，人民出版社2006年版，第498页。
② ［古罗马］奥古斯丁：《上帝之城》，王晓朝译，人民出版社2006年版，第499页。
③ ［古罗马］奥古斯丁：《上帝之城》，王晓朝译，人民出版社2006年版，第521页。

而从作品的本性阐释、解读，人就能遥思上帝，飞向天国，贴近圣灵："若不从我们舒服不舒服的角度来看，而是就它们的本性而言，那么这些被造物是在荣耀它们的创造者。"①　"即使是事物的本性使人不乐，就像经常发生的事情那样，许多事物的本性对人有害，但我们也不能因此而否定上帝是它们的创造主。"②　同时，人从存在的本性来考察、赏识、领略上帝之作，人的心胸就会变得开阔、博大、达观，包容万象，"甚至连永恒之火的本性无疑也是值得赞扬的，哪怕它是对那些不虔诚者的惩罚。……我们看到，同一样事物若以一种方式运用是有害的，但若恰当地加以使用则是最有益的"③。

需要指出的是，奥古斯丁自神性，尤其是自宗教信仰角度解读古希伯来文化典籍《圣经》的内在意义似存在无法避免的局限和明显的误区。奥古斯丁认为，《圣经》的表达方式或写作风格包括历史叙述和寓意解释："《创世记》的写作风格不是适用寓意解释的文学风格，就如《雅歌》那样；它自始至终都采用历史叙述的写作风格，就如《列王记》和其他同类作品那样。"④　在他看来，《创世记》《列王记》等作品的写作风格是历史叙述，《雅歌》等作品为寓意解释。不难看出，他这样划分《圣经》的表达方式、行文风格，完全是以其上帝神性、宗教信仰为标准为旨归的，把符合，至少不违悖其神性、信仰的作品称为历史叙述；将不符合，乃至有悖其神性、信仰的作品归结为寓意解释。奥古斯丁之所以把《雅歌》等作品的表达方式界定为寓意表述，个中缘由不难明白：仅仅从字面解读其意义，很难或无法直接与他推崇的神性、笃守的信仰挂起钩来，如果从象

①　［古罗马］奥古斯丁：《上帝之城》，王晓朝译，人民出版社 2006 年版，第 498 页。
②　［古罗马］奥古斯丁：《上帝之城》，王晓朝译，人民出版社 2006 年版，第 497 页。
③　［古罗马］奥古斯丁：《上帝之城》，王晓朝译，人民出版社 2006 年版，第 498 页。
④　［古罗马］奥古斯丁：《〈创世记〉字疏》（下），石敏敏译，中国社会科学出版社 2018 年版，第 40 页。

征、比喻的层面来解读其意义，就可以阐释出符合、支撑其神性、大公教信仰的深层寓意、象征意义："如果在上帝的话里，或者在某个受召担当先知之人的话里，有某些东西按照字面意思理解起来会显得很荒谬，那么毫无疑问，它必须按照比喻意义理解，目的是指向另外的意思。"① 这自奥古斯丁宗教神学立场而言可以理解。但若撇开其神性视角、宗教信仰，从其他视角，如文学、文化人类学等非神性非宗教立场来审视和解读《圣经》中像《雅歌》这样的作品时，奥古斯丁的神性解经、寓意解经就有失偏颇了，即便从神性、宗教立场审视和解读《圣经》，奥古斯丁的看法和认识也并非没有可商榷之处。

笔者丝毫没有否认《圣经》的象征性、寓意性、宗教性的意思，相反认为，象征手法、寓意描写、宗教色彩正是《圣经》之为《圣经》的主要特色，只是想指出，《圣经》并不限于此、止于此，除了大量的象征、寓意、宗教意味外，还有非象征、非寓意、非宗教的表述、描写、意义。《雅歌》就是以世间青年男女之间互相爱慕、两心相悦为题材的爱情诗篇，绝少宗教色彩气息，实属世俗爱情抒情名篇："它通篇没有一点宗教意味，而以优美的词句、丰富的想象和巧妙的譬喻，细腻地描写男女恋人的美貌及其彼此慕悦、依恋和思念的感情，流溢出犹太人欢快、健康的情趣和对甜美婚姻的热烈追求。"② 如此世俗色彩重、人情意味浓的作品也不限于《雅歌》，也见于《诗篇》等作品中。这样看来，奥古斯丁将《雅歌》这样世俗性强、人性色彩强烈、人情味浓厚的作品归入寓意描写的文学风格，完全是出于其神性考虑、信仰坚守，带有明显的人为性、主观性，

---

① ［古罗马］奥古斯丁：《〈创世记〉字疏》（下），石敏敏译，中国社会科学出版社 2018 年版，第 164 页。

② 梁工主编：《基督教文学》，宗教文化出版社 2001 年版，第 15 页。

有意规避了《圣经》中这类作品的世俗性、人性、人情意蕴，强行将此类作品与其神性、信仰捆绑一起，似做了硬性、过度的拉郎配式解读，难避牵强附会、削足适履之嫌。不顾文本意义的实际情形，一味地自神性、信仰解读所有作品，并将这些作品的解读无条件地服从服务于其神性诉求、信仰宗旨，客观上把《圣经》蕴含的希伯来初民丰厚、鲜活的内蕴、意趣阉割掉了，遮蔽了《圣经》元典意义的多元性、丰厚性、复杂性，将《圣经》的多种价值取向压缩、蒸发为几条大同小异、雷同化、干巴巴的宗教信条，一定程度上疏离、违悖了作为希伯来民族"生活百科全书"的《圣经》的初心本义，有失教条化、简单化、片面化，存在误读误解之嫌。后世欧洲神学肆意曲解《圣经》中世俗性强、人性鲜明、人情浓郁的作品，恐怕奥古斯丁难辞其咎。至于奥古斯丁的解经法与后世欧洲《圣经》解读有何关联，待来日有暇做一细细探析。

对于西方神学家故意曲解《圣经》本意的过激偏执之举，学界早有人注意，并给以批评指正。林语堂作为一个基督博爱作家，深有感触："耶稣《圣经》的言情诗，也遇到和尚院的神学家曲解。最有名的是所罗门王的情歌，也有好的，也有简直是艳体诗。"但是，"在和尚院的神学，这自然不便视为猥亵文字，因为明明是旧约《圣经》的一部分，也无法考证其为赝作。所以他们另有一种说法，说这篇别有深意。这位大腿云云双奶云云的新娘子，乃指基督教会。教会是耶稣的新娘子，而耶稣即是教会的新郎官"。本是男女之间的真情挚爱却被神学家附庸风雅，曲解为耶稣与教会的神秘关系，人间之爱华丽转身为神间之爱，人性之爱登时"升华"成神性之爱，地上俗城一下子提拔到天上圣城。神学家们的想象可谓大胆，解读可谓离奇。自然，神学家们一厢情愿地附会其教义，一味封杀《圣经》的世俗意蕴、丰厚意趣的固执己见和神性谬图最终为学界慧眼所破解："到了近代，才有一般学者承认，旧约《圣经》有犹太古代的历史，哲言，诗歌，戏剧，短篇小说。"① 林语堂像国外学苑先辈一样，在家乡教堂讲道时，就曾经将《圣经·旧约》当作文学来解读："《约伯记》是犹太戏剧，《列王记》是犹太历史，《雅歌》是情歌，而《创世记》和《出埃及记》是很好的，很有趣的犹太神话和传说。"② 不止于此，林语堂还从其"近情哲学"的视角重新审视、反思、评估了西方神学教义，发现了不少荒谬迂腐矛盾之处，如上帝的矛盾："当亚当和夏娃在蜜月中吃了一只苹果时，上帝即异常大怒，罚他们的子孙世世代代的为了这一件小小的罪过而受罪，但是，当同是这班子孙将上帝的独子害死时，上帝即异常快活，将他们一起赦免。不论人们对这件事有怎样巧妙的解释，我总认为它是极不合理的。"③ 其他如耶稣为童女所生、耶稣肉体升天等说教，皆令林语堂深感不可理喻。在林语堂看来，正是神学的独断专横使得基督教走向教条、僵化，践踏、阉割、戕杀了基督教的初心本意："那些神学家这么自信，他们想他们的结论会被接受成为最后的，盖上了印装入箱子保留至永恒。我当然反抗。这些教条中有许多是不相关的，且掩蔽了基督的真理。"④ 不难想象，神学家如此误读错解，强词夺理，极易遮蔽《圣经》的丰厚意蕴、世俗意味。由此，笔者不禁萌生了比较一下奥古斯丁的解经法与林语堂的解经法、奥古斯丁的神性论与林语堂的神性说、奥古斯丁的上帝观与林语堂的上帝观

① 林语堂：《无所不谈合集》，《林语堂名著全集》（第十六卷），东北师范大学出版社1994年版，第14—15页。

② 林语堂：《林语堂自传》，《林语堂名著全集》（第十卷），东北师范大学出版社1994年版，第20页。

③ 林语堂：《生活的艺术》，《林语堂名著全集》（第二十一卷），东北师范大学出版社1994年版，第381—382页。

④ 林语堂：《从异教徒到基督徒》，《林语堂名著全集》（第十卷），东北师范大学出版社1994年版，第65页。

之间的关系等相关问题的想法，但这些问题不是本书关注的主题，待来日有暇当逐一探析。

进入 21 世纪，学界对《圣经》的研究日趋多元化。除了宗教神学研究外，还有文学、音乐、思想等诸方面的研究，还有对《圣经》研究本身不同视角的梳理与综述①。对《圣经》不同层面的研究与不同研究视角的综述，显示了《圣经》研究的多元性、广延性、开放性，也指证了《圣经》意义的多姿多彩，进一步彰显了奥古斯丁

---

① 就笔者不完全统计，21 世纪近十余年，无论《圣经》不同层面或不同领域的研究，还是《圣经》研究成果或视角的综述，均取得了可喜的收获。就前者而言，文学方面的研究成果丰硕，有的探究了《圣经》文学与宗教的关系，如彼得·S. 霍金斯、王丽的《作为文学和神圣文本的圣经》（《圣经文学研究》2017 年第 2 期）；有的探究了《圣经》的文学性，如勒兰德·莱肯的《"作为文学的圣经"在西方（英文）》（《圣经文学研究》2017 年第 2 期）；不少学者就《圣经》文学与其他民族文学的关系做了比较研究，如钟志清的《个体哀痛与民族悲悼——〈哀歌〉与〈哀郢〉的跨文化阅读》（《中国图书评论》2014 年第 9 期），杨琳的《〈红楼梦〉与〈圣经〉文学》（《文学与文化》2016 年第 3 期），匡迎辉的《〈诗经·颂〉与〈圣经·诗篇〉中美颂传统的比较研究》[《暨南学报》（哲学社会科学版）2017 年第 9 期]，王露的《浅析〈失乐园〉与〈圣经〉中撒旦形象的异同》（《中国文艺家》2017 年第 10 期）；有的探析了《圣经》中的爱情，如何艳梅的《葛蔓与美酒——〈诗经〉爱情诗与〈圣经·雅歌〉的女性想象抒情比较》[《现代语文》（学术综合版）2017 年第 5 期]；有的探究了《圣经》中的形象，如孙晓晖的《叙事学视角观照下〈圣经·以斯帖记〉中智慧女性形象探析》（《名作欣赏》2016 年第 26 期），游斌的《〈圣经〉旧约中的"阿拉伯"形象——兼论基督教与阿拉伯世界之间的文明对话》[《西北师大学报》（社会科学版）2018 年第 1 期]；有的探究了《圣经》中的智慧，如杨建的《〈圣经〉智慧观嬗变研究》（《外国文学研究》2018 年第 4 期）；有的探析了《圣经》中的审美，如马月兰的《〈圣经·雅歌〉中希伯来审美取向探析》（《中华女子学院学报》2010 年第 2 期）；有的探析了《圣经》的艺术表现，如叙事等。另外，相关文学研究在国家社科基金项目中频频亮相，也自一个侧面说明了学界对《圣经》文学的不断关注和日渐重视，如陈贻绎的"希伯来圣经文学的古代近东背景研究"（10CWW025，北京大学），杨建的"从《旧约》向《新约》的文学嬗变研究"（11BWW050，华中师范大学），张欣的"古代晚期圣徒文学研究"（18BWW074，北京师范大学）。思想方面的研究涉及道德（周忠新《圣经中的孝道思想》，《中国宗教》2010 年第 7 期）、婚姻（周忠新《圣经中的婚姻观》，《中国宗教》2013 年第 3 期）、家庭（严若望《圣经的家庭观》，《中国天主教》2018 年第 4 期）、法学（徐伟学、强昌文《〈圣经〉法哲学思想解析》，《学术界》2016 年第 8 期）、身份（罗纳德·希姆金斯、何桂娟《圣经中以色列的社会性别与身份》，《圣经文学研究》2018 年第 2 期）、生态（李超、杜丽霞《〈圣经〉生态伦理新解》，《复旦外国语言文学论丛》2016 年第 2 期）等方面。就后者而言，学界对《圣经》研究的各种视角、方法做了述评，如《圣经》文学研究、《圣经》社会科学研究、马克思主义《圣经》研究、结构主义《圣经》研究、后现代《圣经》研究、女性主义《圣经》研究等。

神性解读《圣经》不可避免的局限与偏见。可以说，奥古斯丁自神性解读《圣经》，自有其宗教神学价值与意义，很大程度上也符合《圣经》文本实际，但难避片面化、绝对化倾向。不过，历史地看，也不难理解奥古斯丁这一先哲彼时彼地的所思所为。

第五章 上帝是文艺讴歌的对象

第一节 文艺应该赞美上帝

一 文艺理应赞美上帝功德

在奥古斯丁看来，人由眼前可见之作品推知、遥思其不可见之伟大艺术家上帝，进而感叹、折服宇宙巨匠的伟大、神奇。在此基础上，奥古斯丁认为，所有的文艺作品都应该讴歌上帝的神圣、伟大："万有之创造主上帝是多么大的善啊！让每一口舌、每一思想都向他献上无以言表的赞美和荣耀吧！"[①] 这就是奥古斯丁的文艺功用神性论：一切文学艺术理应赞美上帝的完美伟大，维护上帝的神圣权威。

首先，文学艺术应该赞美上帝创世之伟大。上帝作为艺术大师从虚无中创造了世界万物："它们是由你创造，不是从你身上分出，也不是你身外先期存在之物分化而出的；它们是来自同样受造的，也就是说来自同时受你创造的原质，你不分时间的先后，把无形的原质形成万有。"[②] 宇宙万有都是上帝变无成有、化虚为实的作品。

[①] ［古罗马］奥古斯丁：《论自由意志：奥古斯丁对话录二篇》，成官泯译，上海世纪出版集团 2010 年版，第 164 页。

[②] ［古罗马］奥古斯丁：《忏悔录》，周士良译，商务印书馆 1963 年版，第 344 页。

上帝这一至高存在赋予万物以存在、本性、生命。如果上帝没有创造，那么世界将无从谈起。万事万物皆因上帝创造而存在，皆仰仗上帝神性艺术而存活。上帝是天地万象赖以显性、存在的万能作者。因此，作为上帝之作的宇宙万有理应赞颂给其存在、本性、价值的卓绝艺术大师上帝："希望你的工程歌颂你，使我们爱你，也希望我的爱你，使你所造的万类也歌颂你。"① 其中，尤令奥古斯丁，也值得文艺赞颂的是上帝对世界整然有序、和谐一致的通盘考虑和精心设计："只是万物各部分之间，有的彼此不相协调，使人认为不好，可是这些部分与另一些部分相协，便就是好，而部分本身也并无不好。况且一切不相协调的部分则与负载万物的地相配合，而地又和上面风云来去的青天相配合。"② 这是整体美大于部分美，全局美优于局部美，部分美服从服务于整体美，局部美服务于全局美的精心构思与恰当布局。在奥古斯丁看来，虽然彼岸事物优于此岸事物，天上事物高于地上事物，但彼岸事物与此岸事物相加却又大于彼岸事物，天上事物与地上事物之和又强于天上事物，亦即整个万有则超过彼岸事物，天地万象胜过天上事物。③ 正因为上帝创世艺术如此精妙、娴熟，所以文艺应该爱屋及乌，因倾慕、崇拜上帝而赞美上帝之作，即这个世界："为了上帝的缘故，把这个世界当作上帝的作品来赞扬。"④ 退一步，即便这个世界有的东西出现了问题、迷失、错误、变质、腐坏，也不能改变对创造了万有的上帝的赞美："上帝该受赞美而非指责，即便他创造了能够犯罪并落到不幸中的存在。"⑤

① ［古罗马］奥古斯丁：《忏悔录》，周士良译，商务印书馆1963年版，第344页。
② ［古罗马］奥古斯丁：《忏悔录》，周士良译，商务印书馆1963年版，第137页。
③ ［古罗马］奥古斯丁：《忏悔录》，周士良译，商务印书馆1963年版，第137页。
④ ［古罗马］奥古斯丁：《上帝之城》，王晓朝译，人民出版社2006年版，第295页。
⑤ ［古罗马］奥古斯丁：《论自由意志：奥古斯丁对话录二篇》，成官泯译，上海世纪出版集团2010年版，第147页。

同时，奥古斯丁认为，上帝值得赞美还在于上帝创造了兽类，更在于创造了高于兽类的人类，创造了高于兽性、源于神性的人性："他受到赞美也因为他创造了兽类，但人的本性即使犯了罪，也高于兽类，因为人的本性出于上帝。"①

其次，文学艺术应该赞美上帝慈爱、公正、永恒、崇高等神圣品性。《忏悔录》很大程度上明确体现了奥古斯丁的颂神思想："你的高深莫测的计划和对我们关切备至的慈爱是应得我们深思和称颂的。"上帝的这种神圣计划和慈悲为怀主要体现为对奥古斯丁的救助和再造：在上帝巧设的计谋和缜密的布局中，上帝无形的大手从未离开过奥古斯丁；上帝还通过奥古斯丁母亲莫妮卡等人教导、规劝、救助奥古斯丁。"不是你双手再造你所创造的东西，怎能使我得救呢？"② 上帝的这种神圣计划和慈悲为怀也体现为对奥古斯丁的好友阿利比乌斯的挽救："你用非常坚强而又非常慈悲的手腕把他挽救出来，教他懂得依靠你，不应该依靠自己。"③ 同时，文艺不仅要歌颂上帝的慈爱，还应该歌颂上帝的公正。在奥古斯丁看来，上帝通过他本人来治疗、救助好友阿利比乌斯受伤的灵魂，并使之恢复痊愈，彰显了上帝公正的美德。④ 上帝的公正也表现在为罪人辩护中："若我们能替罪人辩护，赞美主吧，若不能辩护，也赞美他。因罪人若能正当地得到辩护，他就不是罪人，因此，赞美主。而若罪人不可能得到辩护，他是罪人正因他离弃了主，因此，赞美主。……罪之发生是因人离弃他的真理。"⑤ 同样，文艺应该讴歌上帝的永恒、

---

① ［古罗马］奥古斯丁：《〈创世记〉字疏》（下），石敏敏译，中国社会科学出版社 2018 年版，第 33 页。

② ［古罗马］奥古斯丁：《忏悔录》，周士良译，商务印书馆 1963 年版，第 85 页。

③ ［古罗马］奥古斯丁：《忏悔录》，周士良译，商务印书馆 1963 年版，第 109 页。

④ ［古罗马］奥古斯丁：《忏悔录》，周士良译，商务印书馆 1963 年版，第 107—108 页。

⑤ ［古罗马］奥古斯丁：《论自由意志：奥古斯丁对话录二篇》，成官泯译，上海世纪出版集团 2010 年版，第 169 页。

崇高。奥古斯丁认为，不管是我们唱歌，还是听他人唱歌，声音来去不定，情绪起伏不稳，感觉转变不息，无所停靠，无所适从，无所依归，"对于不变的永恒，对于真正永恒的精神创造者，决无此种情形"。上帝于元始明了宇宙万象，知识无增无减，上帝于元始创造天地万有，行动无变无更。"谁能领会的，请他歌颂你，谁不领会，也请他歌颂你。你是多么崇高，而虚怀若谷的人却是你的居处！"①

再次，文艺应该赞美上帝之城的祥和幸福。上帝之城是由伟大艺术家上帝创建，圣徒们的灵魂神往并得以安息的神圣天上王国。作为上帝创制的作品，人及其文艺应该大赞特赞上帝这一天上杰作。上帝之城之所以值得文艺盛赞，缘由主要有：其一，这是一个充满善充满上帝，人们能自由讴歌上帝的地方："在一个没有邪恶、不缺乏善的地方，在一个我们将自由地赞美上帝的地方，在一个上帝是一切事物中的一切的地方，那该有多么幸福啊！"其二，这是一个无忧无虑，轻松自由的地方："处在一种既不会由于无所事事而停止工作，又不会在贫乏的驱使下去工作的状况，我不知道其他我们还要做什么。"② 其三，这是一个不朽、永恒、安宁、幸福的地方："当身体被造为不朽的时候，我们现在看到的有着各种功能的所有肢体和内脏都会联合起来赞美上帝，因为到了那个时候没有贫乏，只有充盈、确定、安全和永久的幸福。"其四，这是一个和谐完全实现的地方："我已经说过的所有那些身体的元素、那些现在隐秘的和谐，到那时就不再是隐秘的了。"其五，这是一个理性畅行的地方："通过整个身体的再组，内部的和外部的，与到那时候再被启示出来的其他伟大而神奇的事物相结合，它们的理性之美将赋予我们快乐，

---

① [古罗马] 奥古斯丁：《忏悔录》，周士良译，商务印书馆 1963 年版，第 275 页。
② [古罗马] 奥古斯丁：《上帝之城》，王晓朝译，人民出版社 2006 年版，第 1156 页。

将点燃我们理性的心灵，赞扬这位伟大的造物主。"①

总之，在奥古斯丁看来，文艺盛情讴歌上帝，盛赞上帝，完全由于上帝创造了美好的世界："我们要在一切事上赞美造主，这是完全正当的，因为他创造的一切都甚好。"②

二 文艺应以各种方式赞美上帝

奥古斯丁认为，文艺应该赞美上帝的功德，同时也认为，艺术应服务服从于至善上帝："想要为自己获得荣耀、荣誉和权力，好人会用良好的技艺去寻求，但不应当用美德去寻求，而应当用这些良好的技艺寻求美德。因为若不以人的最高的终极之善为目标，就不可能有真正的美德。"③ 要用良好的技艺寻求美德，终极之善是技艺追求的目的，艺术是服务于至善的工具。同时奥古斯丁批评了追求外在豪华、丢弃上帝的艺术奢侈之风：人们为了愉悦眼目，不惜动用巨资，使出浑身解数，过度修饰衣着、鞋、器具和图像等物，严重背离了简朴而实用的宗旨，远离了虔敬严肃的意义，"他们劳神外物，钻研自己的制作，心灵中却抛弃了自身的创造者，摧毁了创造者在自己身上的工程"。④ 对此，奥古斯丁提出了自己的看法，要求人们捐弃戏剧、诗歌等虚假无益的东西，畅饮《圣经》的甘甜玉液琼浆："我们要撇弃一切戏剧的、诗歌的琐碎东西，要勤勉地学习《圣经》，为我们的心灵找到吃的和喝的。"⑤ 所以，文艺应该用各种

---

① ［古罗马］奥古斯丁：《上帝之城》，王晓朝译，人民出版社 2006 年版，第 1157 页。
② ［古罗马］奥古斯丁：《〈创世记〉字疏》（下），石敏敏译，中国社会科学出版社 2018 年版，第 33 页。
③ ［古罗马］奥古斯丁：《上帝之城》，王晓朝译，人民出版社 2006 年版，第 206 页。
④ ［古罗马］奥古斯丁：《论秩序：奥古斯丁早期作品选》，石敏敏译，中国社会科学出版社 2017 年版，第 233 页。
⑤ ［古罗马］奥古斯丁：《论秩序：奥古斯丁早期作品选》，石敏敏译，中国社会科学出版社 2017 年版，第 273 页。

方式赞美上帝，服务上帝。奥古斯丁曾表明心志，要用童年时代所掌握的各种有益知识，诸如修辞、写作、阅读、数学等侍奉上帝。[①]"使我的灵魂为爱你而歌颂你，为歌颂你而向你诵说你的慈爱。"[②]

第一，上帝之作理应赞美上帝。奥古斯丁不时引用《圣经》中的诗歌来阐明，受造于上帝的各类作品，均应赞美上帝。在奥古斯丁看来，自天上到地上，宇宙万象无不应该赞美上帝。自天上而言，天使、天体、上天、天水都应赞美上帝，感恩上帝："《诗篇》中说：'你们要从天上赞美主，从高处赞美他。你们要赞美他，他的众使者；你们要赞美他，他的诸军。你们要赞美他，太阳和月亮；你们要赞美他，一切放光的星宿。你们要赞美他，天上的天和天上的水。愿它们都赞美主的名，因他一吩咐便都造成。'"[③] 自地上而言，一切蛟龙、深渊、烈火、冰雪、山脉、丘陵、果树、柏树、野兽、牲畜、虫子、鸟儿、君王、臣民、首领、法官、少年、处女、老人、儿童无不讴歌上帝的圣名。[④] 可以说，上帝创造的一切都在赞颂上帝，精神、动物、物质莫不开口称颂，一刻不停，永无沉默，歌声嘹亮，赞歌永唱。[⑤]

第二，文艺应该以布道的形式赞美上帝。教会宣讲人员的布道词应该表达对上帝的渴望、热爱、羡慕之情："他们还应当明白，上帝耳中听到的不是出自人口的言辞，而是出自灵魂的爱慕之韵。……在公众论坛上，言语之美在于声；在教会里，言语之美在于蕴含其中的渴慕之心。"[⑥] 同时，布道要注意语调的选择与正确运用。赞美上帝，

---

① ［古罗马］奥古斯丁：《忏悔录》，周士良译，商务印书馆 1963 年版，第 18 页。
② ［古罗马］奥古斯丁：《忏悔录》，周士良译，商务印书馆 1963 年版，第 76 页。
③ ［古罗马］奥古斯丁：《上帝之城》，王晓朝译，人民出版社 2006 年版，第 455 页。
④ ［古罗马］奥古斯丁：《忏悔录》，周士良译，商务印书馆 1963 年版，第 136—137 页。
⑤ ［古罗马］奥古斯丁：《忏悔录》，周士良译，商务印书馆 1963 年版，第 76 页。
⑥ ［古罗马］奥古斯丁：《论信望爱》，许一新译，生活·读书·新知三联书店 2009 年版，第 138—139 页。

要用优美、辉煌、悦耳的语言："当我们开始称颂神的时候，不论是称颂他本身，还是他的作品，人的面前就展现出一个多么需要优美而辉煌的语音的领域，只要他能竭尽全力赞美神。"① 对待偶像崇拜者，就要用强有力、威严的语调劝诫其离开邪恶："如果敬拜的不是神，或者把偶像——不论是魔鬼还是某种受造物——与他一同敬拜，或者崇拜偶像胜过拜他，那么我们就用强有力的、威严的语调说话，指明这是怎样的一种大恶，这样才能劝他们脱离这种恶。"②

第三，文艺应该以世俗喜闻乐见的方式传播主的福音。作为一代基督教神学巨擘，奥古斯丁并不完全无视、斜觑世俗文化、文艺，有时甚至能发现世俗文艺的优长、亮点，并充分运用世俗文艺形式服务于自己的传教圣业，服从于传播上帝福音的宏旨，以世俗的文艺形式书写神性内容。"他创作了一首民众喜爱的歌曲，并以此开始他的战斗。"③ 奥古斯丁以大众喜欢的民歌形式传播主的圣训，驳斥异端邪说。这一点，到了奥古斯丁中年时兴味犹浓："奥古斯丁的声音在他中年后期，尤其是在他六十岁时关于'上帝之城'那令人惊异的布道中，也具有了更为丰富的语调变化。……在这些布道中，我们开始听到非洲的歌曲。其中有街道上歌唱的一首赞美诗的'甜美的旋律'，有'小夜曲'，最为重要的是田间劳作者韵律奇特的吟唱。正是这种在乡间的吟唱，最终向奥古斯丁——这位严格信奉新柏拉图主义的主教——提供一个配得上神之完满异象的意象。"④ 从

---

① ［古罗马］奥古斯丁：《论灵魂及其起源》，石敏敏译，中国社会科学出版社2017年版，第155页。

② ［古罗马］奥古斯丁：《论灵魂及其起源》，石敏敏译，中国社会科学出版社2017年版，第155页。

③ ［美］彼得·布朗：《希波的奥古斯丁》，钱金飞、沈小龙译，中国社会科学出版社2013年版，第265页。

④ ［美］彼得·布朗：《希波的奥古斯丁》，钱金飞、沈小龙译，中国社会科学出版社2013年版，第299—300页。

中不难看出奥古斯丁借鉴世俗文艺的目的：充分利用大众喜闻乐见的民歌民谣赞美上帝的功德，让主的福音播撒天下，家喻户晓。

第四，异教的文学文化要服务服从于基督教圣业。奥古斯丁不仅对世俗的文艺没有一棍子打死，并借鉴世俗文艺形式服务于基督教传教事业，而且对古典文化，亦即基督教心目中的异教文化也没有全盘否决："异教的各种知识并不都是虚假、迷信的幻想和毫无必要地担当的重负，这些东西我们每个人在基督的引领下脱离与异教的关系之时，都当恨恶之，避免之；但它们也包含大量可以很好地适用于真理的知识，还有一些极为杰出的道德律令；甚至还能发现关于敬拜一位神的一些真理。"① 这些有益的知识被奥古斯丁视为上帝散布在外邦文化矿藏里的金子银子。毕达哥拉斯、柏拉图、维吉尔、瓦罗、普罗提诺等人，在奥古斯丁看来，就是这样的金子银子。对于这些异教文化的有益成果不能因为其出于异教文化而断然否决，对于异教文化中的上帝知识、上帝真理不可由于其出现于异教文化而盲目拒斥："我们不可以因为他们说是墨丘利发现了字母就拒不学习字母，也不能因为他们把庙宇献给公义和美德，并且更喜欢以石头的形式敬拜那些应当置于心中的东西，我们就放弃公义和美德。"② 面对异教文化中的金子银子，奥古斯丁的态度是大胆拿来，有益借鉴，只要他们说得正确，与基督教信仰一致，"我们就不仅不会回避它，还要从那些不合理地拥有它的人那里拿过来为我们所用"。借鉴的策略就是："异教徒说得正确的东西，我们必须改造成我们可用的东西。"③

---

① ［古罗马］奥古斯丁：《论灵魂及其起源》，石敏敏译，中国社会科学出版社2017年版，第84页。

② ［古罗马］奥古斯丁：《论灵魂及其起源》，石敏敏译，中国社会科学出版社2017年版，第63—64页。

③ ［古罗马］奥古斯丁：《论灵魂及其起源》，石敏敏译，中国社会科学出版社2017年版，第83页。

毕达哥拉斯学说、柏拉图主义、斐洛的上帝说与寓意解经说、普罗提诺的"太一"说都被奥古斯丁拿来，经过基督教神性过滤与改造，服务并融入其基督教神学中。

第五，文艺应以忏悔的方式赞美上帝。这是奥古斯丁独创的一种文体，不妨称之为"忏悔"文体。这尤其体现在他的那本自传性名著《忏悔录》中。"《忏悔录》的大部分内容表达了对上帝极大的赞美之情。"① 同时，这种表达方式也不限于《忏悔录》，在奥古斯丁其他卷帙浩繁的著述中，也不乏这种忏悔式的表述方式。只要涉及上帝，奥古斯丁总是以极虔诚极谦卑的口吻来表达自己对上帝的由衷赞美和深厚感恩。以忏悔的形式赞美上帝，感恩上帝成为奥古斯丁行文的一大特色、一大优势，也成为奥古斯丁文艺颂主张的一个鲜明、生动、有力的注脚。"对奥古斯丁而言，'忏悔'意味着'揭发自己，赞颂上帝'。"②

第二节　文艺绝不可亵渎神圣

一　文艺不可丑化神祇

奥古斯丁认为，一切文艺都应该赞美、讴歌上帝的至善、至真、至美，而不能丑化、歪曲、诋毁至高至大的上帝。然而，奥古斯丁看到的现状却并不如意："在公开场合，不洁的污言秽语伴随着掌声充斥着民众的耳朵，而在私下场合，对那少数圣洁的听众谈论假冒的贞洁；公开的剧场里演出可耻的东西，而值得赞扬的东西却被隐

---

① ［英］安德鲁·诺雷斯、帕楚梅斯·潘克特：《奥古斯丁图传》，李瑞萍译，北京大学出版社 2007 年版，第 158 页。

② ［美］彼得·布朗：《希波的奥古斯丁》，钱金飞、沈小龙译，中国社会科学出版社 2013 年版，第 195 页。

藏在幕后；光荣被隐匿，而可耻被宣扬；邪恶的演出引来众人观赏，而合乎美德的演说却难以找到听众，就好像荒淫值得吹嘘，而纯洁要受到嘲笑一样。"① 颠倒黑白、混淆是非、掩盖真理、歪曲神灵的文艺创作、戏剧表演、祭神仪式严重影响着文艺颂神功能、作用的发挥，严重影响着上帝之道的传播与弘扬。对此，奥古斯丁站在维护上帝神性的角度，彻底批驳了丑化、歪曲神灵的虚假、邪恶的文艺现象。

首先，奥古斯丁历数了文艺丑化神祇的具体表现。在奥古斯丁看来，丑化神祇的恶劣行径主要集中在当时的诗人、演员、祭司的创作、表演与活动中，亦即诗歌、戏剧、祭祀中。其中典型的例子是丑化朱庇特，把朱庇特描写为淫荡的神灵，"最下流的演员把朱庇特当作贞洁的剥夺者来庆贺，由此讨得朱庇特的欢心"②。朱庇特随时随地引诱、奸污人间女子，如曾化为一阵金雨与达那厄交合。不止于此，朱庇特还化作鹰将俊美男童该尼墨得斯掳去作为情人。诸神之父朱庇特好色、淫荡如此，其他神祇在这些诗人、演员、祭司的创作、表演、祭祀中也好不到哪里，如维纳斯荒淫无耻，墨丘利盗窃成性，萨图恩阉割父亲、吞食残杀子女，伊阿诺斯肢体多余，等等。这些文艺作品最令奥古斯丁恶心的是大母神福罗拉（Flora）的邪恶无比："大母神超过了她的所有子女，不过不在于神性的伟大，而在于邪恶。……大母神要使男人失去生殖器。……这位诸神的伟大母亲把阉人带到罗马人的神庙中来，保存了这种野蛮的风俗，相信通过阉割他们的男子可以增强罗马人的力量。"这种残忍凶狠令其子女相形见绌："朱庇特到处播撒荒淫的种子也比不上这种事令人厌恶。""与这种邪恶相比，

---

① ［古罗马］奥古斯丁：《上帝之城》，王晓朝译，人民出版社 2006 年版，第 86 页。
② ［古罗马］奥古斯丁：《上帝之城》，王晓朝译，人民出版社 2006 年版，第 172 页。

墨丘利的盗窃、维纳斯的荒淫、其他神灵的不道德和邪恶行径又能算得了什么?"① 这些文艺作品中出现的诸神,从长辈到晚辈,从众神之主到一般神祇,莫不淫荡、邪恶、凶狠、残忍,不是色情狂、便是偷盗狂,不是虐待狂、便是杀人狂,其行径令人发指,毛骨悚然。

其次,奥古斯丁剖析了文艺丑化神祇的原因。奥古斯丁认为,这些诗歌、戏剧、祭祀之所以把诸神描述为淫荡、凶残、邪恶、自私的神灵,原因有两方面。一方面,与诸神有关。古罗马诸神,在奥古斯丁眼中是不负责任、不公正、自私、野蛮的存在者,奥古斯丁称之为邪恶的精灵、魔鬼、恶灵。当时诗歌、戏剧、祭祀对诸神的丑化,与奥古斯丁对诸神的这一认识分不开。表演这些残忍、低俗的东西,乃是诸神的意志:"这些以诗人的虚构为主要吸引力的娱乐并非是由罗马人无知的忠心引入的诸神的庆典,而是诸神本身颁下的紧急命令,告诫罗马人举行这些仪式和庆典来荣耀诸神。"② 诸神喜欢人间献祭给他们的粗俗、放荡、罪恶的表演活动,因为他们本身就是如此放荡、疯狂、凶狠,没有理性,这种粗俗、恶劣的表演颇合他们的脾胃,贴近他们的本性。粗俗、疯狂、邪恶的表演与诸神粗俗、疯狂、凶残的嗜好臭气相投。故 "这些恶灵下令要人们把那些戏剧表演奉献给他们"③。另一方面,更与人的创作与欣赏有关。自创作而言,"人的心机虚构了这些故事,从包含着历史事实的历史记载中取出某些事情,再添上对神祇的诬蔑。……国王坦塔罗斯犯下的罪行在故事中被归于朱庇特"④。诗人歪曲污蔑神祇的用意,是故意把人们心里想要做的事托付于诸神身上:"在这些娱乐中,诗

---

① [古罗马] 奥古斯丁:《上帝之城》,王晓朝译,人民出版社2006年版,第294—295页。
② [古罗马] 奥古斯丁:《上帝之城》,王晓朝译,人民出版社2006年版,第57—58页。
③ [古罗马] 奥古斯丁:《上帝之城》,王晓朝译,人民出版社2006年版,第84页。
④ [古罗马] 奥古斯丁:《上帝之城》,王晓朝译,人民出版社2006年版,第828页。

人的创作和戏剧表演把这样的罪行归于诸神，这样每个人都可以放心地模仿他们，无论他相信诸神真的做过这些事，或是不相信这一点，而是明白这是人们在把自己最渴望的事情归到诸神头上。"① 借着诸神所作所为表达了人的邪恶意愿，凭着诸神的地位权柄首肯了人的罪恶追求。自欣赏而言，人们对于祭神的邪恶表演同神一样，津津乐道，乐此不疲："尽管很难相信，他们创作这些表现他们的神灵所犯罪行的戏剧是为了荣耀这些神灵，但是到底是谁在心甘情愿地在他们的剧场里观看诸神的罪行？"② 自然是"人们确实欢乐地拥抱了这些故事"③。观看诸神的罪行表演满足了人们的邪恶欲望，人的放荡、疯狂、凶狠诉求借助诸神罪行表演如愿以偿。"人们看到诸神在做这些事的时候兴高采烈，因此相信神灵不仅希望表演这些事，而且希望观众们进行模仿。"④ 可以说，自创作到表演，自表演到观赏，人把自己的邪恶欲望投射到诸神身上，目的是满足、肯定自己的罪恶欲望。"无论是谁发明了这样的故事，无论是事实还是虚构，或是把别人的事情转嫁到朱庇特身上，如果人心中没有某种程度的邪恶是不可能去这样描述的，因为他们相信人们会耐心地忍受这样的谎言。"⑤

再次，奥古斯丁揭示了文艺丑化神灵的虚假与罪恶。奥古斯丁认为，诗人出于阴暗、卑鄙的心理刻画的诸神，自然严重地歪曲了神的光辉形象："如果诗人错误地表现朱庇特，把他说成是通奸犯，那么可以期待贞洁的诸神会对这样邪恶的虚构表示愤怒，并且进行报复，而不会鼓励这样做。"⑥ 自然，"由于用这种表演向这样

---

① ［古罗马］奥古斯丁：《上帝之城》，王晓朝译，人民出版社2006年版，第84—85页。
② ［古罗马］奥古斯丁：《上帝之城》，王晓朝译，人民出版社2006年版，第153页。
③ ［古罗马］奥古斯丁：《上帝之城》，王晓朝译，人民出版社2006年版，第829页。
④ ［古罗马］奥古斯丁：《上帝之城》，王晓朝译，人民出版社2006年版，第88页。
⑤ ［古罗马］奥古斯丁：《上帝之城》，王晓朝译，人民出版社2006年版，第828—829页。
⑥ ［古罗马］奥古斯丁：《上帝之城》，王晓朝译，人民出版社2006年版，第58页。

的神灵祈求帮助，这种祈求是荒唐的、不洁的、鲁莽的、邪恶的、肮脏的"①。与此相关，舞台上阉人、性反常者、妓女的畸形合唱表演"也是邪恶的、无耻的，好人一定不会去作这样的表演"②。这样的下流表演不"可以拿来与我们在教会里阅读、谈论和聆听的事情，或者与我们献给真神的东西做一比较"③。同时，这样的表演不可能全心全意全情侍奉上帝："当他们把真神与其他并非诸神的神祇一并加以崇拜的时候，当他们把仅归于一神的祭祀献给这些所谓的神祇的时候，他们肯定不会真正地侍奉他。"④ 可以说，邪恶的表演虚构、编造诸神的罪行违背任何宗教感情："对诸神的罪行作这样的虚构的、欺骗性的解释不符合任何宗教情感。"⑤

诸神这副模样、这副德性，在奥古斯丁看来，主要是诗人的恶意杜撰。"他们把诸神说成是相互战斗的，用可耻的行为诬蔑他们。"⑥ 不止于此，"诗人们还虚构说，这些事情对诸神来说是可以接受的"。⑦ 甚至，诗人将上帝的作品——凡人故意拔高、神化为诸神："他们涉及的诸神有些只不过是凡人，……国王阿塔玛斯之妻伊诺和她的儿子美利凯尔特志愿投海身亡，人们把他们提升到诸神的地位。"⑧ 奥古斯丁认为，如此捏造神灵，如此编排神灵，纯属诗人一派胡言："这是魔鬼的供认和恶人的欺骗。"对诗人的不负责任、险恶用心，奥古斯丁主张："我们应当驳斥撰写和吟诵这些诗歌的诗人，指责他们的无耻和荒谬。"⑨ "应该严厉惩罚胆敢讲这种

① ［古罗马］奥古斯丁：《上帝之城》，王晓朝译，人民出版社2006年版，第88页。
② ［古罗马］奥古斯丁：《上帝之城》，王晓朝译，人民出版社2006年版，第250页。
③ ［古罗马］奥古斯丁：《上帝之城》，王晓朝译，人民出版社2006年版，第942页。
④ ［古罗马］奥古斯丁：《上帝之城》，王晓朝译，人民出版社2006年版，第830页。
⑤ ［古罗马］奥古斯丁：《上帝之城》，王晓朝译，人民出版社2006年版，第88页。
⑥ ［古罗马］奥古斯丁：《上帝之城》，王晓朝译，人民出版社2006年版，第85页。
⑦ ［古罗马］奥古斯丁：《上帝之城》，王晓朝译，人民出版社2006年版，第295页。
⑧ ［古罗马］奥古斯丁：《上帝之城》，王晓朝译，人民出版社2006年版，第829—830页。
⑨ ［古罗马］奥古斯丁：《上帝之城》，王晓朝译，人民出版社2006年版，第295页。

事情的人。"① 并且要求人们应该像柏拉图那样，坚决永远放逐诗人："在此我们难道还不应当把棕榈枝奖给一位希腊人柏拉图吗？在建构他的理想国时，他明白应当从城邦中把诗人当作国家的敌人驱逐出去。"② 奥古斯丁认为，想要从理想国中驱逐诗人的柏拉图远远胜过那些想要在戏剧表演中得到荣耀的神灵。

二 文艺不可毒化心灵

奥古斯丁认为，文艺不可丑化神灵。同时，奥古斯丁也认为，文艺不可毒化上帝的作品——人，尤其是人的心灵。毒化人的心灵，实际上是在破坏上帝的创世之工，亵渎上帝的神性艺术。在这一点上，奥古斯丁很赞赏柏拉图对诗人的态度："他不能容忍把诸神拎出来加以羞辱，也不能容忍公民的心灵被诗人的虚构弄得扭曲和痴迷。"③ 由上所述，不难看出，奥古斯丁是有感而发、切中时弊的。诗人虚构的诸神形象不仅歪曲了神灵的本来面目，而且"用一种更加严重的疾病毒害他们的崇拜者的道德。这些神灵在这种毒害中找到了极大的快乐，因为它使人的心灵愚昧，好比陷入黑暗，又用这样愚蠢的丑恶使人的心灵失去尊严"④。丑化神灵的文艺污染着人的精神，毒害着人的灵魂："魔鬼允许人们把诸神的罪恶公之于世是一种害人的伎俩"⑤，"极大地助长了公共秩序的颠覆"⑥。

首先，奥古斯丁批判了世俗文艺诱发感伤病、哀怜癖等罪恶情欲。奥古斯丁以身说法，追叙自己早年沉迷世俗文学，任凭感伤、哀怜、

---

① ［古罗马］奥古斯丁：《上帝之城》，王晓朝译，人民出版社 2006 年版，第 829 页。
② ［古罗马］奥古斯丁：《上帝之城》，王晓朝译，人民出版社 2006 年版，第 64 页。
③ ［古罗马］奥古斯丁：《上帝之城》，王晓朝译，人民出版社 2006 年版，第 64 页。
④ ［古罗马］奥古斯丁：《上帝之城》，王晓朝译，人民出版社 2007 年版，第 45 页。
⑤ ［古罗马］奥古斯丁：《上帝之城》，王晓朝译，人民出版社 2007 年版，第 59 页。
⑥ ［古罗马］奥古斯丁：《上帝之城》，王晓朝译，人民出版社 2007 年版，第 87 页。

同情泛滥。当时奥古斯丁贪恋悲情的刺激，追寻感伤的引诱；剧中人物的不幸遭遇表演得愈加逼真，愈能引发奥古斯丁的兴趣，哭得泪雨滂沱，越能称心如意。① 在此基础上，奥古斯丁剖析了这种感情的虚伪、自私。此乃不以别人的痛苦为痛苦，反而拿别人的痛苦来取乐，属于见不得人的阴暗变态，"一人自身受苦，人们说他不幸；如果同情别人的痛苦，便说这人有恻隐之心"②。岂非咄咄怪事？这是拿别人的痛苦来娱乐的幸灾乐祸的罪恶侥幸心理，同时又是不愿遭受真正痛苦，只在心里过一把瘾，不负责任的自私心理："我从此时起爱好痛苦，但又并不爱深入我内心的痛苦——因为我并不真正愿意身受所看的种种。"③ 奥古斯丁自觉远离了上帝之道，误入了尘世歧途，远离了上帝之城，坠入了地上之城，背弃了神性，贴近了人性："我背弃了你，却去追逐着受造物中最不堪的东西。"④ 由此奥古斯丁痛斥自己为一头不幸的牲口，"染上了可耻的、龌龊不堪的疥疮"⑤。患了严重的感伤病、哀怜癖，既损伤理智，糟践理性，又背离上帝，远离神性。

世俗文艺除了诱发人们的感伤病、哀怜癖，在奥古斯丁看来，还挑逗人们的淫欲。淫妇们献祭给处女身的场面宏大的荒淫仪式表演使得看过表演的妇女变得愈加乖巧，即使较谨慎的妇女也抵不过这种放荡荒唐的表演，不觉中沾上邪恶的习气。荒淫的表演引诱人们走向淫乱，既毒害演员，又坑害观众。而且，这种表演不是在家中，隐蔽、私下的场合发生，而是在公共场所，光天化日、众目睽睽之下发生，"这种荒淫就会成为一门公开的课程"⑥。其危害更大

---

① ［古罗马］奥古斯丁：《忏悔录》，周士良译，商务印书馆2016年版，第39页。
② ［古罗马］奥古斯丁：《忏悔录》，周士良译，商务印书馆2016年版，第38页。
③ ［古罗马］奥古斯丁：《忏悔录》，周士良译，商务印书馆2016年版，第39页。
④ ［古罗马］奥古斯丁：《忏悔录》，周士良译，商务印书馆2016年版，第16页。
⑤ ［古罗马］奥古斯丁：《忏悔录》，周士良译，商务印书馆2016年版，第39页。
⑥ ［古罗马］奥古斯丁：《上帝之城》，王晓朝译，人民出版社2007年版，第87页。

更严重更恶劣。

其次，奥古斯丁批判了邪恶文艺培植错误观念的罪恶。奥古斯丁认为，世俗渎神文艺在毒化人的感情之际，也毒化了人的思想，培植了错误、邪恶的观念。其一是诸神罪恶论，即天上神灵无恶不作，放荡不羁，荒淫无耻。朱庇特之淫荡、大母神福罗拉之凶残，即为典型事例。其二是情欲无罪论。这主要表现为二：一个是哀伤无罪论，认为人们同情作品中人物的悲惨遭遇，任自己伤心之泪流淌，是自然而然、无可厚非的。奥古斯丁看到，戏剧从不鼓励看客助人为乐，只是一味刺激、挑逗他们的哀怜心，使观众伤心落泪。而观众"假如能感到回肠荡气，便看得津津有味，自觉高兴"①。奥古斯丁早年曾经视伤心故事为更有价值、更正经的文学，将有害的书当作最宝贵的作品。一个是淫欲无罪论，认为人们像神一样，放纵情欲、满足私欲无须感到为难害羞："我们看不到有演员对此感到可耻而面红耳赤，也没有演员感到有贞洁方面的重负，各种荒淫的仪式都作了充分的表演。"② 观看荒淫表演的妇女们更不敢大胆的以贞洁之心谴责这种荒淫的仪式表演。其三是虚荣无错论，认为追逐尘世间的虚名，求得他人的肯定、认可、赞美、追捧是无可指责的。奥古斯丁早年曾以随波逐浪为荣，喜欢游戏，朗读这样的文字如醉如痴，神魂颠倒，因喜听虚构的故事而受到喝彩："我朗诵时，听到极盛的喝彩声，胜过其他许多同学和竞赛者。"③ 还有，用招待看戏的人这种豪举来增加声望，甚至以打架胜了别人而自豪。其四是欺骗无罪论，认为撒谎、瞒哄，甚至作弊是无须指责的。奥古斯丁以身说法，追叙自己早年曾在胡闹欺骗中游刃有余。当时奥古斯丁沉

---

① ［古罗马］奥古斯丁：《忏悔录》，周士良译，商务印书馆 1963 年版，第 38 页。
② ［古罗马］奥古斯丁：《上帝之城》，王晓朝译，人民出版社 2006 年版，第 87 页。
③ ［古罗马］奥古斯丁：《忏悔录》，周士良译，商务印书馆 1963 年版，第 20 页。

溺于嬉闹，打架斗殴，游街乱窜，照猫画虎搬演戏剧，谎言连篇，欺骗老师、亲人，"我甚至挟持了求胜的虚荣心，往往占夺了欺骗的胜利"。① 其五是名声无谓论，既然诸神都不洁爱自重，人也无须爱护自己的名声："神灵自身都不希望他们的名声得到维护的时候，要维护那些城邦的领导人和普通公民的好名声显然是太狂妄了。"②

再次，奥古斯丁批判了邪恶文艺催发模仿罪恶的危害。在奥古斯丁看来，邪恶文艺不仅毒化人的感情，误导人的思想，而且诱发人们模仿诸神作恶："人们看到诸神在做这些事的时候兴高采烈，因此相信神灵不仅希望表演这些事，而且希望观众们进行模仿。"③ 人们这样做的理由是，既然神都如此寻欢作乐，人何必故步自封呢？荷马胡编乱造，把神写成坏事做绝的人，使人误以为"人犯罪作恶，不以为仿效坏人，而自以为取法于天上神灵"④。作者举例说，泰伦斯作品中那个年轻无赖，正是在看到一幅描写朱庇特化作金雨诱奸达那厄的壁画后想入非非，干那放胆风流勾当的。我们不无理由推测，奥古斯丁年轻时追逐沉迷肉欲，除了青春年少，还应当与他阅读异教文学，耳濡目染其中诸神情欲描写不无关系："我被充满着我的悲惨生活的写照和燃炽我欲火的炉灶一般的戏剧所攫取了。"⑤ 异教文学除了诱导人模仿诸神的淫乱生活，在奥古斯丁看来，还诱导人们模仿诸神的说话口吻，随意续写诸神的荒唐故事。奥古斯丁早年曾被老师命题作文，续写朱诺因没能"阻止特洛伊人的国王进入意大利"的愤怒痛苦之言。奥古斯丁情知朱诺从未说过诸如此类的

---

① ［古罗马］奥古斯丁：《忏悔录》，周士良译，商务印书馆1963年版，第22—23页。
② ［古罗马］奥古斯丁：《上帝之城》，王晓朝译，人民出版社2006年版，第59页。
③ ［古罗马］奥古斯丁：《上帝之城》，王晓朝译，人民出版社2006年版，第88页。
④ ［古罗马］奥古斯丁：《忏悔录》，周士良译，商务印书馆1963年版，第19页。
⑤ ［古罗马］奥古斯丁：《忏悔录》，周士良译，商务印书馆1963年版，第38页。

话，但也只好胡思乱想，依样画葫芦，随意铺陈。①

总而言之，奥古斯丁认为，异教文学极度丑化、歪曲、亵渎了神圣，无论从感情方面还是从思想方面，还是从行为方面，都严重毒化了人的心灵，玷污了人的精神，"既可称作无耻的残忍，又可称作残忍的无耻"。② 为早年接受这样的邪恶文艺深感后悔、耻辱："我童年时爱这种荒诞不经的文字过于有用的知识，真是罪过。"③

不难看出，奥古斯丁自基督教神性立场，出于维护其上帝至尊权威的目的，在批判古希腊罗马所谓异教文学亵渎神圣、毒化心灵的罪恶时，像他批判所谓异教神的邪恶一样，存在片面、偏激的地方。不过，奥古斯丁对古希腊罗马文学，尤其是对古罗马文学的批判也绝非空穴来风，一定程度上指出了古罗马文学纵欲堕落的现实："罗马戏剧的衰亡有其历史必然性，帝国末期的罗马舞台上，性行为当众表演，名副其实的处决囚徒成为情节的组成部分。当一种艺术堕落为如此猥亵且血腥的官能之乐，其最终命运是可想而知的，教会的禁令不过是加速它覆灭的一个外部动力而已。由此看来奥古斯丁对世俗戏剧的深恶痛绝，也绝非无的放矢。"④

崇尚上帝在文艺功用中的地位和意义，推重文艺功用中的神性价值，是奥古斯丁文艺功用思想的鲜明倾向和主要特征。上帝或神性在奥古斯丁文艺功用论中占据显赫地位和无比优势，是奥古斯丁文艺功用论的至圣鹄的和最后旨归。奥古斯丁文艺功用论之所以具有如此显要而突出的神性特色，乃奥古斯丁的神性思想所驱使，奥古斯丁的神性思想为其文艺功用论铺就了思想地基。奥古斯丁文艺

① ［古罗马］奥古斯丁：《忏悔录》，周士良译，商务印书馆1963年版，第20页。

② ［古罗马］奥古斯丁：《上帝之城》，王晓朝译，人民出版社2006年版，第57页。

③ ［古罗马］奥古斯丁：《忏悔录》，周士良译，商务印书馆1963年版，第17页。

④ 陆扬：《中世纪文艺复兴美学》，蒋孔阳、朱立元主编：《西方美学通史》第二卷，上海文艺出版社1999年版，第129页。

功用论在其神性思想裹挟、捆绑、牵引下走向神性，乃事属必然。
当奥古斯丁由神性立场审视、谈论文艺功用诸现象诸问题时，奥古
斯丁关于文艺功用的思考、认识与阐述自会充满浓郁的神性格调，
染上浓郁的神性色彩。

第六章　上帝是至高美

第一节　美在上帝

一　上帝是美之源

在奥古斯丁看来，上帝作为伟大艺术匠师，不仅创造了其宏天巨制宇宙万象，令属地之人竞折腰，叹为观止，且歌且颂，而且上帝本身即为美："三位一体是万有的源头，最完美的美，全然至乐的喜乐。"① 对此，学界早有认识："在奥古斯丁看来，神本身就是美，是纯粹的美，是活的韵律，纯粹的精神形式。"② 上帝或神作为美本身，在奥古斯丁看来，意义丰富。其一，上帝是至高美，美之至尊，是最完美的美："万有中最美善的，万有的创造者，我的至善，我真正的至宝。"③ 与至美上帝相比，万物自会相形见绌、黯然失色："通过与她比较，所有事物都是丑的。"④ 其二，上帝的美与善和真是合而为一的。上帝既是至美，又是至善，至善与至美通融一体，

---

① ［古罗马］奥古斯丁：《论三位一体》，周伟驰译，商务印书馆 2005 年版，第 200 页。
② ［苏］М·Ф. 奥夫相尼科夫：《美学思想史》，吴安迪译，陕西人民出版社 1986 年版，第 64 页。
③ ［古罗马］奥古斯丁：《忏悔录》，周士良译，商务印书馆 1963 年版，第 32 页。
④ ［古罗马］奥古斯丁：《论秩序：奥古斯丁早期作品选》，石敏敏译，中国社会科学出版社 2017 年版，第 134 页。

尊为上帝："你是善、是美，在你、靠你、由你，一切善和美才成为善和美。"① 关于上帝的美善联姻，波兰美学家塔塔科维兹也曾指出："奥古斯丁使用了'完善'一词，但他所要表达的意思中显然包含了美。"② 自然，在奥古斯丁看来，上帝的至美与至真也是合为一体的："唯一的上帝啊，你是唯一、永恒、真实的实体。"③ 上帝既美，且善，又真，上帝是真、善、美的合一，上帝是至美、至善、至真的统一体。"美，就其内在的本质而言，乃是善与真，但善与真是以直观美的形式从感官上被认识的。"④ 其三，上帝是美之源，一切美的源头："你是我最慈爱的父亲，万美之美。"⑤ 上帝作为原初之美，"通过智慧将他的作品与优美有秩的统一目标（unum finem decoris ordinata）联系起来。"⑥ 不管是最高的美还是最低的美，都是至美上帝之恩赐。"任何造物，属理智的、属生命的和属形体的，事实上都源于这创造的三位一体，获得各自的形式，顺服于最完美的秩序。"⑦ 这样的话，事物因模仿上帝至美而获得美："通过对她的模仿，所有事物都变成美的。"⑧ 换言之，事物之所以美，是因为至美上帝所造，分有了上帝的美，因上帝而显得美："我们所偷的果子是美丽的，因

---

① ［古罗马］奥古斯丁：《论自由意志：奥古斯丁对话录二篇》，成官泯译，上海世纪出版集团 2010 年版，第 5 页。

② ［波］沃拉德斯拉维·塔塔科维兹：《中世纪美学》，褚朔维、李国武、聂建国、赵国运译，中国社会科学出版社 1991 年版，第 61—62 页。

③ ［古罗马］奥古斯丁：《论自由意志：奥古斯丁对话录二篇》，成官泯，上海世纪出版集团 2010 年版，第 6 页。

④ ［苏］М·Ф. 奥夫相尼科夫：《美学思想史》，吴安迪译，陕西人民出版社 1986 年版，第 63 页。

⑤ ［古罗马］奥古斯丁：《忏悔录》，周士良译，商务印书馆 1963 年版，第 43 页。

⑥ ［古罗马］奥古斯丁：《论秩序：奥古斯丁早期作品选》，石敏敏译，中国社会科学出版社 2017 年版，第 253 页。

⑦ ［古罗马］奥古斯丁：《论秩序：奥古斯丁早期作品选》，石敏敏译，中国社会科学出版社 2017 年版，第 213 页。

⑧ ［古罗马］奥古斯丁：《论秩序：奥古斯丁早期作品选》，石敏敏译，中国社会科学出版社 2017 年版，第 134 页。

为是你造的。"① 万事万物之美均来自至美上帝，均归功于上帝至美。上帝最美，美在上帝。

上帝之美在奥古斯丁著述中，也可自不同层面来解读。第一层，上帝之美可以理解为上帝之和谐，奥古斯丁认为上帝"有至上的和谐、至上的明晰"②。第二层，上帝之美可以理解为上帝之秩序："神的艺术所创造的万物，在本身里面表现了一种统一、形式和秩序。"③ 第三层，上帝之美可以理解为整体美。奥古斯丁在解释上帝创世之言时指出了上帝的整体规划："每一项分别看，仅仅是好，而合在一起，则不仅是好，而且是很好。"全局观念、整体思路是上帝创世的艺术匠心。④ 第四层，上帝之美可以理解为神圣的数："临在的神意表明人的形式之美不是恶，因为它明显展现出原初数目的痕迹，尽管神圣智慧的数不在其中。"⑤。可以说，上帝之美主要表现为和谐美、秩序美、整体美、数字美。故美在上帝也可以理解为，美在和谐，美在秩序，美在整体，美在神圣的数字。万事万物因上帝这一伟大美术大师所造而分有美、获得美、显得美亦可理解为，万事万物因上帝而显得和谐，万事万物因上帝而显得有序，万事万物因上帝而整然有致，万事万物因上帝而演绎数字魅力。上帝是美之因，众美是美之果，上帝是美之首，众美是美之尾，上帝是美之本，众美是美之末。上帝是包孕天地之大美，众美是各具形象之小美，上帝是美之道，众美是美之象，上帝是美之源头，众美是美之涓涓溪流。

---

① ［古罗马］奥古斯丁：《忏悔录》，周士良译，商务印书馆 1963 年版，第 32 页。

② ［古罗马］奥古斯丁：《论自由意志：奥古斯丁对话录二篇》，成官泯译，上海世纪出版集团 2010 年版，第 6 页。

③ ［古罗马］奥古斯丁：《论三位一体》，周伟驰译，商务印书馆 2005 年版，第 199—200 页。

④ ［古罗马］奥古斯丁：《忏悔录》，周士良译，商务印书馆 1963 年版，第 341 页。

⑤ ［古罗马］奥古斯丁：《忏悔录》，周士良译，商务印书馆 1963 年版，第 255—256 页。

二 万物美源于上帝美

奥古斯丁认为，上帝是美之源，万事万物的美均来自至美上帝。万物美是上帝神性美的表征、折射，万物美彰显了上帝神性美的魅力、风采，并以上帝神性美为指向为皈依。

首先，事物因上帝而显得和谐。在奥古斯丁看来，上帝是美之至尊，自然也是和谐至尊。上帝的和谐意指上帝本身的完美、完备、完善、完满、至真、纯一的至尊品质："你是唯一、永恒、真实的实体，在其中没有争斗，没有无序，没有变化，没有缺乏，没有死亡，却有至上的和谐、至上的明晰、至上的持存、至上的完满和至上的生命，那里没有不足也无盈余，那里生产的和出生的乃是同一。"① 奥古斯丁关于上帝和谐品质的看法，学界也有相似的论述："奥古斯丁认为：上帝的和谐首先体现在他那本质的完备、完满与完美上。"② 自然，出于和谐至尊上帝无中生有的万事万物，也都不同程度分有了神性和谐而具有了和谐属性。

换言之，奥古斯丁认为，伟大艺术大师上帝创造的鸿篇巨制宇宙万象无不打上了神性和谐的印痕。"按照他的意见，他到处可以看到的和谐都反映了神秘的本源。他认为，既是存在物的又是美的基础的三项原则（度量、数量、重量，或按另一说法，样式、形式和秩序）与神圣的三位一体的三种身份是相符的。"③ 万事万物的美是上帝神性美的回声、和声，万事万物在诉说着、应和着上帝的神性美："这是赐予人看与消费的神圣的恩惠，……想一想天空、大地、

① 〔古罗马〕奥古斯丁：《论自由意志：奥古斯丁对话录二篇》，成官泯译，上海世纪出版集团 2010 年版，第 6 页。
② 袁鼎生：《西方古代美学主潮》，广西师范大学出版社 1995 年版，第 361 页。
③ 〔美〕凯·埃·吉尔伯特、〔联邦德国〕赫·库恩：《美学史》上卷，夏乾丰译，上海译文出版社 1989 年版，第 180 页。

海洋繁复多样的美丽，想一想日月星辰之光和森林的影子的神奇性质，想一想花朵的芬芳，想一想鸟类的多种多样，以及它们的歌声和鲜亮的羽毛，想一想生灵的多样性，哪怕在最小的生灵身上我们也能看到最大的奇迹——因为我们对小蚂蚁、小蜜蜂的灵巧所产生的惊讶决不亚于对巨大的鲸鱼的惊讶。"① 上帝作为美学大师编织了宇宙万千之美，"惟有你全能天主才能创造出千奇万妙"。② 宇宙作品之所以是美的，乃是至美上帝所造，"世界只能是美的，因为它是上帝的创造物"③。

上帝是美的，创造的作品也是美的。万物之美与上帝至美之间的关系既是一种因果关系，更是一种吻合、对应、对称、一致、同构、统一的关系。"万物以自己的美、好、存在，确证了彰显了衬托了更美、更好、更实在的上帝。……上帝与自己的创造物构成了对象性关系，世界成了上帝本质的显现，成了上帝的形象，形成了同构统一的和谐的关系。"④ 可谓上帝振臂一呼，万物云集响应。万物与上帝之间这种统一、一致、对称、对应、应和的亲切友爱关系，此乃奥古斯丁和谐美的主要意趣："这种相等——或同意、协同、和谐，或是任何用来表示 1 与 2 之比的词语——在受造物的构造或关联上，是极重要的。"⑤ 这样的和谐尤能给人带来愉悦、快感。这可从审美客体与审美主体两方面来理解。自审美客体而言，万物显现了这种对应、对称、一致、同一的和谐关系，就能引发审美主体的快感，带来愉悦。上文提到的自然万象之所以赏心悦目，正是自然美印证、彰显了上帝神性

---

① ［古罗马］奥古斯丁：《上帝之城》，王晓朝译，人民出版社 2006 年版，第 1142 页。
② ［古罗马］奥古斯丁：《忏悔录》，周士良译，商务印书馆 1963 年版，第 70 页。
③ ［波］沃拉德斯拉维·塔塔科维兹：《中世纪美学》，褚朔维、李国武、聂建国、赵国运译，中国社会科学出版社 1991 年版，第 66 页。
④ 袁鼎生：《西方古代美学主潮》，广西师范大学出版社 1995 年版，第 363—364 页。
⑤ ［古罗马］奥古斯丁：《论三位一体》，周伟驰译，商务印书馆 2005 年版，第 124 页。

美，自然美是上帝神性美的具化与象征，自然美与上帝神性美之间保持着相似、同一的属性。诗歌的审美愉悦也莫不如是："短长格、抑扬格音步、三短音节音步等的美，什么时候能比相等地配置在一个更大部分里更能给我们以快感？"音乐的魅力也毫不例外："在音乐中，难道我们不是也喜爱这一相等的法则吗？"甚至数字给人带来的快感也是和谐一致："我们从可感到的数中获得快感的原因何在？难道不是某种对称与等值的间隔吗？"① 这是自审美客体而言，事物的对应、同一关系为和谐审美愉悦提供了客观依据。自审美主体而言，人的身体美给人带来的快乐同样也是和谐同一所致："看看将我们紧紧抓住的身体快乐，怎么样呢？你会发现那就是和谐一致（convenientiam）。"② 人的感觉愉悦也是和谐一致："在嗅觉、味觉、触觉中，也可以发现这一点……因为没有任何可感事物不以其相等和相似给我们以快感。"所以，"我们寻求符合天性之物，而摒绝与之不符的"。③ 这样，奥古斯丁把和谐审美愉悦归于万物美与神性美之间、事物之间、事物本身、审美客体与审美主体之间对应、对称的和谐统一。其中，奥古斯丁似乎承认了和谐愉悦的审美主体依据。不过，在奥古斯丁那里，这种和谐统一的关系归根结底是上帝天然地根植于我们里面的："这除了是由我们的创造主，还会是由谁创造出来的呢？"④

其次，事物因上帝而拥有秩序。如前文所述，奥古斯丁认为，上帝是秩序之源、秩序创造者，将秩序赐予万物，使其作品宇宙万象各就各位，有条不紊，和谐有序，怡人耳目，爽人心扉。"神意使

---

① ［波］沃拉德斯拉维·塔塔科维兹：《中世纪美学》，褚朔维、李国武、聂建国、赵国运译，中国社会科学出版社1991年版，第76页。

② ［古罗马］奥古斯丁：《论秩序：奥古斯丁早期作品选》，石敏敏译，中国社会科学出版社2017年版，第253页。

③ ［波］沃拉德斯拉维·塔塔科维兹：《中世纪美学》，褚朔维、李国武、聂建国、赵国运译，中国社会科学出版社1991年版，第76页。

④ ［古罗马］奥古斯丁：《论三位一体》，周伟驰译，商务印书馆2005年版，第124页。

万物各从其位，使每人各得其所。"① 根据奥古斯丁有关论述，事物的秩序美主要体现如下：其一为空间排列的和谐有序。奥古斯丁曾以房屋的门窗为例，阐述空间秩序美在于设计合理，比例协调。如室内的三扇窗户，"一扇在中间，两扇在边上，光线同等间距地照射在浴池上——当我们专注地凝视时，我们感到多么愉快，多么喜悦"②。反之，如果设计不合理，比例失调，就会失去空间秩序美："当两扇窗平排放置，而不上下放置时，如果它们一大一小，而不是完全一样，我们就会不舒服。"③ 其二为事物更替的和谐有序："在恰当地属于尘世事物的地方，有些事物产生，有些事物消逝，小事物屈从于大事物，被克服的事物转化成克服者的性质，这就是可变事物的确定的秩序。"④ 这是一种生死交替、存亡相继、新陈代谢的动态有序美。其三为意志强弱之间、力量大小之间的支配与服从："它们被安排得秩序井然，意志薄弱的服从意志坚定的，身体柔弱的服从身体强壮的，能力弱小的服从能力强大的。"⑤ 其四为对灵魂善恶的不同处置，善的灵魂荣登上帝之城，永享天国之福之乐；罪恶之灵堕入地狱，永受惩罚，万劫不复。不过，不管是善的灵魂，还是恶的灵魂，不管是享福的灵魂还是受罚的灵魂，都不失其相应的秩序美："一个人的灵魂，无论在哪里，不论性质如何，都好过任何身体，都是优美的。"⑥

---

① ［古罗马］奥古斯丁：《论自由意志：奥古斯丁对话录二篇》，成官泯译，上海世纪出版集团 2010 年版，第 136 页。

② ［古罗马］奥古斯丁：《论秩序：奥古斯丁早期作品选》，石敏敏译，中国社会科学出版社 2017 年版，第 120 页。

③ ［古罗马］奥古斯丁：《论秩序：奥古斯丁早期作品选》，石敏敏译，中国社会科学出版社 2017 年版，第 240 页。

④ ［古罗马］奥古斯丁：《上帝之城》，王晓朝译，人民出版社 2006 年版，第 497 页。

⑤ ［古罗马］奥古斯丁：《论秩序：奥古斯丁早期作品选》，石敏敏译，中国社会科学出版社 2017 年版，第 289 页。

⑥ ［古罗马］奥古斯丁：《论秩序：奥古斯丁早期作品选》，石敏敏译，中国社会科学出版社 2017 年版，第 258 页。

换言之，无罪的人幸福与有罪的人不幸是宇宙秩序完美的题中之义：
"当不犯罪的人幸福，宇宙是完美的；当犯罪的人不幸，宇宙一样是
完美的。……于是罪之丑恶便由罪之惩罚纠正了。"① 可以说，"罪
人的受苦是受造秩序之完美的一部分"②。除此以外，事物的秩序美
还体现为地上事物顺服于天上事物，地上之城听命于天上之城。

可以说，宇宙万象的秩序美是伟大艺术大师上帝匠心独运、神
性驾驭的结果。上帝在营造宇宙秩序美的宏伟创造中，显示了卓绝
的艺术造诣，展现出非凡的神性艺术。在奥古斯丁看来，其中自有
奥秘。奥秘之一，奥古斯丁认为，是安排得当、布局合适。"如果一
个人赤身露体地在市场上行走，就是不得体，而这个样子在浴室里
走，则无伤大雅。"③ 事物要与周围环境相适应、相一致。事物的位
置要摆对、合适。事物的位置摆对了，就能显出其秩序美，甚至能
产生化丑为美的神奇秩序美："谁不担心虚假的论证，那些不及和过
分的话会不知不觉导致错误的判断？谁不憎恨它们呢？然而，只要
你在一些讨论中把它们放在适当的位置，它们就能化腐朽为神奇，
使虚假的东西变得愉悦。这岂不也是秩序的功劳？"④ 奥秘之二，在
奥古斯丁看来，是上帝运用对立和反差的方法编织宇宙万象美的秩
序。"按照上帝的旨意，美丽的宇宙由于有了对立和反差而变得更加
辉煌。"⑤ 奥古斯丁以人与野兽的关系阐述了这种善恶对比、美丑对
照的关系："人的感官和身体其他部分的现有排列，整个身体的形

---

① ［古罗马］奥古斯丁：《论自由意志：奥古斯丁对话录二篇》，成官泯译，上海世纪出
版集团 2010 年版，第 156—157 页。

② ［古罗马］奥古斯丁：《论自由意志：奥古斯丁对话录二篇》，成官泯译，上海世纪出
版集团 2010 年版，第 155 页。

③ ［古罗马］奥古斯丁：《论秩序：奥古斯丁早期作品选》，石敏敏译，中国社会科学出
版社 2017 年版，第 296 页。

④ ［古罗马］奥古斯丁：《论秩序：奥古斯丁早期作品选》，石敏敏译，中国社会科学出
版社 2017 年版，第 102 页。

⑤ ［古罗马］奥古斯丁：《上帝之城》，王晓朝译，人民出版社 2006 年版，第 466 页。

式、形状和身材被安排成现在这个样子，不正好表明肉身被造就为理性灵魂的仆从吗？我们看到人没有被造成缺乏理性的、脸朝地的动物。正好相反，人的身体是直立的，脸朝天，这是在告诫他要在意天上的事物。"① 人的肉身造就为理性灵魂的仆从乃是上帝之旨。野兽虽然身体强壮，但缺乏理性；人虽然肉体要比野兽软弱，却有可贵的理性。以肉体的强壮来衬托野兽理性的缺乏，以肉体的软弱来反衬人的理性强大。在丑的衬托下，美显得愈加其美。这样装点出的宇宙"就像一首以对偶句开头的美丽的诗。……正如这些对立的命题使语言变得更加美丽，这个世界中的对立也使这个世界变得更加美丽，当然这种对立不是由优雅的语词构成的，而是由真实的事物构成的"②。同时，这样装饰的宇宙又好比一幅优美的画："在一幅画的恰当之处涂上黑色反而能增添它的效果，所以对那些有洞察能力的人来说，宇宙甚至因为有了罪人而显得更加美丽，尽管从罪人本身来看，他们的畸形是一种可悲的缺陷。"③ 上帝制造对立、反差的善意是使宇宙变得更加辉煌，宇宙变得更加美丽。奥古斯丁对立、反差产生美，或美在对立与反差的观点，应该很可能启发并影响了19世纪法国浪漫主义作家雨果的美丑对照原则。至于奥古斯丁的对立反差说与雨果的美丑对照原则之间是一种什么关系，有待笔者来日有暇探讨。

一言以蔽之，美在秩序，美在上帝赋予了万事万物秩序，使万象处于美的秩序中。"我们确实应当大大感谢秩序。……在音乐、几何、星辰运动以及数之间的比率中，秩序占据了绝对支配地位。"④

① ［古罗马］奥古斯丁：《上帝之城》，王晓朝译，人民出版社2006年版，第1141页。
② ［古罗马］奥古斯丁：《上帝之城》，王晓朝译，人民出版社2006年版，第466—467页。
③ ［古罗马］奥古斯丁：《上帝之城》，王晓朝译，人民出版社2006年版，第474页。
④ ［古罗马］奥古斯丁：《论秩序：奥古斯丁早期作品选》，石敏敏译，中国社会科学出版社2017年版，第102页。

再次，事物因上帝而呈现整体美。在奥古斯丁看来，事物不仅因上帝而呈现和谐美、秩序美，还因上帝而具有整体美："天主，你看了你所造的一切，'都很美好'，我们也看见了，一切都很美好。……任何美好的东西也都如此说。因为一个物体，如果是荟萃众美而成，各部分都有条不紊地合成一个整体，那末虽则各部分分别看都是好的，而整体自更远为美好。"① 部分美，整体更美，部分美小于整体美，整体美大于部分美，部分美低于整体美，整体美高于部分美，部分美属于整体美，整体美涵盖部分美，部分美有助于整体美，整体美熔炼了部分美。

关于事物的整体美，奥古斯丁是从两个层面来揭示的。一个是空间层面的整体美，一个是时间层面的整体美。空间层面的整体美在奥古斯丁那里主要体现为人体整体美、动物整体美、建筑整体美、此岸整体美。人体整体美指的是人的各个肢体、各个器官等一起构成了人体美，人体美综合了不同肢体、不同器官等的美。每个肢体、每个器官等对人体美都是必不可少的，去掉其中任何部分，人体美的完整性将会受到明显甚或是严重的影响："假如从人身上剃掉眉毛，那么人体失去的东西微乎其微，但它的美丽会遭到多么大的损失！"② 奥斯丁甚至认为，人体的某些部分只有审美的意义："身体的某些东西与身体的联系仅仅在于美，而缺乏有用性。这方面的例子有男人胸脯上的乳腺和脸上的胡须。事实上，胡须的存在仅仅是男性的一种装饰品，而不是一种防护装置，这一点可以用女人脸上不长胡须这一事实来证明，……有些东西除了对身体之美有所贡献外没有实际的用处。"③ 与人体整体美相似，动物整体美指的是动物

① ［古罗马］奥古斯丁：《忏悔录》，周士良译，商务印书馆1963年版，第340—341页。
② ［古罗马］奥古斯丁：《上帝之城》，王晓朝译，人民出版社2006年版，第472页。
③ ［古罗马］奥古斯丁：《上帝之城》，王晓朝译，人民出版社2006年版，第1141—1142页。

的美由不同肢体、不同器官等组成，动物身上的各个部分对动物的整体美都是必要的："动物身上难道不也有某些部位，如果你专门盯着它们，你会觉得不堪目睹么？但自然秩序设计了这样的器官，因为它们是必需的，所以它们不可或缺。"① 建筑整体美也如此，建筑美是由建筑的不同部分构成的，每个部分对建筑的整体美都是必要而有意义的。除了人体整体美、动物整体美、建筑整体美，奥古斯丁还论述了地上其他如火、冷、野兽、毒药等无理性无生命的事物的整体美："这些事物在它们自己的位置上该有多么令人尊崇，它们自身的本性该有多么优秀，它们与这个被造世界的其他部分该有多么和谐，它们对这个宇宙共同体的贡献为宇宙增添了多少光彩。"② 以上可谓奥古斯丁所言的此岸美。虽然奥古斯丁非常推崇上帝美、神性美、上帝之城，但对尘世美、此岸美、地上之城并未一味否决，还是给以一定认可的，并指出了此岸美之于整体美的地位与意义："尽管尘世的事物并不想与天上的事物平等共存，但若完全没有尘世的事物，那么这对宇宙来说是不合适的，尽管天上的事物比较优秀。"③ 奥古斯丁对此岸美的一定认可态度应该启发并影响了后来的托马斯·阿奎那。不过，对此岸美的认可程度，奥古斯丁相对有限得多，阿奎那则比较突出、强烈。阿奎那不只认可，同时也认同、肯定尘世美。对此岸美的认同、肯定无论是广度上还是深度上，阿奎那都明显胜过奥古斯丁。可以说，阿奎那大力弘扬了奥古斯丁对此岸美的认可观点。至于阿奎那与奥古斯丁对尘世美或感性美的态度之间的微妙、复杂的学理关系，有待笔者来日有暇深入系统探析。

---

① 〔古罗马〕奥古斯丁：《论秩序：奥古斯丁早期作品选》，石敏敏译，中国社会科学出版社 2017 年版，第 101 页。

② 〔古罗马〕奥古斯丁：《上帝之城》，王晓朝译，人民出版社 2006 年版，第 471 页。

③ 〔古罗马〕奥古斯丁：《上帝之城》，王晓朝译，人民出版社 2006 年版，第 497 页。

不难看出，空间整体美指的是事物本身各组成部分、不同事物各就各位、协调一致、和谐整一的空间并列美。

时间层面的整体美在奥古斯丁那里主要体现为诗歌整体美、音乐整体美、演讲整体美。诗歌的整体美呈现诗句先后出现而形成的动态美、时序美，每一句诗都是一首完整诗歌的必要组成部分，舍弃其中一句，诗歌的整体美就会受到严重影响。整首诗如此，整句诗也如此，由不同的音节相继发出而组成："一句诗本身是美的，尽管不可能同时说出两个音节。第一个音节没说完，不可能说第二个音节，只能按照适当的顺序，最后达到诗的末行。当说到最后一个音节时，并没有同时听到前面的音节，然而它与前面的一起构成完整的形式，成就优美的韵律。"① 音乐整体美也如此，一句句的音乐相继奏出，汇成了一曲完整而美妙的旋律。整句音乐也如此，不同的节拍先后发出，构成了一句完整的乐律。演讲整体美与此相似，不同的音节与声音相继出现，构成了一场完整、有感染力的演讲："一场精心准备的演讲肯定是美的，尽管所有音节和声音都一个个过去，似乎在不断地产生和消亡。"可以说，时间整体美指的是事物前赴后继、存亡交替、新陈代谢的时序更迭美："当一些事物消失，其他事物就接踵而至，在时间秩序中表现出一种独特的美，所以那些死去的事物或者不再是原来所是的事物，不会玷污或破坏整个被造世界的尺度、形式或秩序。"②

无论是空间排列的部分美，还是时间承继的部分美，都是事物整体美不可或缺的构成要素。每个事物内的各个因素构成了该事物

---

① ［古罗马］奥古斯丁：《论秩序：奥古斯丁早期作品选》，石敏敏译，中国社会科学出版社 2017 年版，第 231 页。

② ［古罗马］奥古斯丁：《论秩序：奥古斯丁早期作品选》，石敏敏译，中国社会科学出版社 2017 年版，第 289 页。

的整体美，地上的各种事物构成了此岸整体美，天上的各种事物构成了上帝之城的整体美，地上众多事物与天上众多事物汇聚为宇宙整体美。奥古斯丁看到了部分美之于整体美的意义、价值、作用，同时又认为，部分美的简单相加并不等于整体美，整体美也并非部分美简单叠加之和。只有"当事物的各部分处于适当的关系中时，整体的美便产生了"①。因此，奥古斯丁强调部分美与整体美要协调一致："任何部分如与整体不合即是缺陷。"② 他以诗歌创作为例阐述了这一道理："诗人们迷恋于所谓的文法错误（soloecismos）和不规范用法（barbarrismos），但他们宁愿改一下名称，称之为修辞格式（schemata）和变异用法（metaplasmos），……但如果一个段落充塞了大量这样的东西，那整个段落就变得又酸又臭，令人作呕。……因为秩序引导并控制着它们，不会容忍它们在自己的特定位置上过分，或者离开自己的位置进入不适当的地方。"③ 修辞格式和不规范用法运用不妥，与整首诗不协调，就会喧宾夺主，因小失大，影响与破坏诗歌的整体美。部分美一定服从服务于整体美，部分美比例失调，秩序错位，就会影响、损害整体美。"因为美并非由尺寸构成，而是由各部分之间的平衡和比例产生的。"④ 部分美须服从整体安排，处在适合自己、利于整体的位置，守住适合自己、益于整体的比例，才能显示美，显示它在整体美中的作用。整体美就是由定位精当、比例得当的部分美融合而就的。

整体美融合部分美而成。同时，奥古斯丁认为，整体美在融合

---

① ［波］沃拉德斯拉维·塔塔科维兹：《中世纪美学》，褚朔维、李国武、聂建国、赵国运译，中国社会科学出版社1991年版，第61页。

② ［古罗马］奥古斯丁：《忏悔录》，周士良译，商务印书馆1963年版，第48页。

③ ［古罗马］奥古斯丁：《论秩序：奥古斯丁早期作品选》，石敏敏译，中国社会科学出版社2017年版，第101页。

④ ［古罗马］奥古斯丁：《上帝之城》，王晓朝译，人民出版社2006年版，第472页。

部分美的过程中提升了部分美，甚或使某些单独看来是丑的部分，只要位置合适，比例适当，在整体布局中就能转变为美的东西，可谓化丑为美。文法错误和不规范用法之于整首诗即是这种范例："如果诗歌里完全剔除这些东西，我们就会发现丧失了诗歌的味道，味同嚼蜡。……文章中点缀几个质朴无华甚至粗俗不雅的措辞，高深的思想和华丽的段落就会让人轻松很多。"还有，动物身上丑陋的器官亦可在整个动物躯体中变为美："这些丑陋的器官，只要让它们处在其特定的位置，就为俊美的器官留出更好的位置。"① 人因原罪而来到地上，成为地上的点缀，为大地锦上添花、画龙点睛："由于我们的罪——就是我们的本性在第一罪人里面犯的罪——人类成为地上的大光荣和大装饰。" 当然，以上这些化丑为美的动人壮举只能归功于至美至善上帝的神性艺术："神意的安排和管理是多么恰当和可敬，上帝不可言喻的医术甚至使罪的丑陋也转变为某种具有自身之美的事物。"② 化丑为美乃上帝神斧雕刻的卓然杰作。应该说，在欧洲美学史、文学史上，奥古斯丁较早注意到了丑在审美中的地位、功能、作用、意义，并对丑做了正面透视、探析，形成了以丑为美的审丑学。后来雨果的"美丑对照"原则、波德莱尔的"恶中发掘美"是否受到奥古斯丁以丑为美审丑学的启发与影响，有待探究。不过，雨果、波德莱尔的对丑的关注与研究，与奥古斯丁的审丑学应该有相通相似之处，自然也有殊异之处。不过这不是本书关注的核心，笔者就此打住，待来日有暇做一探析。

　　不难看出，在奥古斯丁看来，整体美由上帝神性美所制导。同

---

　　① ［古罗马］奥古斯丁：《论秩序：奥古斯丁早期作品选》，石敏敏译，中国社会科学出版社 2017 年版，第 101 页。

　　② ［古罗马］奥古斯丁：《论秩序：奥古斯丁早期作品选》，石敏敏译，中国社会科学出版社 2017 年版，第 238 页。

时，奥古斯丁认为，整体美还是上帝整一美的折射："没有任何形式、任何形体全无某种整一的痕迹。"① 这可做两点透视：其一是，事物这种浑然一体、整然一致、和谐统一的整体美归根结底是上帝整一美、纯一美、统一美的表征和体现。如，"诗句的美在于它显示了诗歌艺术始终如一、永恒不变的保守的那个美的依稀痕迹"②。即便是虫子之类的低等造物，从身体至灵魂，也在维持着对纯一的向往："我可以指出它明亮光艳的颜色，柔和圆润的身形，从头到尾各部分的匀称，作为一个低等造物尽其所能维持对一（unitas）的欲求，它的任何部分都有与之相对称的部分。至于那赋予它的微小身体生命的灵魂，……也能使它做出精确的动作，寻求适宜的事物，尽其所能克服困难，避免凶险；因为遇到任何事总是诉诸于一种安全感（sensum incolumitatis），所以它的灵魂比身体更加清晰地引入（insinuet）创造一切本性的一。"③ 无论动物还是人，其灵魂都比身体更靠近上帝的纯一、整一、统一。其二是，事物的整体美无论怎么趋近上帝的纯一美，无论怎样象征上帝的整一美，无论怎么体现上帝的统一美，事实上，作为自虚无中创造的有形、有限受造物，终究很难抵达纯一的上帝："由于所有形体，甚至最美的形体，其各部分都必定以一定的间隔排列于空间，处于不同的位置，因而难以达到它所寻求的整一性。"④ 结果，事物的整体美不过是上帝纯一美模糊的影子、依稀的痕迹。原因是整一美是最高的美："整一是一切

---

① ［波］沃拉德斯拉维·塔塔科维兹：《中世纪美学》，褚朔维、李国武、聂建国、赵国运译，中国社会科学出版社1991年版，第78页。

② ［古罗马］奥古斯丁：《论秩序：奥古斯丁早期作品选》，石敏敏译，中国社会科学出版社2017年版，第231页。

③ ［古罗马］奥古斯丁：《论秩序：奥古斯丁早期作品选》，石敏敏译，中国社会科学出版社2017年版，第257页。

④ ［波］沃拉德斯拉维·塔塔科维兹：《中世纪美学》，褚朔维、李国武、聂建国、赵国运译，中国社会科学出版社1991年版，第78—79页。

美的形式。"①

最后，事物因上帝而见出数字美。在奥古斯丁看来，美在和谐，美在秩序，美在整体，美在整一。同时，奥古斯丁又认为，美在数或数字："请看静中物体之美，它的数目留于一个位置，再看动中物体之美，它的数目随时而变。"② 无论是静中之物还是动中之物，无不绽放或包孕数的美。实际上，奥古斯丁所说的和谐美、秩序美、整体美都已涉及了数的美，如比例得当就美，比例失当就丑。比例的大小或多少，就是数。还有，位置、距离、节奏都离不开数。自然，像和谐美、秩序美、整体美一样，数的美也来自至美上帝："数、重量和尺度是美的，它们为永生的上帝所安排，上帝是美之父。"③ 数的美乃上帝的旨意。不止于此，数在上帝创造世界时发挥了重要作用："通过使数发生作用，上帝在一无所有的基础上创造了世界。"如此，"数把现实世界变成了它所是的样子，数还把世界上每一物体变成了他们所是的那种特殊实体。"④ 同时，上帝还通过数美化了世界，使世界变得和谐美丽、井然有序、浑然一体。人的形式美就体现了上帝原初数目的痕迹："临在的神意表明人的形式之美不是恶，因为它明显展现出原初数目的痕迹，尽管神圣智慧的数不在其中。"⑤ 艺术家就是按照上帝赋予他们的数从事创作的："艺术家们利用数作为自己创作的指导原则。他们按照自己心灵中的数来运用手和工具。他们的内在理性不

---

① ［波］沃拉德斯拉维·塔塔科维兹：《中世纪美学》，褚朔维、李国武、聂建国、赵国运译，中国社会科学出版社 1991 年版，第 75 页。

② ［古罗马］奥古斯丁：《论自由意志：奥古斯丁对话录二篇》，成官泯译，上海世纪出版集团 2010 年版，第 130 页。

③ ［美］凯·埃·吉尔伯特、〔联邦德国〕赫·库恩：《美学史》上卷，夏乾丰译，上海译文出版社 1989 年版，第 4 页。

④ ［美］凯·埃·吉尔伯特、〔联邦德国〕赫·库恩：《美学史》上卷，夏乾丰译，上海译文出版社 1989 年版，第 173 页。

⑤ ［古罗马］奥古斯丁：《论秩序：奥古斯丁早期作品选》，石敏敏译，中国社会科学出版社 2017 年版，第 255—256 页。

断地计算着神圣的数。而这正是他们行动的准则。"①

与此同时，像斐洛一样，奥古斯丁认为，一些数富有神秘的意义，保有神圣的性质，在天地万物中占据特殊的位置。这些在奥古斯丁心目中显得特别的数字，我们无妨称之为极具神性的数字。在这特具神性的数字中，像斐洛眼中的"7"一样，数字"6"尤受奥古斯丁推崇、热捧："1 与 2 之比无疑是从数目 3 而起，且因为 1 + 2 = 3。但这三者全加起来等于 6；这数目被称为完美的数目，因为它由它的部分，即它的三个部分组成，其中一个是它的 1/6，一个是它的 1/3，一个是它的 1/2，除此之外再没有别的可构成它的分数的部分了。它的 1/6 是 1，它的 1/3 是 2，它的 1/2 是 3。1 + 2 + 3 = 6。"②对奥古斯丁而言，"6"无疑是一个值得称赞的完美的数。数字"6"在宇宙万象中占据特殊而显赫的地位，具有超强的威力，发挥着神奇的作用。在奥古斯丁看来，《圣经》时时处处显示了数字"6"的完美。上帝创世在 6 天内完成，并在第 6 天照着自己形象创造了人；耶稣降世，重塑我们，在人类的第 6 个时期。③ 数字"6"又是时间的象征，一个妇人患病 18 年得到主的救治，与 6 分不开；无花果树 3 年不结果，与 6 分不开。④ 数字"6"在年的轮回里仍发挥着重要作用："每一年若是按 12 个月，每个月若是按 30 天算（古人守阴历，就是这么算的），数字 6 也处处可见。6 在从 1 到 10 的数序上的位置，相当于 60 在从 10 到 100 的数序上的位置。60 天是一个阴历年的 1/6，我们若将第一数序里的 6 乘以第二数序里的 60，便有 6 ×

---

① 〔美〕凯·埃·吉尔伯特、〔联邦德国〕赫·库恩：《美学史》上卷，夏乾丰译，上海译文出版社 1989 年版，第 185 页。

② 〔古罗马〕奥古斯丁：《论三位一体》，周伟驰译，商务印书馆 2005 年版，第 129 页。

③ 〔古罗马〕奥古斯丁：《论三位一体》，周伟驰译，商务印书馆 2005 年版，第 129—130 页。

④ 〔古罗马〕奥古斯丁：《论三位一体》，周伟驰译，商务印书馆 2005 年版，第 130 页。

60＝360 天，整 12 个月。"还有，妇人怀耶稣与 6 分不开，耶稣出生与 6 分不开，耶稣从出生到受难离不开 6，[①] 主受难离不开 6，[②] 主从埋葬到复活离不开 6。[③] 除了数字"6"，其他的数字也被奥古斯丁赋予神圣的意味，如数字"40""10"也具有较强的神性："数字 40 常在《圣经》中出现，指四重世界中完满的奥秘。数字 10 具有一种完满，而它的四倍就是 40。"[④] 可以说，数的威力无处不在，数的作用无时不有。某种程度上，神圣的数字掌控着宇宙，规定着万象。美在数字，美在神圣的数字，数字很美，神圣的数字尤其美。

实际上，奥古斯丁推崇数、美化数、神化数，是对毕达哥拉斯学说的继承与发展："圣·奥古斯丁的观点实际上是一种正在衰颓的、借助基督教的洗礼得以获得第二次生命的毕达哥拉斯学说。"[⑤] 毕达哥拉斯数的学说经过奥古斯丁基督教的洗礼，具有了基督教的鲜明特质，打上了浓浓的基督教神秘烙印，染上了强烈的基督教神性色彩，含有了明显的基督教神性意蕴，"表现为一种基督教式的毕达哥拉斯学说"[⑥]。

第二节　美在理性

一　理性美优于感性美

奥古斯丁认为，宇宙万象因上帝而拥有美、获得美、变得美、

---

① 〔古罗马〕奥古斯丁：《论三位一体》，周伟驰译，商务印书馆 2005 年版，第 131 页。

② 〔古罗马〕奥古斯丁：《论三位一体》，周伟驰译，商务印书馆 2005 年版，第 132 页。

③ 〔古罗马〕奥古斯丁：《论三位一体》，周伟驰译，商务印书馆 2005 年版，第 132—133 页。

④ 〔古罗马〕奥古斯丁：《论三位一体》，周伟驰译，商务印书馆 2005 年版，第 132 页。

⑤ 〔美〕凯·埃·吉尔伯特、〔联邦德国〕赫·库恩：《美学史》上卷，夏乾丰译，上海译文出版社 1989 年版，第 4 页。

⑥ 〔美〕凯·埃·吉尔伯特、〔联邦德国〕赫·库恩：《美学史》上卷，夏乾丰译，上海译文出版社 1989 年版，第 173 页。

呈现美。事物美是上帝美的象征、体现、影子、痕迹，是人的感官能够感觉到的。上帝是美之源、至高美，人的感官无法捕捉，需由人的理性、理智、心灵去领悟。这样的话，在奥古斯丁那里，美又可以划分为感性美与理性美两类："美有形体美与灵魂美、感性美与理智美。"① 感性美指的是人的感官能感觉到，即能看得见、听得到的具体事物的美，包括物质美、形体美、此岸美。理性美指的是人的心灵把握到的抽象事物的美，包括灵魂美、精神美、理智美、彼岸美。感性美与人性美相连，理性美与神性美相关。神性美是以上帝为首的神圣美，即上帝美、天堂美、彼岸美、来世美。在奥古斯丁看来，感性美与理性美都是上帝至美的产物与体现，都是宇宙美的组成部分："宇宙只有较大之物的存在并不排除较小之物时才是完美。"② 感性美与理性美都能给人带来快乐、愉悦，它们"同样存在于节奏、尺寸与和谐中"③。奥古斯丁并不绝对否定感性美，还一定程度肯定了感性美："我们赖以生存于此世的生命，由于它另有一种美，而且和其他一切较差的美相配合，也有它的吸引力。"④并以人的身体为例说："就他自己的本性来说，他是美的，并且快乐地享有与身体相适宜的事物，消耗能转变为自己好处的事物，比如为身体健康吸取营养。"⑤ 奥古斯丁还谈论过并欣赏人感受到的自然美，如星光灿烂的天空美、动物生生不息的大地美、多姿多彩的海洋美。可以说，"奥古斯丁根本没有对人体或创造'较低级'部分持

---

① ［波］沃拉德斯拉维·塔塔科维兹：《中世纪美学》，褚朔维、李国武、聂建国、赵国运译，中国社会科学出版社 1991 年版，第 66 页。

② ［古罗马］奥古斯丁：《论自由意志：奥古斯丁对话录二篇》，成官泯译，上海世纪出版集团 2010 年版，第 156 页。

③ ［波］沃拉德斯拉维·塔塔科维兹：《中世纪美学》，褚朔维、李国武、聂建国、赵国运译，中国社会科学出版社 1991 年版，第 66—67 页。

④ ［古罗马］奥古斯丁：《忏悔录》，周士良译，商务印书馆 1963 年版，第 31 页。

⑤ ［古罗马］奥古斯丁：《论秩序：奥古斯丁早期作品选》，石敏敏译，中国社会科学出版社 2017 年版，第 255 页。

否定的看法，他非常认可上帝创造的一切，并为之惊叹"。① 奥古斯丁一定程度认可了感性美在宇宙美中的地位、价值、作用、意义。

虽如此，感性美与理性美在奥古斯丁心里，还是有高下之分、优劣之别的："在属地的事物到属天的事物、可见的事物到不可见的事物的价值系列中，有某些好事物比其他事物更好，以这样的方式事物被造就为不平等的，以便使它们都能作为有差别的个体存在。"② 奥古斯丁认为，感性美是低级的美，感性美低于理性美："物质美可能雄壮动人，但与神性美相比，便微不足道。"③ 理性美是高级的美，理性美高于感性美："在物质美之上，还有精神美……它却是更高的美。"④ 感性美之所以低于理性美，理性美之所以高于感性美，在奥古斯丁看来，理由如下。

其一，感性美只是神性美或上帝美的映像、痕迹，距离至高美甚远，不能展示神性美的完美形式："有谁能在形体里找到绝对的相同和相似呢？在充分思考之后，还有谁敢说哪个物体是真正的纯粹的一（unum）？"⑤ 而理性美则与神性美直接有关。奥古斯丁曾经拿人的歌声与夜莺的歌声做比较，指出理性美的神性特质："人类的歌唱比夜莺的歌唱更加完美，因为除优美的音调外，它还含有表达精神内容的词语。"⑥ 相对而言，夜莺歌声的美主要是音调美，属感性

---

① ［英］安德鲁·诺雷斯、帕楚梅斯·潘克特：《奥古斯丁图传》，李瑞萍译，北京大学出版社 2007 年版，第 150 页。

② ［古罗马］奥古斯丁：《上帝之城》，王晓朝译，人民出版社 2006 年版，第 472 页。

③ ［波］沃拉德斯拉维·塔塔科维兹：《中世纪美学》，褚朔维、李国武、聂建国、赵国运译，中国社会科学出版社 1991 年版，第 68 页。

④ ［波］沃拉德斯拉维·塔塔科维兹：《中世纪美学》，褚朔维、李国武、聂建国、赵国运译，中国社会科学出版社 1991 年版，第 67 页。

⑤ ［古罗马］奥古斯丁：《论秩序：奥古斯丁早期作品选》，石敏敏译，中国社会科学出版社 2017 年版，第 241 页。

⑥ ［波］沃拉德斯拉维·塔塔科维兹：《中世纪美学》，褚朔维、李国武、聂建国、赵国运译，中国社会科学出版社 1991 年版，第 67 页。

美，人的歌声虽也有音调美，但更多的是精神内蕴美，靠近理性美，趋向神性美。当然，奥古斯丁这样比较也有其不足，因为按照他的美的本质说，作为感性美的夜莺及其歌声也是神性美或上帝美的映像、痕迹，尽管很稀薄，但毕竟也分有神性美。不过，奥古斯丁的本意是想突出人的歌声的理性特质、神性指向，就理性美的拥有程度、与神性美的距离而言，人的歌声远远优于夜莺的歌声，精神美高于物体美，心灵美高于自然美。这一思想在后世的黑格尔美学中还可以见到，有可能黑格尔的"美是理念的感性显现"说受到了奥古斯丁感性美是神性美的痕迹这一思想的启发。不过，这个不是此处要关注的问题，当在来日后续研究中做一探析。

其二，感性美是手段和起点，理性美是目的和终点。理性美是感性美向往的目的与归宿，感性美是达致理性美的手段和起点："它成了一种手段，而非目的。因此，仅仅因艺术作品，如花瓶、绘画或雕塑本身而获得快感是不够的。但可感美作为我们可直接认识的唯一的美，成为我们对美进行全面思考的出发点。它现在更多是被作为一种象征，而非其自身受到珍视的。对太阳的欣赏与其说是因为它的灿烂光焰，不如说是因为它象征着神的光辉。"在奥古斯丁看来，感性美是为了理性美，应以理性美为旨归。这是感性美存在的价值和意义，"但如果它们遮掩了永恒美，如果因这种世俗美而生的快感成为观照至善美的障碍，它们也会变得有害。这样，尽管可感美丧失了其大部分直接价值，它却获得了一种间接的、宗教的价值"。① 感性美体现了美的间接价值，理性美实现了美的直接价值。

其三，感性美是结果，理性美是动因。奥古斯丁认为，理性美决定着感性美，感性美为理性美所左右："如果没有唯有心灵能看见

---

① ［波］沃拉德斯拉维·塔塔科维兹：《中世纪美学》，褚朔维、李国武、聂建国、赵国运译，中国社会科学出版社1991年版，第68页。

的那完全者——如果确实只有非造（facta non）的才能被称为完全的（perfecta）——我们怎么可能追求形体里相同——形体里会有哪种相同？"① 感性美是理性美的表征，理性美是感性美的依据，感性美产生于理性美，理性美创制感性美，感性美是标，理性美是本，感性美是末，理性美是本。感性美越趋近理性美就越显得美："我相信我以肉眼所见之物愈是接近我以心灵理知之物，它便愈加完美。"②

其四，感性美杂多易变，理性美统一不变。"一切物体都是变化的，从这种形式到那种形式，从一个地方到另一个地方；一切物体都是由部分构成，各部分占据各自的位置，在空间中各自延展。"③ 奥古斯丁以诗歌为例，阐明作诗的艺术稳定、恒常、不变，诗句随音节而变："做诗的艺术不随时间的变化而变化，因为它的美不是由可计量的数量组成的。诗句是由前后相继的音节构成，后面的音节只能跟随着前面的音节出现，而诗艺则同时拥有所有规则。"④ 诗艺像后台导演，规定着诗歌创作，是一种隐形存在，较抽象，属理性美；诗句似前台演员，粉墨登场，说唱做打，不断变化，是一种显性存在，属感性美。感性美处于发展变化中，并且杂多不纯，难见到真正的一。而理性美自始至终是统一不变的："一切在感官看来美的事物，不论是自然创造的，还是由技艺制造的，都有一种空间上或者时间上的美，比如身体及其运动。但是唯有通过心灵才能知道的那个统一和相同——心灵依据它并借助感官的中介对形体美做出

---

① ［古罗马］奥古斯丁：《论秩序：奥古斯丁早期作品选》，石敏敏译，中国社会科学出版社 2017 年版，第 241 页。

② ［波］沃拉德斯拉维·塔塔科维兹：《中世纪美学》，褚朔维、李国武、聂建国、赵国运译，中国社会科学出版社 1991 年版，第 68 页。

③ ［古罗马］奥古斯丁：《论秩序：奥古斯丁早期作品选》，石敏敏译，中国社会科学出版社 2017 年版，第 241 页。

④ ［古罗马］奥古斯丁：《论秩序：奥古斯丁早期作品选》，石敏敏译，中国社会科学出版社 2017 年版，第 231 页。

判断——既不在空间中延展，也不在时间中变化。"①

其五，感性美是短暂易朽的，理性美是永恒不朽的。尘世美"是短暂相对的美，而至高无上的美则是永恒的、绝对的"②。感性美除了短暂，还"混合了忧愁、疾病、肢体的变形、颜色的暗淡以及心灵的冲突和纷争"③。感性美充满不宁，容易腐败，易于毁灭。可以说，奥古斯丁认为，感性美是具体、表层、外在、易变、易朽、短暂、远离神性的东西，理性美是抽象、深层、内在、不变、不朽、永恒、贴近神性的东西。其中，"上帝是超感觉的、永恒的和纯粹的美"④。

不难看出，奥古斯丁在承认感性美、理性美对于宇宙美的意义的同时，对感性美多有贬抑之意，对理性美多有赞美之语，轻视感性美，推重理性美。"在奥古斯丁的思想中，他的美学由于与神学的联姻，关注的主要方面恰恰不是感性，而是理性或者人的理性灵魂，是神圣的美（divine beauty）。"⑤ 奥古斯丁认为，"一切不能展示完美形式的世俗事物稍纵即逝，不能拥有这般的精美，但至高神的理智的和不变的形式渗透于一切事物"⑥。并认为宇宙的美在于理性美："世界充满设计，它的美不在于它的大，而在于它包含理性。"⑦ "有意义的不是美的本身，而是包含在美中的那个意义。"⑧ 当然，奥古

---

① ［古罗马］奥古斯丁：《论秩序：奥古斯丁早期作品选》，石敏敏译，中国社会科学出版社2017年版，第241页。

② ［波］沃拉德斯拉维·塔塔科维兹：《中世纪美学》，褚朔维、李国武、聂建国、赵国运译，中国社会科学出版社1991年版，第68页。

③ ［古罗马］奥古斯丁：《论秩序：奥古斯丁早期作品选》，石敏敏译，中国社会科学出版社2017年版，第256页。

④ ［苏］М·Ф.奥夫相尼科夫：《美学思想史》，吴安迪译，陕西人民出版社1986年版，第63页。

⑤ 刘春阳：《审美与救赎：奥古斯丁美学思想研究》，安徽教育出版社2016年版，第2页。

⑥ ［古罗马］奥古斯丁：《上帝之城》，王晓朝译，人民出版社2006年版，第407页。

⑦ ［古罗马］奥古斯丁：《论秩序：奥古斯丁早期作品选》，石敏敏译，中国社会科学出版社2017年版，第260页。

⑧ ［苏］М·Ф.奥夫相尼科夫：《美学思想史》，吴安迪译，陕西人民出版社1986年版，第63页。

斯丁同时也认为，理性美属于至美上帝："你是理智之光，在你、靠你、由你，一切有理智之光的事物才有它们的理智之光。"① 上帝是理智之光，一切理智之光都源于上帝，上帝将理智和形式赋予万物。上帝本身即是至高理性，至美上帝也可谓至高理性美。

二　审美重在理性美

（一）理性审美的必要性

在奥古斯丁看来，美既有外在、具体、有形、变动、短暂、易朽的感性美，又有内在、抽象、无形、不变、永恒、不朽的理性美。在承认感性美的价值、作用、意义的同时，更为推崇理性美。这是就美的客体而言，轻感性美，重理性美。与此相应，就审美主体而言，奥古斯丁将审美活动也划分为两类："一种是直接的、来自感官的——对于色彩、音响的感官印象和知觉；另一种是间接和理智的，即色彩和音响所表现与描绘的东西。他发现这两种因素不仅存在于诗歌和音乐中，还存在于舞蹈中。"② 这就是感性审美和理性审美，或感官审美与心灵（或理智）审美。感性审美指的是人凭借感官如眼睛、耳朵对外在的、有形的、具体的、变动的、易朽的可感对象的观察、体验、欣赏、陶醉。理性审美则是人凭借理性、理智、心灵对内在的、无形的、抽象的、永恒的、不朽的可思对象的追思、判断、推理、分析、归纳、赞美。与奥古斯丁轻感性美重理性美相类，奥古斯丁轻视感性审美，而重视理性审美："心灵使用双眼，心灵使我们喜爱理性之美，胜过喜爱仅仅令眼睛感到愉悦的可见之美。"③ 理性审美高

① ［古罗马］奥古斯丁：《论自由意志：奥古斯丁对话录二篇》，成官泯译，上海世纪出版集团2010年版，第5页。

② ［波］沃拉德斯拉维·塔塔科维兹：《中世纪美学》，褚朔维、李国武、聂建国、赵国运译，中国社会科学出版社1991年版，第64页。

③ ［古罗马］奥古斯丁：《上帝之城》，王晓朝译，人民出版社2006年版，第1141页。

于感性审美，感性审美低于理性审美。

奥古斯丁之所以推崇理性审美，依据其有关著述，可做三点透视。

首先，理性审美的性质高于感性审美。"因为凡心灵能够看见的，就是永远存在的，就被认为是不朽；数的比例似乎就具有这种性质。而声音因为是可感的，所以它流逝成为过去，停留在记忆里面。"① 感性美是短暂易朽的，理性美是永恒不朽的。与审美对象一样，感性审美也是短暂易朽的，理性审美是永恒不朽的。理性审美的性质远远高于感性审美，"它问自己，眼睛领域的直线或者曲线或者其他任何形式和图形，与智力所理解的这些事物是否属于同类？然后它发现它们都要低级得多，眼睛所看见的无论如何都不可能与心灵所洞察的东西相提并论"②。因为，理性审美的对象是远比感性审美对象高级得多的理性美、神性美、彼岸美、上帝美："他认为对审美经验来说，艺术显现中所表现和描绘的东西重要性并不亚于由感官接受的东西。我们无一例外地是用心灵而非眼睛摄取美的决定性因素的。"③

其次，理性审美的权能高于感性审美。从奥古斯丁有关著述而言，理性审美高于感性审美的权能可自三个层面解读。第一个层面是，理性美是感官无法把握的，只能凭借心灵、理智来把握。理性美是无形的、抽象的、深层的、潜在的，感官难以把握："真正的相同和相似，真正的最初的一，不是肉眼能看见的，也不是哪个身体感官能感知的，而是心灵的认知。"④ 关于奥古斯丁理性美非感官可

① ［古罗马］奥古斯丁：《论秩序：奥古斯丁早期作品选》，石敏敏译，中国社会科学出版社 2017 年版，第 125 页。

② ［古罗马］奥古斯丁：《论秩序：奥古斯丁早期作品选》，石敏敏译，中国社会科学出版社 2017 年版，第 126 页。

③ ［波］沃拉德斯拉维·塔塔科维兹：《中世纪美学》，褚朔维、李国武、聂建国、赵国运译，中国社会科学出版社 1991 年版，第 64 页。

④ ［古罗马］奥古斯丁：《论秩序：奥古斯丁早期作品选》，石敏敏译，中国社会科学出版社 2017 年版，第 241 页。

触摸，须心眼来洞见的主张，塔塔科维兹也有论述："它是感官无法捕捉的，没有任何形象能够表现它。……神性的美不是以感觉，而是以心灵来观照的。"① 并把奥古斯丁的审美经验归为五种节奏：音响节奏、感知节奏、记忆节奏、动作节奏、心灵自身所固有的节奏。其中，前四种节奏属于感性审美范畴，最后一种节奏心灵节奏属于理性审美范畴，"这在一切节奏中是至关重要的，因为没有它，我们既不能感知，也无从创造节奏"②。理性美只能用心灵去审察、判断、追思、把握，用理性去洞悉。第二个层面是，心灵能够突破感官的局限，直达理性美。理性希望不经感官就能直达理性美，"它渴望一种仅凭它自己而不需要我们的这些眼睛就能看见的美"。而事实上，理性审美不可能完全绕过感官这个渠道，需以感官为中介沉思神性美。同时，理性审美也会受到感官干扰："它受到感官阻碍。因此，它稍稍转向这些感官，它们声称自己拥有真理。当它真想急切地转向其他事物时，它们却叫着闹着让它回来。"但是，理性不会就范于感官陷阱，它绝不允许神性美的"华美和安详被口腔发出的物质材料遮盖"③。"理性赋有最敏锐的洞察力，它马上看出声音本身与声音作为符号指向的事物之间存在区别。"④ 心灵不为感官所误导，会冲破感官的种种障碍，摆脱感官的重重束缚，去伪存真，直抵真美的。第三个层面是，即便感性美也需要理性审美。内在的美、无形的理性美，固然需要理性审美，同时，外在的美、有形的感性美也

---

① ［波］沃拉德斯拉维·塔塔科维兹：《中世纪美学》，褚朔维、李国武、聂建国、赵国运译，中国社会科学出版社1991年版，第67页。

② ［波］沃拉德斯拉维·塔塔科维兹：《中世纪美学》，褚朔维、李国武、聂建国、赵国运译，中国社会科学出版社1991年版，第65页。

③ ［古罗马］奥古斯丁：《论秩序：奥古斯丁早期作品选》，石敏敏译，中国社会科学出版社2017年版，第125页。

④ ［古罗马］奥古斯丁：《论秩序：奥古斯丁早期作品选》，石敏敏译，中国社会科学出版社2017年版，第124页。

离不开理性审美："思考美，即使外形的美，不论是可见的色彩和形状之美，还是可听的歌曲和旋律之美，这是唯有理性思维才能胜任的思考。"① 之所以感性美也需要理性审美，是因为感性美是神性美的象征、影子、痕迹，含有理性因素，分有理性美："当一个演员跳舞时，虽然他肢体的有序运动确实因那种节奏为人提供愉悦，但对专注的观赏者来说，他的所有动作都是指向事物的符号。舞蹈本身之所以被称为合理的，正是因为它恰当地指示并展现了越超于感官愉悦的东西。"② 舞蹈等感性美之所以美，是作为符号指向了理性美、神性美。

再次，理性审美的效果高于感性审美。在奥古斯丁看来，自审美客体而言，美有感性美与理性美，感性美低于理性美，理性美高于感性美。自审美主体而言，审美有感性审美与理性审美，感性审美低于理性审美，理性审美高于感性审美。与此相类，自审美效果而言，奥古斯丁认为，审美效果有感性愉悦与理性愉悦，或者感官愉悦与心灵愉悦，感性愉悦低于理性愉悦，心灵愉悦高于感官愉悦："感官的愉悦是一回事，通过感官获得的愉悦是另一回事。优雅的动作使感官愉悦，但唯有动作所包含的合宜内容通过感官愉悦心灵。从听觉我们可以更好地感到这一点。无论什么事物，只要发出好听的声音，就是愉悦并吸引听觉本身的东西。但那种声音所真正表示的含义才与心灵相关，虽然它通过我们的听觉这个信使才得到传递。"③ 感官愉悦是低级的审美快感，心灵愉悦是高级的审美快感，

① ［古罗马］奥古斯丁：《驳朱利安》，石敏敏译，中国社会科学出版社 2010 年版，第210 页。
② ［古罗马］奥古斯丁：《论秩序：奥古斯丁早期作品选》，石敏敏译，中国社会科学出版社 2017 年版，第120 页。
③ ［古罗马］奥古斯丁：《论秩序：奥古斯丁早期作品选》，石敏敏译，中国社会科学出版社 2017 年版，第120—121 页。

理性审美愉悦高于感性审美愉悦："我们的眼睛喜爱美丽而变换无穷的形体、璀璨而给人快感的色彩……但这些事物并不能主宰我的心灵，能主宰它的只有上帝，上帝的确使这一切成为富有价值的美好之物，但我的美好之物只有上帝。"① 归根究底，理性审美愉悦是神性审美愉悦，是心游彼岸、魂遇上帝的至大喜乐与至高狂醉。

（二）理性审美的标准

在奥古斯丁看来，在整个审美活动与过程中，理性审美占有非常突出的地位，具有至关重要的作用和意义。"他不仅把审美经验中的理性因素孤立出来，还把它称作 visiones 的，即活跃的、富有表现力的（如那种可由诗人与演讲者唤起的）幻象单独区分出来。"② 理性审美的对象涵盖了由感性美到理性美、神性美的整个审美领域。理性审美不是随意而行的，心灵判断是依据比心灵高级的尺度、形式进行的。"若心灵本身不具有这些事物的更高形式，那么就不会有体积，不会有声音，也不会有空间和时间。"③ 理性据以审美的标准是恒定不变的："不论占据巨大时空的活动，还是由小时或者分钟计算的运动，全都根据同一种准则即那个不变的相同来判断。既然大和小的运动和空间形状都根据同一个准则，即相同性（paripitas）或相似性或适当性（congruentia），那么这个准则比所有这些都更大；但不是在空间或时间意义上更大，而是权力和能力上更大。"④ 这是衡量所有美——无论大小、方圆、长短，还是短暂与恒久——的绝对尺度、至高准则，"这是一切技艺的准则，是绝对不变的；……这

---

① ［波］沃拉德斯拉维·塔塔科维兹：《中世纪美学》，褚朔维、李国武、聂建国、赵国运译，中国社会科学出版社 1991 年版，第 78 页。

② ［波］沃拉德斯拉维·塔塔科维兹：《中世纪美学》，褚朔维、李国武、聂建国、赵国运译，中国社会科学出版社 1991 年版，第 65 页。

③ ［古罗马］奥古斯丁：《上帝之城》，王晓朝译，人民出版社 2006 年版，第 316 页。

④ ［古罗马］奥古斯丁：《论秩序：奥古斯丁早期作品选》，石敏敏译，中国社会科学出版社 2017 年版，第 241 页。

个准则，即真理，高于我们的心灵"。① 这个超越于心灵之上的绝对准则、至高尺度就是最高神性上帝："这些小事物不是用它们自己的伟大来衡量的，因为它们并不伟大，而是用它们的创造者的智慧来衡量的。"② 上帝智慧，即神智是衡量一切美的标尺。根据奥古斯丁有关著述，审美的理性标准或神性标准可做如下解读。

首先是理性审美的整一视野。审美的整一视野或整一意识，指的是审美活动与过程中所坚持的纯一、同一、统一观点。这里的"一"不是数次一、二、三……中的一，也不是数目一个、两个、三个……中的一，而是一体、同一、统一、一致的意思，是前后相续一贯、左右相连一致，时空紧密结合的同一性、统一体、同质同化。坚持审美的整一观点，依据奥古斯丁著述，可从以下几点来理解。其一，从整一视角出发，审视、评判、衡量事物的美是否体现了整一性，多大程度上体现了整一性。奥古斯丁曾经以诗句显示诗歌艺术的始终如一的美的痕迹，虫子等低等造物从身体至灵魂，维持着对纯一的向往，阐释事物对整一性的依从。这里涉及了如何正确认识整一性与感性美的关系。在奥古斯丁看来，一方面感性美来源于一，一定程度体现了一，另一方面感性美不能完全获得一，离一相当遥远。"一方面，没有哪种形式或者物体不拥有一的某种痕迹；另一方面，任何物体无论多美，因为必然拥有被空间分割的部分，所以都不可能获得它所追求的一。"③ 其二，如何认识整一性？肉眼只能看见有形事物、有形美、感性美，只有心眼、心灵、理性才能把

---

① 〔古罗马〕奥古斯丁：《论秩序：奥古斯丁早期作品选》，石敏敏译，中国社会科学出版社 2017 年版，第 242 页。

② 〔古罗马〕奥古斯丁：《论秩序：奥古斯丁早期作品选》，石敏敏译，中国社会科学出版社 2017 年版，第 472 页。

③ 〔古罗马〕奥古斯丁：《论秩序：奥古斯丁早期作品选》，石敏敏译，中国社会科学出版社 2017 年版，第 244 页。

握一："我们要看见真正的一，只能靠心眼。"这实际上揭示了整一性的理性特质。其三，一是权能形式，决定着事物的存在，赋予事物整一性。"它不是以空间形式存在于某处，而是以权能形式无处不在。"① 其四，纯一是灵魂的归宿上帝。此岸是杂多的，彼岸是纯一的。人的心愿与归宿就是告别此岸，走向彼岸，离弃世俗之城，奔向上帝之城，摆脱杂多，皈依纯一上帝："我们因不义、不虔而悖逆，远离了惟一至高真神，堕入了杂多，被杂多分裂，依恋于杂多。因此，如下的事就是适宜的，在富怜悯心的上帝的吩咐下，杂多之物自己应一齐宣布那要来的惟一一位，那被宣布者应该来，杂多之物应一齐见证那惟一一位已经来了，我们这些被杂多所压制的要回到一那里去；……从而藉着中保与神完全和好，我们就可依恋于这一位，欢享这一位，永远保持为一。"②

其次是理性审美的整体视野。理性审美的整体视野指的是理性在审美活动与过程中的整体意识、全局观念、宏观维度。具体而言，依据奥古斯丁有关论述，可做以下几点解读。其一，任何事物的美，均应自整体角度来审视、欣赏。"如果他抬起心眼，开阔视野，把物视为一个整体，他就会发现一切事物都那么井然有序、层级分明、各就各位。"③ 将审美对象视为一个整体观览时，会发现、领略其秩序美。不论是一座建筑、一个人，一场演讲，还是一座雕像、一首诗、一支部队，甚或月亮的行程，均需从整体角度来审美，才能获得愉悦与美感。这是就具体事物而言，自整体出发，即可获得美的享受。从整个宇宙来说，也莫不如是："在由上帝不变的神意安排的

① ［古罗马］奥古斯丁：《论秩序：奥古斯丁早期作品选》，石敏敏译，中国社会科学出版社2017年版，第245页。

② ［古罗马］奥古斯丁：《论三位一体》，周伟驰译，商务印书馆2005年版，第134页。

③ ［古罗马］奥古斯丁：《论秩序：奥古斯丁早期作品选》，石敏敏译，中国社会科学出版社2017年版，第100页。

人生这个战场，上帝分配了不同的角色，有的是被征服者，有的是得胜者，有的是参赛者，有的是观看者，有的是只沉思上帝的宁静者。""所有这一切都按各自确定的职责和界限就位，从而确保整个宇宙的美。"① 其二，离开整体视野，无法获得事物的美。如果不从整体出发，只从部分出发，不从全局着眼，只由局部观览，就不能一览事物的全貌，更不能领略事物的全美真美："一个人如果像一座雕像似地被安置在一座极其宏伟美丽的建筑里，他将难以领略他仅仅作为其一部分的这一建筑的美。队列中的一名士兵同样无从知晓整个军队的部署。如果一首诗中的音节具有生命，能够听到对其自身的朗读，它们绝不可能因措辞的节奏与美丽而欣喜，它们无法把诗作为一个整体来感受和欣赏。"② 此可谓"不识庐山真面目，只缘身在此山中"。一叶障目，不见泰山。孤立地从个别出发，自局部着眼，必然会失去事物的全貌，遮蔽事物的全美。"我们并非总能感知世界的美，奥古斯丁解释说，因为我们不能把它作为一个整体来理智地把握。"③ 其三，局部审美低于整体审美，整体审美高于局部审美。"如果我们关于整体或者部分的判断是正确的，那么它也是美的。这样的判断高于整个世界，并且因为我们的判断是正确的，所以我们不会依附于世界的任何部分。当我们判断错误，完全关注部分时，我们的判断本身也是低级的。"④ 部分审美患有严重的局限、缺陷，视野狭隘，因小失大；整体审美具有明显的优势、长处，视

---

① 〔古罗马〕奥古斯丁：《论秩序：奥古斯丁早期作品选》，石敏敏译，中国社会科学出版社 2017 年版，第 256—257 页。
② 〔波〕沃拉德斯拉维·塔塔科维兹：《中世纪美学》，褚朔维、李国武、聂建国、赵国运译，中国社会科学出版社 1991 年版，第 77—78 页。
③ 〔波〕沃拉德斯拉维·塔塔科维兹：《中世纪美学》，褚朔维、李国武、聂建国、赵国运译，中国社会科学出版社 1991 年版，第 66 页。
④ 〔古罗马〕奥古斯丁：《论秩序：奥古斯丁早期作品选》，石敏敏译，中国社会科学出版社 2017 年版，第 256 页。

野宏阔，胸览大局："之所以有些事是低级的，是因为部分是不完全的，但整体是完全的，不论它们的美呈现为静止还是运动。"其四，整体审美可彰显部分事物在整体中的价值、意义、作用。整体是由部分构成的，离开了整体，部分无所依从，无所附丽。部分只有置身于整体的框架中，方可实现其价值和意义。此可谓整体美中的局部美。这里，奥古斯丁尤其强调那些孤立地看，本身不美甚至丑的事物，由于镶嵌于整个美的大厦中，也会熠熠发光，获得美的效应："不论我们厌恶它的哪一部分，当我们把宇宙视为整体时，我们所厌恶的部分就会给我们最大的快乐。……就如一幅画，从整体看，画底的黑色也会显得很美。"① 除了以画中的黑色底色为例，奥古斯丁还以诗歌中的文法错误和不规范用法阐明这一道理："如果单从其本身看，你会把这样的措辞当作毫无意义的东西而加以抛弃。但是如果没有它，就又无从表现那些华丽的修饰。"②

此外，其他的例子还有，丑陋的器官在整个动物躯体美、有罪之人在整个大地美的价值和意义。当然，这些本身不美甚至丑的部分须服从整体安排，处在适合它自己的位置，比例适当，才能显示它在整体美中的作用，才能获得美。定位不当，比例失调，就不能实现其在整体美中的价值，也无法获得在整体中的美。可以说，奥古斯丁非常重视整体美、美的整体性："如果我们想要做出正确判断，就必须从整体考虑。"决不能孤立地从局部出发："当我们判断一个建筑物时，我们不能只从一个角度考虑。同样，当我们判断一个人的俊美时，也不能只看他的头发；对一个发表精彩演讲的人，

---

① ［古罗马］奥古斯丁：《论秩序：奥古斯丁早期作品选》，石敏敏译，中国社会科学出版社 2017 年版，第 256 页。

② ［古罗马］奥古斯丁：《论秩序：奥古斯丁早期作品选》，石敏敏译，中国社会科学出版社 2017 年版，第 101 页。

我们不能只注意他的手势；思考月亮的行程时，我们不能只研究它三天时间里的月相。"① 奥古斯丁将部分不美的或丑的事物置于全局中来审视、衡量、考究的整体审美视野，很可能启发并影响了19世纪法国雨果整体审美观："美总是为我们提供一套完整的，但又和我们同样有限的内容。我们所谓的丑，相反，是一整套内容中不为我们掌握的局部内容，这个局部和人不相协调，而是和世界万物相一致。"② 至于奥古斯丁的整体审美视野与雨果的整体审美观之间有怎样的勾连，以及如何看待奥古斯丁和雨果对局部与全局、部分与整体在审美中的作用和价值，有待来日有暇做一细致探析。

再次是理性审美的数字视野。所谓理性审美的数的视野，指的是理性在审美活动与过程中的数字意识、数字观念。在奥古斯丁看来，万事万物的美莫不由数规定，数在事物美中占据重要地位，规定、左右着事物的美。所以，理性在审美时，应该从数这一角度推究美的依据，探寻美的轨迹："数提供了一条理性认识的途径。超越艺术家精神的是，寓于智慧之中的永恒的数。美和存在物的本质都寓于数中。"③ 季节的更替、天体的运动完全由数支配、制导，"因为季节持续不断的轮换，星辰恒常而确定的运行，以及稳定适当的间隔距离，所以它也明白，在那里占支配地位的正是尺度和数目"。④ 同样，诗歌创作也由数字规定，诗歌的音步（pedes）、腔调（accentus）、诗节（caesa）、诗句（membra）、诗行（versum）、旋律（rhythmni）莫不由数掌控和决定。"如果声音没有按某种固定的时间尺度以及高低音

① ［古罗马］奥古斯丁：《论秩序：奥古斯丁早期作品选》，石敏敏译，中国社会科学出版社2017年版，第256页。

② ［法］雨果：《雨果文集》第11卷，程曾厚译，人民文学出版社2002年版，第19页。

③ ［美］凯·埃·吉尔伯特、〔联邦德国〕赫·库恩：《美学史》上卷，夏乾丰译，上海译文出版社1989年版，第173页。

④ ［古罗马］奥古斯丁：《论秩序：奥古斯丁早期作品选》，石敏敏译，中国社会科学出版社2017年版，第126页。

的各种变化作出有序安排，那这种质料就没有什么价值。"① 可以说，奥古斯丁提升了数在理性审美活动与过程中的地位和作用："一切艺术和科学都是由数决定的；理性还发现，它本身也是计算一切事物的数，更正确地说，数正是理性所向往之地。"②

最后是理性审美的和谐视野。理性审美的和谐视野指的是理性在审美活动与过程中的和谐意识、和谐观念。奥古斯丁认为，事物之所以美，根因在于和谐："因为它的各部分相似、对称地结合在一起，从而形成一个和谐的整体。"③ 所以，在审视、判断事物的美时，应从和谐出发，探寻、发现事物的和谐特质、和谐属性、和谐关系。自和谐角度着眼，可以发现万事万物无不处在和谐之中，上帝本身是至高完满至高和谐，天堂彼岸和谐一致，上帝与其作品宇宙万象之间和谐统一，宇宙万象和谐统一，建筑各部分和谐一体，音乐内部诸音素和谐一致，诗歌内音步、诗节、诗句、诗行、旋律和谐一致，身体的各种器官和谐一致，等等。其中，既有看得见、听得到的具体有形的感性和谐，也有看不见但可把握的抽象无形的理性和谐。具体、有形的感性和谐是低级的和谐，抽象、无形的理性和谐是高级的和谐，最高的和谐是上帝本身："凌驾于世界美之上的、至高无上的美是上帝，上帝就是'美本身'。"④ 奥古斯丁主张人们追求最高的和谐："不要走到外部，要回到你自己。真理就住在内在的人里面。……但你要通过寻求才能得到它，不是在空间位置里得到，

---

① ［古罗马］奥古斯丁：《论秩序：奥古斯丁早期作品选》，石敏敏译，中国社会科学出版社 2017 年版，第 124—125 页。

② ［美］凯·埃·吉尔伯特、〔联邦德国］赫·库恩：《美学史》上卷，夏乾丰译，上海译文出版社 1989 年版，第 175 页。

③ ［古罗马］奥古斯丁：《论秩序：奥古斯丁早期作品选》，石敏敏译，中国社会科学出版社 2017 年版，第 244 页。

④ ［波］沃拉德斯拉维·塔塔科维兹：《中世纪美学》，褚朔维、李国武、聂建国、赵国运译，中国社会科学出版社 1991 年版，第 67 页。

而是通过心灵的性情（mentis affectu）。这样，内在的人就在一种快乐中与住在里面的真理一致。这种快乐不是低级的，属肉体的，而是至高的和属灵的。"① 要超越自己，寻求那最高的和谐上帝。只有寻求内在的上帝，才能获得至高快乐。

整一视野、整体视野、数字视野、和谐视野构成了奥古斯丁理性审美标准的主要内涵。当然，在奥古斯丁的神性审美系统中，这四者并非彼此孤立、互不关涉，而是往往你中有我、我中有你，相互交融，彼此渗透。事实上，事物的美，很难说哪个是纯粹的整一美，哪个是纯粹的整体美，哪个是纯粹的数字美，哪个是纯粹的和谐美，常常是整一美、整体美、数字美、和谐美互有关涉、同行不悖的。因此，在审美活动与过程中，可以同时运用其中两种、三种，乃至四种视野进行。但有一点是不变的，符合整一性、整体性、数字性、和谐性的规定与要求即是美的，不合就是丑的。

奥古斯丁推重整一视野、整体视野、数字视野、和谐视野，目的是让人们离开此岸美、感性美，追寻理性美、神性美："他发现真正的美并不在世界的可感形象中，而是在秩序与整一中，而这只能由那些富于理智的人们凭借灵魂美来感知。"② 奥古斯丁勾画了来世美、彼岸美、天堂美的动人胜景："不管身体处于什么状况，是运动还是静止，到那时一切事物的形象都是美的，因为在那里不会再有不美的事物。灵想要去哪里，身体也肯定能马上去哪里；灵决不会希望有任何对灵来说或对身体来说不美的事物。"③ 在这上帝之城、美的天国中，最终通过心灵认识美之最上帝："我为至高至美的相等

---

① ［古罗马］奥古斯丁：《论秩序：奥古斯丁早期作品选》，石敏敏译，中国社会科学出版社 2017 年版，第 253—254 页。

② ［波］沃拉德斯拉维·塔塔科维兹：《中世纪美学》，褚朔维、李国武、聂建国、赵国运译，中国社会科学出版社 1991 年版，第 67 页。

③ ［古罗马］奥古斯丁：《上帝之城》，王晓朝译，人民出版社 2006 年版，第 1157 页。

而欣喜，对此，我不是凭肉眼，而是凭心灵去认识。"① 奥古斯丁描绘了灵魂喜见上帝的幸福情景："当灵魂适当调整和正确安排自己，使它变得和谐美好之后，它就有胆量抬眼去看上帝，就是整个真理的源泉，真理的父亲。伟大的上帝啊，那该是怎样的眼睛！多么纯洁！多么美丽！多么强大！多么坚定！多么清澈！多么有福！"② 这是灵魂瞻仰上帝的至上喜乐和至美狂欢。

推重上帝在审美中的地位和价值，突出审美中的神性品味，是奥古斯丁美论的明显特点和主要特质。上帝或神性在奥古斯丁美论中占据主导地位和无限优势，是奥古斯丁美论的最终鹄的和神圣皈依。奥古斯丁美论之所以具有如此耀眼而强烈的神性色彩，与奥古斯丁的神性思想密切攸关，奥古斯丁的神性思想为其美论铺就了思想路基。奥古斯丁美的神性论是其神性思想作用、渗透、熏染其美论的自然产物和必然结果。当奥古斯丁站在神性立场审视、评论美的诸现象诸问题时，奥古斯丁关于美的思考、认识、谈论自然打上了深深的神性烙印，笼罩上鲜明的圣光神晕。

---

① ［波］沃拉德斯拉维·塔塔科维兹：《中世纪美学》，褚朔维、李国武、聂建国、赵国运译，中国社会科学出版社 1991 年版，第 77 页。

② ［古罗马］奥古斯丁：《论秩序：奥古斯丁早期作品选》，石敏敏译，中国社会科学出版社 2017 年版，第 134 页。

结　语

　　奥古斯丁在西方古代文论自人性至神性转向过程中占据突出而显赫的地位。奥古斯丁在继承前人，即古希腊以来文艺神性学说的基础上，完成了西方文论的神性转向。"斐洛把理念解释为神的思想……不但影响了新柏拉图主义，而且还极大地影响了基督教神学。奥古斯丁就是其中的代表。"[①]"圣奥古斯丁（St. Augustine）曾读普洛泰纳斯论著的拉丁文译本。……确有不少类似这位新柏拉图主义哲学家的见解。"[②]奥古斯丁在继承古希腊毕达哥拉斯"数"的学说、柏拉图的"理式"论，古罗马斐洛的上帝观及逻各斯学说、普罗提诺的"太一"说等人的神性思想及其神性文艺理论的基础上，在文学艺术的本质、文学艺术的创作、文学艺术的鉴赏、文学艺术的功用、美的看法诸方面，最终把西方文论全方位推至神性巅峰。

　　自文艺本质神性论而言，在古希腊，荷马、赫西俄德与早期抒情诗人就认为，天神既善于唱歌，又喜欢跳舞，还掌握种种艺术，

　　① 范明生：《晚期希腊哲学和基督教神学：东西方文化的汇合》，上海人民出版社 1993 年版，第 225—226 页。
　　② ［美］卫姆塞特、布鲁克斯：《西洋文学批评史》，颜元叔译，台湾志文出版社 1978 年版，第 109—110 页。

诗神、天神乃诗歌之源，既造就了诗人，又赋予诗人吟唱艺术；毕达哥拉斯认为，人间音乐是对"天体音乐"的模仿；德谟克利特指出，神灵、神力是诗人创作的源泉；苏格拉底承认，神赐诗人灵感；柏拉图肯定，神即艺术家，天上理式乃人类作品的最初原型，神将灵感赐予诗人；亚里士多德指出，人类产生和掌握技艺的双手出于神意。到了斐洛发展为，上帝乃是文艺的缔造者，天上文艺为尘世文艺的源泉，天上艺术高于地上艺术，艺术服从并服务于哲学。及至普罗提诺推演为，善（Good）乃形式赋予者，理智乃形式、工匠和宇宙的源泉，理式为天地万象成型的法则，灵魂拥有戏剧、音乐、组合、原型等特性，地上艺术来源于天上艺术。

到了奥古斯丁终于成为，上帝作为艺术家创造宇宙万物，天主造就了人间艺术。"你给工匠一个肉躯，一个指挥肢体的灵魂，你供给他所需的材料，你赋给他掌握技术的才能，使能从心所欲的从事制作，你赋给他肉体的官感，通过官感而把想象所得施之于物质。"①人间艺术的主体（工匠）自身体到灵魂、到感觉，以及人间艺术所需材料、技术，无不由上帝提供。艺术来源于天主，天主造就了艺术。上帝艺术优于人间艺术。

自文艺创作神性论而言，古希腊的史诗诗人荷马、叙事诗人赫西俄德与早期抒情诗人均承认，神指引着诗人歌唱；苏格拉底认为，神创造宇宙万象，是先成竹于胸，后成竹于手，终成竹于眼的；柏拉图认为，诗人、艺术家是根据理式的摹本和影子创作的。到了斐洛发展为，上帝首先构思、打腹稿，然后将形式赐予万物，上帝还根据四因说来创造天地万象，不仅如此，上帝在创造世界后还不断打磨、完善世界，还能够幸临人体，通过凡人发言立论、处理事务，

---

① ［古罗马］奥古斯丁：《忏悔录》，周士良译，商务印书馆1963年版，第235页。

人成为神的代言者、代理者。到了普罗提诺演变为，理智担任制造师和工匠，跟灵魂合作，共同创制艺术品，文艺按照形式创作美的艺术品。

到了奥古斯丁终成为，上帝作为伟大艺术家创造其鸿篇巨制——世界，神的艺术指挥着艺术家创作，人奉上帝旨意而创作，人仗上帝恩典而运笔。

自文艺鉴赏神性论而言，在古希腊，苏格拉底认为，由神之可见作品而推想并赞赏伟大匠师——神的风采；柏拉图认为，神力像磁石吸引个个铁环一样，神也赐灵感于诵诗人和赏诗人，诵诗人和赏诗人皆沉迷于神力之中。到了斐洛演绎为，人从可见的有形事物遥推、把握不可见的无形上帝，由衷感叹、欣赏上帝井井有条地创建宇宙万有，继而折服上帝创世艺术的宏伟、卓然、精致、娴熟。及至普罗提诺发展成，人凭借面前双耳所闻、两眼所见来遥想、追思伟大的造物主，同时当叹赏、陶醉天上美盛之际，欣欣然同其融为一体。

到了奥古斯丁推演成，人凭借有形受造物的美、善、实在，能够追思、推知天主："是你，主，创造了天地；你是美，因为它们是美丽的；你是善，因为它们是好的；你实在，因为它们实在。"① 就是说，人可以依据受造之物之美、善、实在，推知上帝、造物主的美、善、实在。因为，既然受造之物是美的、善的、实在的，那么，它们所出自的造物主——上帝也必定是美、善、实在的。自神性角度解读上帝的作品，体会、领略、赞赏艺术大师上帝独运之匠心与独到之神思。

自文艺功用神性论而言，古希腊的叙事诗人荷马、赫西俄德与早期抒情诗人均认可，诗歌应当讴歌诸神的不朽功劳和光辉伟业；

---

① ［古罗马］奥古斯丁：《忏悔录》，周士良译，商务印书馆 1963 年版，第 235 页。

柏拉图也力倡，诗人必须盛赞神的美德，绝不可歪曲、丑化、玷污神圣。及至斐洛发展成，文艺理应感恩、歌颂、赞扬上帝的至高、至大、至美、永恒，决不能丑化、歪曲神圣。

奥古斯丁仍持此看法：文艺应为天主服务，好诗在于歌颂上帝，"主，你是我的君王，我的天主，请容许我将幼时所获得的有用知识为你服务，说话、书写、阅读、计算都为你服务"。① 同时要求文艺绝不可亵渎神圣，控诉荷马史诗亵渎神明的罪恶："荷马编造这些故事，把神写成无恶不作的人，使罪恶不成为罪恶，使人犯罪作恶，不以为仿效坏人，而自以为取法于天上神灵。"②

自美的神性论而言，在古希腊，毕达哥拉斯认为，美在数的和谐；赫拉克利特认为，神最具智慧、最美、最成熟；苏格拉底认为，神不只将美好事物赐予人类，神还眷顾人类，将感官赐于人，以便能够享受美好事物，事物的美来自绝对美，并由于分享至高美而变得美，美在天堂、来世；柏拉图则坚持，美在神间，事物的美在于分有美本身，神美于人；亚里士多德认为，神是永恒的美，宇宙万物归于美的形式。到了斐洛表现为，美与上帝密切有关，美在神圣的数字，美在天堂。到了普罗提诺发展为，天堂最美，天堂美是美的源泉，观照天堂美是审美胜景。

到了奥古斯丁推演成，美在天主，天主赐予万物美，事物的美来自绝对存在，天国美高于尘世美，地上的美次于天上的美，美在天国，观照天国美是审美至福。理性美优于感性美，审美重在理性美。

总之，在奥古斯丁的文论思想中，神性至高至大、至美至善、至纯至真，人性至卑至微、至轻至贱，完全匍匐于神性的绝对权威脚下。至此，西方神性文论或文艺神性论达于巅峰。

---

① ［古罗马］奥古斯丁：《忏悔录》，周士良译，商务印书馆1963年版，第18—19页。
② ［古罗马］奥古斯丁：《忏悔录》，周士良译，商务印书馆1963年版，第19页。

参考文献

一 中文文献

(一) 著作

1. 奥古斯丁读本

[古罗马] 奥古斯丁:《忏悔录》,周士良译,商务印书馆1963年版。

[古罗马] 奥古斯丁:《独语录》,成官泯译,上海社会科学院出版社 1997年版。

[古罗马] 奥古斯丁:《奥古斯丁政治著作选》,中国政法大学出版社 2003年版。

[古罗马] 奥古斯丁:《论三位一体》,周伟驰译,上海人民出版社 2005年版。

[古罗马] 奥古斯丁:《上帝之城》(上下卷),王晓朝译,人民出版 社2006年版。

[古罗马] 奥古斯丁:《天主之城》(上下卷),吴宗文译,吉林出版 集团有限责任公司2015年版。

[古罗马] 奥古斯丁:《上帝之城:驳异教徒》(上),吴飞译,上海 三联书店2007年版。

[古罗马] 奥古斯丁:《上帝之城:驳异教徒》(中),吴飞译,上海 三联书店2008年版。

［古罗马］奥古斯丁：《上帝之城：驳异教徒》（下），吴飞译，上海三联书店 2009 年版。

［古罗马］奥古斯丁：《论信望爱》，许一新译，生活·读书·新知三联书店 2009 年版。

［古罗马］奥古斯丁：《道德论集》，石敏敏译，生活·读书·新知三联书店 2009 年版。

［古罗马］奥古斯丁：《驳朱利安》，石敏敏译，中国社会科学出版社 2010 年版。

［古罗马］奥古斯丁：《论四福音的和谐》，S. D. F. 萨蒙德英译，许一新译，生活·读书·新知三联书店 2010 年版。

［古罗马］奥古斯丁：《奥古斯丁选集》，汤清、杨懋春、汤毅仁译，宗教文化出版社 2010 年版。

［古罗马］奥古斯丁：《论自由意志：奥古斯丁对话录二篇》，成官泯译，上海世纪出版集团 2010 年版。

［古罗马］奥古斯丁：《论原罪与恩典》，周伟驰译，商务印书馆 2012 年版。

［古罗马］奥古斯丁：《论三位一体》，周伟驰译，商务印书馆 2015 年版。

［古罗马］奥古斯丁：《论灵魂及其起源》，石敏敏译，中国社会科学出版社 2017 年版。

［古罗马］奥古斯丁：《论秩序：奥古斯丁早期作品选》，石敏敏译，中国社会科学出版社 2017 年版。

［古罗马］奥古斯丁：《〈创世记〉字疏》（上、下），石敏敏译，中国社会科学出版社 2018 年版。

［古罗马］奥古斯丁：《论灵魂的伟大》，石敏敏、汪聂才译，中国社会科学出版社 2019 年版。

2. 相关读本

［英］A. E. 泰勒：《苏格拉底传》，赵继铨、李真译，商务印书馆2015
　　年版。

［古希腊］柏拉图：《柏拉图全集》（第1卷），王晓朝译，人民出版
　　社2002年版。

［古希腊］柏拉图：《柏拉图全集》（第2、3、4卷），王晓朝译，人
　　民出版社2003年版。

［古希腊］柏拉图：《苏格拉底的申辩》，吴飞译，华夏出版社2017
　　年第2版。

［古希腊］柏拉图：《苏格拉底的最后日子——柏拉图对话集》，余
　　灵灵、罗杯平译，上海三联书店1988年版。

［古希腊］柏拉图：《游叙弗伦·苏格拉底的申辩·克力同》，严群
　　译，商务印书馆1983年版。

［古罗马］斐洛：《论〈创世记〉》，王晓朝、戴伟清译，商务印书馆
　　2012年版。

［古罗马］斐洛：《论律法》，石敏敏译，中国社会科学出版社2007
　　年版。

［古罗马］斐洛：《论摩西的生平》，石敏敏译，中国社会科学出版
　　社2017年版。

［古罗马］斐洛：《论凝思的生活》，石敏敏译，中国社会科学出版
　　社2008年第2版。

［德］古斯塔夫·施瓦布（Gustav Schwab）：《希腊神话和传说》，楚
　　图南译，人民文学出版社1959年版。

［古罗马］普罗提诺：《九章集》（上下册），石敏敏译，中国社会科
　　学出版社2018年第2版。

［古罗马］普罗提诺：《九章集》（上下册），应明、崔峰译，上海三

联书店 2017 年版。

［古希腊］色诺芬：《回忆苏格拉底》，吴永泉译，商务印书馆 1984
年版。

［意］托马斯·阿奎那：《论存在与本质》，段德智译，商务印书馆
2013 年版。

［古希腊］亚里士多德：《灵魂论及其他》，吴寿彭译，商务印书馆
1999 年版。

傅安乐：《托马斯·阿奎那》，河北人民出版社 1997 年版。

3. 奥古斯丁研究论著

［英］安德鲁·诺雷斯、帕楚梅斯·潘克特：《奥古斯丁图传》，李
瑞萍译，北京大学出版社 2007 年版。

［美］彼得·布朗：《希波的奥古斯丁》，钱金飞、沈小龙译，中国
社会科学出版社 2013 年版。

［法］弗朗西斯·费里埃：《圣奥古斯丁》，户思社译，商务印书馆
1998 年版。

［美］汉娜·阿伦特、J. V. 斯考特：《爱与圣奥古斯丁》，王寅丽、
池微添译，漓江出版社 2019 年版。

［美］加里·威尔斯（Garry Wills）：《圣奥古斯丁》，刘靖译，生活·
读书·新知三联书店 2019 年版。

［美］科伦克：《基督教与古典文化——从奥古斯都到奥古斯丁的思
想和行动》，石鹏译，香港道风书社 2011 年版。

［加拿大］李锦纶：《奥古斯丁论善恶与命定：摩尼教的影子作用》，
石敏敏译，中国社会科学出版社 2012 年版。

［芬］罗明嘉：《奥古斯丁〈上帝之城〉中的社会生活神学》，张晓
梅译，中国社会科学出版社 2008 年版。

［美］瑞狄·菲利普斯：《追寻之旅——奥古斯丁传》，董家范译，
　　江西人民出版社 2008 年版。

［美］沙伦·M. 凯、保罗·汤普森：《奥古斯丁》，周伟驰译，中华
　　书局 2014 年版。

［英］西蒙·普莱斯：《古典欧洲的诞生：从特洛伊到奥古斯丁》，马
　　百亮译，中信出版社 2019 年版。

［英］W. 蒙哥马利（W. Montgomery）：《奥古斯丁》，于海、王晓平
　　译，中国社会科学出版社 1992 年版。

陈越骅：《跨文化视野中的奥古斯丁：拉丁教父的新柏拉图主义源流》，
　　浙江大学出版社 2014 年版。

黄裕生：《宗教与哲学的相遇：奥古斯丁与托马斯·阿奎那的基督教
　　哲学研究》，江苏人民出版社 2008 年版。

李猛：《奥古斯丁的新世界》，上海三联书店 2016 年版。

刘春阳：《审美与救赎：奥古斯丁美学思想研究》，安徽教育出版社
　　2016 年版。

孙帅：《自然与团契：奥古斯丁婚姻家庭学说研究》，上海三联书店
　　2014 年版。

王涛：《主教的书信空间：奥古斯丁的交往范式在〈书信〉中的体
　　现》，南京大学出版社 2011 年版。

王晓朝：《希腊哲学简史——从荷马到奥古斯丁》，上海辞书出版社
　　2017 年版。

吴飞：《心灵秩序与世界历史：奥古斯丁对西方古典文明的终结》，
　　生活·读书·新知三联书店 2013 年版。

吴天岳：《意愿与自由：奥古斯丁意愿概念的道德心理学解读》，北
　　京大学出版社 2010 年版。

夏洞奇：《尘世的权威：奥古斯丁的社会政治思想》，上海三联书店

2007 年版。

徐龙飞：《永恒之路：奥古斯丁本体形上时间哲学研究》，商务印书馆 2018 年版。

徐琪：《论奥古斯丁的友爱与共同体》，中国社会科学出版社 2017 年版。

曾庆豹：《重读奥古斯丁忏悔录》，台湾基督教文艺出版社 2012 年版。

张传有：《幸福就要珍惜生命：奥古斯丁论宗教与人生》，湖北人民出版社 2001 年版。

张涵：《俗世的朝圣者——奥古斯丁人性论探讨》，上海三联书店 2013 年版。

张荣：《神圣的呼唤：奥古斯丁的宗教人类学研究》，河北教育出版社 1999 年版。

张荣：《自由、心灵与时间：奥古斯丁心灵转向问题的文本学研究》，江苏人民出版社 2010 年版。

章雪富：《救赎：一种记忆的降临——奥古斯丁〈忏悔录〉第十一—十三卷研究》，世界图书出版公司 2013 年版。

周伟驰：《奥古斯丁的基督教思想》，中国社会科学出版社 2005 年版。

周伟驰：《记忆与光照：奥古斯丁神哲学研究》，社会科学文献出版社 2001 年版。

4. 相关研究论著

［美］保罗·蒂利希：《基督教思想史》，尹大贻译，东方出版社 2008 年版。

［美］大卫·福莱：《从亚里士多德到奥古斯丁》，冯俊等译，中国人民大学出版社 2004 年版。

［法］J. 谢和耐：《中国文化与基督教的冲撞》，于硕等译，辽宁人

民出版社 1989 年版。

[美] 吉尔伯特·海厄特（Gilbert Highet）：《古典传统：希腊·罗马对西方文学的影响》，王晨译，北京联合出版公司 2015 年版。

[英] 柯普斯登：《中世纪哲学：奥古斯丁到斯考特》，庄雅荣译，台湾黎明文化事业股份有限公司 1988 年版。

[美] 科林·布朗（Colin Brown）、史蒂夫·威尔肯斯（Steve Wilkens）、阿兰·G. 帕杰特（Alan G. Padgett）：《基督教与西方思想》（卷一、卷二、卷三），查常平、刘平、胡自信译，上海人民出版社 2017 年版。

[英] 迈克尔·基恩：《基督教概况》，张之璐译，北京大学出版社 2005 年版。

[意] 欧金尼奥·加林：《中世纪与文艺复兴》，李玉成、李进译，商务印书馆 2016 年版。

[英] 切斯特顿：《回到正统》，庄柔玉译，生活·读书·新知三联书店 2011 年版。

[美] 斯特伦：《人与神：宗教生活的理解》，金泽、何其敏译，上海人民出版社 1991 年版。

[美] 耶罗斯拉夫·帕利坎（Jaroslav Pelikan）：《基督教与古典文化》，石敏敏译，中国社会科学出版社 2012 年版。

[法] 雨果：《雨果文集》第 11 卷，程曾厚译，人民文学出版社 2002 年版。

[英] 约翰·希克：《多名的上帝》，王志成译，中国人民大学出版社 2005 年版。

[英] 约翰·希克：《上帝道成肉身的隐喻》，王志成等译，江苏人民出版社 2000 年版。

李秋零、田薇：《神光沐浴下的文化再生：文明在中世纪的艰难脚

步》，易杰雄主编：《欧洲文明的历程丛书》，华夏出版社 2000
年版。

李勇：《寓意解经：从斐洛到奥利金》，上海三联书店 2014 年版。

林语堂：《从异教徒到基督徒》，《林语堂名著全集》（第十卷），东
北师范大学出版社 1994 年版。

林语堂：《林语堂自传》，《林语堂名著全集》（第十卷），东北师范
大学出版社 1994 年版。

林语堂：《生活的艺术》，《林语堂名著全集》（第二十一卷），东北
师范大学出版社 1994 年版。

林语堂：《拾遗集》（下），《林语堂名著全集》（第十八卷），东北师
范大学出版社 1994 年版。

刘红星：《先秦与古希腊：中西文化之源》，上海古籍出版社 1999 年版。

刘耘华：《诠释的圆环：明末清初传教士对儒家经典的解释及其本土
回应》，北京大学出版社 2005 年版。

陆扬、潘朝伟：《〈圣经〉的文化解读》，复旦大学出版社 2008 年版。

吕大吉：《人道与神道》，上海人民出版社 1991 年版。

王美秀：《基督教史》，江苏人民出版社 2006 年版。

王萍丽：《营造上帝之城：中世纪的幽暗与冷艳》，北京大学出版社
2006 年版。

翁绍军：《神性与人性：上帝观的早期演进》，上海人民出版社 1999
年版。

杨慧林：《罪恶与救赎：基督教文化精神论》，东方出版社 1995 年版。

叶孟理：《欧洲文明的源头：古希腊·罗马文明》，易杰雄主编：《欧
洲文明的历程丛书》，华夏出版社 2000 年版。

章雪富：《基督教的柏拉图主义：亚历山大里亚学派的逻各斯基督论》，
中国社会科学出版社 2012 年版。

章雪富：《希腊哲学的 Being 和早期基督教的上帝观》，中国社会科
　　学出版社 2005 年版。

赵林：《基督教与西方文化》，商务印书馆 2013 年版。

5. 文艺理论著作

［德］埃里希·奥尔巴赫：《摹仿论》，商务印书馆 2014 年版。

［古希腊］柏拉图：《柏拉图文艺对话集》，朱光潜译，《朱光潜全
　　集》（第十二卷），安徽教育出版社 1996 年版。

［法］丹纳：《艺术哲学》，傅雷译，安徽文艺出版社 1998 年版。

［德］恩斯特·R. 库尔提乌斯：《欧洲文学与拉丁中世纪》，林振华
　　译，浙江大学出版社 2017 年版。

［美］房龙：《人类的艺术》（上下册），衣成信译，中国和平出版社
　　2003 年版。

［德］弗·威·约·封·谢林：《艺术哲学》（上下册），魏庆正译，
　　中国社会科学出版社 1996 年版。

［法］罗杰·法约尔：《批评：方法与历史》，怀宇译，百花文艺出
　　版社 2002 年版。

［美］M. H. 艾布拉姆斯：《镜与灯：浪漫主义文论及批评传统》，郦
　　稚牛、张照进、童庆生译，北京大学出版社 1989 年版。

［法］让·贝西埃、［加］伊·库什纳、［比］罗·莫尔捷、［比］让·
　　韦斯格尔伯：《诗学史》（上下册），史忠义译，百花文艺出版社
　　2002 年版。

［意］桑德拉·苏阿托妮：《从神性走向人性：文艺复兴》，夏方林
　　译，四川人民出版社 2000 年版。

［加］思洛普·弗莱：《批评的剖析》，陈慧、袁宪军、吴伟仁译，
　　百花文艺出版社 2002 年版。

［美］韦勒克：《近代文学批评史》，杨岂深、杨自伍译，上海译文出版社 1997 年版。

［俄］维谢洛夫斯基：《历史诗学》，百花文艺出版社 2003 年版。

［美］卫姆塞特、布鲁克斯：《西洋文学批评史》，颜元叔译，台湾志文出版社 1978 年版。

［德］温克尔曼：《希腊人的艺术》，邵大箴译，广西师范大学出版社 2001 年版。

［古希腊］亚里士多德：《诗学》，陈中梅译注，商务印书馆 1996 年版。

陈惇、刘象愚：《比较文学概论》，北京师范大学出版社 2000 年版。

陈惇、孙景尧、谢天振主编：《比较文学》，高等教育出版社 1997 年版。

陈良运：《中国诗学体系论》，中国社会科学出版社 1992 年版。

陈中梅：《柏拉图诗学和艺术思想研究》，商务印书馆 1999 年版。

刁克利：《西方作家理论研究》，外语教学与研究出版社 2005 年版。

董学文：《西方文学理论史》，北京大学出版社 2005 年版。

干永昌、廖鸿钧、倪蕊琴编选：《比较文学研究译文集》，上海译文出版社 1985 年版。

古敏、云峰：《圣经文学二十讲》，重庆出版社 2005 年版。

郭绍虞：《郭绍虞说文论》，上海古籍出版社 2000 年版。

郭绍虞：《中国文学批评史》，新文艺出版社 1957 年版。

胡经之主编：《西方文艺理论名著教程》（上下），北京大学出版社 2016 年第 3 版。

乐黛云、陈跃红、王宇根、张辉：《比较文学原理新编》，北京大学出版社 1998 年版。

乐黛云主编：《中西比较文学教程》，高等教育出版社 1988 年版。

梁工、卢龙光编选：《圣经与文学阐释》，人民文学出版社2003年版。

梁工主编：《基督教文学》，宗教文化出版社2001年版。

梁工主编：《圣经与欧美作家作品》，宗教文化出版社2000年版。

刘建军：《基督教文化与西方文学传统》，北京大学出版社2005年版。

刘象愚：《外国文论简史》，北京大学出版社2005年版。

刘意青：《〈圣经〉文学阐释教程》，北京大学出版社2010年版。

陆扬：《欧洲中世纪诗学》，上海社会科学院出版社2000年版。

马新国主编：《西方文论史》，高等教育出版社2008年第3版。

孟庆枢：《西方文论》，高等教育出版社2002年版。

缪朗山：《西方文艺理论史纲》，中国人民大学出版社1985年版。

石璞：《西方文论史纲》，四川大学出版社1992年版。

孙津：《西方文艺理论简史》，陕西人民出版社1986年版。

孙景尧：《比较文学："自我"和"他者"的认知之道》，中国青年出版社2003年版。

孙景尧：《沟通——访美讲学论中西比较文学》，广西人民出版社1991年版。

王运熙、顾易生：《中国文学批评史》（上、中、下），上海古籍出版社1999年、2001年版。

伍蠡甫、蒋孔阳主编：《西方文论选》（上下卷），上海译文出版社1979年版。

伍蠡甫、翁义钦：《欧洲文论简史》，人民文学出版社1991年版。

杨慧林、耿幼壮：《西方文论概览》，中国人民大学出版社2013年版。

杨慧林、黄晋凯：《欧洲中世纪文学史》，译林出版社2001年版。

杨乃乔主编：《比较文学概论》，北京大学出版社2002年版。

杨荫隆：《西方文论家手册》，时代文艺出版社1985年版。

张秉真、章安祺、杨慧林：《西方文艺理论史》，中国人民大学出版社 1994 年版。

张隆溪、温儒敏编选:《比较文学论文集》,北京大学出版社 1984
年版。

周发祥:《西方文论与中国文学》,江苏教育出版社 1997 年版。

周群:《宗教与文学》,译林出版社 2009 年版。

朱维之:《基督教与文学》,《民国丛书》选印,上海书店出版社 1992
年版。

6. 美学著作

［瑞士］巴尔塔萨:《神学美学导论》,刘小枫选编,曹卫东、刁承
俊译,生活·读书·新知三联书店 2002 年版。

［英］鲍桑葵:《美学史》,张今译,商务印书馆 1985 年版。

［波］符·塔达基维奇:《西方美学概念史》,褚朔维译,学苑出版
社 1990 年版。

［德］黑格尔:《美学》(第三卷下册),朱光潜译,商务印书馆 1981
年版。

［德］黑格尔:《美学》(第一卷、第二卷、第三卷上册),朱光潜译,
商务印书馆 1979 年版。

［美］凯·埃·吉尔伯特、〔联邦德国〕库恩:《美学史》(上下卷),
夏乾丰译,上海译文出版社 1989 年版。

［苏联］ M·Φ. 奥夫相尼可夫:《美学思想史》,吴安迪译,陕西人
民出版社 1986 年版。

［俄］普列汉诺夫:《普列汉诺夫美学论文集》,曹葆华译,人民出
版社 1983 年版。

［波］沃拉德斯拉维·塔塔科维兹:《古代美学》,杨力、耿幼壮、龚
见明、高潮译,中国社会科学出版社 1990 年版。

［波］沃拉德斯拉维·塔塔科维兹：《中世纪美学》，褚朔维、李国
　　武、聂建国、赵国运译，中国社会科学出版社 1991 年版。

北京大学哲学系美学教研室编：《西方美学家论美和美感》，商务印
　　书馆 1980 年版。

范明生：《古希腊罗马美学》，蒋孔阳、朱立元主编：《西方美学通
　　史》第一卷，上海文艺出版社 1999 年版。

方珊：《美学的开端：走进古希腊罗马美学》，上海人民出版社 2001
　　年版。

蒋孔阳：《美和美的创造》，江苏人民出版社 1981 年版。

李泽厚：《美学三书》，安徽文艺出版社 1999 年版。

李泽厚、刘纲纪：《中国美学史》（上下册），安徽文艺出版社 1999
　　年版。

刘光耀、杨慧林：《神学美学》（第 1 辑），上海三联书店 2006 年版。

刘光耀、杨慧林：《神学美学》（第 2 辑），上海三联书店 2008 年版。

刘光耀、杨慧林：《神学美学》（第 3 辑），上海三联书店 2009 年版。

刘光耀、杨慧林：《神学美学》（第 4 辑），上海三联书店 2011 年版。

刘光耀、章智源：《神学美学》（第 5 辑），上海三联书店 2013 年版。

陆扬：《中世纪文艺复兴美学》，蒋孔阳、朱立元主编：《西方美学通
　　史》（第二卷），上海文艺出版社 1999 年版。

全国高等院校美学研究会、北京师范大学哲学系合编：《美学讲演集》，
　　北京师范大学出版社 1981 年版。

汝信、夏森：《西方美学史论丛》，上海人民出版社 1963 年版。

宋旭红：《当代西方神学美学思想概览》，中国社会科学出版社 2012
　　年版。

孙津：《基督教与美学》，重庆出版社 1990 年版。

阎国忠：《古希腊罗马美学》，北京大学出版社 1983 年版。

阎国忠：《美是上帝的名字：中世纪神学美学》，上海社会科学院出版社 2003 年版。

叶秀山：《叶秀山文集·美学卷》，重庆出版社 2000 年版。

袁鼎生：《西方古代美学主潮》，广西师范大学出版社 1995 年版。

章安祺编订：《缪灵珠美学译文集》（第一卷），中国人民大学出版社 1987 年版。

赵宪章主编：《西方形式美学》，上海人民出版社 1996 年版。

朱光潜：《西方美学史》（上下卷），人民文学出版社 1979 年版。

朱光潜：《西方美学史资料附编》（上），《朱光潜全集》第六卷，安徽教育出版社 1990 年版。

朱立元主编：《西方美学名著提要》，江西人民出版社 2000 年版。

7. 宗教神学著作

［法］保尔·霍尔巴赫：《袖珍神学》，单志澄、周以宁译，商务印书馆 1972 年版。

［美］布鲁斯·L. 雪莱：《基督教会史》，刘平译，上海人民出版社 2012 年版。

［德］大卫·弗里德里希·施特劳斯：《耶稣传》（第一、二卷），吴永泉译，商务印书馆 2010 年版。

［德］费尔巴哈：《基督教的本质》，荣震华译，商务印书馆 1984 年版。

［美］G. F. 穆尔：《基督教简史》，福建师范大学外语系编译室译，商务印书馆 1981 年版。

［美］胡斯托·L. 冈萨雷斯（Justo L. Gonzalez）：《基督教史》（上、下卷），赵城艺译，上海三联书店 2016 年版。

［美］罗杰·奥尔森：《基督教神学思想史》，吴瑞诚、徐成德译，上海人民出版社 2014 年版。

［法］欧内斯特·勒南：《耶稣传》，梁工译，商务印书馆2010年版。

［古罗马］西塞罗：《论神性》，石敏敏译，商务印书馆2012年版。

［英］休谟：《宗教的自然史》，曾晓平译，商务印书馆2014年版。

［法］约翰·加尔文（John Calvin）：《基督教要义》（上中下册），孙毅、游冠辉合著，钱曜诚等译，生活·读书·新知三联书店2010年版。

［英］詹姆斯·乔治·弗雷泽：《金枝》，徐育新、汪陪基、张泽石译，大众文艺出版社1998年版。

丁光训等主编：《基督教文化百科全书》，济南出版社1991年版。

范明生：《晚期希腊哲学和基督教神学——东西方文化的汇合》，上海人民出版社1993年版。

李咏吟：《原初智慧形态——希腊神学的两大话语系统及其历史转换》，上海人民出版社1999年版。

刘清平、汤澄莲：《上帝没有激情：托马斯·阿奎那论宗教与人生》，湖北人民出版社2001年版。

吕大吉：《宗教学通论新编》（上、下），中国社会科学出版社2002年版。

王亚平：《基督教的神秘主义》，东方出版社2001年版。

徐以骅、张庆熊主编：《基督教学术》（第一辑），上海古籍出版社2002年版。

中国基督教协会：《圣经——中英对照（和合本·新修订标准版）》，中国基督教协会2001年版。

宗教研究中心编：《世界宗教总览》，东方出版社1993年版。

8. 哲学著作

［美］安乐哲：《和而不同：比较哲学与中西会通》，北京大学出版

社 2002 年版。

[美] 大卫·戈伊科奇、约翰·卢克、蒂姆·马迪根编:《人道主义
问题》，杜丽燕等译，东方出版社 1997 年版。

[德] 恩斯特·卡西尔:《人论》，甘阳译，西苑出版社 2003 年版。

[德] 黑格尔:《精神现象学》（上卷），贺麟、王玖兴译，商务印书
馆 1979 年版。

[德] 黑格尔:《精神现象学》（下卷），贺麟、王玖兴译，商务印书
馆 1979 年版。

[德] 黑格尔:《历史哲学》，王造时译，上海书店出版社 2001 年版。

[德] 黑格尔:《哲学史讲演录》（第一卷），贺麟、王太庆译，商务
印书馆 1959 年版。

[德] 黑格尔:《哲学史讲演录》（第二卷），贺麟、王太庆译，商务
印书馆 1960 年版。

[德] 黑格尔:《哲学史讲演录》（第三卷），贺麟、王太庆译，商务
印书馆 1959 年版。

[德] 黑格尔:《哲学史讲演录》（第四卷），贺麟、王太庆译，商务
印书馆 1978 年版。

[古罗马] 吕齐乌斯·安涅·塞聂卡:《面包里的幸福人生》，赵又
春、张建军译，陕西师范大学出版社 2003 年版。

[英] 罗素:《西方哲学史》（上卷），何兆武、李约瑟译，商务印书
馆 1963 年版。

[英] 罗素:《西方哲学史》（下卷），何兆武、李约瑟译，商务印书
馆 1976 年版。

[古罗马] 马尔库斯·图利乌斯·西塞罗:《有节制的生活》，徐奕
春译，陕西师范大学出版社 2003 年版。

[古罗马] 马可·奥勒留:《马上沉思录》，何怀宏译，陕西师范大

学出版社 2003 年版。

[德] 文德尔班：《哲学史教程》（上卷），罗达仁译，商务印书馆 1987 年版。

[德] 文德尔班：《哲学史教程》（下卷），罗达仁译，商务印书馆 1993 年版。

[英] 约翰·马仁邦（John Marenbon）：《中世纪哲学：历史与哲学导论》，吴天岳译，北京大学出版社 2015 年版。

[美] 约翰·英格利斯：《阿奎那》，刘中民译，中华书局 2002 年版。

北京大学哲学系外国哲学史教研室编译：《西方哲学原著选读》（上卷），商务印书馆 1981 年版。

陈修斋主编：《欧洲哲学史上的经验主义和理性主义》，人民出版社 1986 年版。

冯友兰：《中国哲学简史》，北京大学出版社 1985 年版。

傅安乐：《托马斯·阿奎那基督教哲学》，上海人民出版社 1990 年版。

洪涛：《逻各斯与空间——古代希腊政治哲学研究》，上海人民出版社 1998 年版。

黄克剑、钟小霖：《唐君毅集》，群言出版社 1993 年版。

黄天海：《希腊化时期的犹太思想》，上海人民出版社 1999 年版。

李泽厚：《李泽厚哲学文存》（上下编），安徽文艺出版社 1999 年版。

李泽厚：《世纪新梦》，安徽文艺出版社 1998 年版。

李泽厚：《中国思想史论》（上中下），安徽文艺出版社 1999 年版。

《马克思恩格斯列宁斯大林论欧洲哲学史》选编组选编：《马克思恩格斯列宁斯大林论欧洲哲学史》，福建人民出版社 1988 年版。

蒙培元：《情感与理性》，中国社会科学出版社 2002 年版。

牟宗三：《中国哲学的特质》，上海古籍出版社 1997 年版。

牟宗三：《中西哲学之会通十四讲》，上海古籍出版社 1997 年版。

钱穆:《中国思想通俗讲话》,生活·读书·新知三联书店 2002 年版。

上海师范大学等编选:《欧洲哲学史原著选编》,福建人民出版社 1985 年版。

石敏敏:《普罗提诺的"是"的形而上学》,上海人民出版社 2005 年版。

石敏敏:《希腊人文主义》,上海人民出版社 2003 年版。

汤一介:《儒道释与内在超越问题》,江西人民出版社 1991 年版。

唐君毅:《文化意识宇宙的探索》,中国广播电视出版社 1992 年版。

汪子嵩、范明生、陈村富、姚介厚:《希腊哲学史》(第一卷),人民出版社 1997 年版。

汪子嵩、范明生、陈村富、姚介厚:《希腊哲学史》(第二卷),人民出版社 1993 年版。

汪子嵩、范明生、陈村富、姚介厚:《希腊哲学史》(第三卷),人民出版社 2003 年版。

王志成、思竹:《神圣的渴望:一种宗教哲学》,江苏人民出版社 2000 年版。

杨国荣:《理性与价值》,上海三联书店 1998 年版。

叶秀山:《叶秀山文集·哲学卷》(上下),重庆出版社 2000 年版。

袁贵仁主编:《人的哲学》,工人出版社 1988 年版。

张岱年:《求真集》,湖南人民出版社 1985 年版。

张岱年:《玄儒评林》,湖南人民出版社 1985 年版。

张岱年主编:《中华的智慧:中国古代哲学思想精粹》,上海人民出版社 1989 年版。

中国大百科全书总编辑委员会《哲学》编辑委员会、中国大百科全书出版社编辑部编:《中国大百科全书·哲学Ⅱ》,中国大百科全书出版社 1987 年版。

9. 历史著作

[古希腊] 阿里安：《亚历山大远征记》，[英] E. 伊利夫·罗布逊
　　英译，李活译，商务印书馆 1979 年版。

[英] 爱德华·吉本（E. Gibbon）：《罗马帝国衰亡史》（上下册），
　　黄宜思、黄雨石译，商务印书馆 1996 年版。

[美] 布莱恩·蒂尔尼（Brian Tierney）、西德尼·佩因特（Sidney
　　Painter）：《西欧中世纪史》，袁传伟译，北京大学出版社 2011
　　年版。

[美] C. 沃论·霍来斯特：《欧洲中世纪简史》，陶松寿译，商务印
　　书馆 1988 年版。

[古罗马] 凯撒：《高卢战记》，任炳湘译，商务印书馆 1979 年版。

[法] 孟德斯鸠：《罗马盛衰原因论》，婉玲译，商务印书馆 1962
　　年版。

[英] N. G. L. 哈蒙德（N. G. L. Hammond）：《希腊史：迄至公元前
　　322 年》，朱龙华译，商务印书馆 2016 年版。

[英] 诺曼·戴维斯：《欧洲史》（上下册），郭方、刘北成译，世界
　　知识出版社 2007 年版。

[古希腊] 普鲁塔克：《希腊罗马名人传》（第一、二、三册），吉林
　　出版集团有限责任公司 2009 年版。

[古希腊] 色诺芬：《长征记》，崔金戎译，商务印书馆 1985 年版。

[美] 斯塔夫里阿诺斯：《全球通史：1500 年以后的世界》，吴象婴、
　　梁赤民译，上海社会科学院出版社 1999 年版。

[美] 斯塔夫里阿诺斯：《全球通史：1500 年以前的世界》，吴象婴、
　　梁赤民译，上海社会科学院出版社 1999 年版。

[古罗马] 苏维托尼乌斯（G. T. Suetonius）：《罗马十二帝王传》，张
　　竹明、王乃新、蒋平等译，商务印书馆 1995 年版。

［古罗马］塔西佗：《塔西佗〈编年史〉》（上下册），王以铸、崔妙
　　　因译，商务印书馆 1981 年版。

［德］ 特奥多尔·蒙森：《罗马史》（第一卷），李稼年译，商务印书
　　　馆 1994 年版。

［德］ 特奥多尔·蒙森：《罗马史》（第二卷），李稼年译，商务印书
　　　馆 2004 年版。

［德］ 特奥多尔·蒙森：《罗马史》（第三卷），李稼年译，商务印书
　　　馆 2005 年版。

［德］ 特奥多尔·蒙森：《罗马史》（第四卷），李稼年译，商务印书
　　　馆 2014 年版。

［德］ 特奥多尔·蒙森：《罗马史》（第五卷），李稼年译，商务印书
　　　馆 2014 年版。

［荷］ 维姆·布洛克曼（Wim Blockmans）、彼得·霍彭布劳沃（Pe-
　　　ter Hoppenbrouwers）：《中世纪欧洲史》，乔修峰、卢伟译，宁一
　　　中审校，花城出版社 2012 年版。

［古希腊］希罗多德：《希罗多德历史》（上下册），王以铸译，商务
　　　印书馆 1959 年版。

［古希腊］修昔底德：《伯罗奔尼撒战争史》（上下册），谢德风译，
　　　商务印书馆 1960 年版。

［美］ 詹姆斯·亨利·伯利斯坦德：《走出蒙昧》（上下册），周作
　　　宇、洪成文译，江苏人民出版社 1998 年版。

［美］ 朱迪斯·M. 本内特（Judith M. Bennett）、C. 沃伦·霍利斯特
　　　（C. Warren Hollister）：《欧洲中世纪史》，杨宁、李韵译，上海
　　　社会科学院出版社 2007 年版。

（二）论文

柏峻霄：《万物的美是他们赞美上帝的声音——奥古斯丁的音乐美学

思想》，《外国美学》2012 年第 20 期。

北村：《神格的获得与终极价值》，《文学自由谈》1990 年第 2 期。

崇秀全：《美在秩序·适宜·上帝——奥古斯丁和谐美学的三个向度》，
　　《艺术学研究》2011 年第 2 期。

褚潇白：《修辞之恶——论奥古斯丁〈忏悔录〉对修辞学的批评》，
　　《文艺理论研究》2012 年第 4 期。

郭玉生、薛永武：《美是有神性的——奥古斯丁美学思想新论》，《齐
　　鲁学刊》2004 年第 2 期。

蒋春生：《从〈忏悔录〉看奥古斯丁的艺术观》，《内蒙古电大学刊》
　　2011 年第 3 期。

李娟芬：《论西欧原始神话人的哲学》，《社会科学战线》1996 年
　　第 2 期。

李立：《中世纪与文艺复兴艺术符号能所关系比较》，《云南师范大
　　学学报》（哲学社会科学版）2002 年第 2 期。

李岭：《艺术与神秘》，《上海文化艺术报》1987 年 5 月 29 日。

李群英：《简述奥古斯丁的文艺思想》，《电影评介》2007 年第 14 期。

李淑云、金乃茹、戴玉竹：《奥古斯丁与阿奎那美学思想比较分析》，
　　《佳木斯大学社会科学学报》2011 年第 4 期。

李卫华：《奥古斯丁的基督教美学思想》，《中国宗教》2011 年第 4 期。

李文金：《浅析奥古斯丁之丑》，《当代小说（下）》2010 年第 2 期。

李晓冬：《奥古斯丁音乐美学思想浅析》，《艺圃》（吉林艺术学院学
　　报）1994 年第 4 期。

刘阿斯：《奥古斯丁的神学美学思想》，《中国社会科学报》2015 年 5
　　月 6 日。

刘春阳：《奥古斯丁与现代美学的兴起》，《哈尔滨工业大学学报》（社
　　会科学版）2011 年第 6 期。

刘春阳：《数是美的依据——奥古斯丁美学思想新探》，《外国美学》
　　2012 年第 1 期。

刘春阳：《艺术作为救赎的阶梯——奥古斯丁的音乐美学思想新探》，
　　《基督教文化学刊》2015 年第 1 期。

刘彦顺：《论奥古斯丁美学思想中的时间性问题》，《文艺理论研究》
　　2011 年第 3 期。

梅谦立、汪聂才：《奥古斯丁的修辞学：灵魂治疗与基督宗教修辞》，
　　《中山大学学报》（社会科学版）2013 年第 4 期。

潘道正：《音乐：影响灵魂的艺术———论奥古斯丁的音乐美育思
　　想》，《美育学刊》2017 年第 5 期。

乔焕江：《奥古斯丁神学美学思想刍议》，《北方论丛》2006 年第 5 期。

秦剑、周秀荣：《试论宗教与文学的同一性》，《黄冈师范学院学报》
　　2002 年第 2 期。

宋旭红：《自传体写作与神学之美——论奥古斯丁〈忏悔录〉之文体
　　风格的神学美学意义》，《比较文学与世界文学》2012 年第 1 期。

宋一苇：《诗性、神圣性与人的无限敞开性：关于艺术与宗教的文化
　　哲学研究》，《文学评论》2001 年第 6 期。

孙津：《形而上与形而下的辗转变迁：西方文论两千五百年鸟瞰》，
　　《求是学刊》1985 年第 2 期。

孙树森：《浅谈奥古斯丁的科学美学思想》，《河北师范大学学报》（社
　　会科学版）1989 年第 4 期。

王博：《奥古斯丁神学美学中的灵魂论》，《湖北成人教育学院学报》
　　2011 年第 4 期。

王庆璠：《费尔巴哈论艺术与宗教的关系》，《江淮论坛》1989 年
　　第 3 期。

王一川：《西方文论的知识型及其转向——兼谈中国文论的现代性

转向》，《当代文坛》2007 年第 6 期。

王在衡：《奥古斯丁的反文艺理论》，《昆明师专学报》1990 年第 1 期。

吴舜立：《神光拂照下的东西方文学》，《唐都学刊》1996 年第 4 期。

夏洞奇：《"形而下"的奥古斯丁》，《中国社会科学报》2011 年 6 月
　　7 日。

谢大卫、张思齐：《论奥古斯丁（不完整的）圣经美学》，《圣经文
　　学研究》2014 年第 2 期。

徐龙飞：《存在之美与历险之美——奥古斯丁本体形上美学研究》，
　　《安徽大学学报》（哲学社会科学版）2013 年第 2 期。

许继锋：《畏神——渎神》，《外国文学评论》1989 年第 1 期。

杨晓莲：《论圣·奥古斯丁的美学思想》，《西南师范大学学报》（人
　　文社会科学版）2005 年第 2 期。

杨晓莲：《论圣·奥古斯丁的艺术观》，《四川外语学院学报》2007
　　年第 4 期。

张能、李坤：《奥古斯丁基督教美学思想内蕴疏论》，《曲靖师范学院
　　学报》2013 年第 5 期。

张旭：《试析奥古斯丁美学思想》，《安徽大学学报》1999 年第 2 期。

赵林：《论西方古代文化从希腊多神教向基督教的转化》，《求是学
　　刊》1997 年第 3 期。

郑莉：《论奥古斯丁美学：神性的与理性的美》，《湖北经济学院学
　　报》（人文社会科学版）2016 年第 8 期。

周文彬：《奥古斯丁和阿奎那的美学思想》，《青海社会科学》1991
　　年第 4 期。

朱彬：《奥古斯丁美学艺术观研究》，《语文学刊》2015 年第 3 期。

朱朝辉：《理性与信仰的交汇——浅析奥古斯丁的美学思想》，《理
　　论学刊》1997 年第 2 期。

朱韵彬:《〈圣经〉中大卫的〈诗创作〉》,《信阳师范学院学报》（哲学社会科学版）1994 年第 3 期。

二 英文文献

Saint Augustine, *The City of God Against The Pagans I*, the Loeb Classical Library, Harvard University Press, 2000.

Saint Augu, stine, *The City of God Against The Pagans II*, the Loeb Classical Library, Harvard University Press, 1963.

Saint Augustine, *The City of God Against The Pagans III*, the Loeb Classical Library, Harvard University Press, 1988.

Saint Augustine, *The City of God Against The Pagans IV*, the Loeb Classical Library, Harvard University Press, 1966.

Saint Augustine, *The City of God Against The Pagans V*, the Loeb Classical Library, Harvard University Press, 1988.

Saint Augustine, *The City of God Against The Pagans VI*, the Loeb Classical Library, Harvard University Press, 1969.

Saint Augustine, *The City of God Against The Pagans VII*, the Loeb Classical Library, Harvard University Press, 1995.

Saint Augustine, *ST. Augustine's Confession I*, the Loeb Classical Library, Harvard University Press, 1960.

Saint Augustine, *ST. Augustine's Confession II*, the Loeb Classical Library, Harvard University Press, 1961.

Saint Augustine, *Select Letters*, the Loeb Classical Library, Harvard University Press, 1953.

St. Augustine, *The Letters of Saint Augustine*, *Bishop of Hippo Volume I*, translated by the Rev. J. G. Cunningham, *The Works of Aurelius Au-*

gustine, *Bishop of Hippo Volume Ⅵ*, printed by Murray and Gibb for T. & T. Clark, Edingburgh, 1872.

St. Augustine, *The Letters of Saint Augustine*, *Bishop of Hippo Volume Ⅱ*, translated by the Rev. J. G. Cunningham, *The Works of Aurelius Augustine*, *Bishop of Hippo Volume ⅩⅢ*, printed by Murray and Gibb for T. & T. Clark, Edingburgh, 1875.

St. Augustine, *Writings in connection with the Donatist controversy*, translated by the Rev. J. R. King, M. A. , *The Works of Aurelius Augustine*, *Bishop of Hippo Volume Ⅲ*, printed by Murray and Gibb for T. & T. Clark, Edingburgh, 2016.

Eleonore Stump, *The Cambridge Companion to Augustine*, Cambridge University Press, 2001.

Holy Bible, Nanjing: China Christian Council, 2001.

Selden, Raman, *The Theory of Criticism from Plato to the Present*, London and New York: Longman Group UK Limited, 1990.

后　记

师恩永惦，师诲永铭。

摆在诸君面前的这部拙作是笔者读博期间，幸遇恩师、导师孙景尧先生，并在恩师的引领下，踏上西方古典文论转向规律上下求索途中的又一个阶段性成果。当时的情景历历在目：我有幸聆听恩师孙景尧先生为硕士研究生开设的"西方文论专题研究"课程。孙老师为硕士生布置的问题中有两个题目："升向'天主'的神学性文学论述"和"回归人性的文艺复兴文论"，并各配有一道思考题："西方文论转向神性的过程与关键是什么"，"西方文论从神学奴婢回归人性的关键、过程和规律"。在一次课堂上，孙老师建议我们在场的博士生，完全可以将其中的一个问题作为博士学位论文的选题方向，乃至终身治学的方向。因为，当时国内学术界对这两个问题的学理探讨显得不很到位，直接研究成果少之又少。我与同届同学也都认为，这个问题很有意义，颇值研究。同时又感到困难不小，资料短缺，可资借鉴的研究成果甚少。故没有一个同学当场回应导师的中肯建议与殷切期望。加之我在读硕期间曾经撰写了林语堂散文幽默的硕士学位论文，对林语堂有一定了解和研究，准备将林语堂有关中西文论的思考与认识作为自己博士学位论文的选题方向，操作起来相对更可行、更方便、更顺利、更容易一些。故我本人也没有及时回应恩师的提议。

当恩师询问我博士论文的选题方向时，我如实汇报。恩师没有否认林语堂选题的价值和意义，但同时建议，如果将西方古典文论转向规律作为博士论文选题方向，将会大大扩充、加强、提升我的知识装备，将来可在更高的层面上研究林语堂，对林语堂研究会有更大的帮助。我觉得导师的话很有道理，可又觉得西方古典文论转向规律探析俨然横亘在眼前的一座巨山，心想爬而力不逮，脚欲登而气不接，只可仰慕而视，望山心叹，止步于山脚之下。故后来导师再次问起我学位论文选题方向时，我毫不迟疑回答林语堂文论。导师听后说了一句："你必须把林语堂年谱做全做细。"我当面应承一定。当时觉得自己的坚持终有结果，并为自己能够熟门熟路地继续研究林语堂而窃喜、欣然。

过了一段，心中之喜悦、怡然渐至模糊、消失、逃逸。细细静思，导师虽然同意了我的选题，但导师的眼神好像有些失意，心绪似乎并不欣慰。于是反问自己，是不是自己的想法有失妥当，自己的决定有些草率呢？自己的年龄尚不算小，四十开外，在以后的岁月中恐怕难得离岗离家，完全脱产，沉下心来，尽览学问之花苑，独享学术之幽雅。身值如是宝贵之际会，应谋至可谋之业，当为最值为之事。把这段最美好的时光交由西方古典文论转向规律探究，虽是不小的挑战，路途迷漫，但不也是考验自己、历练自己、提升自己的进身之阶吗？询之于学友，得到了同样的理解、回应与支持。于是欣欣然将自己的想法汇报于导师。

记得那是金秋十月初的一天，我从寝室直奔导师办公的文苑楼。在奔往文苑楼前的绿草花坛边远远望见了绿草花坛对面正在走过的孙老师，心里只怕错过，就大声喊道："孙老师，孙老师！"孙老师听到叫声，停下脚步，看着我。我直奔过去，走近孙老师。孙老师招呼我坐在路边、香樟树下的长椅上。我把自己的重新选题告诉了导师，同时也把自己的困惑、担忧告诉了导师，害怕装备不够、基础薄弱、学力不足，难以胜任此项难题的破解。孙老师听后，面露慈颜，眼神欣然，充分肯定了我的想法，鼓励我尽管放心大胆地去做："你的大师兄刘耘华就是这样，硕士阶段做的一个方向，博士阶段做的又一个方向。"同时为我提出不少中肯宝贵的意见与行之有效的建议。说完孙老师起身离开。我望着导师远去的身影，心里涌过一阵暖流，感激，欣喜，兴奋，激动，一言难尽。

时至今日，我犹非常感念恩师在我人生中途关键而重要的时刻，为我开启一座知识宝库的大门："你们博士生选题，不仅要作为博士学位论文的研究方向，同时更要成为终身治学的研究方向。"须够一辈子受用。这一点我深刻体会到了。西方古典文论转向旅程包括两个阶段：第一个阶段为由古希腊人性到中世纪神性的转向；第二个阶段为自中世纪神性到文艺复兴时期人性的转向。每个阶段自起点而终点，先后都有若干重要而关键的人物，环环相扣，步步推进，渐次促成、实现了文论的转向。自接受恩师授命以来，我一直致力于西方古典文论第一次转向规律学理的探究。在博士论文中，我探析并梳理了西方文论自古希腊人性到中世纪神性的嬗变过程、关键人物、着重探析了柏拉图、亚里士多德、斐洛、普罗提诺的文艺神性论体系及内涵，揭示了这些人物在西方文论自古希腊人性到中世纪神性转向途中的地位、作用、意义与影响。回到单位后，以博士论文为基础，申报并成功获批山西高校人文社会科学研究项目，经不断打磨、完善，最终以专著《走向神坛之路：古希腊至中世纪的西方文论转向探》（中国社会科学出版社 2010 年版）的形式暂告一段落。之后将研究目标锁定为奥古斯丁，并以"奥古斯丁文艺神性论研究"为题积极申报，成功获批国家社科基金项目，主要探析了奥古斯丁文艺神性论体系及内涵，奥古斯丁在西方古典文论自古希腊人性到中世纪神性转向途中的地位、作用、意义与影响。项目按时顺利结题，经过一再打磨、充实、细化、完善、提炼，终于以专著形式面世。目今将下一个研究目标锁定为阿奎那，拟探究阿奎那文艺神性论体系及内涵，阿奎那在西方古典文论自古希腊人性到中世纪神性转向途中的地位与影响。

自受命于恩师以来，潜心于西方古典文论自人性到神性转向的求证与探索，途中顺藤摸瓜，居然摸到不少晶莹剔透的宝石，捡到一些璀璨发光的珍珠，惊喜不停，发现不断。尤其在钻研奥古斯丁文艺神性论时，妙想连发，如奥古斯丁圣灵凭附圣徒发言的观点与柏拉图神使诗人迷狂代神立言的观点之间的关联，奥古斯丁重思想内容又肯定表达的看法与贺拉斯寓教于乐的思想之间的关联，奥古斯丁创作与教会文学的关联，奥古斯丁创作与基督教文学的关联，奥古斯丁有关感性美的认识与阿奎那的感性美观点之间的关联，奥古斯丁与但丁的关联，奥古斯丁神性解读《圣经》之误区与后世欧洲解经误区的关联，奥古斯丁的宗教人文思想、宗教人文关怀，以及其与文艺复兴时期及已降人文主义思想、人文关怀的关联，奥古斯丁笔下的魔鬼与歌德笔下的魔鬼靡菲斯特之间的关系，奥古斯丁以丑为美的审丑学与雨果"美丑对照"原则的关联，奥古斯丁的整体审美视野与雨果的整体审美观之间的关联，奥古斯丁以丑为美的审丑学与波德莱尔"恶中发掘美"之间的关联，奥古斯丁关于感性美是神性美痕迹的思想与黑格尔的"美是理念的感性显现"说之间的关联，奥古斯丁的美学与康德美学的关联，奥古斯丁与19世纪欧美浪漫主义文学的关联，奥古斯丁言表意的观点与我国传统文论辞达意的观点之间的相似相异关系，等等。一路走来，思路大开，见识渐长，意想不到的问题、想法逐次显形亮相。真如林语堂所言：

"一人的学问是花树式的，逐渐滋长的，不是积木式，偶然堆放而成的。"① 同时也应验了恩师的话，可以在更高的起点上研究林语堂。探析奥古斯丁文艺神性论之际，我也想到了奥古斯丁与林语堂的比较研究，如奥古斯丁的解经法与林语堂的解经法、奥古斯丁的神性论与林语堂的神性说、奥古斯丁的上帝观与林语堂的上帝观之间的关系，等等。

踏上西方文论自人性到神性转向规律求索旅程，一路探寻，一路求证，一路观赏，一路采摘，一路领略，一路品味，苦在其中，乐在其中，美在其中。同时，我不愿独品其味，独享其乐，独览其美，甚愿分享于更多学人，一起来共享其中苦趣、情趣、乐趣、理趣，甚愿听到学界更多专家学者的指点雅正，以便更好的走好这一壮美旅程。

学术研讨会上，我将自己的探究习得作为大会主题发言宣读、交流，求教于业界行家，得到了刘建军教授、梁工教授、李伟昉教授等专家学者的充分认可和宝贵意见。诸位专家的中肯建议为进一步探究西方文论自人性到神性转向规律提供了新的思路与策略，让我感到信心满满，激励着我矢志不移地沿着这一艰难而有意义的蹊径一探到底。

课堂教学中，为研究生开设了"西方文艺神性论研究"专题课，引发了一届又一届同学对西方文艺神性论的学习兴趣和探求精神。我指导的硕士研究生先后将西方文艺神性论作为自己学位论文的选题方向，撰写了或拟撰写有关、相关学位论文：2016 级周泓树同学的《奥古斯丁文艺创作神性论》；2017 级易承帆同学的《奥古斯丁的神性女性观》；2018 级王可同学的《阿奎那神性文艺鉴赏论研

① 林语堂：《拾遗集》（下），《林语堂名著全集》（第十八卷），东北师范大学出版社 1994 年版，第 230 页。

究》；2019 级赵梦迪同学的《阿奎那神性文艺创作论研究》；2020 级唐连连同学的《阿奎那神性文艺本质论研究》。年轻后学的加盟，为西方古典文论转向的研究注入了新的活力，也激励着我更加努力，不断充电，不停求索。

同时，我并未满足于纯粹的学理探究，还将探究所得运用于教学，为研究生开设了"世界文学经典文本重读"专题课，尝试自神性视角审视和解读西方文学经典文本，收获了别样的认识和见解，并在此基础上加以提炼，申报并成功获批 2020 年度辽宁省社会科学规划基金重点项目"神性视野下的荷马史诗解读"。

至此，我在西方古典文论转向探究方面获批国家社科基金项目 1 项、省社会科学规划基金重点项目 1 项、省高校人文社会科学研究项目 1 项、校级项目 1 项，发表论文 10 篇，出版专著 2 部，开设研究生专题课 2 门，指导硕士学位论文 5 篇。自然，这只是在西方文论转向规律探索漫漫征途上迈出的最初几步，冰山一角。我深知任重道远，且一路跋涉，一路览胜，一路发现，一路衍生，一路探究，确如恩师所言，这是一辈子也说不尽道不完的故事，是需用终生心血去经营的学术圣业，需用全情全力去调制的学术盛宴。我耕耘，我收获，我探究，我充实，我求索，我提升，我烹调，我飨宴。这一切都是恩师馈赠我的无价之宝。我倍加珍惜，倍加感恩。感谢恩师为我开启这扇学术大门，感激恩师领我步入这座学问殿堂，感恩恩师伴我走过的日日夜夜！我所取得的每一进步，都首先归功于育我栽我的恩师。

至为遗憾的是，恩师未能领我一路走下去，未能伴我一直探下去。恩师弃我们而去已近九个年头。当得知恩师身患重症时，我的心情异常难过。当我探望病中的恩师，看见恩师消瘦的面孔时，甚是心疼担忧。当恩师病情好转，师门为恩师举办生日庆典，看到恩师面色红润、谈笑风生时，心中甚感欣慰，以为恩师一定能够恢复如初，并为恩师献上一首刘和刚的《父亲》。归途中，真诚盼望恩师尽快痊愈，康复如初。回家后，每夜睡觉前，朝着东南方向——恩师所在的上海，双手合拢，虔诚祈祷老天爷保佑吾师健康平安，长命百岁！不料，数月后，惊闻恩师千古噩耗，如雷轰顶，当头一棒，悲不自禁！守灵时，端详着照片中慈祥的恩师，竟难以相信恩师就这样离我们而去，心里好不悲凉，悲痛的泪水潸然而下。瞻仰恩师的遗容时，看见恩师瘦得不成样子，可以想见恩师生前遭受了怎样的折磨！想到此，心里痛苦不堪，哭喊道："孙老师！孙老师！孙老师……"

恩师长逝，此生大憾。我好些年不能从失去恩师的悲痛中完全走出来。时常回想起往日追随恩师的一幕幕，揪心的泪水夺眶而出。有好多话还想对恩师诉说，有好多问题还想向恩师求教。然而，这些话再也不能当面对恩师诉说了，这些问题再也不能当面向恩师求教了。时常突发奇想，好像我在替孙老师活着，我在替孙老师看这个世界。自然我远没有孙老师的学识，远没有孙老师的境界，远没有孙老师的视野，远没有孙老师的能力，远没有孙老师的魄力，远没有孙老师的幽默，远没有孙老师的……我只是真心渴望孙老师还健在人世。不止一次，孙老师与我在梦中会晤，我高兴，我欣慰。梦醒时，我失望，我回味，我怅然。

后来，我懂了，恩师冥冥之中还在关注着我，还在引领着我，还在监督着我，还在期望着我，还在护佑着我，还在陪伴着我。我明白了，把孙老师交给我的任务做好做精做大，就是对恩师在天之灵的最好回报与最美感恩。弟子定当不忘导师鸿恩，踏实做人，善待爱护自己的弟子、学生，牢记恩师谆谆教诲，认真钻研学问，不断探索求真。师恩涓涓，沐我终身，师诲灼灼，耀我心灵。沐浴师恩，福泽氤氲，温暖温馨，品味师诲，惠益萦绕，神清气正。

在感谢恩师对我的厚爱、引领、悉心栽培之恩的同时，我也把自己最真诚的感谢送给全国哲学社会科学工作办公室，贵办的国家社科基金喜从天降，雪中送炭，为我专心探究奥古斯丁文艺神性论提供了强有力的资金保障，贵办评委老师们的认可与支持更加坚定了我探析西方古典文论的转向规律的信心与决心，贵办鉴定专家的宝贵意见为我进一步打磨、完善、提升项目、书稿提供了中肯可行的策略、方法。同时真诚地感谢大连大学人文学部部长张祖立教授，文学院院长李索教授、杨丽娟教授、高日晖教授，科技处罗洪等老师的关心与支持，学校学院为本书的顺利出版提供了经费保障。还要真诚地感谢我的母校山西师范大学博士生导师车文明教授、亢西民教授、张天曦教授、延保全教授等老师学长，他们在我人生的低谷给了我悉心关爱与大力支持。同时还非常感谢我尊敬的老岳母刘秀英与贤惠的爱妻訾丽华对我的理解、支持与默默奉献。真诚感谢中国社会科学出版社郭晓鸿主任等老师，她们认真负责的精神与严谨治学的态度为拙作的顺利出版提供了有力保障。真诚感谢《中国社会科学》杂志社王兆胜编审老师的支持与帮助。最后真诚地感谢所有关心、帮助过我的同人、朋友。

由于我学养学力的种种欠缺与不足，拙著一定存在这样那样的问题，在此恳请、欢迎学界各位专家、老师、同人不吝赐教，雅正为佳！

赵怀俊

于滨城华润恋海园

2021 年 3 月 28 日